京城刑狱司

季灵◎著

重庆出版集团 重庆出版社

图书在版编目（CIP）数据
京城刑狱司 / 季灵著. —重庆 : 重庆出版社,2018.10
ISBN 978-7-229-11185-4

Ⅰ.①京… Ⅱ.①季… Ⅲ.①长篇小说—中国—当代
Ⅳ.①I247.5

中国版本图书馆CIP数据核字(2016)第103878号

京城刑狱司
JINGCHENG XINGYUSI
季　灵　著

责任编辑：罗玉平　李　雯
责任校对：郑　葱

重庆出版集团
重 庆 出 版 社　**出版**

重庆市南岸区南滨路162号1幢　邮政编码：400061　http://www.cqph.com
重庆市鹏程印务有限公司印刷
重庆出版集团图书发行有限公司发行
E-MAIL:fxchu@cqph.com　邮购电话：023-61520646
全国新华书店经销

开本：720×1000　1/16　印张：16　字数：350千
2018年10月第1版　2018年10月第1版第1次印刷
ISBN 978-7-229-11185-4
定价：35.80元

如有印装质量问题，请向本集团图书发行有限公司调换：023-61520678

目录

第 1 章　解围　/1

第 2 章　女尼之死　/9

第 3 章　采花恶鬼　/20

第 4 章　成国公夫人　/28

第 5 章　爆发　/37

第 6 章　惊艳　/48

第 7 章　一夫当关　/59

第 8 章　风波　/71

第 9 章　一唱一和　/83

第 10 章　针锋相对　/93

第 11 章　受害人研究　/103

第 12 章　心慌慌　/114

第 13 章　男女有别　/125

第 14 章　气喘吁吁　/136

第 15 章　逃避　/147

第 16 章　请婚　/160

第 17 章　假公济私　/171

第 18 章　大包大揽　/182

第 19 章　连续谋杀　/193

第 20 章　谈心　/203

第 21 章　爱恨嗔痴　/212

第 22 章　壁咚　/221

第 23 章　落幕　/231

番外　眉间心上，情切情怯　/245

第 1 章　解围

阳光明媚的清晨，初夏的微风夹杂淡淡花香拂过行人的脸颊，那略带凉意的温柔触感，仿佛上好的绸缎抚过肌肤。

京城的近郊，八角镇经历一夜的疾风劲雨，蓝色的天空万里无云。晨光下，瑰丽的蓝色明净而通透，犹如一块巨大的宝石。

镇子的中央，一座三层小楼傲然兀立。小楼的屋檐四角翘伸，若飞举之势，又如大鹏展翅，雄伟却不失灵动。飞鸟叽叽喳喳落在屋脊上，就连空气中都流转着活泼的气息。

小楼的屋檐下，侍卫与衙差分立在客房的四个角落，屋子内气氛凝重。

临窗的案桌旁，二十出头的年轻公子卓然独坐。他右手持卷，左手握杯，修长干净的手指轻抚白瓷杯盏。冒着热气的杯盏内，碧绿的茶汤微波荡漾，隐约倒映出男人俊秀的五官。调皮的夏风穿过窗棂，卷起男人的黑发，那一抹灵动仿佛为了印证，他并非画中的谪仙。

小厮山柏恭立在窗边，眼角的余光时不时偷瞄窗口的人影。

突然，众人只闻“扑通”一声，五十出头的干瘦老头跪倒在地，豆大的汗珠一滴又一滴从他的额头滚落。老头名叫吕岐山，是梁县县丞，衙门设在八角镇。

“山柏，给吕大人搬一把椅子。”年轻公子随口吩咐小厮，眉毛都没有动一下。他名叫宋青莯，是提点刑狱司的刑狱使。

“宋……宋……宋……大人……”吕岐山结结巴巴，说不出一句完整的话。他生怕惹恼宋青莯，急着想要站起身，却又力不从心。

“吕大人。”山柏赶忙扶起吕岐山，搀扶他到一旁的长凳上坐下。

吕岐山眼观鼻鼻观心，明明不敢坐，却又不敢站起身，汗水早已沾湿他的衣领，整个人摇摇欲坠，仿佛下一刻就会昏厥过去。

“吕大人，小的给您倒一杯热茶？”山柏生怕他会虚脱，连累自家主子背负莫须有的名声。

“不……不用了……多谢。”吕岐山赶忙摇头。他考了一辈子科举，临老好不容易补了从八品县丞的缺，偏又遇上宋青莯每隔三个月就来八角镇点查刑狱。他上任不过一年半，足足瘦了二十斤。

吕岐山默默低下头，反复回忆最近三个月发生的案件，生怕被宋青莯抓住错处。莫名地，他想起镇上谣传的那桩“诡事”，立时吓得冷汗涔涔，紧抿嘴唇不敢出声。

静谧的空间，众人屏息静气。宋青莯专心致志地翻阅卷宗，似乎就连街上的喧嚣也被他的专注摒除在了窗外，屋子内只剩下沙沙的书页声。

"陶妈妈，你看，果真已经开花了！"街上传来清甜软糯的女声。那声音打破了一室的宁静。

宋青莯放下卷宗，循声望去。

客栈外的街道旁，合欢树碧绿的枝叶在白墙黑瓦间舒展身姿，成片的粉红色绒球花似天边的彩霞。此时正是合欢花盛放的季节，娇艳的花朵在湛蓝的天空下更显得明媚欢愉。

宋青莯微微勾起嘴角，远远注视女孩的身影。

熙熙攘攘的人群中，不起眼的驴板车缓缓前行，说话的少女端坐车头。从宋青莯的角度，他只能看到又粗又黑的发辫，还有车辕下微微晃动的双脚。

"三爷？"山柏顺着宋青莯的视线看去。明晃晃的阳光下人头攒动，并没有什么特别。

"什么事？"宋青莯收回目光，复又拿起卷宗。

"哦？"山柏愣了一下，心道：三爷，是您走神了。他不敢说出这话，赔着笑脸解释，"那边的合欢树，据说是夫人偶然经过八角镇的时候，亲口命人种下的。算起来，距今已有十多年了。"

"嗯。"宋青莯淡淡地应一声，不置可否。

一旁，吕岐山的眼皮跳了跳。他是南方人，合欢树在南方寓意忠贞不渝的爱情，满街都是。京城隶属北方，合欢树并不多见。

他犹记得，前任县丞特意告诉他，街边那棵合欢树乃京城的贵人命人栽种于此。难道贵人就是成国公夫人，宋青莯的母亲？

吕岐山的心思千回百转间，坐着驴车的少女已然跃下车子。她三步并作两步朝合欢树跑去，绕着碗口粗的树干转了两个圈，仰头向上张望。

一阵微风拂过，几朵粉红色的绒球花随风飘落。

少女轻盈地转身，脚尖点地一跃而起。发辫与衣带齐舞的瞬间，毛茸茸的落花已经全数落入少女的掌心。

"哦，哦，哦！"驴车旁边的中年仆妇一边叫唤，一边疾步走到少女身旁，对着她轻轻摇头。她姓陶，少女称呼她陶妈妈。

少女环顾四周，确认没有人注意到自己，她对着陶氏讨好地笑了笑，黑白分明的杏眼好似会说话一般。

陶氏的表情瞬间软化了。

少女托举右手，满脸笑容，嘴里赞叹："陶妈妈，你看，这花真漂亮。"

陶氏点点头，用手语催促她赶快上车。她是哑巴，能听不会说。

少女乖巧地坐回驴车，恋恋不舍地盯着满树的合欢花。她名叫飞染，在八角镇外的净心庵长大。整个庵堂只有她、陶氏，以及她的师父息嗔师太。从她开始记事，她每天都在庵堂习字练武，每隔三个月才能下山采买。这一刻，她虽然舍不得绿树繁花的盛景，但她的注意力很快被路边的商贩吸引。

不多会儿，飞染指着路边的小摊贩询问陶氏："陶妈妈，那个鬼面具好有趣，我能买一个回去吗？"

陶氏转头看去，青面獠牙的鬼面具看起来有些可怖。她宠溺地点点头，目不转睛看着飞染走向商贩，与对方讨价还价。

须臾，飞染拿着鬼面具坐回驴车，主仆两人继续前行，直到驴车在米铺外面停下。陶氏独自走入铺子。飞染坐在车头百无聊赖，拿着面具把玩。很快，温暖的阳光晒得她昏昏欲睡。

不知过了多久，驴子惨烈地嘶叫一声，撒开蹄子往人群冲去。

飞染顿时睡意全消，赶忙抓住缰绳。"前面的人，快闪开！"她急促地大叫，忽见七八丈开外，五六岁的孩童站在街道中央，呆呆地望着失控的驴车。

转瞬间，驴子的前蹄眼见就要踹上小男孩，飞染一跃而起，一掌劈向驴子的脖颈。

街上的百姓尚未反应过来，就听驴子惨叫一声，轰然倒地，四肢抽搐几下，没了声息。顿时，整条街道鸦雀无声，所有人的目光齐齐落在飞染身上。

飞染飞奔上前，搂住吓傻的小男孩，轻拍他的背，低声安抚他："没事了，别怕。"

"姑娘，你……"众人一脸不可思议。

在驴子倒地前一刻，任何人看到飞染只有一个印象：小姑娘长得真水灵，面若桃花，淡抹朱粉，特别是那双大眼睛，顾盼生辉。这会儿，什么都及不上死驴子带给大伙的震撼。

"那个……"飞染红着脸站起身，把小孩交给他的母亲，对着众人鞠躬致歉，"对不起，我家的驴子突然发狂，让大家受惊了。"她的双颊火辣辣的，就连耳根子都在冒热气。

"姑娘，你……一掌打死了一只驴子？"年轻的小伙说出了所有人心中的疑问。

"这个……"飞染恨不得挖个地洞钻下去，"其实……是我力气比较大。"她用力点头，"对，我力气很大！我从小就吃得多，所以力气大。"

人群中，宋青莯修长的手指轻抚鬼面具上的獠牙，眼角沾染淡淡的笑意。他环顾四周，视线落在一个中年男人身上，又看了看小孩的母亲。

吕岐山顺着他的目光看去，脸色微变。他认得那对男女，他们是闲汉陈五和他的老婆，两人多次设仙人跳骗人钱财。这会儿，围观的百姓没有一百也有八十，宋青莯为什么特别注意他们？他又是怎么知道，他们是小孩的父母？

"捉贼拿赃。"宋青莯对着吕岐山轻轻吐出四个字，又低声交代了手下几句，随即朝飞染走去。

"姑娘，这是你掉的面具吗？"宋青莯递上鬼面具。

宋青莯的声音听在飞染耳中犹如天籁。她接过面具，低声道谢："是我掉的，谢谢公子。"她抬起头，目光触及他的笑容，不由得呆住了。

她一直坚信，自家师父就是书上描写的“绝色女子”，这一刻她才真正明白什么是“惊艳”。

他唇红齿白，气质温润，看上去就像师父前几天送给她的羊脂暖玉；他的眼睛仿佛会发光，宛若师父去年送给她的猫眼石；他发丝如黛，眉如柳叶，即便是师父送给她的端砚，也调不出如此浓重醇厚的黑色。

飞染看得出神，转念间才意识到，盯着别人看是不礼貌的行为。她急忙移开视线，再次向宋青莯道谢，眼角的余光朝米铺方向瞥去。

宋青莯把她的神色看得分明，心中掠过莫名的异样。她不只没有认出他，居然把他当成“玩物”一般欣赏。

他按捺不满的情绪，无比亲切地说：“姑娘，你家的驴子死了，不如我替你雇一辆马车吧？”不待飞染回答，他微微仰头，豪爽地宣布，“放心，雇车的银子本公子替你出了。”

“不用了，谢谢公子的好意，我的家人很快就会过来找我。”飞染心中暗暗着急。她弄出这样大动静，陶妈妈不可能没听到。

一旁，陈五夫妻被飞染手劈驴子的举动吓住，心中正踌躇，是否按计划行事。这会儿他们看到宋青莯华衣美服，一心英雄救美，又一副傻头傻脑的模样，再也顾不得其他。

陈五远远朝妻子使一个眼色。女人会意，狠狠掐一把儿子。小男孩本就惊魂未定，被母亲这么一掐，吓得不敢出声。

“大狗，你怎么了，大狗，你不要吓唬娘啊！”女人呼天抢地，抓着儿子的肩膀使劲摇晃。

小男孩被女人晃了几下，一口气喘不上来，嘴唇发青。

“怎么了？”陈五装模作样走近妻儿。

“她杀死我们的儿子，她是杀人凶手！”女人一屁股坐在地上，一手死死搂住儿子，一手指着飞染控诉：“她赶着驴车撞上我们家大狗，大狗才五岁啊！”她号啕大哭。

陈五恶狠狠地指控飞染：“你杀死我们的儿子，杀人偿命！”他期盼宋青莯好好耍一耍富家公子的做派，甩个几千两银子给他们。

可惜，宋青莯只是一味笑盈盈地站在原地，动也不动。

陈五微微一愣。此时此刻，他虽然惧怕飞染的蛮力，可他们箭在弦上，不可能半途而废。他上前两步，试图抓住飞染的衣领，嘴里叫嚷：“你杀死我的儿子，我要为儿子报仇！”话音未落，他右手握拳，用力朝飞染挥去。

飞染一时没有反应过来，驴子分明没踢到人啊！她正思量间，就见一只脏兮兮的手掌近在咫尺。她侧身闪躲，右手条件反射般抓住陈五的衣袖轻轻一扯。

众人只听“扑通”一声，陈五面朝下摔了个狗吃屎。大家一阵哄笑。

飞染手足无措，干巴巴地解释：“我刚才就说过，我力气很大的。”

坐在地上嚎哭的女人看傻了眼，下意识朝宋青莯看去，就见他似笑非笑斜睨自己，好像看笑话一般，丝毫没有插手的意图。她干嚎几嗓子，又朝飞染看去。

飞染走到女人面前，伸手搭住小男孩的脉搏。

“你干什么！”女人回过神，扯着嗓子叫嚷，“你杀死我的儿子，又打伤我的相公……”

“这位大嫂，你的儿子和相公都好端端的，你不用担心。”飞染宽慰她。

她至今都没有意识到，陈五夫妻想要讹诈她。这并非是她迟钝，而是她自小长在庵堂，鲜少与外界接触所致。对她而言，银子仅仅用来交换日常所需。至于师父给她的玉石啊，猫眼啊，就是漂亮的石头，价值和合欢树上的花朵，天上的云朵、星星是一样的。

当下，她看到小男孩脸色青白，急忙推开哭哭啼啼的女人，一手扶着瘦弱的小男孩，一手轻拍他的背。她才拍了三四下，小男孩“哇”的一声哭了出来，嘴唇慢慢有了血色。

“你看，没事了，他只是吓到了，又被你闷得喘不过气。”飞染笑眯眯地看着女人，“你若是不放心，再给他煎两剂定惊茶就是。”

“你……”女人咬牙暗恨，又不敢和飞染硬碰硬。她虚弱地控诉，“是你吓坏我的儿子，你别想就这么算了。”

飞染不解地问：“他被我家驴子吓到，驴子已经死了，难道你想鞭尸泄愤？”

围观的百姓看到小男孩压根没事，飞染一脸纯真不似作伪，好事者便在一旁起哄，有人甚至拿出了皮鞭。

另一边，陈五摔得七荤八素，半晌才回过神。他听到嘲笑声此起彼伏，忽然觉得鼻子一阵热乎乎的。他伸手一擦，衣袖上一大摊鲜血。

转念间，他的目光再次瞥向宋青莯，只见他白衣袂袂，腰间的碧玉更是通透圆润。他脑子一热，对着宋青莯哭诉：“这位公子，你得为我们做主啊，我们虽然命贱，但我们是良民，不能这样任人糟蹋！”

“我，做主？”宋青莯无辜地指着自己的鼻子，“我只是过路的，怎么替你们做主？”

陈五喉咙一哽。他总不能直白地说，你是有钱公子哥儿，既然你看上那位姑娘的美色，你就替她赔银子给我们吧！

他的眼神闪了闪，哀声控诉：“公子，你们分明是认识的。大伙儿亲眼看到，你们亲亲热热说话……”

“你胡说！”飞染怒斥。虽然大周朝民风开放，但她的师父是尼姑，他怎么能诬陷她们和男人有往来！

她气呼呼地说，“刚才我一个人坐在车子上等我的家人，也不知道怎么的，驴子突然就往前冲，差点撞着人。我情急之下只能一掌打死自家的驴子。”说到这，她着重指出，“幸亏我力气大。”

宋青莯勉强憋住笑意，朝驴子的尸体走去。他仔细看了两眼，一本正经地表示赞同：

"姑娘果真天生神力。"

飞染奇怪地瞥他一眼，拿起驴板车上的鬼面具继续解释："这位公子刚好捡到面具，就把面具还给我，我对他说了一声'谢谢'，仅此而已。"

"咦？"宋青莯突然弯下腰，食指在驴子背上轻轻一抹，诧异地说，"姑娘，你只是打了驴子的脖子，为什么它背上有血，像是被什么东西扎了。莫不是……"

他在原地转一个圈，让众人看清楚他手上的血迹，续而又对飞染说，"莫不是有人心存歹意，故意惊了你的驴子？"

宋青莯才说到这，一个小混混模样的男人"咚"的一声摔在地上。陶氏疾步走到飞染身前，展开双臂把她护在身后，"哦哦哦"对着小混混怒叫。

小混混摔得头晕目眩，哭丧着脸叫嚷："我什么都不知道，是陈五，是他让我在米铺里面缠着这个哑巴，不让她出门。"

"原来是陈五设局，欺负人家小姑娘和哑巴！"众人恍然大悟，无不唾弃陈五夫妻。

宋青莯不慌不忙拿出帕子，慢慢擦去指尖的血迹，冷声陈述："俗话说虎毒不食子。若不是这位姑娘心善，又恰巧天生神力，说不定……"他啧啧咂嘴，"真不知道这孩子是不是你们亲生的。"

一听这话，所有人都用谴责的目光盯着陈五夫妻，眼中满是鄙夷。

人群中，吕岐山旁观事情的始末，只觉得后背一阵凉飕飕的。

早几年，宋青莯不过十七八岁，还在大理寺当判官，京城的大小官员就在背后称呼他"鬼面判官"，貌胜潘安，心黑如墨。

转念间，吕岐山看向陈五夫妻的目光染上几分同情。

他看得出，陈五夫妻本来被地上的死驴子震慑，心生退意，但宋青莯就那样"风姿绰约"地站了出来，浑身上下全都写着：我是多金纨绔，你们快来讹诈我。

想到这，吕岐山心中一紧，赶忙走出人群，扬声询问："发生了什么事？干吗围在这里？"

"吕大人。"宋青莯指了指地上的死驴子，又朝小混混努了努嘴，低声说，"物证、人证都齐了。"说罢，他转身走出人群。

飞染赶忙追上他，真诚地道谢："公子，谢谢你，除了这个……"她扬了扬手中的鬼面具，"还有刚才的事。"

"不算太笨。"宋青莯轻笑。

飞染被他笑得一阵眩晕，低下头脱口而出："公子长得这般好看，又有侠义心肠，一定会好人有好报。师父说，世上的事全都离不开'因果'二字……总之，你我虽然萍水相逢，以后恐怕没有机会再见，但你的好心，我一定会……"

"我姓宋，字青莯。"宋青莯忽然觉得胸口发闷。她还是没有认出他。

飞染眨眨眼睛，一时没有反应过来。

宋青莯目光灼灼地注视她，却见她一脸茫然。他微微勾起嘴角，一字一顿说：“你想要报恩，总该记住恩人的名字吧？”

“可是我没有想过报恩啊！不是！”飞染涨红了脸，赶忙解释，“我的意思，人海茫茫，我和公子应该没有机会再见，更没有报恩的机会……”

“你怎么知道，我们无缘再见？”

飞染微微一怔，释然笑道：“是，公子说得对，有缘无缘谁都不能断言，这才是真正的‘缘’，是我执念了。”她坦荡荡地承诺，“宋公子，我叫飞染，今日欠你一个人情。有缘无缘，我都会记着。”她低头行礼，“再次谢过宋公子，我们就此别过。”说罢，她转身走向陶氏。

宋青莯呆立原地，脑海中突然闪过一个念头：三月二十六是她的生辰，上个月她及笄了。

许久，他目送飞染和陶氏走向马车行，讪讪地回到客栈。

当天下午，宋青莯一行人正要启程回京，他收到一个口信，临时决定在八角镇再住一晚。

傍晚时分，吕岐山把陈五等人收监之后，毕恭毕敬地向宋青莯汇报结果。

他们说话的当口，掌柜的在门外请示：“宋公子，楼下来了一位出家人，带着俗家女弟子和一个哑巴，说是投栈……”他的声音渐渐弱了，小心翼翼地瞥一眼紧闭的房门。转念间，他扬声说：“我马上把她们赶走。”

“不碍事的。”宋青莯回答，“既是出家人，行个方便也无妨。”

掌柜的有些意外，不过他不敢询问缘由，匆匆道了一声“是”，下楼安排她们入住。

入夜，万籁俱寂，一个修长的身影漫步在空旷的街道上。他缓缓行至街角的合欢树下，驻足等候。

须臾，飞染的师父息嗔师太悄然站在宋青莯身后，笑问：“莯哥儿？”

“是。”宋青莯上前行礼。

“早前我听飞染说起上午的事儿，猜想一定是你来了八角镇。”

“晚辈恰巧有公务在身，在街市偶遇飞染妹妹。”宋青莯避重就轻地回答。

息嗔师太身穿土黄色法衣，头戴同色披风帽，如水的月光下，依稀可辨其年轻时的绝代风华。不过她虽然是出家人，说话举止却颇为随意。

她打量宋青莯，问道：“你母亲身体可好？”

宋青莯恭敬地回答：“蒙师太挂念，家母身体很好，只是十多年未见师太，颇为想念。母亲前几日向晚辈感慨，飞染妹妹及笄，她却不能前来观礼。”

“你母亲有心了。”息嗔师太抬头看一眼月光下的合欢树，转而又道，“飞染那丫头，恐怕不记得你了吧？”

“是。”宋青莯点头，“已经十多年了，不记得，也好。”

息嗔师太似乎陷入了回忆。半晌，她低声说："当年，山上那棵合欢树枯萎，那丫头哭了一整天，还是你哄着她，她才破涕为笑。"她叹一口气。

"师太若是有事，尽管吩咐。"

息嗔师太没有客气，直言说道："我此次下山，本打算托人送信给你母亲，既然遇上了你，你帮我带给她吧。"她拿出一封用火漆封住口的书信。

宋青莯接过书信放入衣袖中，又问："师太可有其他的话带给母亲？"

"你替我对她说，大恩不言谢。"息嗔师太的声音染上几分哽咽与不舍。

宋青莯微微一愣，续而轻轻皱眉。他默了默，突然冒出一句："顺昌公主已经加封长公主。"

息嗔师太闻言，脊背微僵，轻声喟叹："我是出家人，红尘俗事早就看淡了。"

"那飞染妹妹……"

"我唯一放不下的人就是飞染，这才厚着脸皮送信给你母亲。"

宋青莯顿时有些急了。他身体前倾，压着声音说："师太，晚辈说句僭越的话，世上的事，就算时隔再久，终究逃不过一个'理'字。"

"我是心如止水的方外之人。爱恨情仇不过镜花水月，过眼云烟罢了。"她苍凉一笑，转身而去。

宋青莯错愕地站在原地，直至息嗔师太的身影消失在他的视线，他才转过身，仰头凝视合欢树。

十年零八个月前，净心庵的合欢树死了。那一天，他答应飞染，只要她止了眼泪，他定然为她种一棵一模一样的大树。可惜，自那日之后，他再也没有机会上山见她。

宋青莯拿出息嗔师太交给他的那封书信，指腹慢慢摩挲信封上的火漆。

就息嗔师太刚才的态度，他猜想，书信的内容必定是师太恳求他的母亲，以成国公府远房亲戚的名义，把飞染远远嫁了，只求她平安喜乐。

他的母亲曾经告诉他，息嗔师太是镇北将军独女，性子刚烈，飞染是她和驸马的女儿。他一直以为，为母则强，就算息嗔师太与驸马早就恩断义绝，为了女儿的将来，她一定会走出庵堂，为镇北将军平反，为女儿争取应有的地位。

息嗔师太为何选择息事宁人？是他仍旧看不透人心吗？

宋青莯薄薄的嘴唇抿成一条直线，默然凝视盛开的合欢花。

许久，他把书信收回衣袖，信步走在月光下。

他犹记得，飞染像小尾巴一样追着他，甜甜地唤他"三哥哥"。他知道，妹妹夭折后，母亲一直郁郁寡欢，是飞染让她重拾笑容。

"就当是报恩吧。"宋青莯轻声叹息。

在他想来，即便息嗔师太已经看破红尘，他的飞染妹妹也不能成为有母认不得的可怜人。退一万步，他身为提点刑狱使，必须还原事实真相，哪怕罪魁祸首很可能是当朝长公主和她的驸马！

宋青莯一边思量，一边往回走，忽然看到一个黑影从屋顶掠过。他随口吩咐："去看看，是什么人。"

他的话音刚落，客栈内传来惊恐的尖叫。他顾不得思量，循声奔向客栈，就听到飞染的哭声飘荡在空气中。

他驻足大堂，只觉得浑身的血气直往脑门冲，双脚似有千斤重。

一旁，山柏快步走到他身旁，低声回禀："三爷，听说客栈入了采花贼……"

山柏尚未说完，大堂内已经不见宋青莯的身影。

第 2 章　女尼之死

宋青莯得悉客栈有采花贼闯入，他飞奔至二楼，听到飞染悲怆地唤着"师父"，他缓下脚步，深吸一口气压下纷乱的呼吸，举步走向息嗔师太的房间。

"哦哦哦！"陶氏一边哭，一边挡着房门，不许任何人进屋。

宋青莯冷眼打量她，耳朵里充斥着飞染的哭声。他不耐烦地吩咐手下："把她拉走。"

陶氏使劲摇头，身体死命抵住门框，眼泪滚滚而下。每当衙差试图拉走她，她都像疯了似的，挥舞手臂一通乱打。

双方僵持片刻，宋青莯喝退手下，默然上前一步。陶氏情不自禁后退一步。宋青莯突然挥手。陶氏来不及看清楚他的动作，只觉得耳旁一道掌风扫过，她脖子一酸，晕了过去。

宋青莯跨入房间，抬头就看到飞染跪在床边哭泣。他环顾四周，发现房间窗户大开，空气中弥散着血腥味及淡淡的花香。他近距离接触过飞染和息嗔师太，他十分肯定，这并不是她们身上的香味。

宋青莯阖上房门，朝飞染走去。床榻上，息嗔师太身盖棉被，双目紧闭似睡着了一般，床单上残留斑驳的血迹。相比之下，飞染中衣凌乱，衣袖及双手沾满鲜血，反倒显得更加狼狈。

他弯腰想要试探息嗔师太的鼻息，指腹尚未触及她的肌肤，飞染挥手隔开他的手臂，怒斥："不许碰师父！"

宋青莯没有闪躲，电光石火间，他的左手已经握住飞染的右手腕。

飞染自小习武，本能地扭转手腕，欲反制宋青莯，却发现修长的手指像藤蔓一般缠绕自己的手腕，她竟然半分都动弹不得。她心中一慌，再加上悲伤过度，早已失去了理智，一拳朝他的小腹挥去。

她没有听到预期中的闷哼，只感觉到温热的手掌紧紧包裹自己的拳头。她诧异地抬头看去。

“是你！”飞染惊愕，用力推开他，张开双臂护在床边，高声说，“谁都不许碰师父！”

宋青莯低头看了看手上的血污，微微蹙眉，目光越过飞染的肩膀朝息嗔师太看去。

“不许看！”飞染坚定地认为，任何人的目光都是对师父的亵渎。

“我不看，怎么抓住凶手呢？”宋青莯的声音清冷无波，拿出汗巾慢慢擦去手上沾到的血迹。

飞染愣愣地看着他的动作，脸上满是泪痕，眼中更是蓄满泪珠。许久，她一字一顿说：“杀人偿命欠债还钱。”

“那你也得知道，找谁偿命，不是吗？”宋青莯递上手绢，“把眼泪擦干净。只有找到仇人替你师父报了仇，才有资格流眼泪。”

飞染的牙齿紧咬下唇，双手微微颤抖。她很伤心，但更多的是愤怒。

“怎么，你所谓的‘杀人偿命’，不过是嘴上说说罢了？”

“不是！”飞染抬起手臂，用衣袖狠狠擦拭脸颊。她用力闭了一下眼睛，两颗豆大的泪珠双双滚落，长长的眼睫毛沾染上了点点水渍。她再次擦去泪水，深吸两口气，嘴里说道，“杀人偿命欠债还钱，我只懂这个道理。”

“很好！”宋青莯点头，目光落在她的脸庞。她擦拭眼泪的动作太过粗鲁，手上的鲜血沾在了她的脸颊上。他垂眸掩饰情绪，心中暗暗叹息：她还是和小时候一样，动不动就抹眼泪，把小脸弄得脏兮兮的。

“我会帮你找到仇人的。”他对着她的小脸伸出右手。

飞染条件反射一般别过头，但他的食指还是抵住了她的下巴，拇指划过她的脸颊，用指腹擦去那一道淡淡的血痕，又若无其事地松开手。

飞染抿嘴看他，问道：“你……我，我怎么样才能知道，是谁害死了师父？”

“我需要检查尸体。”

飞染眼中闪过犹豫。片刻，她退开一步。

“被子是你盖上的？”宋青莯询问。

飞染点点头，补充道：“师父被贼人脱掉衣服之后打伤了，所以咬舌自尽了。”她的眼睛再次蒙上雾气，又硬生生把眼泪逼回眼眶，大声说，“我一定要替师父报仇！”

宋青莯对她奇怪的描述心生诧异，他追问：“是你合上你师父的眼睛的？”

飞染再次点头。

他问：“你师父的武功如何？”

一听这话，飞染呆住了。她的武功是师父教的，一般宵小压根近不了她的身。能够逼得她师父咬舌自尽的人，武功一定很高。她根本不是那人的对手。

她握紧拳头，高声说："就算我打不过他，也要找他报仇！"

"报仇有很多种方法的。"宋青莯弯腰揭开被角。

床榻上，息嗔师太的中衣中裤全都撕破了，手腕青紫一片。

宋青莯虽然不是第一次验尸，但他到底是年轻男子，又没有成亲，甚至连通房丫鬟都没有，再加上息嗔师太又是他的长辈，他尴尬地别开视线。

飞染对男女之别懵懂，直觉告诉她，不应该让陌生男人查看师父的裸体，可她又想马上找到仇人。踌躇片刻，她高声说："你想要看什么，我帮你看。"师父是她最亲近的人，面对师父的尸体，她并不觉得害怕。

宋青莯轻轻摇头，把被子盖回息嗔师太身上。他可以初步判定，师太确实被强奸了，案发时间应该就在他们分手之后。凶手很可能躲藏在房间的门后，在师太回屋的时候，用迷药迷晕了她。

他回头看一眼敞开的窗户。这会儿屋内只剩下浓烈的血腥味，只凭先前那一缕若有似无的香味，他无法肯定是不是迷药，又是什么迷药。

飞染急切地追问："到底怎么样？"

宋青莯不答反问："你从你师父身上看到了什么？"

飞染义愤填膺地说："那人将师父打得遍体鳞伤，我要将他千刀万剐！"

宋青莯微微一怔。她不会连什么是强奸都不知道吧？他追问："还有呢？"

飞染蹙眉看他，想了想又补充："师父自尽了，一定是打不过他。无论他的武功有多高……"

"武功的高低，从来不是胜负的关键。"宋青莯后退几步，站在屋子中央环顾四周。他仿佛看到息嗔师太神思恍惚地推开房门，被躲藏在门后的男人用沾了迷药的帕子捂住口鼻。那一刻，她像困兽一般挣扎。

"你在看什么？"飞染顺着他的目光看去，门口空荡荡的，什么都没有。

"那里。"宋青莯指了指门边的地板。

飞染走上前，蹲在地上仔细端详，隐约可以看到一双模糊的鞋印。她用手指蘸起一小点泥土，生气地控诉："有人躲在这里伏击师父，卑鄙无耻！"

宋青莯没有回应她的话。他走到床边观察息嗔师太的布鞋，鞋跟处有浅浅的刮痕。这就证明，她的确是被凶手拖到床上的。

凶手迷晕受害人之后行强奸之事，的确是采花贼一贯的手法。息嗔师太醒来，不堪受辱咬舌自尽，似乎也在情理之中，但是息嗔师太并不孱弱，飞染年轻貌美。面对同样的风险，普通的采花贼怎么可能在她们之间选择后者？

更重要的一点，息嗔师太得知他在八角镇，临时决定来客栈投宿。采花贼不只消息灵通，还能算到息嗔师太半夜与他在客栈外见面，趁机躲在房内偷袭她。

想到这，宋青莯的目光再次落在敞开的窗户。这扇窗户正对客栈的内院，外人从这里逃走，极易惊动客栈里的人。

“三爷。”山柏在门外回禀，“吕大人带着衙差上楼来了。另外，客栈内所有人都已经集中在大堂。”他是国公府的小厮。一般情况下，他只负责照顾宋青莯的饮食起居，但是自从宋青莯踏上仕途，他经历过不少案件，知道如何从旁协助。

宋青莯听闻他的话，问道：“山槐回来了吗？”山槐原本是国公府的侍卫，之后成了提点刑狱司的捕快。

“还没有。”山柏恭敬地回答。

宋青莯走到窗口向外张望，又回头注视飞染。她仅仅穿着中衣，纯白的棉衫血迹斑斑，领口也松散了，露出白皙的脖颈。她好似浑然未觉，只是睁着大眼睛看他，仿佛正期盼他说出凶手的名字。

他轻咳一声，看了看门上的人影，一本正经地说：“凶手大概是从窗户逃走的。你假扮凶手，从窗户离开。我想知道，他是怎么逃走的。”说到这，他又补充，“不能让其他人发现你。”

“好！”飞染点点头，想也没想就准备朝窗外跃去。

“等一下。”宋青莯拉住她，“你出去之后，在自己的屋子换一身干净衣裳，再去找陶妈妈。”

“不知道是谁害死师父，我不会离开师父半步。”飞染用力摇头。

“你守在这里，凶手就会跑回来自首？”宋青莯注视她，“衙门的人已经到了，你希望你的师父一直穿着破烂不堪的衣裳？”

宋青莯一连两声质问，飞染虽然不情愿，还是低着头跃出窗户，回去自己的房间换衣服。

宋青莯转身打开房门。山柏及吕岐山等人已经在门外等候。

八角镇只是京城郊外的一个小城镇。吕岐山上任一年半，处理的案子最多就是打架斗殴，偷盗诈骗，根本没见过凶杀案。他看到床上的尸体，吓得脸色灰白。仵作同样脸色青灰，低头不敢言语。

宋青莯瞥他们一眼，脸色微沉。提点刑狱司有自己的仵作，但他此行只带了几名亲信。此刻即便他派人快马回京调来仵作，来回也需要不少时间。他想到飞染期盼的眼神，心中生起莫名的烦躁，表情愈加严肃。

山柏吃不准主子的心思。他看到吕岐山等人吓得快尿裤子了，硬着头皮说：“三爷，客栈的一干人等，是否现在就替他们录口供？”

“嗯。”宋青莯淡淡地应一声，又吩咐山柏，“你去守着飞染姑娘和陶妈妈。如果她们有什么需要，你替她们办了。如果是你办不了的事，即刻回来告诉我。”

山柏愣了一下，心中十分意外，躬身退了出去。

宋青莯顾念息嗔师太是自己的长辈，高声下令："除了吕大人和仵作，其他人都去门外候着。"

伴随一阵纷乱的脚步声，屋中只剩下三人。宋青莯在椅子上坐下，漫不经心地说："白天的时候，吕大人得知我并没有按计划回京，借故来到客栈。你很想知道，我为什么突然决定多住一晚？"

他略一停顿，话锋一转，讥讽地说："没想到吕大人一把年纪了，倒是难得的多情种子。你忧心本官滞留八角镇的原因，竟然还有心情深夜与情人幽会。"

"大人恕罪。"吕岐山"扑通"一声跪下了，心道：我到底哪里得罪他了，他不只派人监视我，还把我养外室的事情查得清清楚楚。

宋青莯仿佛看穿了他的心思，不屑地说："吕大人，擦一擦衣领上的印子。你不值得本官派人监视你。"

吕岐山彻底呆住了。转念间，他表情一凛。前任县丞曾经警告他，宋青莯一眼就能看穿别人的心思，最好别在他面前耍心眼。

他低下头，老老实实解释："宋大人，下官年近五十，膝下无子……"

"行了。"宋青莯的指尖不耐烦地敲击桌面，沉着脸质问他，"吕大人，这几天你极力隐瞒我的事，到底是什么？"

听到这话，吕岐山吓得跪伏在地，连连声称自己没有任何隐瞒。

"这都已经闹出人命了，你还不说实话？！"宋青莯的声音染上薄薄的愠怒。

事实上，宋青莯并不知道，吕岐山蓄意隐瞒的事与息嗔师太的死到底有没有关系。今晚之前，他假装不知，是他觉得吕岐山在公事上也算尽责，他应该可以自行处理。

短暂的沉默中，吕岐山的身体抖得像筛子。他结结巴巴说："具体的……下官……下官也不知道……或许是下官……多心了……所以下官不敢禀告大人……"

"说重点。"宋青莯冷哼。

平淡无奇的三个字，把吕岐山吓得瑟瑟发抖。不过，当他害怕到极点，反倒不结巴了。他流利地陈述："回大人，上个月镇上死了两名四五十岁的妇人，这个月死了三名。他们的家人或报了意外，或报了自杀。下官派仵作查验过尸体，也仔细问过她们的家人，并没有可疑之处。大人此番来到八角镇，下官突然想起这件事，隐隐觉得不安，又不知道是否应该禀告大人。"

宋青莯默然聆听。直到吕岐山说完了，他沉声吩咐："你先起来。待会儿把那几名妇人的死状，家人的供词呈给我看。"话毕，他询问一旁的仵作："以前验过尸吗？"

仵作摇头，又急巴巴地补充："大理寺和刑狱衙门下发的公文，小的全都认真研读过，不敢有丝毫马虎。"

宋青莯希望尽快弄清楚事实，吩咐吕岐山即刻回衙门取来卷宗，又对仵作说："你去验尸，我怎么说，你怎么做。”

“是。”仵作恭敬地点头，按照大理寺下发的验尸指引，用棉布蒙住口鼻，戴上手套走到床榻前。

宋青莯吩咐：“先检查她全身各处，确认是否有明显的外伤。”

“是。”仵作再次点头。他粗粗检查死者全身各处，并没有明显的外伤，也没有发现断骨，只在手腕处发现淤痕，口部有淡淡的手印。最后，他忍着反胃捏开她的嘴巴，只见舌头尽根而断。

仵作胃中的酸水排山倒海一般翻涌，全身的血液仿佛都被抽干了。他本能地想要逃开，回头看到宋青莯面无表情地端坐桌前，他头皮发麻，僵着背说：“死者咬断了舌头，看起来死意坚决。”

“继续。”宋青莯起身行至窗前，隐约看到一个人影进了飞染的房间。他猜想，应该是陶氏。

仵作不敢怠慢，仔细检查死者全身各处的皮肤，确认有无细微的创口，例如针扎，或者昆虫啮咬的痕迹。

宋青莯虽然确信息嗔师太被强奸了，但是为了保险起见，他命令仵作检查她的下体。

仵作心中暗暗叫苦，拿过床边的蜡烛仔细检查，嘴里说道：“死者处子膜撕裂……”

宋青莯猛地转身，右手紧紧握住窗框。

“大人，有什么不对吗？”

“没有，你继续。”宋青莯面色如常，心中已经震惊到极点。

他以为飞染是息嗔师太和当朝驸马甄彦行的女儿。用他母亲的话，息嗔师太才是甄彦行明媒正娶的嫡妻。

他的母亲不可能骗他。如此一来，只剩下两种可能，要么是他的母亲误会了，要么是息嗔师太欺骗了所有人。

这一刻，宋青莯的脑子嗡嗡直响。

十多年来，他付出了常人无法想象的努力，一步一步实现自己的计划。他成为提点刑狱使只有一个目的，不管甄彦行、息嗔师太、顺昌长公主之间到底有什么恩怨情仇，他只希望飞染能够认祖归宗，他不要她一辈子囚禁在荒凉的尼姑庵。

他清楚地记得，她稚声稚气地对他说，她很想看一看山下面是什么模样。

她最喜欢听他说京城的事儿。

他答应带她去京城看烟火，逛花市。

宋青莯的指尖几乎陷入窗框。如果息嗔师太是处女，那么他为之奋斗了十多年的努力就是一个笑话。

他哑声询问："你没有看错？"

仵作不知道他心中所想，如实回答："是强奸没错。小的记得大前年的公文上写过……"

"师太毕竟是出家人，你只需在尸格上记录，她遭凶手强奸就够了。"宋青莯打断了仵作的话，转身注视飞染的房间。

不知过了多久，直至仵作验尸结束，宋青莯命令手下守着尸体，自己则慢慢走向飞染的房间。

隐隐约约中，他听到飞染哽咽低语："陶妈妈，师父经常说，生死轮回是天数……前天师父才问过我，如果我以后再也见不到她，会不会哭鼻子。我以为师父在考我，高高兴兴地告诉她，只要我心里惦记着师父就够了……"

宋青莯微微蹙眉，心中暗忖：息嗔师太说出这样的话，是她早就预料到，自己今日有此一劫，还是她笃定他的母亲会把飞染接去国公府？

转念间，他听到飞染又道："陶妈妈，我明白的，我应该像师父那样，把生死看淡，戒嗔戒痴。这些道理我都懂，可是我心里难受，就好像有刀子在割我的心……"

听到这话，宋青莯的心狠狠一抽。小时候的他最见不得飞染流眼泪，如今的他怎能任由她心痛？

她是飞染，是谁的女儿根本不重要！

宋青莯径直推开房门，看到飞染披着床单坐在桌前，侧身依偎陶氏。陶氏轻拍她的背，嘴里发出嘶哑的"哦哦"声，似乎正在安慰她。

飞染看到他，猛地站起身，急问："找到凶手了吗？"她不顾床单掉落在地上，伸手擦去眼泪，大声说："我不哭，你告诉我，凶手是谁？"

陶氏急忙捡起床单包裹住飞染，转身把她护在身后，阻挡宋青莯的目光。

宋青莯注意到，飞染依然穿着染血的中衣。他冲飞染暗示性地看一眼陶氏，又看了看房门，没有说话。

飞染想了想，吩咐陶氏："陶妈妈，你先去外面等一会儿。宋公子是好人，没关系的。"

陶氏摇头，指了指飞染的衣裳。

宋青莯心知肚明，陶氏不愿留他们孤男寡女独处一室。他不耐烦等待，说道："陶妈妈，我已经派人快马回京通知成国公夫人，我的母亲。现在，你先去门外候着。"

陶氏看到宋青莯态度坚决，深深看他一眼，低头退了出去。

伴随房门关上的声响，宋青莯突然变得嘴拙。他低声询问："你很伤心？"

"我不伤心。"飞染摇头，"师父说，生老病死是人生常态，每个人都会经历，只是早些晚些罢了。"她嘴上这么说，眼眶中已经蓄满泪水。她追问，"你找到凶手了吗？"

"没有。"宋青莯声音干涩。第一次，他觉得自己太没用，居然让她失望了。"一定会抓到凶手的。”他承诺，转而又问她，“你姓什么？你们认识镇上的人吗？”

“我叫飞染，我师父和陶妈妈都不认识镇上的人，最多就是去米铺、布庄买东西。今天我们本来要回庵堂的，师父说，她走得累了，想在镇上住一晚……”

“你姓什么？”宋青莯插嘴。

“什么？”飞染的眼中掠过茫然。

“飞染应该是你的名字，你姓什么？”宋青莯追问。

“我叫飞染。”飞染重复。

“每个人都有姓氏，比如说陶妈妈，她姓陶。”

飞染垂下眼睑，低着头回答：“我就叫飞染，是师父在庵堂外面捡回来的弃婴。我不知道爹娘是谁，你问的是这件事吗？”

“我……我只是随口一问。”宋青莯的声音闷闷的。

“其实没什么的。”飞染抬起头，“师父没有姓氏，我也没有，我和师父一样呢！”

宋青莯不知道如何接话。息嗔师太出家前姓蒋，集功勋荣耀于一身的蒋家，根本不是一介寒儒甄彦行可以仰视的。他低语：“以后……”

飞染高声接话：“以后，等抓到了凶手，我就和陶妈妈回庵堂陪着师父。”

宋青莯目光微沉。十多年前，先皇随口一句话，再没有人可以上山探望她们。如今先皇已逝，皇上断不可能为了一个孤女违逆先皇的旨意。不过先皇的口谕只针对息嗔师太，他从来没有说过，飞染不可以下山。

“你不想去京城吗？”宋青莯记得，小时候的她十分向往京城。

飞染轻轻摇头，急切地说：“我只想马上抓住凶手。只要可以抓住凶手，你让我做什么，我就做什么。我会武功的，而且我跑得很快！”

宋青莯失笑。她的眼睛又红又肿，就连鼻头都红彤彤的，几缕乌黑的长发贴着她的脸颊，神情与小时候的她一模一样，同样惹人怜爱，又让人无奈。

十多年过去了，她已经脱去了幼时胖嘟嘟的模样，不过她的双颊依旧残留些许婴儿肥，看起来纯真又稚气，带着几分不谙世事的娇憨。

平心而论，白天的时候，当他第一次近距离与她面对面，他差点认不出她了。他不得不承认，息嗔师太把她保护得很好，她的眼睛纯真无瑕，没有沾染半点世俗的浊气。

息嗔师太死了，是时候由他保护她了。这是他幼时的承诺。

宋青莯伸手，试图为她拨开脸颊的乱发。

飞染偏头躲避他的动作，信誓旦旦地说：“我真的会武功，不是力气大。”

“是吗？”宋青莯有些失望。

“真的！”飞染误以为他不相信自己，一拳朝他的肩窝挥去。

宋青莯把她的动作看得分明却没有躲开。他硬生生受她一拳，闷哼一声，装模作样咳嗽了两声。

飞染一下子蒙了。早前她虽然迷迷糊糊的，但她清楚地记得，他不只劈开了她的拳头，还挡住了她的攻击。他分明是会武功的，这会儿怎么又变得弱不禁风了？

“你没事吧？”她狐疑地打量他。

“你下手未免太重了。”宋青莯捂住肩窝。

“对不起，我以为……”飞染急忙上前搀扶他，床单顺着她的肩膀滑落。“对不起。”她再次道歉，“不如你也打我一拳吧！”

宋青莯拉起床单盖住她的肩膀，摇着头说：“我知道你是无心的，没关系。”他目光灼灼地看着她，心中暗叹：她不只把我忘得一干二净，居然半点不懂男女之别，对人更是丝毫没有戒心。她如此单纯，息嗔师太真是太失职了。

“飞染。”他像小时候那般，轻声唤她的名字，指了指她肩上的床单，语重心长地说，“以后不可以和男子独处一室，知道吗？”

飞染原本觉得尴尬，被他这么一说又觉得莫名其妙。她脱口而出：“是你让陶妈妈在门外等候，不是吗？”

“……”宋青莯语塞。他总不能对她说，他是例外吧？

静默的瞬间，门外传来一阵急促的脚步声，紧接着是捕快山槐的声音：“大人，属下把人抓回来了。”早前在客栈外面，他奉命追缉黑影。

“是不是抓到凶手了？”飞染转身想要拉开房门。

宋青莯急忙制止她，隔着门板询问山槐：“怎么去了那么久？”

“是属下办事不力……”

“有没有抓到凶手？”飞染急不可耐。

宋青莯示意她少安毋躁，对着山槐说：“那人姓甚名谁，交代了什么，你一一道来。”

山槐不敢怠慢，恭声回答：“大人，那人名叫王亮，吕县丞证实，他是八角镇上的惯偷。据王亮自己交代，他从早上就一直跟着息嗔师太，意图行窃，始终没有找到下手的机会，于是决定等师太睡着以后再碰碰运气。王亮信誓旦旦，他潜入屋子的时候，师太已经死在床上。他吓得魂飞魄散，从窗户跃上房梁，想要逃跑……”

宋青莯追问：“这么说来，窗户是他打开的？”

山槐一板一眼汇报：“先前他没有提及，窗户是不是他打开的，属下这就去问他。”

宋青莯吩咐：“你把他带过来，我亲自问他。”

飞染听到门外的脚步声渐渐远去，压着声音说：“你为什么那么在意那扇窗户？”早前宋青莯也问过她，窗户是不是她打开的。

宋青莯不答反问：“你进屋的时候，有没有觉得哪里不对劲？”

飞染一边回忆，一边摇头，懊恼地说：“我听到奇怪的声响，急急忙忙跑去师父的房间，点亮烛台就看到……”

“所有的感官中，人的鼻子是最敏锐的。”宋青莯突然冒出这句话。

"我只闻到了血腥味。"飞染垂下眼睑，"我就连窗户是开着的，还是关着的都没有注意到。如果我陪着师父，不是早早就睡了……"

宋青莯打断了她，平淡地陈述："凶手想要杀死你师父，你陪着她，只会成为另一个牺牲品。"

宋青莯的语气太过冷酷，飞染错愕地抬起头。宋青莯指了指房门。

木门外人影晃动，紧接着一个黑影跪倒在地，哀声辩解："大人明鉴，师太不是草民杀的，草民只想偷些银两……"

宋青莯威吓："本官亲眼看到，你跃出客栈……"

"草民冤枉！草民进屋的时候，师太已经死了。"王亮连连磕头，震得地板"嘭嘭"作响，嘴里高声疾呼，"草民若有半句谎话，天打五雷轰！"

宋青莯不依不饶："依本官看，你意图偷盗是真，见色起意同样不假。你没料到师太性子刚烈，竟然咬舌自尽，于是你破窗而逃……"

"不是的！"王亮吓得浑身哆嗦，"我进去的时候，师太真的已经死了！"

宋青莯看到飞染怒目圆睁，一副随时准备冲出去与王亮拼命的架势，再次对着她轻轻摇头，又转头对着门外的身影冷哼："王亮，你悄然尾随师太在先，躲在角落偷窥她在后。入夜，你等她睡着之后便进屋行凶……"

"不是的！"王亮愈加惊慌。在他听来，宋青莯说得半分不差。他一整天都在跟踪息嗔师太。他的确看着她出门，看着她回屋，估摸着她已经睡着，这才进屋行窃，最后因为见色起意不遂，杀人灭口。事实上，他进屋的时候，活人已经是一具尸体。

"是她的情夫！一定是她的情夫杀人嫁祸！"王亮慌不择言，"大人，草民亲眼看到，师太离开客栈会情郎，就在街口的合欢树下……"

"你胡说！"飞染气得双颊通红，要不是宋青莯拽着她，她已经冲出去痛殴王亮。

宋青莯自然知道，王亮口中的"情夫"指的是他。他并不恼怒，却看到飞染像一只气鼓鼓的小青蛙，杏眼圆睁瞪着屋外的人影。

他示意飞染少安毋躁，悄然行至门前，"嘭"的一声打开房门。

房门外，王亮发现息嗔师太尸体的时候已经吓得不轻，之后又被山槐一路追赶，不由分说擒拿至客栈。这会儿，他跪在地上瑟瑟发抖之际，忽然听到巨响，吓得一屁股跌坐在地上。

他的脑子还没有反应过来，又听到"咚"的一声，不知道从哪里飞出一柄匕首，就那样直挺挺插在他的手边，闪着寒光的刀尖深深扎入地板。如果匕首再往右偏一分，他的拇指一定会被连根斩断。

他打了一个冷颤，一股温热的液体濡湿了他的大腿。

宋青莯看到地板上的水渍，心知王亮并不是凶手。他沉声质问："屋内并没有点灯，你如何看到师太已经死了？"他的声音不高，却有一股不怒而威的气势。

王亮咽了两口唾沫，结结巴巴回答："是窗户，窗口有月光照进来，照在老尼姑脸上……她那双眼睛……好可怕……"

"你是从门口进屋的，为什么从窗户逃走？"宋青莯追问。

王亮呆呆地看着宋青莯。转念间，他再次跪趴在地上，"嘭嘭嘭"一连磕了四五个响头，哀声说："草民不知道，草民当时吓坏了……兴许……兴许是草民看到窗户开着……"

"师太是出家人，你怎么会盯上她？"说话间，宋青莯察觉飞染走了过来。他顺手阖上房门，不希望外人看到她衣衫不整的模样。

王亮不敢有半点隐瞒，一五一十供述，三个月前，飞染师徒营救病童时出手阔绰，他和陈五夫妻在镇上打听了一番，决定今日分头行事。他尾随息嗔师太一整天，一直找不到下手的机会。

听到这话，宋青莯吩咐山槐："把他送去县丞衙门，让吕岐山派人十二个时辰严加看守。"

山槐领命而去。

飞染生气地说："你为什么不让我问他……"

"你想问他什么？有没有看到凶手？"宋青莯轻笑，"他是凶手准备的'替死鬼'，又怎么会看到真凶呢？"

"什么替死鬼，你这话什么意思？！"飞染惊愕。

宋青莯没有回答，转头吩咐手下："去查一查三个月前的病童，另外找人在大牢外守着。如果有人打探王亮的消息，弄清楚对方的身份，不要打草惊蛇。"

飞染脱口而出："你到底是谁？"

"我……"宋青莯注视飞染。他突然很想问她：你真的不记得我了吗？话到嘴边他又硬生生咽了下去。

这一刻，如果宋青莯说，他一点都不失望，那必定是假话，毕竟这十多年来，他时时刻刻惦记着她，她却早已把他抛诸脑后。

他应该趁机表明身份，还是等待她自己发现，他就是她的"三哥哥"？

宋青莯犹豫之际，飞染慢慢垂下眼睑。他知她所想，却不知道如何安慰她，只能实话实说："三个月前，你们救助病童的时候露了财，引来陈五、王亮两个宵小，这是事实。不过，他们没有能耐杀死你的师父，你完全不需要自责。"

飞染诧异地抬头看他，眼神仿佛在问，你怎么知道我在想什么？

"我是提点刑狱司的提点刑狱使，你师父的死，抓住真凶是我的职责。"宋青莯轻描淡写。

飞染后退几步坐回桌前，低声说："你让人调查病童，是不是……那时候我就上当了？师父说过，做人虽然应该本着慈悲之心，但是每个人都有自己该走的路，我们没有资格随便同情别人。那个病童需要很多银子才能续命，他的家人很想要银子，我才把身上的银子全都给了他们……”她的声音渐渐弱了。

恍惚间，宋青莯仿佛又看到小时候的她，一个人躲在墙角抹眼泪。如果不是他们都长大了，他真想走过去抱住她，再一次告诉她，他会保护她，不让任何人欺负她。

十多年前，当他得知自己再也不能前往净心庵，他对父母说，他必须上山保护妹妹。那时候父亲告诉他，一个有能力的人才配说出“保护”二字。

时至今日，他有能力保护她吗？

第 3 章　采花恶鬼

当宋青莯想起过去的种种，他沉默了。

许久，山柏在门外回禀：“三爷，小的在隔壁的绸缎庄子买来两身衣裳。”

宋青莯淡淡地应一声，转身打开房门。

飞染突然叫住他，说道：“宋大人，如果病童的事是一个圈套，请您务必第一时间告诉我，我想知道事实。”她目光灼灼地看着他，眼神坚定。

宋青莯轻轻点头，转身走出房间。

不知道为什么，当他离开飞染的房间，他的心情变得十分沉重，甚至有些神思恍惚。

此后，他亲自询问了客栈一干人等的口供，各种零碎的细节都在他的意料之中。

宋青莯推测，真凶必然早就发现王亮“盯上”了息嗔师太。他趁着王亮跟踪息嗔师太离开客栈的空当，悄悄躲进房间。他在师太回房的时候，突然从门后偷袭她。凶手之所以选择从窗户逃走，一来是他知道王亮正盯着房门，二来或许是他想要惊动客栈的小二，意图将王亮抓个现行，成为他的替死鬼。

王亮嘴上说，他不知道自己为什么从窗户逃走，事实上人和动物一样，都有察觉危险的潜能。当时，王亮一定感知到，店小二正在上楼，于是从窗口跃了出去。飞染听到店小二的惊呼，这才匆匆赶去息嗔师太的房间。

至于凶手打开窗户的第三个原因，恐怕是为了散除屋内的迷香味道。

自此，宋青莯基本可以断定，凶手绝不是一般的梁上君子或者采花贼，甚至极有可能是买凶杀人。

三更时分，吕岐山拿来了上两个月，中老年妇女相继死亡的卷宗。宋青莯才看了两页，他吓得再一次跪下了。

“吕大人，你又怎么了？”宋青莯没有掩饰语气中的不耐烦。

吕岐山低头跪在地上，额头、鼻尖早已渗出薄薄一层细汗。他结结巴巴说：“大人，下官回衙门取卷宗的时候，听到一个传言……不知道当不当说。”

所谓的“传言”当然不是他刚刚才听说的。他用眼角的余光看一眼宋青莯，只见他一目十行，正快速浏览卷宗，对他的话不置可否。

他硬着头皮回禀：“大人，下官听内子说，最近镇上来了一个……采花鬼，来无踪去无影，特别喜欢四五十岁的妇人。夜里把她们‘压’了，若是遇上喜欢的，就把她们收去阴曹地府。”

说到这，他干笑一声，僵着表情喃喃：“都是无知妇孺瞎传的，以讹传讹……下官只是随口一说……随口一说罢了。”

宋青莯依旧没有回应。直到他差不多看完卷宗，他开口询问：“吕大人，你辖下一共有多少户百姓？”

吕岐山呆住了。衙门的户簿典籍上对每一户百姓都有记录，这关系到缴税抽丁，可他并不记得具体的数字。

“八百七十四户。”宋青莯轻声吐出一个数字，又道，“这两年风调雨顺，四五十岁的妇人相较其他年龄段，死亡率并不高。如果我记得没错，八角镇去年一整年，因病或者意外过世的中年妇女仅有六人。如今，两个月就死了五人。”

“下官该死！”吕岐山吓得匍匐在地。

宋青莯瞥他一眼，说道：“八角镇虽然不大，但习惯上一向以贯穿南北的青石大街，横贯东西的花鸟街为界，划分为东南西北四块。你自己看！”他把手中的卷宗“啪”的一声扔在吕岐山身前，“看清楚，上两个月过世的妇人，她们都住在哪里！”

这会儿吕岐山已经顾不得害怕了。他哆哆嗦嗦翻阅妇人们的住址，脸色由白转青。他竟然没有发现，五名妇人都住在镇子的西北边。

“大人，难道……真的有采花鬼？”

“鬼？”宋青莯冷笑一声，“这个世上，最可怕的不是鬼，是人。”

“不……不可能的。”吕岐山连连摇头，“她们全都四五十岁了……男人们有的喜欢青春少女，有的喜欢花信少妇，可这五名妇人都过了半老徐娘的年纪……怎么会有采花贼喜欢老妇？！”

第一次，宋青莯面对下官说不出反驳的话。他为了弥补自己在断案上的经验不足，看过大理寺保留的全部案件卷宗，就是前朝的案子，只要有文字记载，他全都通读过。

毫不夸张地说，他了解人心，知道罪犯为何犯案，却独独不懂女人，不明白什么是男女之爱。他二十一岁了，早过了娶妻的年纪，但是从来没有一个女人能让他记住容貌，更别说怦然心动，一亲芳泽的欲望。

“大人？”吕岐山轻唤。

宋青莯轻咳一声掩饰尴尬，沉着脸吩咐："你亲自带人，把齐恒戴上镣铐，押来客栈见我。"

吕岐山道一声"是"，不敢多问。他转身想要退出屋子，打开房门就看到飞染在走廊上徘徊。他赶忙上前打招呼。

宋青莯听到门外的动静，抬头看去。飞染身穿素白襦裙，亭亭玉立在灯火下。

在宋青莯眼中，白天的她身穿交领褙子，衣襟印着点点碎花，又粗又黑的发辫垂落肩头，脸上洋溢明媚欢愉的笑容，她就像阳光下热烈绽放的野花；这一刻的她垂眸独立，绸缎的光泽把她的脸颊映衬得愈加白皙，灯笼的橘色柔光又令她平添温婉气息，她就像含苞待放的幽兰。

宋青莯远远注视她。当他听到吕岐山喋喋不休说着"节哀顺变"之类的话，他莫名有些不高兴，扬声说："飞染，进来吧。"

飞染依言进屋，把手中的碎银子一股脑儿放在桌子上，说道："宋大人，白天的时候，我买了一些东西，身上就剩下这么多银子了。你命人买的这两身衣裳，我不知道这些银子够不够……"

"你来找我，就是为了还我银子？"宋青莯顿时觉得白花花的银子有些碍眼。

"不是的。"飞染抬起头，眼中闪耀愤怒的火焰，"宋大人，我想亲手抓住害死师父的贼人，将他千刀万剐！"她孩子气地比了比拳头。

"陶妈妈都告诉你了？"宋青莯有些讶异。他很确信，早前，飞染并不明白什么是强奸。其实早在她遇上陈五夫妻的时候，他就隐约察觉，她虽然不至于不谙世事，却因为长年居住庵堂，鲜少与外人接触，压根不知道人心险恶。

他好奇地询问："陶妈妈是怎么对你说的？"

"什么怎么对我说的？"飞染反问。

"关于你师父的遭遇……

"总之就是十分十分过分的事。"飞染义愤填膺。

宋青莯微微蹙眉，他怀疑陶氏仍旧没有说到点子上，可是他和飞染都不是小孩子了，有些话他不方便详细解释。

仔细想想，飞染已经及笄，到了谈婚论嫁的年纪。他决定保护她，兑现幼时的承诺，可他们毕竟男女有别。

宋青莯心生烦闷，指着桌上的银两问道："你知道一锭银子是多少？"

"五十两。"飞染的表情明明白白写着：你为什么问这么奇怪的问题？

宋青莯看在眼里，心中直叹气。他追问："五十两是多少？"

飞染蒙了，这叫她怎么回答？她想了想，只能实话实说，她们每次下山，息嗔师太都会给她五十两银子，买她喜欢的东西。她大半都用不完，师父就让她存起来当私房钱。

早几年，总有人想骗她的银子，一两次之后她就知道，买东西首先必须问清楚价格，再讨价还价。她知道五十两银子可以买很多东西，具体能买多少，她就不知道了。

宋青莯听着她的话，突然很想问一问她，息嗔师太想让她嫁人，她究竟知不知道嫁人是怎么回事？他生怕飞染把“嫁人”当成息嗔师太的遗愿，只能硬生生忍下这话。

飞染看到他欲言又止，高声说：“师父教过我，财不可以露白，这次的事全怪我行事不慎……总之，你是好人，谢谢你帮我寻找害死师父的凶徒。”

宋青莯再次听到“好人”二字，不禁有些窃喜，可转念一想，他又有些恼怒。飞染没有认出他，那么对她而言，他只是相识不到十二个时辰的“陌生人”，她竟然傻傻地相信他。她这么单纯，万一遇上居心叵测的人，恐怕对方把她卖了，她还喜滋滋地替人家数钱。

从今往后，她绝不能离开他的视线！

宋青莯暗下决心，转而又问：“平日里，你们都在庵堂做些什么？”

这些事和抓住凶手有关吗？飞染满眼疑惑，但还是老老实实地回答：“师父早起练功，用过早膳之后就去念经。下午的时候，师父会教我练字读书。晚上师父都是一个人抄写经书。对了，有时候师父会教我种花，还会讲故事给我听。”

“那你呢？”

“我？”飞染眨眨眼睛。

宋青莯转过身，抬头仰望窗外的夜色。他曾经听母亲说过，息嗔师太随镇北将军在边关长大，性格直爽不拘小节。飞染跟着她长大，女红针凿多半是不会的。他应该怎么安排她的去处？不管怎么样，去国公府成为他的义妹，然后远嫁异乡是断然不行的。

他的思绪千回百转，回头对飞染说：“你不去陪着你师父吗？”

“师父说过，人死了，躯壳不过是一副臭皮囊，所以我觉得抓住凶手比较重要。”她握着拳头恳求，“宋大人，你都看到了，我真的会武功，我想亲手抓住害死师父的恶徒，然后带着师父回山上，完成她的遗愿……”

“你师父对你说过遗愿？”宋青莯心中一凛。如果他记得没错，息嗔师太比他母亲小几岁，今年不过三十五岁。

飞染点点头，又摇摇头，说道：“我不小心听到师父和陶妈妈说话。那时候陶妈妈还哭了呢。后来我进去了，她们就不说了。”她默了默，不解地问，“宋大人，这些事和抓住凶手有关吗？”

宋青莯随意点点头。

此时，一个男声在屋外回禀：“大人，属下已经查探清楚，病童一家……”

“等一下！”宋青莯打断了他，压着声音对飞染说，“飞染，很多时候，真相不可能尽如人意。有些事，不知道比知道强……”

“我想知道。”飞染毫不犹豫，“我必须知道真相。”

依宋青莯的推测，病童的事多半不是圈套，可他无法百分百确信。他不希望飞染因为息嗔师太的死一辈子心怀愧疚，这才阻止手下继续往下说，可他又从飞染眼中看到了她的坚持。

犹豫片刻，他吩咐手下：“继续往下说。”

“是。”门外的男人简明扼要地陈述，病童一家世居八角镇，男孩先天不足，看遍了镇上的大夫，几乎倾家荡产。三个月前，他们遇到好心人，获赠五十两银子，这才保住了孩子的性命……

听到这话，宋青莯暗暗吁一口气，眼角的余光落在飞染的侧脸。

飞染确认自己路遇病童一家不是圈套，并没有如释重负的感觉。说到底仍旧是她行事鲁莽，这才招来陈五、王亮等人，让凶手有机会害死她的师父。

宋青莯把她的表情看在眼里，嘴里劝说：“我之前就说过，没有陈五、王亮之辈，凶手也会寻找其他的契机，照样会杀人，所以你完全没有必要自责。”他的指尖压住吕岐山送来的卷宗，往飞染面前推去，“你应该识字，自己看吧。”

飞染拿起卷宗翻阅。一时间，静谧的空间只能听到书页的“沙沙”声，还有灯芯爆裂，发出轻微的“噼啪”声。

不知过了多久，当东方渐渐泛起白光。飞染看完整摞卷宗，依旧不明白宋青莯让她看什么。她不解地问：“宋大人，这些女人的死，和师父不同。如果她们同样是被贼人杀害，她们的家人怎么会说谎包庇凶手呢？”

“很多事不可以只看表面。”宋青莯伸手对她比了一个噤声的手势。

紧接着，门外传来一阵脚步声。吕岐山在走廊上回禀，他已经把齐恒押来了。

宋青莯压低声音对飞染说：“我现在要问案，和你师父的死有关。你站在我身后，无论听到什么都不许发出声音，你能做到吗？”

飞染用力点头，孩子气地捂住嘴巴，表示她不会乱说话。

宋青莯转过身，微微勾起嘴角。小时候的她总是像现在这般，用清澈的眼睛看他，无论他说什么，她总是无条件地点头。这个世上，再没有人像她一样，一心一意信任他，依赖他。

他指了指桌边的空位。

飞染想也没想，就走过去站直身体。

宋青莯眼中的笑意更深了几分。小时候的他其实挺恶劣的，时不时捉弄她。有一天，她稚声稚气对他说：三哥哥，我喜欢你，才会听你的话，如果你总是欺负我，我也会生气的。从那天之后，他不再捉弄她，而她变成了他的小尾巴。

最近这三年，他每隔三个月便赶来八角镇，远远看她几眼。可惜，时间与空间的距离终究不可抹灭。当他们面对面，她再也不是胖嘟嘟的小短腿。有时候他忍不住怀疑，他坚持了十多年的“执念”，或许只是他的一厢情愿？

宋青莯在椅子上坐下，命令吕岐山把齐恒押进来。

门外，齐恒被突然上门的衙差吓得不轻，不过他有秀才的功名，也有几分读书人的傲气。他看到宋青莯比自己还要年轻，不仅没有下跪，反而微微仰头，生气地诘问：“这位大人，你指使衙差拿人，总该有一个罪名吧？天子脚下，朗朗乾坤……”

宋青莯冷声说：“看你这身素衣，总算你还念着令姐的养育之恩，没有变成枉读圣贤书的畜生，不枉她辛苦把你拉扯大。”

齐恒呆住了。转瞬间，他气得脸颊通红。

“怎么，我说错了吗？”宋青莯修长的手指轻敲桌面，目不转睛地盯着齐恒，幽黑的眼睛仿佛早已把他看透。

“我有功名在身，不管你是哪里来的大人，你这样出口伤人，才是枉读圣贤书。”齐恒的语气不复一开始的愤怒激昂，下意识回避宋青莯的目光。

宋青莯转头朝窗外看去，似乎觉得这样的问案甚是无趣。他不疾不徐地说：“一个被冤枉的人，第一反应必定是正面反驳对方的诬陷。齐秀才，你为什么不直接反驳我？”

一旁，不要说是飞染，就是吕岐山也不明白这是哪门子的问案。他们全都以为齐恒必定会反驳宋青莯，却看到他耷拉下肩膀默不作声，活像斗败的公鸡。

炙人的沉默中，宋青莯又道：“你告诉自己，你掩盖真相，完全是为了保全令姐的名节。你扪心自问，真正的原因难道不是你害怕旁人指指点点，令你抬不起头吗？”

“我……我不知道你在说什么！”齐恒依旧没有抬头。

宋青莯叙述：“你对自己说，你尚未娶妻，还有大好的前程，而你的大姐，她心甘情愿自杀，与你无关。将来，你有很多方法报答她的养育之恩，你甚至想过，等你考上状元，入了官场，一定会为她请封诰命。”

宋青莯不屑地冷笑，“为了把你养大，她在双十年华自梳为妇，这十多年来，或许有人赞颂她的伟大，敬佩她的情操，但更多的人是在她背后指指点点，冷嘲热讽。”他顿了顿，高声质问，“身为男人，一家之主，你为她做过什么？”

宋青莯的话音未落，齐恒脸色煞白。

宋青莯似乎犹嫌不够，一字一顿说：“你说服自己，她不甘受辱，才会上吊自尽。她的死与你无关。”他再次抬高声音，“你问一问自己的良心，令姐这辈子，她做的每一件事，哪一件不是为了你？！哪怕她受尽耻辱，她在咽气那一刻，依旧心心念念齐家的名声，你的前程。可是你呢？”

齐恒“嘭”的一声跌坐在地上，手铐与地板撞击，发出清脆而刺耳的声响。他仿佛一下子被这声音震醒，抬头看一眼宋青莯。突然，他跪直身体，哀声说：“求大人做主，找出害死家姐的采花贼！”话毕，他对着宋青莯连连磕头。

飞染与吕岐山等人瞠目结舌。

吕岐山听说过齐恒的大姐。她年过四十，因为过度操劳显得格外衰老，看起来足有五六十岁。这样的女人居然被采花贼奸污？他忍不住怀疑，自己是不是听错了。

宋青莯不愿意飞染听到案件的细节，污了她的耳朵，命令吕岐山把齐恒带去隔壁屋子详叙案情。

飞染虽然惊愕于齐恒的态度变化，但她更想知道另一件事。她急切地询问：“宋大人，请您告诉我，害死师父的凶手，逼死齐恒大姐的采花贼，他们是不是同一个人？”

宋青莯回头看她。他没有点头，也没有摇头，避重就轻地回答：“如果我知道了采花贼是谁，你愿意随我一起去抓人吗？”

“可以吗？”飞染眼中闪过一抹惊喜，又讪讪地说，“我不是捕快……”

“你不是说，自己会武功，力气很大吗？难道你不想亲手抓住凶手，将他们绳之以法吗？”宋青莯说的是“他们”。

飞染没有细想，用力点头说道：“想，当然想！”

“那就行了。”宋青莯看到她眼下的青影，“忙了一整夜，我要休息一会儿。你也回去养足精神，才有力气抓人。”

飞染总觉得他的话哪里怪怪的，可他确实忙了一晚上，她不能要求别人不眠不休帮助她，行礼退出了房间。

宋青莯目送她的背影远去，表情凝重。他把五名被害人的基本情况一一写在纸上，与息嗔师太的资料反复比对，光年龄这一项就疑点重重。息嗔师太今年三十五岁，看起来也就三十出头，而其他几名受害人实际年龄至少四十岁以上，看起来可能更老。

除此之外，五名受害人家住镇子另一边，采花贼不可能突然跑来客栈作案。

由此，宋青莯几乎可以肯定，齐恒口中的采花贼，并不是逼死息嗔师太的凶手。真凶为了杀死避世而居的息嗔师太，先是嫁祸王亮，之后又利用“采花恶鬼”的传闻，想必他筹谋已久且计划周详，而且他一定有“不得不为之”的杀人动机。

如果息嗔师太的死隐含不可告人的秘密，极有可能涉及十六年前的往事。想到这，宋青莯的神情愈加凝重。

一盏茶之后，山柏端着早膳及参茶进屋，唠唠叨叨说，他已经把早膳送去飞染的房间，飞染正守着息嗔师太云云。

宋青莯用过早膳，吕岐山拿着齐恒的供词折返。宋青莯一目十行，专注地翻看供词。

此时此刻，吕岐山心中纵有万般疑问，他也不敢问出口，更不知道从何问起。

静默中，宋青莯突然开口：“你想知道，我为什么挑中齐恒，又是怎么知道，他一定会将真相和盘托出？”

吕岐山吓了一跳，下意识挥袖擦去额头的汗水。他连声告罪，自责是他的失察，才会让采花贼接连作案。如果不是山柏提点他，宋青莯不喜欢别人在他面前跪来跪去，他早就下跪请罪了。

案桌后，宋青莯看完最后一页供词，开口解释：“吕大人在卷宗内写道，齐恒姐弟自小相依为命，事发后他为大姐的死哀哭不停。我让你亲自带人押他过来问话，是为了威吓他。人在惊恐之中，会不自觉流露出更多的真实情绪。我看到他眼中的内疚，于是顺水推舟，用内疚感逼迫他说出事实。”

说到这，他指着其余几名受害人的名字说：“你即刻按照齐恒的供述，去找她们的家人问话，尽量把他们的一言一行，答话时的神色举止详细记录下来，呈给我看。”

吕岐山忙不迭点头，又请示了几个细节，这才匆匆离去。

另一厢，飞染恭恭敬敬跪坐在息嗔师太身旁。

“哦哦哦！”陶氏比了比自己，又对着飞染做了一个睡觉的手势，再次请她回房休息。

飞染轻轻摇头，目光紧盯息嗔师太的脸庞。

陶氏无奈，只得陪着她一起守候，心中万般忧虑。息嗔师太死了，她们主仆犹如无根的浮萍，如果成国公夫人不愿意收留她们，她们将何去何从？难道……

陶氏慌忙压下脑海中的念头，牙齿紧咬下唇，眼中难掩恨意。

许久，她看到飞染的脑袋像小鸡啄米一般，急忙托住她的脸颊，又轻轻放下，尽量让她以舒服的姿势小睡，又细心地为她披上厚实的外套。

时近午时，轻微的开门声惊醒了陶氏。她回头看去，宋青莯注视飞染，又对着她比了一个噤声的手势。她上前行礼，宋青莯却径直走向床边。

当宋青莯看到飞染的脸颊挂着未干的泪痕，心中五味杂陈。

他犹记得，十多年前最后一次见她。她明明习惯每天午睡，偏要跟着他去山涧抓鱼，结果趴在河边的石头上睡着了，怎么都叫不醒。那天，他只能抱着她回到庵堂。

回去的途中，她迷迷糊糊睁开眼睛看他。他本以为她会羞愧，结果她只是冲他甜甜一笑，撒娇一般唤了一声“三哥哥”，伸出藕节似的手臂搂住他的脖子，复又闭上了眼睛。

世上的女人，除了他的母亲，只有她搂过他的脖子。

想到这，宋青莯悄然上前一步，拉起滑落的外套盖住她的肩膀。

一旁，陶氏看到宋青莯的举动，一颗心重重往下沉。

十多年前，即便息嗔师太与成国公夫人情同姐妹，往来甚密，她们谁都没有提及，将飞染许配给宋青莯，毕竟以飞染现在的身份，是配不上国公府嫡三子的。说难听点，她就连成为他妾室的资格都没有。

转念间，陶氏脸色煞白。即便成国公夫人重情重义，可是对一个女人来说，没什么比自己的儿子更重要。

“陶妈妈。”宋青莯转身注视陶氏，示意她借一步说话。

陶氏跟着他的脚步往外走。

走廊上，宋青莯轻轻阖上房门，压着声音一字一顿逼问：“飞染的父母是谁？”

陶氏愣了一下，用力摇头。

“你是不知道，还是不能说？或者不想说？”宋青莯审视陶氏。

陶氏慌了神，比手画脚告诉宋青莯，飞染是息嗔师太在净心庵外面捡到的弃婴。

宋青莯微微蹙眉，右手拢住衣袖中的书信。息嗔师太会不会借由书信告诉他的母亲，飞染的亲生父母是谁？

“师太交代过后事？”宋青莯追问。

陶氏摇头，一脸茫然。

宋青莯陈述：“是飞染告诉我，师太与你谈及身后事。”

陶氏仔细回想，许久才恍然大悟。她用手势告诉宋青莯，息嗔师太曾经在私底下感慨，飞染早晚都要嫁人，不可能陪伴她们一辈子。在师太百年之后，只需将她火化，骨灰撒在山上就行了。陶氏猜想，飞染只听到这段话的后半句，误以为这是息嗔师太的遗愿。

两人说话间，一阵急促的脚步声自楼梯口传来。山柏跑得上气不接下气，对着宋青莯气喘吁吁地说：“三爷，夫人来了，快到客栈门口了。”

“这么快？”宋青莯看一眼窗外的阳光。昨天，他连夜派人回京报信，按照他的估计，他的母亲最快也得今天傍晚才能抵达八角镇，除非她从京城快马赶来。

想到这，宋青莯的嘴唇抿成一条直线，大步走出客栈，举目望去。

第 4 章　成国公夫人

青石大街上，几匹枣红色的骏马一路疾奔，急促的马蹄声惹得百姓们纷纷驻足远眺，惊讶地望着为首的妇人。

马儿跑得太快，路人看不清妇人的容貌，只看到黑发、红衣、棕靴在他们眼前掠过。马队经过的地方，空气中隐约残留淡淡的花香。

不多会儿，五匹毛皮发亮的大马在客栈前停下。宋青莯急忙上前行礼，问道：“母亲，父亲可知道……”

“别拿你父亲说事。”妇人飞身跃下马背，把手中的马鞭抛给自己的随侍，焦声吩咐宋青莯，“快带我去见阿瑶。”息嗔师太出家前名唤蒋瑶，与成国公夫人白珺若一同在边关长大。

宋青莯这才想起，今日大朝，他派回去送信的人抵达国公府的时候，他的父亲和长兄已经上朝去了，他的二哥素来不管事，整个国公府没人拦得住他的母亲。他暗自懊恼，引着自己的母亲朝息嗔师太的房间走去。

白珺若跟着儿子走了几步，突然停下脚步，狐疑地问：“你怎么会在八角镇？前几天你不是说，有什么紧急公务吗？”

宋青莯不慌不忙回答："是啊，儿子恰巧在八角镇点查刑狱。"

成国公夫人"哦"了一声，不疑有他，继续往前走。

楼梯口，飞染看到宋青莯带着一名中年美妇朝自己走来，赶忙上前行礼，唤了一声"白姨"。

"飞染？都长这么大了。"白珺若一把抱住飞染，眼眶泛红。

宋青莯在一旁默然看着，心中万分不解：飞染记得他的母亲，为什么独独把他忘了？

白珺若拉着飞染的手走进屋子，看到昔日好友直挺挺躺在床上，眼泪再也忍不住了。她坐在床沿，边哭边说："我们十多年没见，再见之时居然已经阴阳两隔。这些年，我经常想起小的时候，我们在戈壁滩上策马疾奔，那时候多快活啊！都是甄彦行那个……"

"母亲！"宋青莯出声劝阻，"他是当朝驸马……"

"驸马怎么了？驸马就说不得了？"白珺若转头冲儿子嚷嚷，"就算当着他的面，我同样这么说，他就是忘恩负义的白眼狼！"

宋青莯无奈地叹一口气，没再劝阻。他了解自己的母亲，一早把闲杂人等清理出去了，就连陶氏也只能在屋外候着。

他无奈地看着母亲。他是幼子，自小与母亲的感情极好，可是即便如此，他依旧无法理解，母亲经常做些不着调的事，父亲为何还能理直气壮地说，他就喜欢她的真性情。

宋青莯任由母亲咒骂甄彦行，悄悄瞥一眼她身上的红衣。他猜想，母亲听到消息，上马直奔八角镇，忘了她是来奔丧的。

一旁，飞染第一次听到"甄彦行"这个名字。她看到白珺若骂得激愤，用目光询问宋青莯。

宋青莯知她所想。他并不知道，杀死息嗔师太的凶手是否受甄彦行指使，但他还是肯定地摇头，坚定地回答："不是。"

"什么不是？"白珺若擦去眼泪。她不等儿子解释，扬声吩咐，"来人，给长公主送信……"

"母亲，抓住谋害师太的凶手才是当务之急。"

白珺若疑惑地问："什么凶手？阿瑶不是一时想不开自尽的吗？"

"母亲！"宋青莯一阵头痛。他就知道，以母亲的急脾气，送信的人压根没来得及把话说完。他怕自己说起强奸的细节令飞染尴尬，转头对她说，"飞染，麻烦你去找客栈的老板……"

"你干吗支开飞染？"白珺若拉住飞染的手腕，瞪着宋青莯说，"凡是有关阿瑶的事，飞染最应该知道真相！放心……"她拍了拍飞染的手背，义愤填膺地说，"那个白眼狼如果不认你，哪怕是告御状，白姨也会替你讨回公道！"

"母亲，师太被采花贼侮辱，咬舌自尽，整件事与驸马无关。"宋青莯急忙解释。

飞染点头附和他的话，劝慰白珺若："白姨，师父说，伤心、生气最是伤身，您不要难过了。宋大人已经答应，帮我找出真凶替师父报仇。等找到凶手之后，我就带着师父回山上。师父一定很高兴，白姨能来送她最后一程。至于什么驸马爷，师父一次都没有提过……"

"阿瑶从未对你提起甄彦行？一次都没有？"白珺若一脸不可置信。

"没有。"飞染茫然地摇摇头。

白珺若皱起眉头，一时没了主意。从京城赶来八角镇的路上，她早就想好了，即便她不能替好友争回名分，也要逼得负心汉认回女儿，替飞染谋一个好归宿。如果好友没有向飞染提及负心汉，这是不是代表，她不希望女儿认祖归宗？如果这样，她是否应该尊重好友的决定？

她有些懊恼自己的冲动，心事重重地跟随宋青莯走到他的房间，迫不及待地询问："三郎，难道阿瑶不希望飞染与白眼狼有瓜葛？"

宋青莯不答反问："母亲，你先回答我，是师太亲口告诉你，飞染是她和驸马的女儿？"

白珺若不自然地别开目光。

宋青莯追问："母亲，您一直说，师太才是驸马的嫡妻，他们拜过堂吗？"

"人人都知道，出事的时候，蒋家的嫁妆都快出门了。甄彦行为了攀高枝突然悔婚，拜不拜堂有差别吗？"

"当然有差别！"宋青莯懊恼地背过身。虽然他早就猜到，自己多半被母亲误导了，可是当他亲耳听到这些话，他依旧心乱如麻。

"三郎？"白珺若的声音难掩心虚，"难道飞染真的不是……"

宋青莯打断了她。他追问："母亲，师太和甄彦行压根没有成亲，你为什么告诉我，飞染是他们的女儿？"

"你这孩子，怎么这么死心眼！"白珺若摇头叹息，"阿瑶根本不喜欢京城，她本来打算随世伯回边关的，为了那个白眼狼才留在京里。那时候，阿瑶供他吃住，陪他读书。你不知道，他们那会儿有多好，简直如胶似漆，比新婚夫妻还恩爱，就连我都嫉妒他们……"

"母亲，我是你儿子。"宋青莯听不下去了。他默了默，惊问，"母亲，不要告诉我，是您告诉旁人，飞染是师太和驸马的女儿？！"

"严格说起来，倒也不算。"白珺若摇头，"那时候，长公主当众暗示，白眼狼与阿瑶退婚的真正原因是飞染。我恰巧听到这话，一时气不过，顺口反戗她，如果真是那样，飞染就是白眼狼的嫡长女。后来，这话不知怎么就传了出去。"

她心虚地瞥一眼宋青莯，"本来我也不相信，阿瑶会在成婚前怀上孩子，可是阿瑶亲口对我说，飞染就是她的女儿。你也说了，飞染的眼睛、眉毛，简直和阿瑶一模一样……”

“母亲，那时候我才五六岁，飞染还在襁褓中，哪里知道像不像？”

白珺若蛮横地说：“不管怎么样，在我心里，飞染就是阿瑶的女儿，甄彦行就是忘恩负义的白眼狼！”

宋青莯不想和母亲做口舌之争。他深吸一口气，转而说道：“母亲，蒋家获罪，大理寺的卷宗上含含糊糊写着‘渎职’二字，事实是否如你所说，长公主为了与驸马成亲，趁着先皇猜忌蒋家……”

“朝堂上的事，我哪里知道。再说，蒋家从获罪到抄家不足半个月时间。那时候你妹妹刚走，我们全家都在别庄小住。当我得知蒋家获罪的消息匆忙赶回京城，阿瑶已经在净心庵落发。她看到我，绝口不提蒋家的事，怀里抱着飞染。”

宋青莯默然聆听母亲的叙述。他不怪母亲对他的误导，他只怪自己武断地相信十岁时候的判断。又或者说，是他执念了。他心心念念“我答应过飞染妹妹，一定会保护她”，然后像蛮牛一样往前冲，全然看不到事件的蹊跷之处。

短暂的静默中，白珺若心生忐忑，不确定地问：“三郎，飞染真的不是阿瑶的女儿？”

“我不知道。”宋青莯摇头，转而问道，“母亲，师太身边的陶妈妈，她一直跟着师太吗？”

“她？”白珺若侧头想了想，“我没有注意过，不过她愿意跟随阿瑶出家，在净心庵一待就是十几年，倒是个忠心的。”

白珺若这话，说了等于没说。宋青莯提醒母亲：“父亲下了早朝，一定会快马赶来八角镇。依儿子估计，傍晚时分就会抵达……”

“我怎么忘了你父亲！”白珺若猛地站起身，“既然阿瑶不想让飞染与白眼狼有瓜葛，等你父亲来了，我就对他说，我要认飞染当义女……不行，不能委屈了飞染，得让你父亲在家里的旁支给她落个籍，再把她过继给我们。”她重重点头，“对，就这么决定！”

听闻这话，宋青莯呆住了。飞染成了她母亲的养女，就是他的义妹，如果过继给他家，等同于他的亲妹妹 。

他决不能容忍这样的事情发生！

“母亲，此事万万不妥。”宋青莯断然摇头。

“有什么不妥？”白珺若一脸莫名其妙，“京城又没有人认识飞染。”

宋青莯一本正经地说：“母亲，纸是包不住火的。再说，万一飞染真是驸马的女儿，就算她已经过继给我们家，骨肉亲情是割不断的……”

“你别开口驸马，闭口驸马。”白珺若一想到甄彦行就觉得讨厌，她皱着眉头想了许久，高声说，“提点刑狱司不是专门负责查案子的吗？那你就帮我查一查，飞染和甄彦行到底有没有关系。”

宋青莯暗暗吁一口气，毫不犹豫地点头应下，转而与母亲商量息嗔师太的后事。

一盏茶之后，他送走了白珺若，关上房门，从衣袖中拿出息嗔师太的书信，撕开了封口。

与他估计的一样，息嗔师太借着往日的情谊，恳求他的母亲替飞染寻一户好人家远远嫁了，最好嫁去南方。信上没有只字片语提及飞染的身世。他心事重重地将信纸投入火盆，眼睁睁看着它化为灰烬。

他对着灰烬枯坐许久，一会儿想到幼年的时光，一会儿又想到母亲决意过继飞染。

又过了一盏茶时间，吕岐山激动地进屋回禀："大人，您果真料事如神，属下按照您的指示，吓了吓那几户人家，他们一五一十全都交代了。"

在此刻之前，吕岐山觉得宋青莯年纪轻轻位列正四品，多多少少沾了国公府的光，这会儿他彻底地心悦诚服了。他甚至觉得，宋青莯那双漂亮的凤眼，就像孙悟空的火眼金睛，把每个人都看得透透的。

宋青莯对他的话并不意外。他的食指轻敲桌面，转头凝望窗外，若有所思。

"宋大人？"飞染敲了敲房门。

宋青莯循声看去，飞染的目光已经落在吕岐山身上。他忽然发现，在他们重遇之后，她仅仅在他们第一次面对面的时候，用欣赏"玩物"的眼神把他"欣赏"了一遍，之后她心心念念抓住凶手，很少正眼看他。

他冲飞染招手，嘴里说道："飞染，到我身边来，吕大人正要禀告案情。"

飞染依言走到宋青莯身旁，目光灼灼盯着吕岐山。

吕岐山已经把案情说完了，并没有其他的话补充。他低着头嘟囔："下官，下官这就把西北那片没成亲的老头全都抓回来问话……"

"吕大人，你如何推测出，凶手是没成亲的老头？"宋青莯这话并没有半点责备的意味，却吓得吕岐山差点又跪下了。

吕岐山弓着背解释："或许是下官想当然了，但……下官觉得，那些受害人家属全都没有看到凶手……活着的受害人更不愿意声张……下官实在不知道接下去应该怎么办……"

"飞染，昨晚我答应过你，带你一起去抓捕凶手。"宋青莯的言下之意不言而喻。

飞染重重点头，一脸迫不及待。

宋青莯轻笑，叮嘱她别忘了向陶氏交代行踪，又吩咐吕岐山安排出行事宜。

众人各行其是。等到吕岐山把一切安排妥当，衙差把飞染带至马车旁。

飞染看到宋青莯已经坐在车厢内。她回头张望，同行的除了骑马的吕岐山，还有不少衙差。她隔着窗帘对宋青莯说："大人，我会骑马。"

"上来吧。"宋青莯假装没听到，让出了身边的座位。山柏识趣地拉开车帘，比了一个"请上车"的手势。

飞染抿了抿嘴唇。宋青莯坐在车厢的一角，正低头翻阅膝盖上的纸。除了自家师父，她从来没有和其他人同坐一个车厢，更何况他刚刚才“教训”她，不可以单独和男人共处一室。车厢可比房间狭小多了！

“怎么了？”宋青莯抬头看她。

“没什么。”飞染摇摇头。别人在帮她，她不应该诸多要求。她爬上车厢，故意挑选距离宋青莯最远的角落坐下。

马车缓缓前行，车轮发出有节奏的“咕隆咕隆”声。不多会儿，飞染的注意力被宋青莯手上的纸吸引。她问：“宋大人，你在看什么？”

宋青莯掩下嘴角的笑意。他就知道，她一定忍不住。他低着头说：“就在刚才，吕岐山问我，凶手是谁，我们应该去哪里抓人。”

“是啊，我们去哪里抓人？”飞染附和。

“答案就在这些纸上。”宋青莯依旧低着头，语气平淡而随和。

飞染按捺不住好奇心，站起身坐到宋青莯身旁，朝他手中的纸看去。最上面一张纸上画了很多街道，有的地方打了叉，这些叉叉又被墨水连成一个圈。

“凶手就住在这个圈圈里面？”飞染脱口而出。

宋青莯诧异地看她，反问：“为什么这么说？”

“我记得，这些叉叉是死掉那些人的家。大人画这个圈，难道不是为了推测凶手住在哪里吗？”

“不全然是。”宋青莯拿着手稿对她比画，“一般的入室犯罪案件，凶手会选择相对熟悉，同时与自己的藏身之处有一定距离的地方。根据我的经验，我们只需要大张旗鼓地在这几条街道走一圈，说不定就能撞见凶手。”

“怎么可能！”飞染摇头，“凶手做了坏事，看到衙差一定早就躲起来了。”

“对啊。”宋青莯点头，故意用认真的语气开玩笑，“谁看到衙差心虚了，谁就是凶手。”

飞染顿时觉得宋青莯的想法太不靠谱了。她的小脸皱成一团。

宋青莯知她所想，装模作样地叹息：“我知道，我的办法太笨拙了，不过我的运气一向很好。你要不要和我打赌？”

飞染微微眯眼，不可置信地打量他。早前在吕岐山面前，他还是一副高高在上的模样，这会儿他怎么变得——

她不知道怎么形容，总觉得哪里不对劲。对了，昨天在街上，他又是另一副样貌。她脱口而出：“宋大人，你很奇怪。”

“奇怪？”宋青莯蹙眉，“哪里奇怪？”他转头看她。车厢狭小，他隐约可以闻到她发间的淡淡花香。他下意识坐直身体，拉开两人之间的距离。

飞染愈加觉得，他的态度怪怪的。她一本正经地说：“师父说过，世上最可怕的并不是明面上的坏人，而是表里不一的好人。”

“你的意思，我表里不一？”宋青莯哭笑不得。他只想友善地拉近他们之间的距离，难道他弄巧成拙了？

飞染认真想了想他的话，摇着头说：“我不知道，不过我很感激宋大人。待会儿不管能不能抓住害死师父的凶手，我相信大人已经尽力了。师父说，得人恩果千年记……”

“不必了。”宋青莯低下头，假意翻阅手稿。自从他当上提点刑狱使，他从没有像此刻这般迫切想要抓住那个该死的采花贼。不过，他心知肚明，那人并不是害死息嗔师太的真凶。

车轮持续不断发出有节奏的“咕隆”声，飞染低头注视宋青莯的手稿。“宋大人，你的字真漂亮。”她由衷地赞美。

“是吗？”宋青莯的情绪缓和了几分。

飞染点点头，奇怪地问：“宋大人，既然其他受害人都住在这几条街上，凶手为什么突然跑那么远，去客栈害死师父？”

宋青莯表情一窒，不知道如何回答。

飞染低下头，小声说：“凶手是不是和陈五、王亮一样，看到我拿出很多银子，所以心生歹念……”

“我最后再说一次，凶手想要犯案，一定能找到这样那样的借口。大至江洋大盗，小至陈五、王亮这样的宵小，他们做出犯法的行为，源自他们心中的恶与贪念，和旁人没有半点关系。”宋青莯说得斩钉截铁，转而岔开话题，“对了，你认得我的母亲，记得自己在什么时候见过她吗？”

“你说白姨？”飞染想也没想就回答，“在我五岁之前，白姨经常去庵堂探望师父，每次都会给我带很多好吃的，好玩的。这些年，师父给我讲过很多次，她和白姨在戈壁滩上策马驰骋的故事……”

“只有我母亲一个人去庵堂吗？”宋青莯紧张地等待答案。

“当然不是。”飞染摇头。

宋青莯的眼角沾染淡淡的笑意。她终于记起他了，就算她没能认出他，她也一定记得有那位善良可亲的大哥哥，日日伴着她，时时宠着她。

他满心期盼，却听到飞染自顾自陈述：“白姨每次上山，都会带很多丫鬟，还有管事妈妈，庵堂一下子变得很热闹。”

“只有这样？”宋青莯错愕。

“是啊。”飞染点头。

宋青莯狐疑地审视她。他几乎怀疑，她在报复他的失约，可她的眼神坦荡荡，不像是假装的。他不死心地追问：“你再想想，难道没有旁人去过净心庵？”

“没有了。”飞染垂下眼睑。

“飞染，早在十多年前，我们就见过面。”宋青莯说得极慢，仿佛陷入了遥远的回忆。

飞染转头注视他的侧脸。许久，她摇头回答：“我不记得了。”

“你真的一点都不记得了？”宋青莯有些恼怒。那么多的回忆，他一刻都不敢忘记；他时刻谨记自己的承诺，半点都不敢松懈。

为了她，他日夜苦读，几乎悬梁刺股。整整十年零八个月的努力，只换来她轻描淡写的一句：我不记得了。

他不甘心，可是不甘心又能如何？

“算了，都是不重要的事。”宋青莯撩开车帘，询问马车外面的衙差，“查问过多少户人家了？”

衙差回禀：“大人，小的们差不多盘问了三十多户人家，街上的百姓也都知道，官府在捉拿采花贼。”

宋青莯点头，示意衙差们继续前行。

早前他对飞染说，他的运气很好，一定能“撞”上凶手，不过是玩笑话。

根据他看过的案例归纳可知，一个对自己没有把握，缺乏经验或者压根没有经验的凶手，只要受害人更加年轻强壮，更加难以对付，他就不敢贸然下手。

此案的凶手趁夜潜入受害人的房间，专门挑选中老年妇女下手，根据此类强奸案的规律，受害人的年龄一定与凶手的年龄呈反比。因此，他初步推断凶手的年龄不超过十八岁，尚未成亲，性格懦弱。有很大可能，他不擅与人交往，无法与年轻女性正常交流，甚至不敢正眼看她们，更别说强奸她们。

鉴于受害人全都家境贫困，面容苍老，凶手的家境应该与受害人差不多，甚至更加不堪。

虽然“仇富”是很普遍的心态，但是在伤害陌生人的案件中，心怀怨愤的凶手往往只会伤害同类以及比自己弱势的人群。宋青莯说不清其中的原因，但他看过的同类案件，几乎无一例外。或许，这就是人性的阴暗面。

此外，根据受害人家属的描述，凶手在行凶过程中十分粗暴。宋青莯推测，凶手的行为不仅仅受性欲驱使，更多的代表着“征服与权威”。

他相信，现实生活中一定有一位强势的中年妇女“管束”着凶手。凶手想要反抗，却又不敢，只能把怒火宣泄在受害人身上。

基于以上的推测，宋青莯已经在心中描绘出凶手的形象，也告之吕岐山，在他选定的街道筛选十八岁以下的未婚男性，没有正当职业，经常受邻居蔑视，与四五十岁妇人同住或者关系亲近。

至于他如何圈定搜索范围，他对飞染的解释，的确是事实。

这些年，他研究过无数的案件之后发现一个规律，他称之为“正圆法则”。用简单的话描述：在堪舆图上标注受害人的地点，把这些地点最大程度画成一个正圆。在强奸案中，有五成的机会，凶手就住在圆圈内，有三成的机会，凶手住在正圆的边界附近。

在这次的案件中，他可以想象，某一个深夜，凶手受到妇女的奚落跑出家门。他无处可去，一个人在街上闲荡。他对这样的局面感到自怜，无能为力，他的愤怒无处宣泄。

就在这时，他看到一名老妇，他想到了奚落他的妇女。他决心向她证明，他是男子汉。他强奸了她，毒打了她，向她展示他的权威。

施暴的快感令他食髓知味，他一而再再而三作案。可惜，快感终究会随着作案次数的增多逐渐减弱。他为了重温最初的愉悦感，施暴行为不断升级，最终沦为杀人犯。

整件事的结局，凶手极有可能杀死奚落他的妇人，然后自杀。所以宋青莯必须快刀斩乱麻，尽快抓住凶手。

飞染不知道这些内情，她只听到衙差们吆五喝六，把百姓的院门敲得“乒乓”作响。

“你觉得衙差们太过扰民？”宋青莯主动开口。

飞染惊讶万分，脱口而出：“你为什么总是知道，我在想什么？”

“我只能看到，你愿意让我知道的事。”宋青莯说得意味深长，眼睛直视她的瞳孔。

飞染吓了一跳。他的眼睛很漂亮，可是他在谴责她吗？师父说过，做人坦荡荡，她没必要畏畏缩缩。她坦然地回视他。

四目相接的瞬间，车厢中的空气凝固了。宋青莯不得不接受，她再也不是他记忆中的小短腿，她再也不会亲昵地唤他“三哥哥”。

莫名地，他的心头升起一股酸涩，酸涩的背后又带着些许窃喜。原来她这么美丽，即便她年纪小，暂时称不上沉鱼落雁闭月羞花，却也是明眸皓齿，肤若凝脂。

恍惚间，那股若有似无的发香再次沁入他的呼吸。这一刻，他很想摸一摸她的脸，不似小时候那般，粗鲁地揉捏她的脸颊，而是用指腹轻轻碰触她的肌肤，用指尖拨开她的刘海。

他怎么会有这样的想法？！宋青莯慌忙别开视线。他怀疑自己一定脸红了，不然脸颊为什么那么热？“立夏才过没多久，竟然这么热。”话音未落，他暗恨自己的语无伦次。

“很热吗？”飞染撩开车帘。

宋青莯暗暗吁一口气。他在官场摸爬滚打多年，早就学会了控制情绪。转眼间，他面色如常，用一贯的淡漠语气陈述：“这一刻的扰民，总好过放任凶手再次行凶。”

“两害取其轻？”飞染想了想，点头附和，“这倒也是。”

宋青莯没有接话，车厢内又是一阵沉默。

不多会儿，吕岐山兴冲冲跑过来，激动地叫嚷：“大人，找到了，找到您说的那户人家了！”

“走吧。”宋青莯走出车厢，示意飞染随他一起下车抓人。

飞染跳下马车，不可置信地询问吕岐山：“吕大人，衙差大哥真的‘撞’到凶手了？”

“当然不是撞到的。”吕岐山声音高亢。就在刚才，他还在心里腹诽宋青莯，认定他不过是随口胡诌。这会儿，他更加心悦诚服。

他冲宋青莯拱拱手，叨叨唠唠说：“事实正如大人的推测。疑犯赵奎自小没了父母，是哥嫂把他带大，小时候经常被邻里欺负。他今年十八岁，整天游手好闲，十二三岁就爱盯着邻居家的小姑娘。对了，大人，您是怎么知道，他有些轻微的结巴？”

宋青莯纠正他：“我只是说，他不善与人交际，‘可能’因为轻微的结巴而自卑。”他随着衙差往前走。

飞染跟着他们步入小巷，眼睛眨也不眨盯着宋青莯。

吕岐山接着陈述：“自从赵奎的大哥过世之后，一向都是他的大嫂管家。他的大嫂今年四十五岁，十分泼辣厉害。自她进门，赵奎没有少挨她的打。”

他才说到这，飞染就看到巷子的尽头，身穿粗布衣裳的女人手持扫帚驱赶衙差，扯着嗓子叫骂。

飞染转头环顾四周。巷子脏兮兮的，墙壁上长满青苔，说话的女人头发全白了，整个人又干又瘦，身上的衣裳也已经洗得发白，看不清原本的花色。

她皱了皱眉头，低声说：“宋大人，如果赵奎家里很穷，他可能就连客栈的大门都进不去。我亲眼看到，小二把穿着旧衣服的人轰走。”

宋青莯止住脚步，示意吕岐山等人先行，含糊其辞地回答飞染：“所以他才会躲在门后，又在事前准备了迷香。”

“可是……师父武功很高的……我们会不会冤枉了好人？”飞染总觉得哪里不对劲。

“有没有冤枉好人，待会儿就知道了。”宋青莯举步往前走。

吕岐山命令衙差抓住妇人，喝问她赵奎去了哪里。

妇人有胆子对衙差耍横，但是当她面对吕岐山的官服，到底还是露出了怯意。她支支吾吾敷衍吕岐山，眼睛不自觉地朝院子内瞟去，又慌慌张张移开视线。

宋青莯看在眼里，随手指了两名衙差，扬声吩咐：“你们去茅草屋后面的巷子里守着，谁要是敢从围墙爬出去，直接拿下，生死不论！”

话音未落，妇人脸色煞白。

第5章　爆发

宋青莯没有理会妇人，径直走入院内。飞染赶忙跟了上去。

赵家的宅院仅方寸大，三间土坯房歪歪扭扭，边上的茅草屋更是破烂不堪。茅草屋前面胡乱堆放着草垛子，里面隐约传来鸡叫声。

妇人被衙差拿住，站在院子外面叫嚷：“抓贼拿赃，就算是官府，也不能随便冤枉好人……”

宋青莯只当没听到，对着茅草屋的方向说：“赵奎，你真正憎恨的人是你大嫂，你怨恨的是官府，你却只敢对付手无缚鸡之力的老妇人。你，比懦夫更不如。”他的声音不高，却硬生生压下了妇人的叫嚣。

“那人躲在鸡棚里？”飞染怕脏，但她一定要亲口问清楚，是不是那人害死她的师父。她撸起衣袖，“我去把他抓出来！”

“不需要。”宋青莯拦住她，高声说，“他害死那么多人，一把火烧死他也不算冤枉，何必脏了你的手。”他的声音夹杂浓浓的鄙夷。

“我……没有……害死……任何……人！”赵奎从茅草堆里面爬出来。他看到院子里一个官差都没有，只有一对青年男女，分明是富贵人家的公子小姐，眼中的怒火“噌”地蹿了出来。他厉声指控，“你们……有钱人……知道……什么！”他情绪激动，结巴得更厉害了。

宋青莯侧身挡在飞染身前，冷眼打量赵奎。

赵奎看到他迎风而立，说不出的高贵俊雅，而他自己呢？他穿着破破烂烂的衣裳，终日被又老又丑的大嫂呼来喝去。他娶不上媳妇，正经人家的姑娘甚至不愿意多看他一眼。他自卑，自卑之余又生出浓浓的不甘与怨恨。

凭什么别人有的，他全都没有？！老天为什么这么不公平！

他想要征服，他想要毁灭，他需要发泄，于是他把目光投向了与他大嫂一般年纪的妇人。每当他看到她们在自己身下无力地挣扎哭泣，他才觉得自己是一个活人，才能找回些许自尊。

赵奎怨恨的目光紧紧盯着宋青莯，他的清贵是那么刺眼，他想要毁灭他，可是他没有勇气付诸行动。他甚至觉得，他们本就是云泥之别，他没有资格亵渎他。

转念间，赵奎又为这样的差距心生愤懑。他抬头怒视宋青莯，仿佛看到自己的大嫂正用指尖猛戳他的额头，嘴里叫骂着市井的粗言秽语。

宋青莯的眼神越冷，赵奎心中的自卑与愤怒越是纠缠交织。可惜，宋青莯并不是毫无反抗力的老妪，赵奎没有勇气“毁灭”他。

渐渐地，赵奎像斗败的公鸡，畏畏缩缩站在夕阳下。

宋青莯冷笑一声，讥讽地说：“你这样的懦夫，远远听到衙差来了，竟然吓得躲在鸡棚里，你根本没胆子……”

“谁，谁……说的……”赵奎脸红脖子粗，“那些……那些女人……”他急得说不出完整的话，仿佛看到许许多多的人都在鄙视他，对着他指指点点。

飞染站在宋青莯身后，越看越觉得奇怪。她质问赵奎："是不是你害死师父？！"

赵奎辩驳："是那些女人……求我的……她们……哀求我……"

"你胡说！"飞染冲向赵奎，一巴掌扇过去，"你害死师父，我杀了你！"她转身一脚飞踢，赵奎"嘭"的一声摔在地上，嘴里涌上一股腥甜味。

赵奎拭去嘴角的血丝，习惯性躲避飞染的目光，却在无意间看到宋青莯似笑非笑斜睨自己，仿佛正在嘲笑他的无能。

"是我……可怜……她们……"他叫嚣着扑向飞染。

飞染轻轻一掌劈向他的肩膀，赵奎立马面朝下扑倒在地。她想到师父的死状，眼泪模糊了视线。

她的师父武功高强，怎么会因为这样的男人自杀，可他分明又承认了，他对师父做了很不堪的事。

赵奎拼着吃奶的劲撑起身子。如果将他打趴下的人是宋青莯或者官府的衙差，他大概就像一摊烂泥，躺在地上不动了。可飞染不过是一个小姑娘。他从心底鄙夷女性，却又长时间生活在大嫂的权威下，心理早就扭曲了。

他大吼一声扑向飞染，想要抱住她的小腿。可惜，他还没来得及触碰她的裙摆，就发现衣领卡住了自己的脖子，紧接着一阵头晕目眩。他惊恐地尖叫，整个人摔在鸡棚前的茅草垛子上。

"为什么害死师父？"飞染高声质问，用力擦干眼泪。

"是……她们……求我……"

"你胡说！"飞染挥手一个耳光，"是你害死师父！"

"女人……都是……是……贱货……"

飞染反手又是一记耳光，大声喝问："你为什么害死师父？！"

赵奎被她打得眼冒金星，脸肿得像猪头。恍惚中，他仿佛又看到大嫂指着他的鼻子数落他。

"该，该，该死，你们……都……该死！"他像濒死的臭虫一般匍匐在地上，再也没有勇气攻击飞染，嘴里不断叫嚷，"你们都是……贱货……她们求我……哭着哀求我……"

"住嘴！"飞染满心悲怆与愤怒，右膝微曲向上轻跃，衣袂飘飘在空中旋转半个圈，左脚"嘭"的一声踹在赵奎的侧腰。

赵奎立时飞了出去，惨叫一声摔在地上。

宋青莯看着飞染一气呵成的动作，差点鼓掌叫好。赵奎虽然身材矮小，但他至少有一百二十多斤，飞染能把他踹飞出去，可见那一脚的力量有多强，可她的动作又是那么优美飘逸，仿佛舞蹈一般。

宋青莯摸了摸鼻子，一时间心情复杂。

宋家是世族，向来重文轻武。他的母亲经常感慨，唯独他继承了白家的血统，有那么一点武学天分。其实他练武勤学不辍只有一个原因，他许诺保护飞染，武功自然得比她强。

眼下看来，世上恐怕很少有人能像飞染这般，打人也能如此轻盈灵动，又不失攻击力。她似乎并不需要他的保护。

宋青莯站在院子中央冷眼旁观，任由飞染对着赵奎发泄情绪。他心知肚明，息嗔师太不是赵奎害死的，但是赵奎强奸多名老妪，导致她们自杀确是事实。他并不冤枉。

转念间，他看到飞染手中多了一把匕首。他赶忙上前，就在刀刃抵住赵奎脖颈的那一瞬间，他抓住了飞染的手腕。

“如果你想杀了他，我替你动手。”宋青莯的语气极为平淡，仿佛在说一件无关紧要的事。

飞染已然相信，是赵奎害死她的师父，她唯一的亲人。“你放手！”她试图挣脱宋青莯的钳制，但他的手掌纹丝不动。她抬头瞪他，“放开我！”她从他眼中看到了自己。

宋青莯用另一只手握住她的手背，一根一根掰开她的手指，反手握住匕首，抵住赵奎的脖颈。他看着飞染的眼睛说：“只要你点头，我马上杀了他。”

这一刻，赵奎终于知道，什么是恐惧。飞染看他的眼神只有纯然的愤怒，眼前的男人才是真正的冷血无情。或许对他而言，杀死他犹如踩死一只蚂蚁，甚至于，在这个男人眼中，他连蝼蚁都不如。

“要我杀了他吗？”宋青莯询问，声音极为轻柔。他不希望飞染的双手沾染鲜血。如果她一定要用这样的方式报仇，那就由他动手。

夕阳最后一抹余晖已然消失在地平线，整个小院陷入朦胧的昏暗。飞染与宋青莯就那样注视着彼此，隐约可以听到院门外的喧嚣。

“哇！”飞染突然放声大哭，就像不谙世事的孩童，眼泪一滴又一滴顺着她的脸颊滑下。

宋青莯轻轻叹一口气，收起匕首，一掌打晕了赵奎。

直至天完全黑了，飞染才抽抽噎噎止了眼泪。

“走吧。”宋青莯率先站起身，“凶手抓到了，应该回去办你师父的身后事了。”

“他为什么害人？他也是穷人，大家应该守望相助。”飞染的嗓子哑了，不过她哭过一场，心里不那么难受了，胸口的那团怒火也渐渐消散了。

宋青莯喟然叹息：“做坏事不分穷人和富人。富人或许会用银子掩盖自己的罪行；而穷人，有时候他们更残忍。”

“师父压根不认识他，其他人也没有害过他……”

“对某些人来说，从来没有为什么，这才是最可怕的地方。”宋青莯转身注视飞染，“世上的事，很多都不需要理由，甚至压根没有理由。又或者，冥冥之中是有缘由的，只是我们无法理解罢了。”说话间，他转身往外走。

飞染紧跟宋青菾的脚步。自从师父死后，她心心念念手刃仇人，她明明有机会杀了赵奎，事到临头却放弃了。师父在天之灵会不会怪她？

宋青菾突然出声：“你师父是出家人，她不会怪你，反而会觉得欣慰。”

“你……”飞染错愕，“你怎么知道我在想什么？”这已经不是第一次了。

宋青菾低声说：“如果你真想杀了他，一招就能令他毙命。别忘了，你一掌就能打死一只驴子。”

飞染默默低下头。或许她在憎恨凶手的同时，同样怨恨自己的师父选择了自杀，又或者，纯粹是她太胆小，不敢杀人。

宋青菾突然停下脚步。

飞染神思恍惚，额头撞在了他的后背。她轻呼一声，一手捂着额头，抬头看他。

宋青菾继续往前走，若无其事地说：“你的武功果然很好。”

“其实也没有。”飞染摇头，“师父说，天外有天，人外有人。她教我武功，是为了强身健体。”

“你武功这么好，不如随我去京城当捕快，专门抓坏人？”宋青菾提议。他不可能让她孤零零留在尼姑庵。

飞染呆呆地看他。她从来没想过离开庵堂，更别说上京城当捕快。

夜幕下，宋青菾与飞染并肩走在寂寥的青石大街，月光倾泻而下，在地上拖出几条长长的影子。吕岐山及县丞衙门的人已经先一步把赵奎押去衙门了。

宋青菾走了两步，悠悠感慨：“刑狱司一直很想招募会武功的女捕快，可惜会武功的女子实在少之又少。”

山柏走在自家主子身后，不可置信地瞪着他的后背。大周朝自开国以来就没有女捕快，刑狱司从来不曾对外招募捕快。

宋青菾瞥一眼飞染，接着又道：“当捕快很危险，经常会遇上各式各样的罪犯。你武功这么好，如果去衙门当捕快，遇上危险还能保护我。”

他的话音未落，山槐幽怨的目光落在宋青菾的侧脸。大人，您真的需要保护吗？即便您真的手无缚鸡之力，衙门那么多捕快，国公府那么多侍卫，难道都是吃干饭的？

一旁，飞染低头轻咬嘴唇，再次询问：“宋大人，您真的不会武功吗？”

宋青菾抬头望月，避重就轻地叹息：“虽然我说过，武功的高低从来不是胜败的关键，但是……”他再叹一口气，“一旦遇上亡命之徒，我一定会吓得不敢动弹。”他苦笑，仿佛十分懊恼自己的胆小无用。

“不是的。”飞染慌忙劝慰他，“大人，您在这么短的时间就抓到犯人，已经很厉害了。师父说，每个人都有自己的长处和短处，不用羡慕别人。就好比我和师父都会武功，也会读书写字，陶妈妈虽然不会武功，也不识字，但她会做饭，会做衣服，同样很厉害。”

“你这么说，我心里好受多了。”宋青莯装模作样地点头，又一本正经地总结，“就像我刚才说的，当捕快很危险，你不愿意涉险，我能够理解。放心，我不是挟恩求报，你千万不要误会。”

一听这话，飞染立马想起，宋青莯不只帮她找到害死师父的恶徒，早前在街上，他就帮过她。她好像欠了他很多人情。她为难地说：“宋大人，不是我不愿意当捕快，是我从小就在庵堂长大，什么都不懂，也没去过京城……”

“只要你点头，其他的事不用担心。”宋青莯转头对她微微一笑，“放心，刑狱衙门的待遇很好，你和陶妈妈可以单独住一个小院，会有丫鬟照顾你们的饮食起居。平日里，你除了随我出门办案，只需在衙门点卯，有空的时候陪我看看卷宗就行了。”

山槐听到这话，差点吐血。他当捕快三年了，一向都是十个人睡一间通铺，吃饭用抢的，抓贼用跑的，遇到疯子随时拼命不说，忙的时候，一天睡不了两个时辰。捕快的辛苦，只有公门中人知道，哪有那么好的待遇！

飞染不知道刑狱衙门的实际情况。她一路跟随宋青莯走回客栈，迷迷糊糊就答应他，等息嗔师太的百日祭过后，她带着陶妈妈上京找他。说完这话，她总觉得哪里不对劲，偏又说不清楚哪里奇怪。

宋青莯很满意这样的结果，语重心长地说：“飞染，如今你师父不在了，凡事诸多不便，你又没去过京城，不如我留几个手下在净心庵的山脚下候命。你有什么需要，随时吩咐他们去办。三个月后，他们会护送你上京。”

听到这话，飞染终于想起来了。她急促地说：“宋大人，我刚才忘了，师父说过，我们只能偷偷下山采买。按道理，我们不能下山，别人也不能上山，山脚下会有官兵把守。”

宋青莯问她：“这些年，你看到过官兵在山脚下把守吗？”

飞染疑惑地摇摇头。

“这就对了。”宋青莯言之凿凿，“那些话是息嗔师太很早以前对你说的吧？这么多年过去了，官兵们都不在了，你们当然可以随意下山。”

“是这样吗？”飞染将信将疑。

宋青莯肯定地点点头。事实上，山脚的守卫虽然早已松懈，但皇上并没有解除禁令。确切地说，皇上可能早就把她们忘了。如今，息嗔师太死了，他身为提点刑狱使，向皇上求个情，皇上不会为难一个小姑娘。

他劝说飞染：“你去京城当捕快，是为了抓捕罪犯，为民除害。你的武功这么厉害，难道你不想学以致用？”

“既然这样……”飞染咬了咬嘴唇，“宋大人，你不需要派人护送我们，我和陶妈妈都会骑马，可以自己上京。”

宋青莯停下脚步，抬头望一眼月光下的合欢树。

“宋大人，这棵树有什么特别吗？”飞染顺着他的目光看去。

“没有。”宋青莯越过客栈的大门，举步朝合欢树走去。飞染只得跟上他的脚步。宋青莯悄悄回头看一眼。山柏、山槐会意，停下了脚步。

两人行至合欢树下。宋青莯与飞染并肩站在空旷的街道上。

夜色中，一阵微风拂过树梢，落花纷飞，粉红的绒球似翩翩彩蝶，飘落在他们的肩膀上。

宋青莯恍然想起，他在某本书上看过，南方某地有一个传说，一对青年男女在合欢树下相许，必然能够有情人终成眷属。若是一方不幸早逝，另一方只需在他的坟前，用清水盛上一对合欢花，下辈子便能再续前缘。

莫名的，宋青莯想起他与飞染四目相接的那一瞬间，他轻蹙眉头，慌忙摒除脑海中的画面，沉声说：“飞染，我的母亲与你师父感情甚厚。你师父不在了，母亲定然不放心你一个人孤零零留在尼姑庵。”

“我不是一个人啊，还有陶妈妈呢！”飞染理所当然地回答，“等衙门找到真正的女捕快，我还是要回山上的。”

“你就没有想过嫁人？你师父……”宋青莯戛然而止，正想若无其事揭过话题，却见飞染低头别开视线。

难道她有心上人？宋青莯马上否认了这个推测，奇怪地问她，“怎么了？”

“没，没什么。”飞染连连摆手，用力摇头，把小脑袋摇得像拨浪鼓一般。

前些日子，师父突然对她说，等她嫁人之后，她的丈夫会亲她，抱她，她不能仗着自己武功好，出手伤人。拜堂之后，无论发生什么事，她都得假装不会武功。

她经常在外人面前假装不会武功，这不是难事，可她为什么要让别人亲她，抱她，那不是很奇怪吗？师父又不是不知道，她最讨厌别人无缘无故碰触她。

宋青莯再怎么察人于微，也不可能猜到飞染师徒之间还有这样一段小插曲。他只看到对男女之别都懵懵懂懂的少女，听到他说“嫁人”，突然间就扭捏起来。

一时间，两人皆沉默了。

不多会儿，伴随由远及近的脚步声，宋青莯看到山槐拦住了来人。他低声说：“飞染，谢谢你愿意去衙门当女捕快。”

“宋大人，您不用这么客气。”

宋青莯微微蹙眉，为难地说：“当捕快很危险，若是母亲知道，是我恳求你帮忙……定然会责怪我……”

飞染疑惑地眨眨眼睛。

宋青莯又道：“据我所知，母亲很想把你接去我家……其实住在我家，比住在衙门舒服多了……只是家里规矩多，到时我就不能请你去衙门当差了……”

“我明白了！”飞染豪爽地拍了拍宋青莯的肩膀，“我会告诉白姨，是我自己想去衙门当捕快，这样白姨就不会责怪你了。”

宋青莯点点头，心中颇不是滋味。他达到了自己的目的，但是亲耳听到她说出这些话，又让他五味杂陈，甚至莫名生出一股罪恶感。一时间，他竟然想不清楚，他究竟在做什么。

“宋大人、宋大人？”飞染一连唤了两声。

宋青莯回过神，看着不远处的人影说：“走吧，母亲催我们回客栈呢。”

“噢。”飞染点点头。

不多会儿，两人回到客栈，白珺若正在大堂等候他们，她的旁边站着身穿常服的中年男子。他是白珺若的相公，成国公宋航。

宋青莯上前向他们行礼。白珺若迫不及待拉住飞染的手，亲热地说：“飞染，我和你宋伯伯都商量好了，等你办完你师父的丧事，你就随我们回家，以后我们就是一家人了。”

“白姨，我想去衙门当捕快，专门抓坏人。”飞染扯着白珺若的衣袖撒娇，“宋大人已经答应我，他说，我可以住在衙门里。”

白珺若呆住了，成国公宋航却只是似笑非笑看了儿子一眼。

飞染一心想报答宋青莯，急巴巴地说：“白姨，刚才宋大人带我抓住了害死师父的仇人。我喜欢抓坏人，我很想去衙门当差。”

“你们抓到凶手了？”白珺若朝儿子看去。

飞染用力点头。“白姨，是宋大人找到凶手，我亲手把他抓住的。师父突遭不测，我心里一直很难受，可是当我把那人揍了一顿，心里好受多了。”她微微一怔，接着又道，“师父自小教我武功，如果我用师父教我的武功抓坏人，让他们以后都不能害人，师父一定会很高兴的。”

飞染觉得自己的理由太单薄了，白珺若却已经红了眼眶，一脸欣慰。飞染疑惑地询问：“白姨，您怎么了？是不是我说错了什么？”

“没有，你说得很对！”白珺若反手握住飞染的手背，“你这么有志气，又这么像你师父，白姨很高兴。走，我们去告诉你师父。”

她拉着飞染的手往二楼走去，嘴里絮絮叨叨说，“你当了捕快，不管遇着什么事，白姨都给你撑腰。以前在边关的时候，你师父心心念念上阵杀敌，有一回我们偷偷跟着守军巡边，还遇上了对方的王妃……”

白珺若的声音渐行渐远，消失在了楼梯口。

宋青莯没料到自己的母亲竟然是这样的反应。想着母亲一直不甘心待在家中相夫教子，他又恍然大悟。他刚想对父亲解释事情的来龙去脉，宋航率先开口：“去里面说吧。”

须臾，父子俩来到宋航的房间。宋青莯上前一步说道：“父亲，昨夜儿子一时情急，忘了今日大朝。”

宋航斜睨他一眼，意味深长地说：“我相信，你只是一时情急，所谓关心则乱嘛。”他笑了笑，“否则，你不会急巴巴带走飞染，特意在客栈外面先下手为强，找她去当女捕快，不是吗？”他的语气夹杂淡淡的戏谑之味。

宋青莯垂下眼睑，眼中掠过一抹尴尬，默不作声。

宋航夸张地叹一口气，自顾自感慨：“你从小就有主意，我一向懒得操心你的事，不过我得提醒你，你可别搬起石头砸了自己的脚。你要知道，女人一旦记恨上你，很可怕。”他一副等着看好戏的表情。

宋青莯闻言，嘴角微微抽搐。在外人眼中，成国公虽然爱妻成痴，护妻成魔，专职护短，但在旁的事情上，他一贯稳重沉着，但凡遇上军国大事，皇上必定找他商议。没有人会相信，他最爱戏弄三个儿子，冷眼旁观看他们的笑话。

宋航对儿子的沉默很不满。他单刀直入，直接点出：“怎么，难不成你们抓到的犯人，真是害死师太的真凶？”他一脸不然。

宋青莯艰难地摇摇头。一旦飞染发现，他蓄意欺骗她，一定会记恨他吧？他避重就轻地问：“父亲，儿子多嘴问一句，当年蒋家被查抄……”

宋航抢白：“十六年前，你才五岁，我们举家离京之前，你对我说，母亲正值伤心之际，为什么要让她忍受旅途劳顿。现在，你总该知道答案了吧？”

宋青莯呆住了。原来，他的父亲并非带着全家外出散心，而是故意避开蒋家的祸事。是啊，如果他的母亲人在京城，一定不会坐视蒋家家破人亡，息嗔师太落发为尼。

宋航转身背对宋青莯，一字一顿说：“现在，如果你仍旧想知道蒋家发生了什么事，我可以把我知道的事情都告诉你。”

宋青莯沉默了。当年，他的父亲选择了逃避，现在的他有能力承受真相吗？再说，飞染又不是息嗔师太的女儿，他有必要知道真相吗？甚至于，就连息嗔师太都不想翻案，他又何必多管闲事呢！

人都是自私的。

“父亲，我明白了。”宋青莯结束了话题，转而说道，“想必您已经说服母亲，不对外声张师太的死因。不知道您和母亲什么时候回京？”

“明天吧。”宋航叹一口气，“按你母亲的意思，你既然在八角镇点查刑狱，师太的后事就交给你了。”

“是。”宋青莯点头。他正要行礼退出屋子，又被宋航叫住了。

宋航正色说：“青莯，你心里很清楚，你的母亲不过是爱屋及乌。如果你想把整件事彻底画上句号，最简单的方法是将飞染远嫁，嫁个普通人。恐怕师太也是这个意思吧？”

“我不明白父亲的言下之意。”宋青莯装傻。

宋航的表情愈加严肃，意味深长地说：“从小到大，凡事我都由着你们自己做决定，但这一次我不得不提醒你，你把她带回京城，你们就不仅仅是两小无猜的幼时玩伴。总有一天，你必须面对蒋家的过去，面对她的未来，甚至她的身世，你想清楚了吗？”

宋航的话把宋青莯震住了。他处心积虑“诱骗”飞染去京城当一名捕快。她答应了，可他准备好了吗？

宋青莯忽然觉得迷茫，不知道接下去应该怎么办。或许他可以娶她？

这个念头刚刚闪过宋青莯的脑海，马上被他否定了。飞染是他的“妹妹”，他是她的“三哥哥”，他们是亲人！他自问无法像父亲那样，时时刻刻把母亲放在第一位，而且他从来不相信海誓山盟，深情相许。他和飞染根本不是那样的关系。

宋青莯恍恍惚惚离开了宋航的房间。入夜，他烦躁地推开窗户向外望去。夜很深，月亮被乌云遮住了，外面几乎伸手不见五指。莫名地，他仿佛看到飞染清澈的眼眸正透过黑夜注视他。

宋青莯“嘭”的一声关上窗户，把门外的山槐吓了一跳。

“大人？”山槐轻唤一声，低头回禀，“大牢那边刚刚传来消息。”

“进来再说。”宋青莯坐回案桌后面，“对方这么快就按捺不住了？”

“是。”山槐点头，“大牢那边的暗探说，王亮刚开始嚷嚷，他在监视息嗔师太的时候，看到了可疑人物，对方立马就想杀他灭口。这会儿暗探已经跟踪杀手往京城方向去了，相信天亮之后便会有结果。”

宋青莯点头。他大张旗鼓地捉拿赵奎的另一个原因，为了让杀害息嗔师太的真凶误以为他上当了。他倒要看一看，甄彦行是不是他母亲口中的“白眼狼”。

第二天上午，宋青莯得到密报，杀手连夜赶回京城，隐身进入长公主府。

当天下午，宋航夫妻按计划返回京城，宋青莯则留在八角镇协助飞染将息嗔师太的尸体火化，名义上当然是处理老妪连续被强奸的案子。

几天后，宋青莯回到京城，似模似样地向皇帝回禀了案情，隐去了息嗔师太之死。几位在座的大臣都引为奇事，表面上没有人怀疑他滞留八角镇另有内情。

八角镇那边，飞染带着师父的骨灰回到净心庵，日日去她坟前陪她说话。

转眼间，三个月过去了。

飞染虽然不舍得离开庵堂，又对京城之行心怀忐忑，但她既然答应了宋青莯，就不会临时反悔。

临走前，她去墓前拜别师父，却见石碑前摆着一只白瓷小碗，碗中的清水差不多七分满，水上漂浮着两朵干枯的合欢花。

合欢花在农历三四月份开花，此时已是七月，早已过了花期。是什么人，留着晒干的合欢花祭拜她的师父？

飞染环顾四周，并不见人迹。在今日之前，并没有其他人祭拜她的师父。

陶氏想要把碗盏扔掉，飞染摇头阻止她：“算了，那人既然有心拜祭师父，就留着吧，师父最喜欢合欢花了。”

飞染恭恭敬敬叩别息嗔师太，沿原路返回庵堂。半道，她忽然听到林中传来隐隐约约的说话声，时不时伴随马儿痛苦的嘶叫声。

她和陶氏循着声音走入林子，看到一白一棕两匹大马折在了沟渠中，两个男人围着大马急得团团转。

飞染看到他们并没有受伤，正想悄然离开，忽然听到其中一人扬声说：“两位请留步。”说话的男人穿着月白色道袍，同色的腰带上挂着一块碧绿的翡翠，束着翡翠的络子是十分考究的五色图案。他的道袍款式、花色都极为素雅，但绲边是用银线密密缝制的，很费功夫。

飞染对着那人礼貌性地微微一笑。

另一名仆人模样的男人焦声说：“两位，在下与家主有急事赶回京城，不知道哪里可以买到代步工具？”

对方的话音未落，陶氏不顾主仆尊卑，一把抓住飞染的手腕，对着她连连摇头，示意她不要节外生枝。

飞染用眼神制止陶氏，指着八角镇方向说：“你们沿这条路一直走，大概走半天的工夫，就能在驿站买到马匹。”

老仆听到这话，回头对自家主子说：“世子爷，夫人等不了半天的时间。在下记得净心庵就在附近，不如在下过去问一问，她们有没有马匹卖给我们。”

“哦，哦，哦！”陶氏拽住飞染的手腕，拉着她往林子外面走。

飞染回头询问那对主仆：“你们认识我的师父？”

“你师父？”被称作“世子爷”的男人走向飞染，客气地询问，“不知姑娘如何称呼？”

飞染同一时间惊问：“难道合欢花是你们留下的？”

“什么合欢花？”男人微微蹙眉，不着痕迹地打量飞染。

飞染这才注意到，男人长得极为儒雅。与宋青莯的漂亮俊俏不同，他的五官并不特别出挑，但他身上有一种宁静温润的气息，就像四月的微风。再加上他的声音低沉，听上去亲切又温柔，让人忍不住心生好感。

“你是谁？”飞染脱口而出。

男人回答：“我姓林，字瑾明，这座山后面就是内子的庄子。本来我们应该绕道回京，只因一时情急，决定走近路，结果……”

“哦，哦，哦！”陶氏催促飞染离开。

一旁的老仆发现飞染对“林瑾明”三字全无反应，微微抬起下巴，骄傲地说：“我家老爷是永安侯世子，京城人人都认得……”

“陆安，不得无礼。”林瑾明呵止老仆。

飞染奇怪地瞥他们一眼。侯爷世子什么的，和她有什么关系？她问："你们一直在说，有急事赶回京城，到底是什么急事？"

林瑾明回答："不瞒姑娘，是内子临盆在即……"

"原来是你的夫人要生孩子了，你才急着赶回京城。"飞染想了想说道，"我们的马车有两匹马，我回去问问山槐大哥，能不能匀一匹马给你们……"

"哦，哦，哦！"陶氏对着飞染连连摇头。

"对哦，我怎么知道你们有没有骗我。"飞染恍然大悟。

陆安急道："小姑娘，永安侯林家可是皇后娘娘的……"

"陆安！"林瑾明低声呵斥，对着飞染说，"姑娘，不如我们出些银子买你的马。陆安，拿一百两银票给这位姑娘。"

陆安一摸口袋，蒙了。天还没亮的时候，他快马赶来庄子报信，压根没带银票。

林瑾明见状，白净的脸颊染上一层红晕。平日里，一贯有下人替他掏银子，他出门从来不带银票。

"姑娘！"林瑾明摘下腰间的翡翠，"不知在下可否用它交换你家的马？"

"世子爷！"陆安惊呼一声。那块翡翠虽不算珍品，却是主子亲手雕刻的，用银子都买不到。

飞染接过翡翠看了一眼。翡翠的雕工上乘，花色精巧，但质地只能算中上，比师父给她那些差远了。

她不喜欢陆安的态度，但是看在林瑾明长得好看，态度又十分亲切的分上，她对着主仆二人说："如果山槐大哥愿意匀一匹马给你们，我就留着这块翡翠。以后你们牵着马去提点刑狱司找我，我把翡翠还给你们。"

"提点刑狱司！"陆安怪叫，被林瑾明拦下了。

他们一同前往净心庵，林瑾明用翡翠换了飞染的马，飞染也坐上马车。两队人马一前一后赶往京城。

第 6 章　惊艳

农历七月末的京城已然褪去盛夏的酷热，马车踏着夕阳缓缓驶入城门。

飞染撩开车帘，好奇地东张西望。她一直觉得八角镇的市集十分热闹，今天才知道，原来京城的繁华真的像书上描绘的那样，店铺林立，人头攒动，空气中充斥着商贩的叫卖声。

小半个时辰后，马车驶入刑狱衙门的侧门。车子还没停稳，白珺若迫不及待迎上前，高兴地说："终于到了，我还怕你们误了入城的时间。"

飞染跳下马车，唤了一声"白姨"。

白珺若连连点头，抓着她的肩膀上下打量，直说她瘦了。

飞染被她盯着看了好一会儿，脸颊浮上一层红晕。白珺若愈加觉得她娇俏可爱，像极了年轻时候的自己，亲热地拉着她的手往里走。

白珺若走得极快，飞染一边追着她的脚步，一边环顾四周。她的目光所到之处，青砖高瓦白墙，处处透着庄严肃穆，就是回廊转角站岗的衙差，也都一脸凛然正色。

"白姨，我是不是应该先见过宋大人？"飞染觉得，她应该先向宋青莯报到。

白珺若随口回答："以后你得日日对着他，不急在一时。你放心，三郎除了话少些，终日冷着脸，心地是最好的，也最像我。"

飞染不知道如何接话 。在她的印象中，宋青莯口才挺好的，不过他长得太漂亮，看起来弱不禁风，容易被人欺负。

转眼间，两人走过一个拐角，一扇月亮门映入眼帘。白珺若拉着飞染入内，两名十六七岁的丫鬟已经等候多时，恭恭敬敬向她们行礼。

白珺若指着相貌端庄的那个丫鬟说："她叫雪雁，是白姨从家里选出来的，照顾你的饮食起居。"接着她又指着另一个丫鬟介绍，"她叫芷兰，原本就在衙门当差，以后也是你的丫鬟。"

白珺若对芷兰略有不满，确切地说，她对自家儿子选了这么一个丫鬟很不满意。

瞧瞧她从国公府选出来的雪雁，样貌好，脾气好，做事利落妥当。再瞧瞧宋青莯挑选的芷兰，终日面无表情，整个人暮气沉沉。她的飞染这么漂亮活泼，身边怎么能跟着讨人嫌的丫鬟！

可惜，白珺若不满归不满，但她知道，自己没有本事说服儿子，只能听之任之。

飞染刚想说，她有陶妈妈就够了，院子的耳房内走出一个五十多岁的婆子和八九岁的女童。

雪雁向飞染介绍，她们一个是守门的婆子，一个是负责洒扫的粗使丫鬟。

飞染想要拒绝，芷兰在一旁补充，这是衙门的惯例。

飞染听到这话，心中暗暗吃惊，既然当捕快的待遇这么好，宋青莯怎么会没招到女捕快？

一旁，白珺若心知肚明，包括这个地处刑狱衙门边上的小院，院子里的丫鬟婆子，屋子内的家具摆设，都是儿子在三个月内精心准备的。当然，用的是宋青莯自己的银子。

不过，白珺若不但没有揭穿芷兰，反而点头称是，笑眯眯地拉着飞染进屋，指着依次摆开的红木箱子说："飞染，这些都是白姨年轻时候做的衣裳，都是没有穿过的。我本来打算留给女儿……如果你不嫌弃……"

"白姨，我怎么会嫌弃呢！"飞染挽起白珺若的手臂。她隐约记得师父说过，白珺若原本有一个年纪与她差不多的女儿，出生没多久便夭折了。她安慰白珺若，"白姨，你不记得了吗？我一向最喜欢您送的礼物。"

白珺若揶揄："咦，你不是最喜欢你三哥哥送你的小玩意儿吗？"

飞染微微一怔。三哥哥？是宋青莯吗？

白珺若没注意到她的怔忪。她随手打开一个箱子，说道："趁着还有点时间，不如你试穿几套给白姨看看？如果有不合身的地方，我让裁缝改到合适为止。"

飞染不过十五岁，尚未脱去孩子气，再加上箱子里的衣裳都是她见都没见过的款式，特别是那几套火红色的骑马装，用整张狼皮缝制的皮袄，毛茸茸的帽子围脖等等，她爱不释手，索性一套接一套试穿，又请教白珺若应该如何搭配。

白珺若同样兴致盎然。两人不约而同将宋青莯抛之脑后了。

衙门的另一头，宋青莯一心等着母亲回家之后，他可以假公济私"召见"飞染，结果天都已经黑透了，他的母亲依旧躲在飞染的小院。他正琢磨着，找一个什么借口催促母亲回家，宋航派管家传话，请他们母子一同回府。

第二天一早，宋青莯向父母请过安，急匆匆赶去衙门。

白珺若望着儿子的背影，对着宋航嘀咕："老爷，你不知道，飞染和我多投缘，我真的不应该答应，让她当什么捕快。"

宋航半开玩笑半认真地说："你就不怕，她当真是驸马的女儿？"

一听这话，白珺若又纠结了。转念间，她担忧地问："老爷，你说三郎为什么让飞染当女捕快？该不会……"她马上否定了自己的猜测，摇头叹息，"飞染还是孩子心性，三郎的眼光一向很高……不过他们年纪不小了，总在一处，好像不太妥当……"

白珺若喃喃自语。每当她想到小儿子的婚事，总是满心忧虑。

四五年前，她问过宋青莯，想要什么样的妻子。他毫不羞涩扭捏，平淡地吐出八个字：门当户对，知书达理。

她本以为这八个字最简单不过，满京城的闺秀几乎全都满足这个条件，结果呢？愣是没一个入得了他的眼。

当初，她眼见儿子一天一天大了，又在官场认识不少人，生怕他在外面学坏，亲自挑选了两个漂亮温顺的丫鬟送他屋里。结果，他看她的眼神，仿佛她做了十恶不赦的事情。

白珺若惊问："老爷，难道三郎不喜欢女人？"

"噗！"宋航一口茶水喷在桌子上，咳嗽不止。

白珺若一边替丈夫顺气，一边说："老爷，难道你也这么怀疑？上次雅兰带了表妹过来请安，那姑娘的容貌，我都忍不住多看了两眼，三郎愣是连眼皮都没有动一下。"

宋航赶忙宽慰她："夫人，你想到哪里去了，不会有那样的事。"

“我怎么能不想！”白珺若气呼呼地坐下，“三个儿子中，三郎最像我，我当然希望他娶一个贴心的媳妇。”

宋航很想说：夫人，你真的想多了，最后还是硬生生咽下了这话，只是避重就轻地说，儿孙自有儿孙福，让她放宽心，儿媳妇很快就有了。

宋青莯自然不知道，他的亲生母亲已经开始怀疑他的性取向。他匆匆赶到刑狱衙门，在大门外就听到院子内一阵阵喧哗。

“发生了什么事？”他询问守卫。

守卫回答：“大人，是俞捕头正和新来的捕快比试武功。”

听到这话，宋青莯的表情瞬间就变了。俞毅是江湖中数一数二的高手。即便是他，也没有把握一定赢得了俞毅。

他疾步跨入大门，抬头看去。所有人里三层外三层围在院子中央，就连扫地的杂役也挤在人群中，饶有兴趣地观战。透过人群的缝隙，他看到飞染正与俞毅对峙。

“咳咳！”宋青莯重重咳嗽两声。

不知是谁大叫一声“大人来了”，整个院子立马安静了，捕快们自动让出一条道。

宋青莯看到飞染手持水火棍，沐浴在霞光下。他的眼中闪过一抹惊艳。

和其他捕快一样，她用红色发带把长发束在脑后，身穿同色的黑绲边交领裋褐，黑色护腕扎住了袖口，只在脖子处露出雪白的中衣。标志着提点刑狱使捕快身份的长腰带，把她的黑色高腰长裙紧紧束缚，红色的飘带在微风中轻舞。

她的装扮几乎和其他人一模一样，如果硬是要说差别，大概就数她穿着女式长裙，又在腰牌下缀了一束颜色鲜亮的明黄色流苏。就是这身再平常不过的捕快制服，穿在别人身上是五大三粗的糙汉子，穿在她身上，就像……

宋青莯不知道怎么形容。

在他眼中，她身穿印花小袿，俨然娇憨的小家碧玉；她穿着素色襦裙，就是沉静的大家闺秀。这会儿，她又变身干练的女捕快。

“大人。”飞染走到宋青莯的下首行礼。

宋青莯的目光掠过她的脸颊，慌忙别开视线。可就是这匆匆一瞥，他看到她的额头布满细密的汗珠，把她白皙的脸颊衬托得愈加明净透亮。

“大人。”俞毅向宋青莯拱了拱手，“您经常教导我们，切磋武功可以相互进步。请让我和飞染捕快完成这一场比试。”

飞染重重点头，在一旁帮腔：“大人，师父说，做任何事都必须有始有终。我和俞大哥就是比试比试，不伤和气的。”

“俞大哥？”宋青莯郁闷了，胸口仿佛堵了一团棉花。昨天，他得知山槐成了她的“山槐大哥”。不过一个晚上的时间，俞毅就成了她的“俞大哥”。他呢？不算小时候那几年，他们好歹“认识”一百多天了，为什么他自始至终都是“宋大人”？

飞染不知道宋青莯的心思，她点头附和："大人，俞大哥武功了得，和他过招比一个人练武有意思多了。"

宋青莯不忍心拒绝飞染，咬着牙轻轻点头，双手抱胸站在一旁。但凡俞毅有一丝一毫下手不知轻重，他立马就会喊停。

捕快们碍于宋青莯在场，再不敢聒噪，俞毅的招式也显得束手束脚。不过宋青莯丝毫不觉得自己影响了这场比试的公正性。

比武场上，俞毅用眼角的余光偷瞄宋青莯。突然，飞染一个纵身飞跃，朱红色的水火棍直直劈向他的脖子。他慌忙低头闪躲，棍子却止住了攻势。他微微一愣，肩膀传来一阵剧痛。他踉跄后退半步。

众人高呼喝彩，宋青莯笑了，俞毅也笑了。

"不错，现学现卖！"俞毅目光炯炯盯着飞染，再不敢分神关注宋青莯。

飞染小脸通红，高声说："是俞大哥教得好！"

"呵呵。"俞毅干笑两声，心道：不管她和宋青莯是什么关系，她分明不会使棍，我若是赢她，是我胜之不武；我若是输了，恐怕以后很难在京城立足。他这是把自己逼入绝境了啊！

俞毅暗生懊恼，转眼间已经与飞染拆了十招。

宋青莯看到飞染见招拆招，丝毫不落下风，这才得空环顾四周。走廊的角落，田大成一个人蹲在墙角，时不时朝这边张望。宋青莯微微皱眉。

说起来，田大成也是一个妙人。当初他找上宋青莯毛遂自荐，展露了一手过目不忘，观察入微的本事，这才得以留在提点刑狱司。不过他的武功实在不怎么样，偏又喜欢找人比试。平日里，他经常今天低头认输，明天再趾高气扬地找人比武。用他的话，你们怎么知道，我的武功没有在一夜间突飞猛进？

宋青莯很看重田大成现场勘察的本事。他对山槐使了一个眼色，低声问道："田大成怎么了？"

山槐转头看去，田大成如小狗一般蹲在角落呜咽疗伤。他憨着笑回答："大人，你没有看到，早上的时候，飞染姑娘询问在下水火棍应该如何使用。田大成大概以为，他终于找到一个武功比自己弱的对手。他高高兴兴向飞染姑娘挑战，然后就没有然后了。"

宋青莯可以想象，飞染将田大成一掌打趴下的画面。他就事论事："输赢，他不是早就看淡了吗？"认输对田大成而言是家常便饭，他用得着躲在墙角装可怜吗？

山槐的脸皮终于绷不住了，掩着嘴直笑，低声解释："大人，其实不关输赢的事儿，是飞染姑娘看到田大成狼狈地摔倒在地上，一个劲地道歉，很诚恳地说，她不知道田大成压根不会武功。田大成不服气，面子上更挂不住，他坚称自己从小习武，先前只是一时失手。他嘟嘟囔囔，非要找飞染姑娘重新比过。"

"他们又比了一回？"宋青莯对田大成心生同情。

山槐摇头笑道："也不算比试。飞染姑娘问他，是不是真的会武功，他恼羞成怒扑向飞染姑娘。飞染姑娘一闪身，他脸着地扑了一个狗吃屎。"

宋青莯无言以对。他以为这就是最后的悲惨结局，山槐又补充："大概是田大成运气不好，就在他倒地的那一刹那，大伙儿恰巧走进院子，把一切看得清清楚楚。不仅如此，飞染姑娘还在一旁诚挚地劝说田大成，一定要相信她，他真的不会武功。"

"这样也好！"宋青莯叹一口气，"以后他应该不会随便找人比试武功了。"他复又把目光落在比武场上的两人身上，低声询问，"俞捕头什么时候变成俞大哥了？"

"这个……"山槐心虚地避开宋青莯的目光。他知道，宋青莯不喜欢飞染称呼他"山槐大哥"。所谓法不责众，于是他告诉飞染，整个衙门就数她年纪最小。他避重就轻地回答，"飞染姑娘大概想和大伙儿拉近关系吧！"

宋青莯深深看一眼山槐，没有接话。

比武场上，飞染双颊酡红，微微喘息，青丝在空气中飞扬，艳红的飘带紧紧追随她，把她衬托得愈加活泼灵动。此情此景，那些喝彩的，加油的，全都没了声息，眼珠子直勾勾盯着她。

飞染与俞毅又过了数招，被俞毅一掌震得接连后退三步。她喘着粗气说："俞大哥，我输了。"

"承让！"俞毅双手抱拳，眼中难掩激赏。他深吸两口气平复喘息，朗声说，"我不过仗着自己是男人，又虚长你几岁，用耐力拖得你力竭……"

"不是的。"飞染摇头，"我输了便是输了。俞大哥每一招都只用了五六分力。如果你使出全力，我恐怕过不了二十招。"

众人一阵唏嘘。

俞毅的嘴角微微上翘。飞染当众说出这话，他面子、里子都有了，看她的眼神愈加亲切，笑着说："你年纪小，今天应该是你第一次使棍子吧？"

"是。"飞染点头，用殷切地眼神盯着俞毅，"俞大哥，我会使剑。我可以向你讨教剑术吗？我猜想，你也是惯于使剑的。"

"妹子，眼光不错，不知道你师承何人？"俞毅咧嘴微笑。

飞染愣了一下，转头朝宋青莯看去，用眼神询问他，她可以说吗？

宋青莯不置可否，把俞毅叫到边上，装模作样说起了公事。众捕快瞬间作鸟兽散去。

不会儿，俞毅领命离开，飞染回头看看空荡荡的院子，小声询问宋青莯："宋大人，我是不是不应该和俞大哥比试？"

宋青莯顿时觉得她的称呼十分刺耳。他正色说："俞毅是总捕头，至于山槐，他以前是我的小厮，现在大家都称呼他'宋捕快'。"

飞染顺着他的话询问："所以我应该称呼他们'俞捕头'和'宋捕快'？"

"衙门毕竟是办案的地方。"宋青莯一本正经地回答。在他看来，自己才是飞染的

"三哥哥"，凭什么别人都是"大哥"啊！

飞染没有他那么多心思，在她眼中，那不过是一个称呼罢了。她"噢"了一声，转而解释："俞捕头武功很高，又是剑术高手……"

"你很崇拜他？"宋青莯侧目。

飞染毫不犹豫地点头，笑得眉眼弯弯，高兴地说："宋大人，你一定没看出来吧。哪怕我步步紧逼，俞捕头始终都能控制自己的力量。他不仅仅武功高，更是高人才有的气度。看俞捕头的身材就知道，他一定是勤于练武的人。师父说过，武功的高低要靠悟性，勉强不来，勤勉才是优秀的品格。"

宋青莯抿嘴不语。虽然他没有俞毅那身肌肉，仿佛把衣裳都快撑爆了，但是论身高，他比俞毅还要高上几分！难不成飞染喜欢俞毅那样五大三粗的莽汉？

飞染絮絮叨叨说："对了，大人，如果俞捕头再问我师父是谁，我应该怎么回答？山槐大哥……哦，不对，宋捕快说，我最好不要对旁人提及师父的名号……"

飞染戛然而止。宋青莯突然冲她伸出右手。她侧头后退一步，奇怪地看着他。

宋青莯的手掌尴尬地僵在半空中。"别动。"他若无其事地上前一步，用食指和中指抵住飞染的下巴，拇指的指腹轻轻滑过她的脸颊。一层细密的汗珠沾在了他的指尖，他能够清晰地感觉到滑腻温热的肌肤。

飞染没有动，疑惑地眨了眨眼睛。

宋青莯心中掠过一抹异样，手指再次划过飞染的脸颊。他早就看到，除了依旧蹲在回廊转角的田大成，几个沉不住气的捕快正悄悄朝这边张望。他的嘴角沾染浅浅的笑意。他就不相信，当他们看到，他与飞染之间的亲昵，他们还有胆子向飞染献殷勤。

果不其然，众捕快看到这一幕，各个垂头丧气。

"原来大人早就有心上人了！"捕快甲一脸失落。

"我就说嘛，除了夫人，大人何时对旁人这么上心！"捕快乙满眼了然，声音却掩不去感伤。

"大人可是成国公府的嫡三子，只能娶名门闺秀。"捕快丙担忧地看着飞染，又失望地垂下眼睑，"大人这么厉害，飞染妹妹自然是喜欢大人的……"

"不要乱认妹妹，小心大人不高兴！"

"是啊是啊！"众人忙不迭点头，讪讪地朝饭堂走去。

院子的中央，宋青莯发现捕快们已经走了，他却不愿意松开手掌。他就像上瘾了一般，不仅没有松手，反而用自己的掌跟紧贴飞染的下巴。他暗暗感叹：她的脸真小，都不及我的手掌大。

飞染本想避开他的动作，却突然间悲从心生。她轻声低语："大人，你和师父真像。"

"我，像你的师父？"宋青莯目光微沉。他有哪一点像尼姑？

飞染重重点头，挥开宋青莯的手，拿出手帕细细擦去残余的汗水，认真地说："师父都是这样帮我擦汗的。还有，师父说过，擦汗一定要用干净的帕子。”

“别动！”宋青莯又恼又羞，满心不甘。他捏住她的下巴，拇指再次划过她的脸颊。

“我的脸弄脏了吗？”飞染用手帕使劲擦拭宋青莯的手指划过的地方。

“别擦了！”宋青莯怀疑，她根本就在嫌弃他。

飞染收起帕子，嘴里喃喃：“也对，反正我要回去洗澡的。对了，大人还没有说，如果旁人问起，我的师父是谁，我应该怎么回答？”

“你就说，你姓宋，是家人教你武功的。”宋青莯脱口而出。

飞染想了想，侧头问他：“那我能不能说，我姓陶？”

“为什么？”宋青莯很想问她，难不成你连我的姓氏都嫌弃？

飞染理所当然地回答：“因为陶妈妈姓陶啊。”在她看来，衙门已经有山槐这个“宋捕快”，反正她的姓氏是胡诌的，以免别人叫混了，取个其他姓氏不是更好？

宋青莯深深看她一眼，吐出一句：“随便你高兴。”他转身走了。

飞染只当他答应了。她迫不及待想要回屋洗掉一身臭汗，眼角的余光瞥见墙角的田大成。他依旧背对院子蹲在地上不知道在干什么。

她快步走过去，这才看清楚，他正用捡来的树枝在地上画圈圈。她蹲在他身旁，问道：“这样很好玩吗？”她折了一根树枝，学着他的样子画了两个圈，扔下树枝嫌弃地说，“一点都不好玩，你不去吃早饭吗？”

“吃，当然吃！”田大成恨恨地站起身。

“你还在生我的气？”飞染跟着站起身，想了想说道，“最多这样，我站着不动，让你打几拳出出气。”

田大成不可置信地瞪她。她把他当成什么人了！

“不会武功又不是丢脸的事，你干吗这么在意？”飞染站直身体，拍了拍自己的肩膀，示意他可以动手了。

田大成睁大眼睛瞪她，没有动作。

飞染低声嘟囔：“师父说，每个人都有自己擅长的事，只要做好擅长的事就够了。再说，练武是为了强身健体，干吗动不动就找人比试？很多人都不会武功，你看，大人就不会呢！”

田大成气得快吐血了。在他眼中，宋青莯是传奇，是神一般的存在，她竟然拿他们作比较。他没好气地说：“你还不是找俞捕头比试！”

飞染不好意思地笑了笑，说道：“我和俞捕头根本不是比试，他一直让着我，他在陪我练功罢了。”她一脸崇拜，“俞捕头真的好厉害，就像书上说的，武功厉害，又有大侠风范，和师父一样。”她翘起大拇指。

“大人才是最厉害的！”田大成立马替宋青莯抱不平，“大人破了很多案子，连皇上都夸奖大人的眼睛可以看透人心……”

"大人很聪明，俞捕头的武功也很厉害，他们各有千秋……"

"大人才是最厉害的！"田大成高声反驳，"所以我一定要把武功练好，一辈子追随大人。"他转身跑了。

飞染看到他一溜烟不见了，只得回到自己的小院。

雪雁等候在院子门口，殷勤地迎接她入屋，服侍她洗手擦脸，最后递上一杯热羊奶。

飞染喝了一半，这才想起不对劲，奇怪地问她："咦，你怎么知道我练功回来，习惯喝一杯热羊奶？"

雪雁低下头，含糊其辞地回答："大家都是这样，衙门的惯例。"

飞染从小就是喝羊奶长大的，她并不觉得它是金贵的东西，也就没有在意。

雪雁低垂眼睑不敢说话。这杯羊奶抵得上她三天的工钱。这是宋青莯特意吩咐她为飞染准备的。他甚至亲口叮嘱她，每天早上都要温着羊奶等她。在羊奶加热过程中，要把杏仁细细磨碎了，慢慢掺进入，可以去膻味。

宋青莯对飞染如此无微不至，雪雁暗暗提醒自己，一定要打醒十二分精神用心服侍她。她恭敬地询问："姑娘，今日可要用花瓣泡澡？"

飞染摇头回答："不用了。我练功耽搁了时间，大人已经到衙门了。今天随便洗洗，我得赶快去当差。"

雪雁道一声"是"，吩咐小丫鬟把热水抬进来。

飞染舒舒服服洗了一个热水澡，换上干净衣裳走出内间，看到芷兰也穿着捕快的衣裳，站在门口等她。

"芷兰，你也是女捕快吗？"飞染心中奇怪。她在昨天就感觉到，芷兰和雪雁是不同的。

芷兰一板一眼回答："回姑娘，奴婢不是捕快，奴婢自小学了一些粗浅的拳脚功夫，所以姑娘当差的时候，就由奴婢伺候您。"

"啊？"飞染讶异，"你要跟着我去当差？不用吧……"

芷兰面无表情，照着早就准备好的说辞回答："姑娘抓捕犯人的时候，奴婢可以帮忙把风。有时候犯人都是成群结伙的，姑娘武功再高，双拳难敌四手，所以大人一早立下规定，捕快出门办案至少两人一队。"话音刚落，她突然就跪下了。

飞染慌忙避开她的动作，奇怪地问："芷兰，你干吗下跪？"

芷兰低着头回答："姑娘，奴婢无亲无故，您不要赶奴婢走。奴婢虽然武功低微，但端茶倒水还是可以的，奴婢一定会用心伺候姑娘。"

飞染赶忙解释："我不是要赶你走……"

"谢姑娘！"芷兰磕了一个头，平板的脸上挤出一抹难看的笑容。事实上，她并非普通的丫鬟。她自小接受严苛的训练，她的能力足以当刺客或者女细作，甚至女杀手。她原本的主人不知道欠了宋青莯什么人情，或者被他抓住了什么把柄，她被主人送给了宋青莯。

从今往后，飞染是她唯一的主人。这辈子，只要她还有一口气，就不能让主子伤一根头发。

芷兰正感怀之际，山柏匆匆走来。他站在门口传话："陶捕快，大人请您过去用早膳。"他总觉得，自家三爷说出"陶"字的时候，几乎是咬牙切齿的。

飞染呆了呆，面带疑惑。

"陶捕快？"山柏催促。

"昨天不是说，因为衙门没有其他的女捕快，我就在自己的院子里吃饭吗？为什么现在又变成我和大人一起用膳？"飞染一边问，一边朝雪雁和芷兰看去。两个丫鬟眼观鼻鼻观心，低头站在墙角犹如不存在。

飞染转而又问山柏，"因为我是新来的捕快，所以我要陪大人一起用早膳？"

山柏生怕自己说错话，吞吞吐吐地回答："这个……其实……算是吧！"

飞染没有多想，拿起一旁的水火棍，跟随山柏去找宋青莯。她一早与俞毅拆招，这会儿早就饿得前胸贴后背了。

须臾，她来到宋青莯办公的屋子，桌子上摆放着晶莹剔透的肉糜菜粥、黄澄澄的炒鸡蛋、碧绿的醋熘黄瓜，还有小巧玲珑的包子。顿时，她更饿了，眼巴巴看着宋青莯问："大人，我们怎么吃？"按照碗碟的摆放，所有食物都分成了两份，放在桌子的两边，可他们又不是至亲，可以同桌而食吗？

宋青莯看到她的眼神就知道，他的吸引力远不及桌上的食物。他故意曲解她的意思，慢悠悠地回答："坐下拿筷子吃！"

飞染迫不及待点点头，在宋青莯对面端端正正坐下。

宋青莯心知，这是让他先起筷。"我不是你师父。"他拿起筷子随手夹了一小片黄瓜。

"我知道你不是师父。"话音未落，飞染已经拿起勺子，舀了半勺肉糜粥送入嘴里。米粒儿软糯香滑，带着淡淡的蔬菜香气，肉糜剁得极细，没有一丝臊味，粥不咸不淡，正合她的口味。她真的好饿，赶快再舀一勺一口吞下。

宋青莯看到她一脸满足，低头看看自己碗里的肉糜粥。他拿起勺子浅浅尝一口，好像确实比平日好喝。他再尝一口，又看到飞染夹起酱肉包，一口咬下去，浓稠的酱汁沾在她粉红的唇角。她笑着眯起眼睛，舌头舔去唇边的酱汁，再咬一口包子。

宋青莯想到小的时候，她也是这般，吃什么都津津有味。鬼使神差的，他拿起筷子，直直朝飞染面前的碟子伸去。

"我的！"飞染双手把碟子护在胸口，目光落在宋青莯前面的那碟包子上面。"明明你也有，干吗抢我的？！"

宋青莯的筷子尴尬地停留在半空。突然间，他笑了。小时候的她也是这样，他别想从她嘴里抢吃的。刚开始的时候，他经常嘲笑她，吃得多才会那么胖，后来连他母亲都说，和她一起吃东西，不知不觉就会吃多了。

“你笑什么？”飞染莫名其妙。

“我笑你吃独食，这是不对的。”宋青莯的目光紧盯飞染怀中那几只包子，“包子又没有写你的名字。”

“都是一样的包子！”飞染十分不满，“我和师父都是自己吃自己那份，不然根本没必要分两份。”

“你师父是出家人，不能沾荤腥，当然只能和你分开吃。”

“都一样的包子，你干吗非要吃我的这份？”

“你怎么知道是一样的？说不定包子的馅料不一样的。”宋青莯的筷子再接再厉指向飞染的碟子。

飞染眼睁睁看着白白胖胖的包子被宋青莯抢走一个。她不甘心地说：“那我也要吃你的！”

“我很大方的。”宋青莯把自己的碟子往桌子中间推了推，笑眯眯咬一口好不容易抢来的包子，满意地点点头。果然，抢来的东西就是好吃！

山柏站在门外，耳朵使劲贴着门缝。可惜，他听不清屋内的人说了什么。小半个时辰后，当他进屋收拾碗碟，他震惊了。他家三爷居然喝光了一碗粥，吃了三个包子，就连炒鸡蛋和醋熘黄瓜都吃光了！

世人只看到他家三爷是神童，升官就像射箭，可是他们全都没有看到，他几乎夜夜挑灯苦读，早晚还要练功，忙得连吃饭的时间都没有。渐渐地，吃饭对他而言仅仅是为了果腹。后来，他越吃越少，也越来越挑食。

一旁，飞染净了手，想想还是觉得不甘心，对着宋青莯控诉：“你多吃了我一个包子！”

“你没吃饱吗？”宋青莯反问。

“那倒没有，可是你吃了四个包子，我才吃两个！”飞染说。

四个包子，他家三爷早膳居然吃了四个包子！山柏觉得，他必须回国公府“报喜”！

这一厢，山柏还没有从惊喜中回过神，另一边，宋青莯对飞染说：“为了补偿你的包子，这样吧，待会儿你跟我去巡街，如果你表现好，中午我请你去酒楼吃饭，想吃多少包子都行，如何？”

巡街？哪有堂堂四品大员满大街溜达的道理？山柏满脸错愕。

第 7 章　一夫当关

宋青莯绝不会承认，他所谓的“巡街”不过是假公济私，找借口带飞染逛街罢了。他冠冕堂皇地告诉飞染，他们微服上街巡视，洞悉潜在的犯罪也是职责所在。

按照宋青莯的设想，他先带飞染去玉器铺子，再去做糖人的摊子，见识各种各样的小手艺，买下各式各样新奇的小玩意。这是他幼时的承诺。

可惜，理想很丰满，现实很骨感。

当宋青莯换上百姓的衣裳，带着飞染等人走在街道上，百姓们纷纷侧目。初时他以为是他们人太多，在人群中太扎眼，于是他命令山柏、芷兰等人先去茶楼等候。结果当他和飞染两个人信步走在街头，仍旧有人时不时向他们行注目礼。

飞染只当他们真的在巡街，一脸肃穆。当她看到穿红戴绿的小姑娘有意无意朝他们靠拢，有胆大的甚至公然向宋青莯抛媚眼，她终于忍不住了，一本正经地建议：“大人，您要不要戴个面具，或者索性先回衙门？”

宋青莯原本的好心情已经荡然无存。他默不作声继续往前走。飞染只得跟上他的脚步。

不多会儿，不知是谁大叫一声：“五城兵马司的人来了。”百姓们纷纷避让。

飞染朝远处张望，笔直干净的大街上，七八匹枣红色的骏马疾驰而来。她不知道五城兵马司都是些什么人，只看到来人气势汹汹，她一步上前挡在宋青莯面前，小声询问：“大人，是敌是友？万一我打不过他们，您赶快跑。”

“呵呵。”宋青莯有苦难言，低声解释，“为首那人是五城兵马司统领叶魁，他们的职责是维护京城治安……”

“噢，原来是自己人。”飞染不好意思地笑了笑，退至宋青莯身后。

少顷，一名壮汉飞身下马，对着宋青莯抱拳，粗声粗气说：“宋大人，你要抓什么人，吱一声就是……”

“叶大人，我就是随便走走……呵呵。”宋青莯扯了扯嘴角。

“呵呵。”叶魁干笑几声掩饰尴尬，不自觉后退半步。

早几年，宋青莯还在大理寺当差。某一天叶魁在街上偶遇他，当时他喝得醉醺醺，随口笑话宋青莯比花魁更漂亮，口不择言说了两句荤话。

因为这事，叶魁一直惴惴不安。他听说，宋青莯锱铢必较，那些巧舌如簧的文官都被他气得吐血，他一介武夫哪里是他的对手！

“宋大人要去哪里？我护送您。”叶魁觍着脸示好。

“多谢叶大人的好意，我就是随便走走，你去忙你的吧。”宋青莯比了一个“您请便”的手势。

宋青莯一心希望不速之客赶快消失，奈何叶魁只想借机讨好他，喋喋不休地介绍起了附近的商铺。

飞染站在宋青莯身后，好奇地打量叶魁。在她看来，叶魁声音浑厚，太阳穴鼓鼓，戎装下的肌肉线条明晰，分明就是武功高手，可他好像很害怕宋青莯似的，都不敢正眼看他。

她心中奇怪，不由自主地多看了他两眼，忽然觉得宋青莯很像修长挺拔的白桦，而叶魁就似那粗壮结实的栗树。他们站在一起，简直是两个极端。她抿嘴轻笑。

叶魁这才注意到飞染，只觉得眼前一亮。宋青莯是很漂亮，但他毕竟是男人，哪里及得上飞染水灵。不过有了上次的前车之鉴，叶魁可没有勇气赞美飞染的外貌。他客客气气说：“想必这位就是宋大人礼聘的女捕快，失敬，失敬！”

飞染愣了一下。她很有名吗？她抱拳施礼，故意逼出低沉的嗓音，回道：“叶大人客气了，我叫飞染，我姓陶，我……我是专门保护大人的……”

“叶大人，你请回吧。”宋青莯挡在飞染身前，面无表情地请叶魁离开。

“呵呵。”叶魁再次干笑两声掩饰尴尬，对宋青莯说，“那我走了。”他带着手下上马离去。

远远地，叶魁的手下愤愤地抱怨：“大人，宋青莯一副弱不禁风的模样，别说是您，就是在下，一拳就能把他打趴下，您怕他干什么！”

“你懂个屁！”叶魁粗鲁地呵斥他，“老子什么时候怕他了，老子这是……尊敬他有真才实学！他虽然人品差些，但是只要别得罪他，他从来不会没事找事。”

叶魁的手下不敢反驳，唯有在心中腹诽：大人，你根本就是得罪过他，怕他报复吧！

“你小子，又在心里编派我！”叶魁扬手就是一鞭。手下的坐骑嘶叫一声，冲着街道尽头狂奔。他“哈哈”大笑，策马追了上去。

飞染听到叶魁豪迈的笑声，随口赞叹：“这位叶大人，很有趣呢！”

“有趣？”宋青莯只觉得心塞。他顺着飞染的目光看去，心中突然生起一个念头：难道飞染喜欢俞毅、叶魁这种浑身肌肉的男人？

顿时，宋青莯再也没有逛街的心思，讪讪地说：“百姓都被他赶跑了，没什么可巡视的，我们去喝茶吧！”他大步往前走，带着飞染去了茶楼。

山柏等人早就准备了干净的雅间。宋青莯坐在临窗的位置，遣退了其他人，指着身边的座位对飞染说：“怎么不坐？”

“噢。”飞染老老实实坐下。

因为宋青莯沉默不语，她如坐针毡。突然间，她想起林中偶遇的那两个男人，没话找话：“大人，京城有没有永安侯？永安侯府有没有世子？”

在宋青莯成年之前，永安侯世子林瑾明一直是京城第一美男，即便他成亲了，丧偶了，又续娶了，从来没人能够撼动他的地位。直至新皇登基，林瑾明的胞妹册封为皇后，林家愈加低调，他本人也渐渐淡出众人的视线。

恰此时宋青莯年满十六岁，在新皇面前崭露头角，一跃成为新一代的“京城第一公子”。

在京城的世族贵胄中，成国公宋家与永安侯林家素来没有深交，却一直为世人津津乐道，究其原因，宋家富贵，其子弟却鲜少纳妾；林家书香门第，清贵无比，但他家无论娶媳还是嫁女，都偏爱美女美男。

据说，林瑾明的曾祖母、祖母、母亲都是当世出名的美人，他自幼定亲的妻子是琼州陆氏的嫡长女，也是难得一见的大美人。可惜，他们成亲不过一年多，陆氏难产而亡。林瑾明续娶了前妻的庶妹陆萱，也就是如今的永安侯世子夫人。

当下，宋青莯不知道飞染为何突然问起林家，他不答反问：“有人对你自称永安侯世子？”

“是的。”飞染点点头，“果然我又受骗了吗？不过我没有白白被他骗去一匹马。”她拿出那块碧绿的翡翠，转念间又笑了，“这块翡翠的雕工很不错，用它换一匹马，是那人太不识货了。”

说到这，她皱了皱眉头，不甚确定地问，“大人，我不懂相马，被骗走那匹马不会是名驹吧？”

宋青莯随手拿起翡翠对着窗口照了照，脸色微变。他看到了翡翠内里的一个小字，这块翡翠是林瑾明亲手雕刻的。他果断没收了翡翠，不容置疑地说，“明日，我命人把它送还永安侯世子。”

“所以我没有受骗？”飞染紧张地抓住宋青莯的衣袖，“他真的是永安侯世子？”

宋青莯顺势抓住她的手背，反问：“你觉得永安侯世子长得很好看？”

“呃……”飞染侧头想了想，“其实他不只长得好看，说话也很有礼貌。”

宋青莯没有接话，只是一味盯着飞染。他不希望自己在她面前显得太幼稚，不然他真想好好问一问她，难道一个三十多岁的大叔比他更好看？

飞染被他看得不好意思，低头就见修长的手指覆盖自己的手背，他的指甲修剪得又干净又整齐，手指不胖不瘦，骨节分明。

她猛地缩手，像受惊的兔子一般从椅子上蹦起来，径直跑到窗口，倚着窗框朝外张望。她知道，自己就连耳根都在发热，仿佛做错事被师父当场逮住。

宋青莯的目光紧紧追随她，默默端详她的侧脸，发现她的睫毛又长又翘，她的脸颊红里透白，粉红色的樱桃小嘴泛着诱人的光泽。

“咦，那边好像发生了什么事？”飞染看到街道上围了很多人。

宋青莯走到她身边，顺着她的目光看去，一辆华丽的马车被百姓层层叠叠围在街道的中央。

“我们过去看看！”飞染建议。

“等一下。”宋青莯拦住她，“看清楚再说。”

飞染侧耳聆听街上的动静，男人的呵斥声夹杂女人的哭泣不断涌入她的耳中。她抬头对宋青莯说：“我是捕快，我要下去问清楚，发生了什么事。”

宋青莯评估了一下四周的环境，轻轻点头，目送飞染跑出茶楼，挤入人群。隐约中，他听到一名妇人哭喊：“我的大宝一定就在马车里。”

他引颈张望，表情凝重。据他所知，最近这三个月，这一片发生多起稚子失踪事件。他从来不相信巧合。

人群中，飞染拿出捕快的腰牌，对着围观的百姓大声询问：“我是提点刑狱司的捕快，这里发生了什么事？”

“大人，救救民妇的儿子！”二十多岁的妇人跪倒在飞染脚边，扯着她的裙摆哭诉，“大人，我家大宝一定就在他们的马车上……”

“胡说什么！”小厮打扮的青年一脚踹向妇人的后背。妇人扑倒在地，大声嚎哭起来。

飞染赶忙把妇人护在身后，生气地呵斥他：“你干吗无缘无故打人？”

小厮高高抬起下巴，倨傲地说：“不过是个贱民，小爷想打就打，轮不到你多管闲事。”

飞染看到他满口黄牙，头发油腻腻的，心中更生厌恶。她抬腿就是一脚，踢在小厮踹人的那条腿上。

小厮“扑通”一声跪倒在地，痛得“哇哇”惨叫。马车周围的其他仆役立马把飞染团团围住。

飞染不屑地看一眼倒在地上嚎叫的男人，她根本没有使力好不好！她不慌不忙地扶起地上的妇人，嘴里询问：“你先不要哭，告诉我发生了什么事。”

仆役们发现飞染毫无惧色，面面相觑。为首那人名叫长安，平日里狐假虎威惯了，从来不把捕快放在眼里。他高声威胁：“打狗还得看主人，你知道车上坐的是谁吗？”

飞染无辜地回答：“是他自己说，凡是贱民都可以随意打骂，我这才轻轻踹了他一脚。”

“你什么意思？！”众仆役叫嚣，却又不敢上前。

飞染用身体护着低声啜泣的妇人，真诚地解释：“你们全都是下人，难道不是贱籍吗？”

围观的百姓们一阵哄笑。

飞染回头询问妇人：“你是他们家的仆妇吗？”

“捕快大人，我相公是匠人，就住在那边的街尾，我们没有卖身。”妇人紧张地抓住飞染的手臂，眼睛直勾勾盯着车厢，“大人，是他们抢了我的大宝，大宝一定就藏在车厢内。”

飞染记着山槐说过，当捕快，一言一行都有规矩的。京城贵人多，如果他们处置不当，不只是他们自己，还会给宋青莯惹来麻烦。

她才当了半天的捕快，不知道自己能不能跳上马车搜查，于是说道："既然这位大嫂不是你们家的下人，你们当街胡乱打人，得随我回衙门说清楚。"她心里想着，就算车上的人打定主意不出来澄清，回到提点刑狱司，宋青莯总能弄清楚，车厢内到底有没有小孩。

她的话音刚落，马车内传来一声咳嗽。同一时间，妇人扯着她的衣袖哀求："大人，求您救救我家大宝，我给您磕头了。"

飞染试图扶起妇人。长安扯着嗓子在一旁尖叫："我们家铭少可是鼎鼎大名的京城四少之一。如果你们继续胡搅蛮缠，小心吃不了兜着走！"

京城四少是什么官？她只在书上看过驸马都尉。飞染疑惑地眨眨眼睛，高声问道："京城四少是哪个衙门的？位列几品？"

百姓们又是一阵哄笑，毕竟众人皆知，所谓的"京城四少"不过是几个不成材的纨绔子弟自封的。

车厢内，原鸿胪寺丞的儿子，不久前刚被降了爵位的乌衣子爵府六公子魏铭听到此起彼伏的嘲笑声，气得咬牙切齿。

他家被削爵，和宋青莯脱不了干系，他竟然又派女捕快当街羞辱他。他忍不住怀疑，拦截马车的妇人也是宋青莯安排的。

魏铭的身旁，身材火辣的美人娇嗔："铭少，她刚才说，她是提点刑狱司的捕快，莫不是……"

"怎么，难道你也看上宋青莯那个小白脸了？"魏铭气急，心道：宋青莯变着法儿出风头，招个女捕快都能在皇上面前露脸，弄得满京城的女人都像吃了迷魂药。今日我就让他的小女捕在大街上出出丑！

想到这，魏铭的心中竟然生出几分兴奋。他重重咳嗽一声，扬声说："哪有女人当捕快的。她一定是骗子。长安，把她押去京兆府，不必和这种人浪费口舌。"

飞染拿出腰牌，一本正经地澄清："我最讨厌骗子，我从来不骗人。这是我在提点刑狱司的腰牌，上面有我的名字。"

魏铭坐在车厢内，自然没有看到自己的小厮被飞染轻轻踹了一脚，至今都站不起身。他高声反驳："就算腰牌是真的，也不知道是她捡来的，还是偷来的。长安，你把她的腰牌拿了，待会儿送还宋青莯。"

长安惧怕飞染的武功，可是主子有命他不敢不从，只能大声吆喝同伴："既然是骗子，我们就一起替宋大人把腰牌抢回来！"

"谁敢乱动！"飞染娇斥一声，依旧把妇人紧紧护在身后。用宋青莯的话，他们这是微服巡街，所以她没带水火棍，也没有穿捕快的制服。

她后退两步，把妇人塞入人群，对着边上的百姓说：“大叔，把你的扁担借我一用，待会儿就还给你。”

“兄弟们，一起上！”长安试图率众突袭。

飞染抓起扁担，“嘭”的一声敲在地上，竟然把青石砖敲裂了。她一手握着扁担，一手抓着腰牌，微微扬起下巴，学着宋青菻的神情，冷然呵斥：“这是提点刑狱司的腰牌，谁敢上前抢夺，我依律将他杖毙！”她傲然肃立，颇有一夫当关万夫莫开的气势。

长安等人呆呆地看着青石砖上的裂缝，一时间忘了反应。

车厢内，魏铭只听到熙熙攘攘的嘈杂声，却不知道到底发生了什么事。

美艳歌姬素闻宋青菻的事迹，嬉笑着说：“铭少，宋大人的手下单枪匹马就让您的小厮不知所措了呢。”

这话犹如火上浇油，魏铭就像点燃的炮仗，怒发冲冠。他愤愤地揭开车帘，抬头就看到娇俏的少女迎风而立。

他一直以为，能去衙门当捕快的女子一定长得五大三粗，粗鄙不堪。眼前的少女即便身形尚未完全长开，但那精致的五官，再加上蜂腰长腿，足以当得“美人”二字。更重要的，她手持扁担那股英气，别有一番韵味。

魏铭看到美人，怒火消了一半。他发现美人的目光直勾勾盯着自己，装模作样正了正衣襟，用自以为最帅的侧脸对着飞染，“啪”的一声甩开手中的折扇。

飞染的确正盯着马车，但她看的人并不是魏铭，而是他身后的歌姬。她穿着这样的衣裳，不会觉得全身凉飕飕的吗？还有她胸口的两团肉，简直就像两只小白兔，仿佛下一刻就会从抹胸内蹦出来。

飞染自卑地看一眼自己胸前的小笼包。师父说，她年纪还小，可她已经十五岁了，难道还不算长大吗？

“小美人儿。”魏铭对着飞染勾起嘴角。他等不及长安在马车下摆放矮凳，自命潇洒地跳下马车。他本想甩一甩头发，露出魅惑的笑容，却在双脚着地的瞬间打了一个趔趄。

幸好，长安眼疾手快扶住他，他不至于狼狈地摔倒。

飞染掩下心中的失落，尽职地朝马车内张望，车厢内并不见孩童。她回头寻找早前的妇人，身后已经不见妇人的踪迹。

一旁，魏铭推开长安，对着飞染说：“小美人，你叫什么名字？”

“你在和我说话吗？”飞染反问。

“是啊！”魏铭走到飞染面前上下打量她，“美人儿……”

“我叫飞染。”飞染后退一步。她不喜欢魏铭身上的花露香味。

“飞染，飞文染翰，卷盈乎湘帙，好名字啊！”魏铭啧啧赞叹。他是风流才子，自然读过很多书！

“怎么，听不懂？哥哥可以解释给你听哦。”魏铭收起折扇，手腕轻轻一转，扇尖几乎抵住飞染的下巴。

飞染心生不悦，抓着扁担的手轻轻一晃。扁担打在了魏铭的手背，他的右手一阵麻怵，折扇“啪”的一声掉在了地上。

魏铭一阵尴尬。

飞染脆生生地回答：“我听得懂，小时候练字，师父总让我写这几句话。对了，我没有兄长，你不能在街上乱认亲戚。”

魏铭干笑一声，眼中更添几分热切。以他阅人无数的专业眼光，眼前的小女捕绝对是个雏儿。她是宋青莯大张旗鼓招揽的女捕快。如果他能把她弄到手，宋青莯一定很难堪，甚至会沦为京城的笑柄。

长安看出主子的心思，小声提醒主子：“公子，她会武功。”

魏铭误解了长安的意思，迫不及待对着飞染说：“原来你会武功啊？”在他看来，女人就算会武功，也是一些花拳绣腿罢了。

“是啊，我会武功的。”飞染点头，“你这人真奇怪，既然那位大嫂的儿子不在你的马车上，你告诉她就是，或者索性让她看一眼……”

“本公子的马车，岂是什么人都可以看的！”魏铭哼哼一声，又笑眯眯地说：“不过飞染姑娘是例外。如果姑娘肯赏脸，我请姑娘喝茶……”

“不用了，谢谢。”飞染摇头，“既然那位大嫂的儿子不在你的马车上，她也已经走了，大家都散了吧，我也要走了。”她转身把扁担还给围观的大叔。

魏铭又是一愣。她说“不用了”，是欲迎还拒吗？他长得玉树临风，风流倜傥，她怎么可能拒绝他！

“对了。”飞染回过头。

魏铭勾起嘴角，表情仿佛在说：我就知道，你舍不得我！

飞染看到他笑得欢畅，只当他的脑子不好使。她一本正经地申明：“我的腰牌是真的。”她把腰牌托举在掌心，指着自己的名字说，“这是早上的时候，大人亲手交给我的。”她教训魏铭，“以后再遇到自己不知道的事，不要乱说，知道吗？”

人群本来已经渐渐散去。路人听到飞染的话，好奇地停下脚步。有人高声询问：“提点刑狱司真的有女捕快？”

“是啊！”飞染抬起手臂，晃了晃手中的腰牌，“我昨天才到京城，就住在刑狱衙门。我们家大人是大好人，断案可厉害了。大伙儿有冤情，可以上衙门找我家大人伸冤。”

人群中，芷兰哭笑不得。飞染在招揽生意吗？她说宋青莯是大好人什么的，确定不是“污蔑”他？她不确定，是否应该阻止飞染。

飞染接着又道：“我们家大人正在招募女捕快，会武功的女子都可以去衙门报名，待遇可好了！”

魏铭发现自己被赤裸裸地无视了，大声反驳：“如果在刑狱衙门当捕快的待遇真的那么好，哪里用得着当街吆喝！”

飞染被他的话噎住了。

魏铭扬扬得意地说：“当捕快能有几个工钱？小美人儿，不如你跟我回家吧，我保证，你一定有穿不完的绫罗绸缎，吃不完的山珍海味。”

“呃……”飞染突然想到一个很严肃的问题，无论是宋青莯还是山槐，都没有提及她的工钱。

魏铭嬉笑着上前，伸手就想牵住飞染的小手。

飞染察觉他的动作，随手从身后的民妇手中拿过一只买菜的篮子，“嘭”的一声抵住魏铭的胸口，重重一推。

魏铭还没明白怎么回事，整个人急速往后退。如果不是长安眼明手快抓住他，恐怕他已经摔得屁股开花。

飞染把篮子还给妇人，对着魏铭解释：“你不要靠近我，我不喜欢你身上的奇怪香味……”

“你什么意思！”魏铭恼羞成怒，沉着脸怒斥，“凡事适可而止，你不要敬酒不喝喝罚酒！”

“敬酒和罚酒我都不喝的。”飞染一本正经回答。

挎着菜篮子的妇人看到飞染一脸天真烂漫，忍不住询问：“小姑娘，你知不知道，他带你回家想干什么？”

飞染摇头回答：“我不用知道。大人于我有恩，我不会离开刑狱衙门的。”

魏铭的胸口隐隐作痛，双颊涨成了猪肝色。他指着飞染叫嚷：“大胆贱民竟敢冒充衙门捕快，把她抓去京兆府交给赵大人处置！”

众家丁们面面相觑。魏铭愈加恼怒，厉声呵斥：“你们还不把她拿下！”

话音未落，他忽觉眼前有一个黑影闪过。他的脑子还没反应过来，衣领已经卡住他的脖子。他本能地挣扎，小腿一痛，竟然“扑通”一声跪下了。

“放开我！”魏铭愤怒到极点，扯着嗓子叫嚷，“背后偷袭，算什么英雄好汉！”

飞染认认真真回答：“我不是英雄好汉，再说，是你先命人动手的。”

魏铭羞愤难当，尖声怒叫：“我是乌衣侯府的六公子，你竟敢偷袭我！”

“是乌衣子爵府。”百姓们齐声纠正。

“放开我！”魏铭像绝望的小兽一般挣扎，“你竟敢打我，这是以下犯上，我要去京兆府衙门告你！”

人群外，永安侯府的车夫坐在车头引颈张望，低声回禀：“世子爷，前面不知道发生了什么事，整条街道都堵上了……”

“那就绕道吧。”林瑾明的声音夹杂几缕不耐烦。他的怀中抱着一盆兰花，脸色苍白疲惫。昨日，他虽然及时赶回了侯府，但他的孩子又夭折了。大夫说，他的夫人再也不可能怀上孩子。

车夫心知，林瑾明急着回家安慰夫人。他为难地说：“世子爷，后面也堵上了，马车根本出不去。”

“你过去看看，发生了什么事。”林瑾明挑开车帘朝外张望。在一片黑压压的人头中，他一眼看到了宋青莯。

宋青莯信步走向飞染，问道：“陶捕快，你为什么抓着魏六公子？”他的语气丝毫没有责备之意。

飞染循声看去，大声回答：“大人，你快告诉他，我真的是刑狱衙门的捕快。”

“宋青莯，你不要欺人太甚！”魏铭的新仇旧恨涌上心头，在飞染手中使劲挣扎，恨不得扑上去撕咬宋青莯。

飞染摁住魏铭，对着宋青莯解释：“大人，我怎么说他们都不相信我是捕快，还说要把我送去京兆府。你快告诉他，我没有骗他，我从来不骗人的。”

“你没有给魏六公子看你的腰牌吗？”宋青莯不紧不慢地询问。

飞染委屈地回答：“我给他们看了，看了好几次呢！”

“这样啊！”宋青莯的拇指轻抚下巴。

“宋大人，都是误会，误会而已。”原本躲在车厢内的歌姬不知何时下了马车。她对着宋青莯行礼，娇声娇气说，“铭少一时错眼，是他的不是，奴家代他向宋大人赔不是。”

飞染看到歌姬弯下腰的时候，那条深深的乳沟实在壮观。她满脸羡慕，小嘴微张，一时不察竟然被魏铭挣脱了。

长安等人急忙围护主子。魏铭心中略定，大声叫嚣：“宋青莯，京城乃京兆府治下，你竟敢纵容手下行凶，打伤朝廷功臣之子！”

飞染转身护在宋青莯身前，对着魏铭比了比拳头。

魏铭吓得后退半步，百姓又是一阵哄笑。

宋青莯任由飞染护着自己，问道：“陶捕快，你打了魏六公子吗？”

飞染侧头想了想，果断摇头。

宋青莯意味深长地说：“既然魏公子说，你打了他，应该就是打了吧！”

“什么？”飞染疑惑地注视宋青莯。

宋青莯似笑非笑，一字一顿重复：“他说，你打了他，那就一定打了。”

难道大人要她坐实这条罪名？这样……不太好吧？飞染不可置信地确认：“大人，你要我真的打他？”

宋青莯点头。

魏铭震惊到极点。魏家在前朝就是贵族，宋青莯再狂妄，也不可能当众羞辱他吧？

想到这，他抬起头，骄傲地呵斥：“宋青莯，你敢！”

宋青莯冷声命令："陶捕快，怎么还不动手！"

飞染大步走向魏铭，挥手就是一个耳光。

伴随清脆的"啪"一声，嘈杂的街道顿时鸦雀无声。

魏铭只觉得一股咸腥味涌入口鼻，脑袋一阵眩晕。从小到大，他何时受过这等屈辱！盛怒之下，他的身体摇摇欲坠。

长安等人七手八脚搀扶魏铭，嘴里说着君子报仇十年不晚云云。

飞染见状，急巴巴解释："大人，我知道他不会武功，所以我只用了两分力。师父说过，得饶人处且饶人，我记得的。"

"我知道，不过别人不见得领你的情。"宋青莯对着飞染笑了笑，扬声说，"魏六公子，大家都看到了，我手下的捕快打了你。你看，我们一起去京兆府衙门呢，还是直接回提点刑狱司？"

"你什么意思？"魏铭的脸黑得像锅底。

宋青莯郑重地承诺："你放心，即便飞染是我的手下，如果你真的有冤情，我一定会秉公办理。"

百姓们听到这话全都蒙了，但魏铭心知肚明，京兆府尹与大理寺卿都是从三品，宋青莯身为提点刑狱使，是正四品。可是即便他的品阶不及他们，皇帝却下过一道圣谕，无论是京兆府还是大理寺的案子，提点刑狱司都可以接手或者审查。

这会儿，如果他坚持状告飞染，即便他们去了京兆府，案子最终还是会落入宋青莯手中。

魏铭恨到极点，却又无可奈何，只能暗暗劝说自己，好汉不吃眼前亏，犯不着和宋青莯硬碰硬。

可惜，宋青莯没有给他台阶。他追问一句："魏六公子，你想先去京兆府衙门，还是直接回提点刑狱司？"

长安赶忙赔着笑脸打圆场："宋大人，没有的事，您手下的捕快怎么会打人呢，都是误会，一场误会！"

群众哗然。飞染那一巴掌，大伙儿看得清清楚楚。再说，所谓的"京城四少"一向跋扈骄纵，今天怎么突然就乖顺了？

宋青莯打量魏铭，不疾不徐地说："魏六公子，刚才你亲口说，京城乃京兆府治下，我纵容手下行凶，打伤朝廷功臣之子……"

"误会，都是误会！"长安笑得愈加谄媚，"宋大人，我家公子只是开玩笑，玩笑话而已……"

"我在和你的主子说话。"宋青莯的声音瞬间就冷了。他那神情，仿佛长安压根没有开口的资格。

魏铭的脸颊火辣辣疼，几乎咬碎满口的牙齿。宋青莯简直欺人太甚！

"魏六公子，我最后再问你一次，飞染有没有打你？"宋青菘的声音充满浓浓的压迫感。

魏铭咬牙回答："没有。"

人群再次哗然。

"请你清楚地说一遍。"宋青菘得寸进尺。

魏铭睁大眼睛怒视宋青菘。半晌儿，他强忍羞怒，似发泄一般大声嚷嚷："没有人打我，你也没有纵容下属伤人，你满意了吗？"

话毕，他愤而转身，急欲爬上自家马车，奈何马车太高，他试了几次都只是徒劳。长安等人七手八脚推他，可人多手杂，再加上周围哄笑声不断，魏家众人顿时乱成一团。

宋青菘冷眼看着他们，忽而又道："魏六公子，既然打人这件事你已经澄清了，那我们来说说另一桩事情吧。"

"宋青菘，你又想怎么样？！"魏铭推开长安，冲着宋青菘疾走几步，就见飞染再次挡在宋青菘身前，对着他比了比拳头。

"宋青菘，你一个大男人，躲在女人身后算什么本事！"魏铭嘴上叫嚣，到底还是心中生怯，忌惮地盯着飞染。

宋青菘轻轻一笑，反问："飞染是提点刑狱司的捕快，保护我不是她的职责所在吗？"他一脸理所当然，反倒把魏铭噎住了。

长安哭丧着脸给自家主子找台阶："公子，时辰不早了，老爷还在家等着……"

魏铭再次踹开长安，怒气冲冲地叫嚷："宋青菘，不要以为我怕了你……"

"魏六公子少安毋躁。"宋青菘转身询问歌姬柳儿，"这位姑娘，你是魏六公子的妻妾吗？"

"不是的。"柳儿忙不迭摇头。她在京城也算小有名气，听过很多宋青菘的事迹。她们一班小姐妹私底下都在说，如果可以为他献唱一曲，也算此生无憾。可惜，他从不涉足风月场所。

宋青菘接着又问："不知道姑娘府上何处？"

他问我住在哪里，难道是看上我了？柳儿的心口一阵激荡，脱口而出："宋大人，奴家是依翠园的柳儿，您去芳华街一问便知。"

宋青菘转而询问魏铭："敢问魏六公子，芳华街的依翠园是什么地方？"

魏铭嗤笑："你不是自诩过目不忘吗？你会不知道芳华街？"

"我知道芳华街，却不知道芳华街是什么地方。魏六公子，你知道吗？"宋青菘似笑非笑。

魏铭呆住了。芳华街是花街，满京城皆知，宋青菘不可能不知道。他又想干什么？

短暂的沉默中，宋青菘朗声说："先祖皇帝开国之初定下律法，凡朝廷大臣，勋贵子弟皆不得涉足风月场所，违者轻则杖责，重则罢官削爵。魏六公子，请你告诉我，你如何识得依翠园的柳儿姑娘，为何与她共坐一辆马车？”

宋青莯说得铿锵有力，魏铭却是一脸茫然。

半晌儿，魏铭梗着脖子冷哼：“宋青莯，你不要信口雌黄。朝廷上下哪个人没有去过芳华街，你有本事把他们全都抓去刑狱衙门吗？”

“魏六公子，听你的意思，这要检举他人？”宋青莯一脸正色，郑重承诺，“魏六公子放心，只要你说出那人的名字，举出实证，我身为提点刑狱使，定然会认真核查，秉公办理。”

魏铭的嘴巴动了动，没能发出声音。魏家正值风雨飘摇之际，岂能再得罪重臣？

宋青莯笃定魏铭不敢检举他人。他走近他低语：“魏六公子，今日你与歌姬同坐一车，招摇过市，我看在你祖父的面子，暂时就不追究了，还望你以后谨言慎行。最重要的，做人不可以心存害人之心，不然……”他意味深长地笑了笑。

魏铭默不作声，灰溜溜地上了自家马车。

飞染从始至终没有明白怎么回事。眼见魏铭走了，她尽责地招呼百姓们散开，不要堵住街道。

“宋大人。”柳儿眼巴巴看着宋青莯的侧脸。

宋青莯只当没看到她，低头询问飞染：“回去喝茶，还是直接去酒楼吃饭？”

“呃……”飞染摸摸肚子，她的确饿了。

“先去吃饭吧。”宋青莯举步往前走。

“宋公子！”柳儿锲而不舍，“奴家久仰公子大名。”她亦步亦趋跟在宋青莯身后。

“陶捕快，你不是说，你会尽责地保护我吗？”宋青莯的语气略带哀怨。

飞染急忙环顾四周。除了娇滴滴的美人，大家都只是远远看着他们，魏家的马车也走远了，哪里有什么危险？

“我们正在微服巡街，这是公务，怎么能让闲杂人等尾随呢！”宋青莯说得无比认真。

“原来这样。”飞染不疑有他，转身对柳儿说，“柳儿姑娘，我们家大人说了，你不能跟着我们。”

说话间，她的目光情不自禁落在柳儿的胸口。那两只“小白兔”好像比她师父的更大，不过她的抹胸勒得这么紧，她不会喘不过气吗？

一旁，宋青莯眼角的余光瞥见飞染的视线，顿时气结。她在看哪里！

“走了！”他一把抓住飞染的手臂，拽着她往酒楼走去。

飞染呆愣片刻，再次询问：“大人，你真的不会武功吗？”为什么他的动作这么干净利落？

宋青莯板着脸教育她：“你是提点刑狱司的捕快，以后我不喜欢的人，不能让他们靠近我，知道吗？”

“不喜欢的人？”飞染蹙眉，“你说刚才的柳儿姑娘吗？她长得很漂亮呢，还有，她不会武功……”

宋青莯诘问：“我不喜欢她，和她会不会武功有关系吗？”

“也对哦！”飞染点头，又觉得哪里不对劲。

转眼间，两人的身影消失在人群中。

林瑾明诧异地看着宋青莯与飞染拉拉扯扯，喃喃自语：“原来她就是那个小女捕。”

“世子爷，可以走了。”林家管事林祥站在马车外面回禀。

林瑾明看一眼宋青莯消失的方向，吩咐林祥详细叙述整件事的经过。

林祥客观地陈述始末，忍不住感慨：“世子爷，宋大人果真嚣张。即便魏家失了圣心，好歹还有爵位，他这样当众命手下打了魏六少一个耳光……”

林瑾明的手指轻抚兰花的花瓣，低声说：“大家都觉得他年轻气盛，说好听点是初生牛犊不怕虎，说难听点就是嚣张跋扈，可是你发现没有，他得罪的人，哪个有好下场？”

“世子爷的意思……”林祥指了指天空。

林瑾明没有表态，只是吩咐林祥：“回家之后，记得知会各房，从今往后切不可涉足风月场所，特别是在衙门有差事的人，可别被人逮住，成了杀鸡儆猴的那只鸡。”

他放下兰花，低声喟叹，“看宋青莯的态度，皇上应该已经做出了决定。这样，也好！”

第 8 章　风波

宋青莯有心兑现幼时的承诺，带着飞染去了京城最大的酒楼。山柏早就在酒楼打点妥当。

飞染第一次在大酒楼吃饭，看什么都觉得新鲜，一路东张西望。在净心庵的时候，她虽然不用茹素，但陶氏做的都是家常菜，可口却称不上精致。

她跟着宋青莯走入二楼的雅间。他们才刚刚入座，小二们上菜如流水。

席间，飞染目不转睛地盯着桌上的水晶肘子，蜜汁火腿，西湖醋鱼等等，压根没工夫在意为什么只剩下她和宋青莯一起用餐。她唯一在意的事，为什么每次她觉得哪道菜特别好吃，宋青莯一定会和她抢？他简直太幼稚了！

午饭过后，宋青莯又带着飞染“视察”了京城几处知名景点。直至夕阳西下，他们才坐上折返提点刑狱司的马车。

飞染听到街上传来父母吆喝自家孩子回家吃饭的声音，想起早前拦截魏家马车的妇人。她询问宋青莯："大人，先前那位大嫂一口咬定自己的儿子被魏六公子藏在马车上。后来她一眨眼就不见了，好像有点不对劲。"

"可能她已经找到儿子了吧。"宋青莯一语带过。事实上，当妇人悄悄从飞染身后离开，他立马派人跟了上去。妇人姓鲍，的确有一个儿子，儿子确实走失了。

在车轮有节奏的"咕咚"声中，宋青莯状似随口询问："这些日子我一直在想，如果那天我们没有抓到赵奎，你会不会失望？"最近，他总是忍不住思量，即便真是长公主和驸马派人杀死息嗔师太，那又如何？飞染以为自己替师父报了仇，那就让她开开心心过一辈子，何必知道那些无谓的事。

飞染想也没想，脱口而出："应该会失望吧？然后我会继续追查，直至找到真凶为止。"

"如果你找到了凶手，却没有办法替你师父报仇，你会怎么办？"宋青莯追问。

"为什么？"飞染奇怪地看着他。

"世上有太多的无可奈何。就像魏铭，你明明打了他，他却只能对大家说，你没有打他。"

飞染撇撇嘴，反问："你不是说，他脑子不好使吗？"

宋青莯微微一愣，点头附和："对，他脑子不好使。"他轻轻勾起嘴角。

自从他得知飞染不是驸马与息嗔师太的女儿，他一直觉得当官挺没意思的。此刻他又觉得，如果能用自己的努力保有她的纯真，似乎也是值得的。

飞染盯着宋青莯嘴角隐隐的笑意，眨了眨眼睛。半晌儿，她脆生生地说："大人，我不知道你在烦恼什么，我也不懂什么大道理。师父经常说，世上的事全都逃不过'因果'二字。我参不透因果，只认一个理儿，杀人偿命欠债还钱。"

"你觉得，我有烦恼？"宋青莯莫名有些感动。

"我不知道啊。"飞染摇头，认真地问他，"大人，你有烦恼吗？"

"……"宋青莯语塞。有那么一瞬间，他分不清眼前的人儿是幼时的小短腿，还是亭亭玉立的十五岁少女。恍惚中他又想起，当他的指尖划过她的脸颊，那种微妙的触感至今依旧萦绕在他心头，挥之不去。

"别动，你的脸脏了。"宋青莯听到了自己的心跳声。他明知道自己的行为是错的，却无法抑制内心的渴望。

可惜，宋青莯来不及伸手，飞染已经拿出手绢擦拭脸颊。"擦干净了吗？"她几乎把整个小脸都胡乱抹了一遍。

宋青莯无言以对。

不多会儿，山槐急匆匆跑过来，气喘吁吁地说："大人，衙门的大门被百姓堵上了。"

宋青莯揭开车帘，朝衙门的方向望去。暮色中，黑压压一大片人头挤在提点刑狱司的大门外。

山槐被百姓们的热忱吓到，此刻依旧惊魂未定。他哑着嗓子回禀：“大人，百姓们都是来应征女捕快的。”

“很多人吗？太好了！”飞染眉开眼笑，“大人，如果有很多人报名，你一定可以招到武功高强的女捕快。”

宋青莯来不及消化飞染的话，山柏快步跑回来，急促地说：“三爷，俞捕头说，那些女人一口咬定衙门正在公开招募女捕快，赶都赶不走……”

飞染奇怪地问：“为什么要赶她们走？是我让她们来衙门报名的。”

“你让她们来衙门报名？”宋青莯咬牙切齿，“为什么？”

飞染发现宋青莯生气了，低声回答：“大人，你不是说衙门招不到女捕快，这才请我帮忙吗？你看，现在这么多人报名，等你找到真正的女捕快，我就可以回净心庵了……”她的声音渐渐弱了。

她明明没有做错事，为什么会心虚呢？

宋青莯看到飞染像小媳妇一般垂下眼睑不敢看他，只觉得太阳穴突突直跳。她没有错，错的是他！

他闭上眼睛，无奈地问：“你什么时候让她们来报名，又是怎么说的？”

“就是，就是……”飞染不自觉咽了一口唾沫，“就是在遇到魏六公子的时候，我看到那么多人围着，就顺便告诉大家，当女捕快的待遇非常好……”

宋青莯气得快内伤了。她口中的“待遇好”，那些全都是他的私房银子！他转头吩咐山柏：“让俞毅把她们全部赶走。”

山柏从未见过主子这么生气。他硬着头皮回禀：“三爷，俞捕头说，她们一直叫嚣，如果不能亲眼看到三爷，打死都不走。”

一听这话，宋青莯很想抓着飞染的肩膀问一句，她是不是上天派来专门与他作对的？！

自从遇上她，他的人生就开始围着她打转，可她呢？她不只把他忘了，竟然心心念念回净心庵。只要他还活着，她休想回去当尼姑！

飞染用眼角的余光偷瞄宋青莯，小声说：“大人，你生气了？能问问为什么吗？”

“没有。”宋青莯否认。

“你不想招收女捕快了吗？”飞染试探，又担忧地说，“可是我不能一直待在衙门，总要回净心庵的。”

宋青莯深吸两口气，好声好气地说：“捕快必须身家清白，就像你，我知道你是师太的徒弟，从小在庵堂长大，武功很好。捕快的工作涉及衙门的方方面面，和百姓的生活息息相关。街上这些人，随随便便让他们在衙门当差，万一她们心怀不轨怎么办？”此刻他终于深刻地认识到，为什么大家都说，一个谎言必须用千百个谎言遮掩。

飞染仔细想了想宋青莯的话，又看到他神色如常，好像确实没有生气，她高兴地说：

“是我考虑不周，大人不生气就好。既然这件事是我惹出来的，我去跟她们解释清楚。”

“你想怎么说？告诉她们，衙门暂时不招收女捕快？”宋青莯摇头，“我相信俞捕头已经说过了。”

飞染沉思许久，小声建议：“那我和她们比武，把她们全都打跑，这样总可以了吧？”

宋青莯失笑，转念间又点了点头，吩咐山槐把这个决定告之俞毅。

马车继续前行，朝刑狱司的侧门驶去。

宋青莯本打算让飞染吃些苦头，就当给她一个教训。可是当马车绕过人群，他亲眼看到人头攒动的景象，他又舍不得了。

他叫来山槐，悄声吩咐他：“你告诉俞毅，让她安排那些女人相互切磋，赢了的人才能和飞染比试。另外，不管他用什么方法，最后只能是飞染胜出。”

山槐领命而去。

宋青莯一向很信任俞毅，可这一回他的心七上八下，就怕人群中真有武功高强的女侠打赢了飞染，飞染拍拍屁股走人，坚持返回净心庵。

夜深人静，宋青莯独自坐在衙门后院的梧桐树下。他隐约可以听到前院的喧哗。

他手捏酒杯，自斟自饮，杯中盛的却是清水。

他不喜欢失控，所以鲜少饮酒。可是他每次和飞染在一起，明明上一刻还好端端的，下一刻他莫名就会陷入奇怪的境地。他不喜欢未知，却又期待她给他的惊喜……呃，也可能是惊吓。

宋青莯仰头，把杯中的清水一饮而尽。清凉的液体无法浇熄他心中的焦躁，反而令他更加迷茫。

“大人！”飞染三步并作两步跑向宋青莯，大声说，“所有人都走了，以后我不会自作主张了。”

宋青莯抬头看她。翩翩的烛火下，她的脸颊红彤彤，就像深秋的柿子，捏上去大概也是软软的吧？

他慌忙压下心中的念头，仰头再饮一杯清水。

“大人，你别不说话。”飞染一脸讨好，“我保证，再没有下次了！”

“饿吗？”宋青莯答非所问。

“饿！”飞染重重点头。虽然俞毅帮她打了好几场，可是想当捕快的女人太多，而且她们口口声声一定要亲眼见到宋青莯，全都不要命一般。她不想自己输了，惹得大人更加生气，唯有尽全力打赢她们。她因此体力透支，这会儿已经饿得前胸贴后背。

宋青莯把她的疲态看在眼里，心中愈加后悔。他不应该变相惩罚她。他从食盒中拿出一碟糕点放在她面前。“吃吧。”这是他特意吩咐厨房准备的。

“谢谢。”飞染接过碟子，“幸好我洗过手了。”她拿起桂花糕塞入嘴里，糖桂花的清香，水糯米粉的绵软爽滑，还有令人愉悦的甜味，幸福感瞬间蔓延她全身。

"太好吃了！"她由衷地赞美，似小猫一般伸出粉红的舌头舔了舔指尖。

"用筷子夹。"宋青莯急忙移开视线，再饮一杯清水。

飞染低头拿起筷子，心中掠过一阵感伤。师父也不准她用手抓着吃。她突然觉得糕点没那么好吃了。

"怎么了？"宋青莯察觉她的情绪变化，"我让你用筷子，因为……"

飞染讪讪地接口："我知道，你怕我的手不干净，师父也是这么说的。"

"我不是你师父！"宋青莯深深怀疑，她一定是故意气他。

飞染闷闷地说："我知道。"她夹起一块桂花糕，胡乱嚼了两口，囫囵咽下去，又去夹下一块。

"太晚了，小心积食。"宋青莯提醒她。

寂静的夜幕下，雪白的桂花糕从飞染的筷子间掉落碟子上。她抬头看他，眼中蒙上一层薄薄的雾气。

"怎么了？"宋青莯手足无措。

飞染放下筷子，把桂花糕一掰为二，右手伸至宋青莯面前。

宋青莯想说，他不喜欢甜腻腻的糕点，可她的眼眶中盈满泪水，他实在不忍心拒绝她。他接过那半块桂花糕，送入嘴里。

飞染一小口一小口抿着剩下的半块糕点，强忍眼泪。

宋青莯的心狠狠一揪，低声安慰她："你师父是出家人……"

"师父和大人一样，不许我用手抓着吃，又说晚上不能吃太多，会积食。每当那个时候，我都会把点心掰开，分一半给师父。师父总是吃完了才骂我……"

"飞染……"

"好了！"飞染突然站起身，用手绢擦了擦手指，"大人，我吃完了，谢谢你的糕点，我要回去睡觉了。"她转身往外跑。

宋青莯心绪激荡，猛地站起身，直觉想要追上她，却看到她停下了脚步。

"对了，大人。"飞染折回宋青莯面前，"我的工钱怎么算？俞捕头说，他也不知道。"

"什么工钱？"宋青莯一时没反应过来。

"就是每个月的工钱啊。"飞染见宋青莯不答话，仰着头抗议，"大人，虽然你是我的恩人，但是亲兄弟明算账，你不会想赖账吧？"

在宋青莯眼中，上一刻的飞染眼泪汪汪，害得他整颗心都揪了起来，恨不能把她揽入怀中安慰她，下一刻她就义正词严地向他讨要工钱，还说什么亲兄弟明算账。

谁和她是兄弟啊！

宋青莯胸闷得说不出话，偏偏站在飞染的立场，她一点错都没有，他应该给她工钱的。

"你想要多少工钱？"宋青莯的手指紧紧攥着酒杯。

“呃？”飞染侧头想了想，“比其他捕快的工钱稍微少点吧，毕竟我是新来的。”

这一刻，宋青莯后悔极了。他干吗骗她到衙门当捕快，瞧她一副公事公办的模样，以后他怎么收场？

他指着身边的椅子说：“你想要工钱，坐下陪我喝酒。”他说完这话才想起来，酒壶中装的是清水。

“大人，你在糊弄我吗！”飞染鼓起腮帮子，“师父教过的，给别人干活可以换工钱，师父可没说，干活还要喝酒。”

宋青莯心安理得地胡说八道：“除了干活，下属理应讨好上司，你师父没有教过你吗？”

“是这样吗？”飞染走回石桌前坐下，“俞捕头他们也会讨好大人吗？不对啊，我的上司不是俞捕头吗？我应该讨好他才是。”

宋青莯反驳：“给你工钱的可不是俞捕头。”

“也对。”飞染点头，“不过我不能喝酒。”她对魏铭说，无论敬酒和罚酒她都不喝，并不是消遣他。

宋青莯低头凝视杯中的清水。其实他只想让她陪他坐一会儿，说说话儿。至于他为什么半夜不回国公府，今晚又要窝在衙门将就一晚，他也说不清楚。

飞染以为他不相信自己，急巴巴地解释：“我真的不能喝酒。很多年前，我用师父给我的银子，偷藏了一壶果子酒上山，甜甜的，可好喝了。”她不好意思地笑了笑，“我不知不觉全喝了，躲在衣柜中睡着了。第二天，师父和陶妈妈找不到我，都急哭了，以为我被拐跑了。”

宋青莯皱眉，向她确认：“你喝醉了躲在衣柜中？”

飞染点点头，接着说道：“后来我生病了，师父才没有责罚我，不过我答应师父，以后再也不喝酒了。”

“你为什么躲在衣柜中？”宋青莯期待答案，又害怕答案。

“为什么？”飞染一脸茫然，“我也不知道啊，或者我忘记了吧。师父和陶妈妈都说，小时候我总是喜欢躲在衣柜里。”

“你为什么喜欢躲在衣柜里？”宋青莯锲而不舍，紧张得手心冒汗。

飞染回答：“我真的不记得了，听师父说，我自小就那样。”

“对不起。”宋青莯道歉。十多年前，是他教飞染，如果她做噩梦了，或者遇到不开心的事，就躲在衣柜中等他来救她。

“什么？”飞染莫名其妙。

“没什么。”宋青莯笑了笑，歉意地说，“你在衙门当差，当然有工钱，是我忘记了。”他顿了顿，又试探着问她，“你在五六岁的时候，有没有受过伤？”

他记得，脑袋受过伤的人可能会忘记以前的事。可转念想想他又觉得不对劲，飞染明明记得他的母亲，记得其他人，唯独把他忘了。而且息嗔师太那晚说的话也很奇怪，仿佛十分笃定，飞染一定不记得他。

宋青莯想要追问，又不知道从何问起，一时间说不出话了。

飞染坚定地表示，她没有受伤，又惊喜地问："大人，你真的会给我工钱吗？你会给我多少工钱？"

"和其他捕快一样吧。"宋青莯就连自己的薪俸是多少都不知道，又怎么会记得捕快的月钱。

飞染高兴极了，心满意足地表示："我会把所有工钱都存起来，等以后回去净心庵，我要向师父炫耀，我赚到工钱了。"她拍胸脯保证，"大人，我拿了您的工钱，一定会加倍用心当差，尽心尽力保护您。"

宋青莯"呵呵"一笑，岔开了话题。

两人闲聊许久，直至飞染不断地打哈欠，宋青莯才放她离开。

深夜，宋青莯辗转反侧，好不容易入睡。迷迷糊糊间，他仿佛回到了十岁那年，飞染还是胖嘟嘟的小短腿，扯着他的手臂"嘤嘤"哭泣，直嚷着她害怕。

他看到自己半蹲在她面前，用手指替她擦拭眼泪，轻声细语地哄她。

突然，飞染不见了，他傻呆呆地站在屋子中央。

他从小就有过目不忘的本事，他认识这间屋子，这是飞染在净心庵的卧室。这里的一桌一椅，一纸一笔都是那么熟悉。

氤氲的雾气中，他走向床边的衣柜。他的手指扣住门板上的圆环，轻轻一拉，柜门徐徐打开，飞染就坐在衣柜中。

"三哥哥，你终于来找我了。"飞染身穿大红嫁衣，嘴角挂着甜甜的笑。

宋青莯猛地睁开眼睛，从床上一跃而起，呆愣愣地坐在床沿。

白色的幔帐在微弱的晨光中静止不动，只余窗边的盆栽，在纱幔上落下斑驳的影子。他"咚"的一声倒回床上，睁大眼睛瞪着床顶，仿佛在沉思梦境的深意。

他一定是疯了，才会做这样的梦！

时间在静默中流逝，金色的阳光透过窗户的缝隙射入屋内。宋青莯感受到光影的变化，却一点都不想动。

"开门！小兔崽子，知道自己惹出大事了，吓得连家都不敢回了？"白珺若怒气冲冲地闯入院子，径直走向宋青莯的房间。

山柏赶忙迎上前，慌慌张张说："国公爷，夫人，三爷尚未起身，容小的去通报一声……"

"你唬我也找个好点的理由。"白珺若抡起拳头敲打房门，嘴里斥责山柏，"兔崽子一向都是天没亮就起床练功，现在都什么时辰了？说谎都不会！"

"行了，你去院子门口守着。"宋航冲山柏摆摆手。

"父亲、母亲。"宋青莯打开房门对两人行礼，侧身让他们进屋。

白珺若惊愕地盯着儿子，他的外衫略显凌乱，显然是匆忙间穿上的。"你真的在睡觉？"她觉得不可思议。

最近这十多年，儿子起得比鸡早，睡得比狗晚，从来没有一天例外。她看着心疼，劝他不需要那么用功，他一本正经地说：少壮不努力，老大徒伤悲。

转念间，白珺若尖声斥责："你惹出大事不知道补救，居然躲在衙门睡懒觉！你得罪了魏家，他们不敢把你怎么样，可是飞染怎么办？你怎么能让她动手打了魏六，要打也是你自己动手！"

宋青莯轻抿嘴唇，心道：母亲，你的重点是不是错了？

宋航看一眼妻子，也是满心无奈。他清了清嗓子，沉声说："你母亲的意思，飞染刚刚来到京城，行事不可以过于高调……"

"我不是这个意思。"白珺若摇头，"魏六当街给飞染难堪，应该好好教训，但是你不能让飞染动手。你知不知道，魏六昨天就去京兆府告状了。魏家一向与京兆府尹赵维明往来甚密，赵维明又是长公主的心腹，以后他们找飞染麻烦怎么办？"

"阿若，还是我来说吧。"宋航轻拍白珺若的手背，又对她笑了笑，示意她少安毋躁。

白珺若有些不甘心，气呼呼地坐到一旁，不忘白了儿子一眼。

宋青莯看得分明，父亲轻握母亲的手掌，那虽然是极细微的动作，但两人间的亲昵十年如一日散发丝丝甜味。他早就学会熟视无睹，可这会儿他竟然觉得尴尬，慌忙别开视线。

宋航挨着妻子坐下，问道："你当众羞辱魏六，目的就是为了引他去京兆府告状？"

宋青莯稍一犹豫，点头称是。

白珺若睁大眼睛，一脸不可置信。

宋航收敛笑意，压着声音说："之前在八角镇，你不是说，暂时不想知道十六年前的事吗？"

宋青莯解释："这是两回事。总之飞染不会有危险……"

"你们父子俩到底在打什么哑谜？"白珺若忍不住插嘴。

宋航深深看一眼儿子，转而安抚妻子："阿若，既然三郎有自己的主意，并不是鲁莽行事，我们不如信他一回。"

白珺若心有不甘，但他看到丈夫的眼神，还是咽下了已经到嘴边的话，转头对宋青莯说："虽然你是我亲生的，但是我得提醒你，飞染就像我的女儿，你的亲妹妹……"

"咳咳。"宋航咳嗽一声，挑眉说道，"三郎，别说为父没有提醒你，赵维明官位比你高，又有长公主撑腰，一旦事情闹开……"他似笑非笑，表情仿佛在说：你是我儿子，如果实在摆不平，只要你开口，老子一定会罩你。

宋青莯淡淡瞥他一眼，不咸不淡地回答："多谢父亲关心。"

宋航看到他胸有成竹，低头摸了摸鼻子，转而询问白珺若，要不要随他一起去用早茶。

白珺若摇头，以迅雷不及掩耳之势掏出一叠画像，重重摔在宋青莯身旁的小几上，高声说："魏六的事我相信你父亲，可以不再过问，但你的婚事我不能不管。"她用指尖把画像一张一张戳开，不容置疑地说，"今日你就给我选一个看得顺眼的，我明日就找媒婆上门提亲。"

宋青莯面对母亲又一轮的逼婚，肩膀一下就垮了。宋航闷笑，对儿子摊手，表示他也爱莫能助。

白珺若夸张地擦拭眼角，随手拿起一张画像，生气地诘问："你不是过目不忘吗？你告诉我，上次你说她不适合你，你的理由是什么？"

宋青莯瞥一眼画像上的女子，脑海中一片茫然。他见过这张画像吗？

白珺若又拿起第二张画像，追问："这个呢？你又是怎么搪塞我的？"

宋青莯再看一眼画像上中的少女，脑海中依旧没有半点印象。

白珺若喋喋不休地唠叨："你亲口对我说，娶妻只有一个要求，门当户对，知书达理。我现在就告诉你，她们全都符合你的要求，所以你现在就给我挑一个，再不然你闭着眼睛随便抓一个也行。总之，明天我就把你的婚事定下来，以后看哪个还敢胡言乱语！"

宋青莯终于抓住了重点，赶忙询问："母亲，是不是有人说了什么？"

白珺若并不理会他，高声说："既然你父亲向我保证，你迟迟不愿娶妻不是因为喜欢男人……"

"母亲！"宋青莯轻呼一声。他什么时候喜欢男人了！世上哪有这么不靠谱的母亲。他义正词严地反驳，"娶妻是一辈子的事，如何能随便？"

"不能随便，那就好好选一个！"白珺若打定主意，一定要宋青莯做出选择。

白珺若的决绝让宋青莯十分难堪。他不相信生死相许的爱情，但是相伴一辈子的人，至少得选一个自己看得顺眼的吧？画像上这些女人，即便他有过目不忘的本事，也记不住她们的五官，让他如何娶回家？

眼下他衣冠不整，说不定眼角还有眼屎，他的父母不分青红皂白闯进来，逼着他决定终身大事，这算什么事儿！

白珺若看到儿子站着不动，转头向丈夫哭诉："老爷，我就知道，他根本就是消遣我，就算我找来天仙，他也能挑出别人的不是！老爷，外面的人都说，我迟迟不肯替他定亲，是为了等公主长大。老爷，我告诉你，我的儿子决不能娶公主。再说，大公主只有八岁，这还得等多少年啊……"

听到这，宋青莯终于明白事情的始末。横竖他绝对不可能迎娶公主，于是决定保持缄默。他母亲的脾气来得快，去得也快，过一会儿她消气了，也就没事了。在这一点上，飞染和他的母亲很像，上一刻眼泪汪汪，下一刻就笑靥如花了。

想着想着，他有些走神，情不自禁想起昨晚，他和飞染在后院聊天的情景，还有那个莫名其妙的梦境。

不知过了多久，宋青莯隐约听到门外传来飞染的声音。他侧耳聆听。可惜，声音断断续续，他压根听不清楚。

“你到底有没有在听？”白珺若看到儿子心不在焉，顿时怒从心生，“嘭”的一声打开房门。

红艳艳的朝霞下，飞染身穿捕快的劲装，手持水火棍，抬头挺胸站在院子门口与山柏说话。阳光洒在她的脸颊，把她衬托得愈加英气逼人。

此情此景，不要说是白珺若，就是宋航也不由得微微眯眼，仿佛看到了年轻时的妻子。

白珺若擦干眼角，好似没事人一般热情地招呼飞染：“飞染，过来白姨这，吃过早饭了吗？”

飞染点点头，快步朝他们走过来。宋青莯顿时慌了神。他没有梳头，没有洗脸，只是随便套了一件外衫在身上。飞染最爱干净，怎么能让她看到他不修边幅的模样。

“父亲，我先去洗漱。”话音未落，宋青莯逃难似的飞奔而去。

飞染向宋航夫妇行过礼，望着宋青莯离开的方向，奇怪地问：“大人为什么走得这么急？”

“这孩子，真是气死我了！小时候，他不知道多乖巧懂事，现如今，真真愁死我了。”白珺若夸张地叹一口气，拉起飞染的手絮絮叨叨说，“你来看，这些都是我精挑细选的名门闺秀，每一个都才貌出众。就说这个吧，她七岁就会写诗，才冠京城……还有这个，长得多富态，一看就是有福的……”

飞染接过画像，点头附和：“画得都很好看，我喜欢这位姑娘的眼睛，就像书上写的，眉目含情，顾盼生辉……”

白珺若又拿着另一幅画像说：“这位小姐也很出挑，鹅蛋小脸，嘴角带着喜气，两个酒窝恰到好处……”

“是呢，是呢！”飞染忙不迭点头，“我好喜欢师父的酒窝，可是我没有……”

“你已经很漂亮了，要什么酒窝。”白珺若亲昵地捏了捏飞染的脸颊，对着另一幅画像赞叹，“你看这位石小姐，听说她绣的牡丹花能够引来蝴蝶……”

宋航看到她们一唱一和，心中默默为儿子点一根蜡烛，转身走了出去。

一盏茶之后，宋青莯终于把自己打理妥当。他走到廊下，隔着窗户听到飞染说：“白姨，这几位小姐和宋大人都很般配，不过画像和真人总有差距……说不定大人见到真人，就会喜欢了。”

宋青莯脚步略顿。

白珺若想了想，说道：“你说的也有道理，人与人之间，眼缘是很重要的……三郎从小在家刻苦读书，无论是翰林院，大理寺，还是提点刑狱司，全都是男人，他压根没见过女人……”

“咳咳！”宋青莯重重咳嗽两声，举步跨入屋子，沉声说，“陶捕快，你找我有什么事？”

“哦！”飞染这才想起正事，认认真真回答，“大人，俞捕头说，门外有一位姓鲁的大嫂，她想求大人帮她找回儿子。俞捕头让我请示大人，这案子咱们接不接？”

“母亲，我有公事处置，其他的事晚上再说。父亲在前院等您去茶楼饮茶。”宋青莯不由分说把白珺若送去了前院，又把她和宋航送上马车。

当他折回书房。飞染正盯着桌上的画像猛瞧。他顿时想起昨日，她的目光直勾勾盯着歌姬的胸口。他冷哼：“不要告诉我，你喜欢女人！”

“对呀，我喜欢美人。”飞染一脸理所当然，“难道大人不喜欢美人？”

宋青莯被她噎得说不出话，心中暗忖：如果我点头，她不会认为我是好色之徒吧？如果我摇头，她会不会和母亲一样，误以为我喜欢男人？

一时间，宋青莯左右为难，索性高声吩咐山柏：“把画像送还给夫人！”

山柏低着头进屋，飞快地收拾桌上的画像。在纸片“窸窸窣窣”的声音中，他眼观鼻鼻观心，暗暗提醒自己：这两天主子的情绪起伏不定，他还是把皮绷紧一点，打醒十二分精神为好。

飞染浑然不觉屋内的气氛十分诡异。她好像没事人一般追问：“大人，鲁大嫂的案子，咱们接不接？”

“让她去京兆府衙门。”宋青莯冷声回答。

飞染就事论事：“鲁大嫂说，京兆府衙门不帮她找儿子，她走投无路才找上我们。她说，您是她最后的希望……”

“你希望我接下这个案子？”宋青莯侧目。

飞染垂下眼睑，低声说：“我只是觉得，她的儿子很可能也在找她。”

宋青莯想到飞染的身世，心脏狠狠一揪。他柔声询问：“你希望你的父母曾经找过你？”

“不是，没有！”飞染大声反驳，努力压下眼中的雾气，“我被他们丢弃在庵堂门口的，不是走失的。”

宋青莯察觉她快哭了，赶忙解释：“你对亲生父母有所眷恋，这是人之常情……”

“才不是呢！”飞染用力摇头，“我有师父就够了！”

宋青莯暗暗叹一口气。他知道，飞染很在乎被亲生父母遗弃这件事。

飞染吸了吸鼻子，大声追问：“大人，这案子您到底管不管？”

“管，怎么能不管！”宋青莯点头。

“好，我这就去告诉俞捕头。”飞染三步并作两步跑出院子。

俞毅正在院门外面等着飞染。他看到飞染跑出来，迎上前问道：“陶捕快，大人怎么说？”

飞染回答："大人说了，这事儿他不能不管。我早就说了，大人是大好人，最是古道热肠！"

俞毅呆愣半晌儿，试探着问："大人对你说，他不能不管？"他以为宋青莯会像以往那样，命人把鲁大嫂送去京兆府衙门。

飞染笑眯眯地点头。

俞毅无言以对。他不否认，宋青莯是他见过最聪明的人，可有的时候，宋青莯的"黑心肠"，与他那种从骨子里透出的冷漠与无情，简直让他同情那些罪犯。

很快，在飞染的积极推动下，鲁大嫂被捕快带入刑狱司，由主簿进行初步的身份登记及案情核实。

小半个时辰后，在水火棍"乒乒乓乓"敲击地砖的嘈杂声中，捕快们分列两旁，高声呼喝"威武"，声音厚重庄严。

飞染仰首挺胸站在捕快中间。当她看到宋青莯从后衙走出来，她呆住了。

如果说身穿便服的宋青莯就像画中的谪仙，凡人多看他一眼就是对他的猥亵，那么身穿官服的他简直就是……

飞染不知道应该怎么形容。她觉得自己仿佛看到了另一个宋青莯，合身的藏青色官服令他显得异常高大庄重，仿佛有一股无形的压力。他面无表情，俊俏的五官失去了平日的姿色，却多了几分冷冽肃穆。

此时此刻，他不是成国公府的宋三公子，而是大周朝的提点刑狱使。

案桌旁，宋青莯的目光掠过众人，低头注视跪伏在地上的妇人。

"把头抬起来！"他审视堂下的妇人。妇人姓鲁，祖上世代在京城卖豆腐，到她这一代，因为她是独女，父母替她招了夫婿，街坊都称呼她"鲁豆花"。

妇人两鬓霜白，眼角嘴角满是皱纹。她的头发梳得整整齐齐，衣服又旧又不合身，却也干净整洁。她身材干瘦，精神憔悴，看起来足足比实际年龄老了十多岁。

宋青莯收回目光，沉声命令："把你儿子失踪那日发生的事，详详细细说予本官听。"

"是，大人。"妇人恭恭敬敬磕一个头，垂首跪在地上，"那天是五月初八，和寻常相比，那天天气特别热，草民像往常一样，天没亮就去了豆坊。草民和伙计们大约干了一小时的活，就去厨房替大薯做早饭。"

"大薯就是草民的儿子。"她补充，"草民做完早饭回到卧房，发现大薯不在床上。起初，草民以为他自己起床了，就在屋子门口唤他的名字，可满院的伙计，竟然没有一个人见过他……"

说到这，妇人"嘤嘤"哭泣，哽咽陈述，"大人，那天早上，草民把整条巷子翻来覆去找了好几遍。里长说，大薯很可能自个儿跑出去玩了……"

"大人，她说谎，她在编故事！"田大成突然指着妇人的鼻子大叫。

第 9 章　一唱一和

田大成一声怒喝，吓得鲁豆花一下子跪趴在地上。她呆愣半晌才反应过来，连声疾呼自己所言句句属实，干瘦的身体抖得像筛子。

田大成身为捕快，不可以在公堂上随意插嘴。他知道自己僭越了，双颊涨得通红，紧张地朝宋青莯看去，眼角的余光却忍不住瞥向飞染。

可惜，飞染压根没有注意到他，而宋青莯一味低着头，也不问他缘由。一时间，田大成进退两难。

短暂的沉默中，俞毅小声斥责："大人审案，哪有你插嘴的份！"他示意田大成回到捕快的队伍。

宋青莯询问鲁豆花："是谁指使你找来刑狱司的？"他的声音不怒而威。

鲁豆花愈加惊慌，重重磕了三个头，哑声说："大人，只要能够找回大薯，别说是提点刑狱司，就是上刀山下火海……"

宋青莯打断了她，不耐烦地说："是谁让你找来刑狱司的？"

鲁豆花吓得停止了哭泣，战战兢兢吐出四个字："是张半仙。"

"就是写状纸的人？"宋青莯用两根手指捏起状纸。

"大人，但凡有一丁点希望，草民都愿意试一试。"鲁豆花跪直身子看向宋青莯。她用衣袖擦去脸颊的泪痕，坚定地注视他，神情仿佛在说，只要能够找回儿子，她愿意付出任何代价，包括她的性命。

宋青莯暗暗叹一口气，悄然看一眼飞染。净心庵禁锢了飞染，但是在那一方天地，她只看到蓝天白云的美好。她来到提点刑狱司，固然可以看到外面的世界，但是这里汇集了大周朝所有的罪案。她能够面对现实的污秽不堪吗？

他承诺保护她，不忍心拒绝她的任何要求，可是每一桩罪案的背后都是人性最肮脏最龌龊的一面。他怎能亲手把现实的残酷展现在她眼前？

对宋青莯而言，堂下的鲁豆花微不足道，他唯一在乎的是，飞染可以面对一系列的真相吗？

他对着鲁豆花说："鲁氏，你的儿子失踪快三个多月了，或许他已经卖给有钱人家，成了养尊处优的少爷。我让张半仙把你的钱财还给你，你找回你的相公，和他好好过日子吧。"

包括飞染在内，所有人都呆住了。这不是稚子失踪案件吗？他们家大人什么时候开始调解夫妻矛盾了？听他的口吻，难道张半仙是骗子，骗了鲁豆花的钱财？

诡异而微妙的气氛中，鲁豆花用力摇头，再次重复："大人，我只想找回大薯，求大人帮我找回儿子。”她对着宋青菻磕头，额头不断撞击青灰色的地砖，很快肿起一个大包。

“如果找回来的只是一具尸体，一个骷髅呢？”宋青菻的声音很轻，却清澈透亮，直击每个人的耳膜。

鲁豆花一下子跌坐在地上，仿佛失了魂魄的木偶，眼泪簌簌而下。

宋青菻犹嫌不够，一字一顿说：“尸体会告诉你，你的儿子是怎么死的。到时候，你会清楚地知道，他在死前遭遇过什么。那些经历可能是痛苦的、血腥的、不堪的，你有能力承受真相吗？”他的每一个字都像是一把利刃，配合他清冷的声音，残忍地戳破了鲁豆花最后的希望。

鲁豆花泣不成声，几乎昏厥过去。

农历七月末的京城暑气依旧，公堂外阳光明媚，微风裹挟热浪，一波接一波袭来，公堂内却是冷风阵阵，吹得人浑身凉飕飕的。

许久，鲁豆花撑起瘦弱的肩膀，坚定地说：“大人，我可以的。不管生死，我只想找回我的大薯。”

宋青菻无情地陈述：“其实你早就想过，你的儿子可能已经死了……”

“不，大薯还活着，正等着我带他回家！”鲁豆花尖叫。

宋青菻轻笑，表情仿佛在说，你这样的反应，真的可以承受儿子已经死亡的事实？

鲁豆花再一次软倒在地，泣不成声。

宋青菻低头翻阅案卷。突然，他扬声询问：“陶捕快，你觉得鲁氏可以承受真相吗？”

飞染呆愣愣的。直到她被身旁的捕快推了一下，她才意识到，宋青菻正和她说话。

她上前两步，站在鲁豆花身旁对着宋青菻拱手，朗声回答：“大人，卑职不能对鲁大嫂的遭遇感同身受，所以无法回答您的问题。但是卑职以为，我们身为捕快，如果她的儿子还活着，我们理应找回她的儿子。如果她的儿子不在了，杀人偿命欠债还钱，我们应该抓住凶手，将他绳之以法，否则说不定还会有其他人受害。”

宋青菻深深看一眼飞染。她一本正经拱手行礼的模样虽然有些滑稽，但她说出这样一番话，仿佛她真的是衙门的捕快。他有些惊诧。

转念间，宋青菻失笑。飞染穿着捕快的制服，腰间别着刑狱司的腰牌，满京城都知道，她是他好不容易招揽入刑狱司的女捕快。

飞染看到宋青菻不接话，接着说道：“大人，恕卑职直言，刚才，您几乎等于告诉鲁大嫂，她的儿子已经死了，您剥夺了她最后的希望，您是不是应该负责到底？”

飞染说得铿锵有力，俞毅、山槐等人倒抽一口凉气。宋青菻最恨别人威逼利诱。

出乎众人的意料，宋青菻并没有生气。他点头附和：“你说得很对。山槐，把鲁氏口中的‘张半仙’押来衙门问话。”他说的是“押”。

山槐领命而去。鲁豆花哭得上气不接下气，说不出一句完整的话，宋青菻只得命人把她带下去洗脸，自己折回后衙的休息室。

飞染快步追赶宋青莯，却被山柏叫住了。

“山柏……兄弟，你找我？”她的目光落在他手上的粢饭糕和酱肉包上面。

“这是给三爷的！”山柏本能地护住盘子，又讨好地问，“陶捕快，能不能麻烦你交给三爷？”

“大人就在前面，你为什么不自己给他？”飞染奇怪地看着山柏。

山柏表情微窘。他总不能告诉飞染，他送过去的东西，自家主子不爱吃吧？

今天早上，明明和前一天一样，同样的厨子，用同样的材料做同样的早膳，结果宋青莯只喝了半碗粥就放下了碗筷。

飞染瞧了瞧宋青莯离开的方向，眼珠子转了一圈，点点头回答：“我帮你拿给大人吧。”她拿过山柏手中的托盘，快步追赶宋青莯。

宋青莯只当没有听到她和山柏的对话。他侧身让她先进屋子。

飞染跨入屋子，双手托着糕点，讨好地说：“大人，我给您送好吃的来了。”

“先放下吧。”宋青莯站在门边，示意飞染过来洗手。飞染走过去洗了手，他又递上帕子。等她把双手擦干了，他才转身洗手，拿起刚才的帕子慢慢擦拭手上的水渍。

飞染站在宋青莯身后，好奇地问他：“大人，你能不能告诉我，鲁大嫂的儿子真的死了，还是您在吓唬她？”

宋青莯不答反问：“你刚才在公堂上说的话，是俞捕头教你的？”

“没有呀，是我自己想的。大人，我说得不对吗？我们抓住了坏人，坏人就不能继续作恶了。”飞染的目光有意无意瞥向桌上的碟子。粢饭糕煎得黄灿灿的，边缘微焦，葱油的香味往她鼻子里钻，咬起来一定十分酥脆可口吧？

宋青莯转身审视她，却看到她的注意力完全被食物吸引了。现在他就连一碟粢饭糕都比不上了吗？他愤愤地想着，走到桌边坐下。

飞染走到他身旁，手肘撑着桌面，嘴里追问：“大人，鲁大嫂的儿子会不会还活着？”

宋青莯迟疑片刻，低声回答：“他这样的年纪……大半已经死了。”

飞染侧目：“您是怎么知道的？”

“我只是猜测。”宋青莯避重就轻，朝碟子努了努嘴，“如果饿了，就吃吧。”

飞染摇摇头，实话实说：“师父和陶妈妈都不许我吃油炸的东西，每年只在我生辰那天才给我做油炸肉丸子。我从来没吃过油炸粢饭糕，是想尝一尝的，不过山柏说，这是给您准备的，我就看看。”她孩子气地咽一口口水，转而追问，“大人，您刚才说，他那样的年纪，那是什么意思？”

“吃吧！”宋青莯拿起一块粢饭糕凑至飞染唇边，“我不会向陶妈妈告状的。”

飞染吓了一跳。大人这是要喂她吗？除了小的时候，就连师父和陶妈妈都不会喂她吃东西。她不知道自己怎么了，脸颊一阵热。

“其实……我不是很饿。”飞染想要拉开两人之间的距离，又觉得自己突然有所动作，好像太突兀了。可是他们离得太近了……他的眼睛真漂亮……

“没事，吃吧。”宋青莯看到她脸红了，故意凑近她说，“快吃，冷了就不好吃了。”

飞染双颊火辣辣的，好像快烧起来了。如果不是碍于宋青莯不会武功，她害怕自己力气太大伤到他，她很想用力推开他。

“大人，我自己拿！”她一把夺过粢饭糕，三两口便整个吞了下去，别说酥脆的口感，她就连糕点是咸的还是甜的都没尝出来。

“再吃一块？”宋青莯把碟子往她面前推了推。

“哦。”飞染愣愣地点头，拿起一块粢饭糕放入嘴里。

真的这么好吃吗？宋青莯看她吃得津津有味，拿起一块粢饭糕，轻轻咬一口，细细咀嚼，他好像也有点饿了。

“筷子，我居然忘了筷子！”山柏在走廊上嘟嘟囔囔。他刚想敲门，抬头就看到主子和飞染一人拿着一块粢饭糕，吃得津津有味。他揉了揉眼睛。

“我一定是眼花了！”山柏闭上眼睛复又睁开，站在门口左右为难。

“打一盆清水过来，顺便泡两杯热茶。”宋青莯若无其事地吩咐山柏，从飞染手中拿过她的帕子，擦了擦自己的手指。

山柏简直不敢相信自己的眼睛。他家三爷挑食，有洁癖。他为人冷淡，绝不和别人共用一物。他这些毛病，一旦遇上飞染，好像马上就不药而愈了。他阖上房门，逃难似的飞奔而去。

宋青莯瞥一眼山柏。在房门快要阖上的那一瞬间，他看到田大成正朝这边走过来。他看得出，早前在公堂上，田大成指控鲁豆花说谎，只是想在飞染面前求表现。

有些事，必须扼杀在萌芽状态！

他估摸着田大成差不多走到门口了，对着飞染说：“飞染，田大成比你稍长几岁，以后你不要再说他的武功不及你。”

“噢。”飞染乖顺地点点头，“对了，大人，田捕快很喜欢你……”

“我不喜欢男人！”宋青莯脱口而出，又尴尬地解释，“我的意思，在我心中，田大成和俞毅、山槐一样，都是衙门的捕快。”

“我知道他是捕快啊。”飞染莫名其妙，“我只是想告诉大人，田捕快很崇拜你，不如你去告诉他，他有自己的优点，不会武功也没有关系。我觉得，他一定会听大人的话。”

“你，这么关心他？”宋青莯隐隐有些不高兴。

“当然啊。”飞染用力点头，“是我下手不知轻重，害得他在大伙面前丢了面子。如果我能像俞捕头那样……”

宋青莯追问：“所以，你很崇拜俞捕头？”

“是啊。”飞染再次点头，“我上次说过的，俞捕头是大侠……”

“行了，我知道了。”宋青莯愈加气闷。可是飞染依旧一副天真烂漫的模样，压根不明白他的心情。或许，连他自己都不明白自己的心情。

门外，田大成满脑子只有一句话：在大人心中，我和俞毅、山槐是一样的。

他激动地推门而入，结结巴巴说：“大人，刚才在公堂上是卑职鲁莽了，请大人责罚。”

宋青莯皱眉：“既然知道错了，就不该错上加错。”

田大成微微一愣，赶忙退出屋子，站在廊下恭敬地询问：“大人，卑职可以进来吗？”

飞染欲言又止。

“进来吧。”宋青莯示意飞染噤声，转头对田大成说，“你喜欢找人比武，那是你的自由。不过我想告诉你，你不需要用比武证明自己。”他有意无意瞥一眼飞染，眼神仿佛在说：你看，你要我说的话，我都说了。

田大成恭恭敬敬道一声“是”，眼眶湿润了。

宋青莯无心应酬田大成，示意他可以离开了。

“大人，我能不能问一问田捕快，他为什么说，鲁大嫂在说谎？”飞染插嘴。

田大成赶忙回答：“陶捕快，大人教过我们，大伙儿平常说话的时候，都会挑自己印象深刻或者自认是重点那一部分讲述，遣词酌句也会带有自己的情绪。如果一个人的措词严谨而客观，或者严格按照时间顺序叙述一件事，把每个细节都说得清清楚楚，那必定是他一早就想好的，极有可能是谎言。”

“是这样吗？”飞染似懂非懂，“所以刚才在公堂上，大人才会说，是张半仙教唆鲁大嫂说谎？”

田大成一心在宋青莯面前求表现，迫不及待地回答：“张半仙定然与整件案子有莫大的关系。”

“那也未必吧？”飞染仰着小脸，微微皱起眉头，“大人都说了，张半仙骗了鲁大嫂的钱。我觉得，整件事的关键是鲁大嫂的儿子到底发生了什么事。”她询问宋青莯，“大人，您还没有告诉我，您为什么这么肯定，鲁大嫂的儿子已经死了。”

宋青莯看她一眼，心中默默吐槽：你和田大成一唱一和，这会儿终于想起我了？

飞染以为他想卖关子，软声恳求：“大人，您就告诉我吧。”

宋青莯看着她的眉眼，心中闪过一抹异样。

田大成迫不及待地说：“大人，依卑职推测，如果鲁豆花没有说谎，她的儿子被人拐走，不是成了小厮、苦力，就是卖给没有儿子的人家。不过他的年纪有些大了，那些没有儿子的人家大半都喜欢尚未记事的小男孩……”

“是啊。”飞染点头附和。

宋青莯反问：“难道就没有其他的可能？”

“大人的意思……他已经沦为娈童？不对呀！”田大成摇头，“据说，鲁豆花的儿子相貌平平，也称不上聪颖……”他的声音渐渐弱了。如果鲁豆花的儿子被禁锢为玩物，这案子便难办了。

大周朝历经三代，如今正是国富民强，歌舞升平的年代，奢靡荒淫之风也在发酵滋长。世族贵胄圈养娈童在先帝时期就已盛行。

提点刑狱司虽然是皇上亲设，宋青莯也不能为了一个失踪的平民稚子，率众闯入贵胄之家搜查吧？

宋青莯看出田大成的心思，轻声讥讽：“喜好男风未必只是权贵们的癖好。”

田大成呆住了。单单从年龄来看，鲁大嫂的儿子卖给人家做儿子，他的年纪太大，如果做苦力，年纪又太小。相比之下，他的确是那些有特殊癖好的人喜欢的类型。

权贵家中的男童，不是买的，就是别人进献的，更有甚者，是像动物一样驯养的。可普通人家怎么舍得花大笔银子购买玩物……

“什么是娈童？”飞染茫然地看看宋青莯，又瞧瞧田大成，“我也喜欢小孩子，男的女的都喜欢……”

“你连什么是娈童都不知道？”田大成一脸不可思议。

“我应该知道吗？”飞染朝宋青莯看去。

田大成发现飞染果真不知道，一脸便秘的表情。这种事，他实在不知道如何启齿，可宋青莯清冷高贵，更不适合向女下属解释如此尴尬的问题吧？他艰难地说：“你跟我出来，我悄悄告诉你。”

“为什么要悄悄地告诉我？”飞染一边问，一边跟着田大成往外走。

“站住！”宋青莯第一次发现，田大成竟然这般迟钝。这事儿就算他难以启齿，也轮不到别人对他的飞染说些乱七八糟的混蛋话。

“大人？”田大成不明所以。

宋青莯沉着脸吩咐：“飞染留下，你去看看，山槐把张半仙抓回来了没有。”

“是。”田大成拱手应下，悄悄向飞染暗示：他先去办差，待会儿再向她详细解释。

“不用了。”宋青莯的声音更冷了几分，“我解释给飞染听。”他赶走田大成，顺手关上了房门。

飞染乖巧地坐在椅子上，用期待的眼神注视宋青莯。

宋青莯张口结舌。他一早知道，她的眼睛又黑又亮，就像最漂亮的宝石；她的眼睫毛又长又翘，衬得她的眼睛就像会说话一般，可他没有料到，看着她的眼睛，他会莫名想起自己的手指滑过她脸颊的触感。那股渗透指尖的温热馨香，似乎已经深入他的骨髓，丝丝缕缕萦绕在他心头。

“大人，我的脸又脏了吗？”飞染拿出手绢胡乱擦拭脸颊。

宋青莯顿时耳根发热。他轻咳一声掩饰尴尬，一板一眼说：“所谓娈童，就是一些成年男子，对尚未长大的孩子做很过分的事。”

“什么样才算是很过分的事？”飞染悉心求教。

“呃……”宋青莯难堪到极点，只能敷衍她，“其实你不用知道细节，总之鲁氏的儿子经历了很可怕的事。”

他稍一停顿，低声感慨，“我希望她别再追查，就是不想她得知真相之后一辈子背负枷锁。”

飞染疑惑地皱起眉头，摇着头说：“大人，我不明白。鲁大嫂没有做错事，为什么要背负枷锁？”

“飞染，人生在世，活得糊涂些，反而更幸福。”宋青莯突然有些感伤。

“大人，我还是不明白你的话。”飞染习惯性皱了皱鼻子。她侧头想了想，突然倾身向前，鼓着腮帮子嘟囔，“大人，我不明白你说的糊涂不糊涂，我觉得事情很简单呢。鲁大嫂想要找回自己的儿子，这是她的决定。您是朝廷命官，必须尽忠职守。再说，杀人偿命欠债还钱，坏人就应该受到惩罚。您不会连这么简单的道理都不懂吧？”

宋青莯轻笑。

“好了，您笑了就没事了。”飞染跟着笑起来，眉眼弯弯，愉快地宣布，“我去问田大成，什么是很过分的事。”

宋青莯微微一怔，飞染已经打开房门跑了出去。他一时情急，大叫一声：“站住，不准去。”

飞染转身，奇怪地看他。

宋青莯这才惊觉自己的失态，赶忙补救：“你想知道什么，直接问我，不许去找别人。”

“大人，你不是不愿意告诉我吗？”

宋青莯反问：“我什么时候拒绝过你？”

飞染哼哼一声，低声抱怨：“有时候我问你什么，你经常顾左右而言他，难道不是拒绝我吗？”

“以后无论什么事，你都可以问我。”宋青莯避重就轻。

“你看，就像现在这样！”飞染满脸写着被我抓到了吧，“每次大人不愿意回答我，就会故意说些别的事情。”

宋青莯又羞又恼。他一直以为飞染性子单纯，很容易转移她的注意力，没想到她什么都明白，只是不和他计较罢了。

“进屋再说！”他把飞染拽入房间，再次阖上房门。

随着他的动作，阳光被门板阻隔在了外面，只在青石地砖上留下一小格一小格光影，描绘出木门的花纹。

宋青莯踏着光影默默斟酌措词，艰难地询问：“你师父有没有和你提起成亲的话题？”

"说过。"飞染点头。

"她是怎么说的？"宋青莯习惯性把问题丢了回去。

"呃……"飞染不安地扭了扭身体，低声回答，"师父说，成亲以后，我不可以仗着自己武功好，胡乱揍人，最好假装不会武功。"

宋青莯差点被自己的口水呛到。息嗔师太说的什么鬼话！他低头思量，无意间看到飞染裙摆下的鞋子。小时候，他经常帮她穿鞋子，当时他并不觉得什么，可这会儿他仿佛看到她胖嘟嘟的脚趾、光洁的脚踝。

宋青莯尴尬地别开视线，胡乱解释："赵奎对你师父做了成亲以后才可以做的事，这回的犯人很可能对鲁氏的儿子做了同样的事情。因为她的儿子年纪很小，所以凶手更是罪大恶极。"

他说得极慢，心口跳得厉害。如果飞染问他，什么是"成亲以后才可以做的事"，他应该怎么回答？虽然他尚未成亲，但他并不是懵懂无知的少年。他今年二十一岁了，大多数人在他这个年纪，已经是几个孩子的爹了。

静谧的空间，阳光透过窗棂，斜斜地笼罩着宋青莯。金色的光晕下，暧昧浮动，若有似无。

飞染低头坐在椅子上，手指使劲绞缠帕子。每次想到师父，她的心里就好难受。师父说过，生老病死不过人生常态，无需介怀。道理她都懂，可她心里就是难受。

"大人……"

"那个……"

两人同时开口，又同时闭嘴，不约而同看向对方。

飞染触及宋青莯的目光，慌忙垂下眼睑，又猛地抬起头。她握紧拳头，义愤填膺地说："大人，虽然我依旧不明白，到底发生了什么事，但是我们一定要抓住那个犯人，找回鲁大嫂的儿子。"

宋青莯马上意识到，因为他提起息嗔师太，又勾起了飞染的伤心事。他满怀歉意，更加心疼她的感受，偏偏他又无法解释，更加不知道如何安慰她。他希望像小时候那样，轻轻搂着她，拍拍她的背。可是，随着时光的流逝，这已经变成了一种奢望。

从今往后，难道他只能远远看着她？

"大人，山槐把张半仙抓回来了，已经在前面候着。"田大成在门外回禀。

这声音犹如天籁，宋青莯赶忙打开房门，吩咐他进屋回禀抓捕的经过。一盏茶之后，宋青莯开堂再审，鲁豆花和张半仙一前一后被带上了公堂。

张半仙一身玄青色道袍，头簪乌黑的桃木簪，手捋山羊胡，微微仰头站在公堂中央，颇有仙风道骨的味道。

"跪下。"俞毅低斥一声。

张半仙还没有反应过来，只觉得小腿一痛，膝盖"扑通"一声磕在了地砖上，双手狼狈地撑住地面。他在猝不及防之下竟然扯断了几根胡子，痛得他歪嘴斜眼，“仙风道骨”荡然无存。

宋青菉沉声喝问：“我只问你一件事，像鲁氏这样儿子走失的妇人，你一共骗了多少人？一一报上她们的姓名。”

“大人，贫道冤枉……”

“你可以喊冤。”宋青菉轻笑，“我现在就命人押你游街。告诉所有人，你就是拐走她们儿子，又骗取她们钱财的神棍。”

“大人，贫道从未骗人钱财，更不要说拐人孩童！”张半仙吓得脸色发白，梗着脖子辩驳，“贫道没有触犯律法，大人不能扣押无辜百姓游街示众。”

“律法？”宋青菉一一列举，“你在公堂上没有主动下跪，是对本官不敬；你口口声声‘贫道’，在哪个道观挂单，可有衙门颁发的印鉴？你在街上执业，可有缴纳税款？”

宋青菉叹一口气，“以上这些琐碎不提，就是你内里那件丝绸中衣，本官就能杖你二十棍子。这二十棍子，于我而言不过是对你的小惩大戒，于你而言，你觉得你能见到明天的太阳？”

他笑了笑，讥讽地说，“你还要与本官谈律法吗？”

一旁，飞染听得一愣一愣的。穿绸缎就要被杖打二十棍子？师父说过，只有绸缎的中衣最舒服，她从小的中衣都是绸缎的啊！律法好可怕！

她情不自禁朝宋青菉看去，只见他面无表情，正襟危坐。他此刻的模样，和抢她包子吃的时候简直判若两人。

宋青菉察觉飞染的注视，嘴角掠过一抹轻笑，转瞬间又恢复了一贯的冷然。他质问张半仙：“本官最后问你一句，受害人的名字，你写还是不写？”

“写，写，写！”张半仙忙不迭点头。他在此刻才意识到，自己为了打发鲁豆花，把她哄来刑狱衙门根本就是找死。他哆哆嗦嗦接过捕快递上的纸笔。

鲁豆花见状，绝望地跪坐在地上，豆大的泪珠悄无声息地滚落，一滴又一滴。

“官差大人，求你们让我进去！”公堂外面突然传来一阵喧哗。

鲁豆花听到熟悉的声音，呆呆地转过头。

“我才是一家之主，我才是大薯的爹，应该由我受刑！”男人的叫喊一声高过一声。

宋青菉询问主簿：“凡在公堂外喧哗者，按律杖责多少？”

“大人开恩！”鲁豆花吓得连连磕头。

宋青菉劝说：“你早就与他和离，恩断义绝，何必替他求情。”

鲁豆花说不出话，只是一味磕头。

宋青菉感慨：“你知道他为什么赶来衙门吗？他以为凡是上刑狱衙门递状纸的人，开堂之前必须受杖二十。”

好似为了印证宋青菉的话，外面的男人大声疾呼：“豆花身体弱，受不得二十杖的，打我吧，我是她相公……”

鲁豆花伏在地上哭诉：“大薯是我的儿子，是我怀胎十月，好不容易生下来的……儿子走丢了，他一点都不伤心……”

“你在怨责他的时候有没有想过，你是孩子的母亲，他也是孩子的父亲。”宋青莯陈述。

鲁豆花呆住了。

宋青莯轻轻挥手，一个三十多岁的男人冲入公堂，一把抱住鲁豆花，把她死死护在身后。

飞染看到这一幕，眼中蓄满泪水。虽然宋青莯与鲁豆花的对话只是寥寥数语，她却仿佛看到他们夫妻二人因为失去儿子经历的煎熬。

她转头朝宋青莯看去，他面无表情地端坐在椅子上，手中拿着张半仙呈上的名单，仿佛半点都没有受到鲁氏夫妻的感染。

飞染擦去眼角的泪水，愤愤地怒视跪伏在地上瑟瑟发抖的张半仙。就是这个人，利用别人的丧子之痛敛财，简直太可恶了！

宋青莯浏览了名单，吩咐捕快：“把这个神棍连同这份名单，一并交给京兆府……”

张半仙辩解：“大人，是他们心甘情愿把银子送给我……”

“你这个骗子，你就不怕死后下地狱吗？”鲁豆花扑上去捶打张半仙。

宋青莯只当没看到，侧身与俞毅说话，吩咐他安排人手把名单中的女人全部找来衙门问话。众捕快抬头望天，对张半仙的嚎叫充耳不闻。

须臾，宋青莯刚下公堂，衙差来报，京兆府尹赵维明来了，他手下的捕快抬着一具尸体。

宋青莯想了想，吩咐山槐：“你把飞染带去卷宗室看案卷，再让芷兰穿上捕快的衣裳去公堂外面走动，务必让赵维明远远看她一眼。”

山槐领命而去。

不多会儿，赵维明步入公堂。宋青莯与他寒暄了两句，命人搬来椅子请他入座，低头拿起京兆府衙呈上的案卷。

跪在公堂上的妇人不认识宋青莯，宋青莯却是认识她的。她人称鲍大嫂，前一日就是她拦住魏铭的马车，嚷嚷着儿子在魏家的马车上，之后又悄无声息地回家去了。

鲍大嫂身旁的男人又黑又壮，是她的丈夫鲍祥，一直在附近的镇子当泥水匠，一个月才回家一次。

一旁，赵维明看到宋青莯专心翻阅案卷，对他爱搭不理的，老脸有些挂不住。他好歹是京兆府尹，又是长公主的干舅舅，就算内阁重臣见到他，哪个不是客客气气的？

在鲍大嫂“嘤嘤”的哭泣声中，赵维明重重咳嗽一声。

“赵大人，您有话对我说？”宋青莯客气地询问，目光并未离开案卷。

不同于他平日的一目十行，这一次他看得极慢，仿佛他看得再久一些，便能在案卷上看出一朵花儿。

赵维明“呵呵”一笑，说道：“怎么不见宋大人新招的女捕快？”

“赵大人有事吩咐陶捕快？”宋青莯反问。

“这倒不是。”赵维明摇头，“这两日老夫也在考虑招收女捕，却不知应该如何挑选，老夫很想借鉴宋大人的经验。”

“用人好比穿鞋，讲求的是‘适合’。”宋青莯放下案卷，不甚真诚地道歉，“是我班门弄斧了。赵大人吃过的盐比我吃过的米还多，怎么会不懂这个道理呢？”

赵维明的脸色顿时有些难看。当初，皇上把宋青莯从翰林院调去大理寺，他曾当众表示，他吃过的盐比某些人吃过的米还多，又暗讽宋青莯一介书生，只知风月，不懂审案。

沉默中，鲍大嫂低声啜泣：“是我害死我们的儿子……我应该好好看着他的……你让我随他一起去了吧……”

鲍祥一脸悲戚，搂着妻子的肩膀低声安慰她。

“赵大人。”宋青莯若无其事地看向赵维明，“这桩案子与我早上受理的案件并不是同一桩，还是交由京兆府审理更为妥当。”

“大人，求您替我们做主。”鲍大嫂一边哭，一边磕头。

“我没有允许你们说话。”宋青莯的声音清冷无波，“咆哮公堂者，掌嘴二十。”

鲍大嫂吓得忘了啼哭，惊恐地望着宋青莯。

赵维明提醒：“宋大人，他们是原告，是苦主！”

“赵大人，我还是刚才那句话……”

赵维明打断了他，问道：“宋大人，同样是稚子遇害，鲍家与鲁家住得极近，你如何判定，这不是同一桩案子？”他似笑非笑注视宋青莯。

宋青莯笑了笑，意味深长地赞叹：“赵大人果然爱民如子，消息灵通，鲁氏尚未离开刑狱衙门，您就已经得知，鲍家与鲁家住得极近。”

第 10 章　针锋相对

在赵维明看来，宋青莯的咄咄逼人全因他们素来不和。

三年前，皇上亲设提点刑狱司，成国公嫡三子，年仅十八岁的宋青莯官拜正四品刑狱使，赵维明如鲠在喉。这不仅因为宋青莯年纪轻轻却能够随意审查京兆府的案子，更因为长公主一向与成国公夫人不和。

在赵维明眼中，白珺若就是一名愚妇。她为了早就遭天家猜忌的武将之女，竟然公开反驳长公主，不惜当众与她争吵。

当下，赵维明“呵呵”一笑，不容置疑地说：“皇上经常夸奖宋大人目光如炬，今日就麻烦宋大人替他们找出杀子凶手，让老夫好好开一开眼界。”

宋青莯何尝不知，赵维明认定他找不到凶手，才会率众前来。他修长的手指轻抚惊堂木，对着赵维明说：“赵大人经验丰富，想必早就对案情了然于胸了吧？”

赵维明没有接话。他不能当众承认，他对抓捕凶手毫无头绪。

宋青莯顿了顿，又道：“两年前，赵大人提点我，查案，特别是命案，最重要的是案发后的十二个时辰。此时距离发现尸体刚刚过了三个时辰，赵大人果真破案神速。”

赵维明看着宋青莯俊俏的五官，恨不得当众斥责他目中无人。如果他承认，他就连怀疑对象都没有，一旦宋青莯找出真凶，岂不是证明他不如自己口中的“黄口小儿”？

他顾左右而言他：“正如宋大人对圣上所言——”他双手抱拳，对着半空拱了拱手，“知道凶手是谁并非难事，关键是证据。”

“听赵大人这么说，你果然已经知道凶手是谁。”宋青莯面上笑意盈盈，嘴上却咄咄逼人，“既然赵大人想要考校晚生，不如我们一起把凶手的名字写在纸上？”说话间，他用眼角的余光瞥一眼鲍氏夫妻，清楚地看到鲍大嫂瑟缩了一下。

如果说在此刻之前宋青莯只有六分把握，那么这会儿他已经有八分把握。他扬声吩咐：“来人，替赵大人准备纸笔。”

“宋大人，公堂审案不是儿戏！”赵维明的老脸涨成猪肝色，眼睁睁看着捕快送上文房四宝。

宋青莯拿起桌上的纸笔，一边写，一边说：“此案关系人命，甚至很可能不止一条人命——”他再看一眼鲍大嫂，“自然不是儿戏。”他把纸张交给俞毅，又问赵维明，“赵大人，我能否问一句，您为何觉得鲁氏的儿子失踪，与鲍氏儿子被杀，这两桩案子的凶手是同一个人？”

赵维明冷着脸回答：“正如我刚才所言，她们两家住得极近，都是儿子从自家离奇失踪。宋大人一再对皇上说，世上没有巧合，难道这回就是巧合？”

宋青莯喟叹：“世上的确没有巧合。鲍氏的儿子失踪之后，很快找到了尸体，鲁氏的儿子至今活不见人死不见尸。”

“这难道不是拜宋大人所赐吗？”赵维明皮笑肉不笑，“如果不是宋大人的手下大张旗鼓寻人，就连乌衣子爵府的马车都是说搜就搜，凶手不会因为害怕官府追查，索性杀人灭口。”

宋青莯反问：“赵大人这是告诫本官，不管百姓遇着什么事，我都应该置之不理？”

“你——”赵维明的太阳穴突突直跳。他深吸一口气，绷着脸催促他，“宋大人，还是审案吧。”

宋青莯装模作样地点点头，嘴里感慨：“也对，京城毕竟是京兆府治下，我不该多管闲事。”

“宋青莯，如果你不愿意审理此案，直说就是。老夫虽然不及你‘目光如炬’，但慢慢细查总能找到真凶。三年前，皇上尚未设立提点刑狱司，京城也不见六月飞雪，七月飞霜。”

“赵大人莫要生气。”宋青莯依旧风轻云淡，“如果您一早直说，您爱民如子，生怕自己‘慢慢细查’耽误了时间，希望我尽快帮您抓到真凶，我又怎么会误会您呢！”他对着田大成点点头，又对赵维明说，“放心，不消一刻钟，凶手就会自己认罪。”

田大成收到暗示，笑嘻嘻地走到赵维明身前收起纸笔。

赵维明气得眼睛都红了，又好奇宋青莯的后半句话。他想要拂袖而去，终究还是忍住了，眼角的余光时不时瞟向公堂外面。

宋青莯把他的小动作看在眼里，扬声询问鲍氏夫妻：“鲍祥，看起来你与妻子感情甚好，你们成亲多少年了？”

鲍祥与妻子比肩而跪。鲍大嫂靠着丈夫的肩膀默默抹泪，不敢哭出声音。鲍祥跪直身体，恭恭敬敬回答：“我们成亲七年多了。”

“原来才七年啊！”宋青莯点头，“怪不得你们的感情比老夫老妻的鲁氏夫妻强些。他们成亲十余年，儿子失踪后，两人相互埋怨，最后竟然和离了。”他摇头叹息。

别说是赵维明，就是一众捕快也都觉得奇怪，他们家大人这是怎么了，先是调解了鲁氏夫妻的矛盾，之后又公然与赵维明针锋相对，这会儿竟然羡嫉鲍氏夫妻感情深厚。

众人疑惑不解之际，宋青莯又问鲍祥：“你们感情这么好，应该不止鲍大宝一个孩子吧？”

鲍祥听到这话，脸上流露出悲戚之色。鲍大嫂更是泪如雨下，自责地说：“都是我的错，就连自己的孩子都护不住。相公，你休了我吧！”

鲍祥握住妻子的手，哽咽着劝说：“不是你的错，算命的说，是我没有子女缘。”

宋青莯重重咳嗽一声。

鲍祥回神，赶忙回答：“草民一共有过三个孩子。大妞出生不足一个月便夭折了，二妞在八个月的时候生病死了。有了大宝之后，我让孩子他娘专心照顾他。少了她做活帮补，我只能离家去附近的镇子上干活，想多赚些银子。”

“相公，是我对不起你。”鲍大嫂呜呜咽咽哭泣。

宋青莯随意点点头。大堂外面，俞毅悄然向他暗示，一切都已经办妥。他话锋一转，大声命令：“传仵作上堂！”

赵维明冷哼一声，心道：京兆府的仵作就连孩子的死因都查不出来，他就不相信，宋青莯的手下面对全身没有半点伤痕的尸体，能看出什么名堂！

仵作走上前，对着宋青莯行礼，言简意赅地说："大人，受害人是被活活掐死的。"

"不可能！"赵维明摇头。

鲍大嫂抬头看向宋青莯。

宋青莯转头对赵维明说："赵大人，既然刑狱衙门已经接手这个案子，此案就与京兆府无关。"

赵维明别过脸去。

宋青莯追问："鲍氏，看你的反应，你觉得儿子不是被掐死的？"

"我……"鲍大嫂的眼泪掉得更凶了，哽咽低语，"他是我的儿子，我自然知道。"

宋青莯试探着问："莫不是你看到了什么……或者……"

"我听人说，被活活掐死的人，脖颈上都有瘀痕。"鲍氏继续抽抽搭搭地哭泣。

宋青莯追问："这么说来，你看到儿子的尸体，特意检查了他的脖颈？"

"大人，我不知道。"鲍大嫂伏在地上痛哭，"我的儿子死了，那是我怀胎十月生下来的。求大人一定要抓住真凶，替我的儿子偿命！"

"欠债还钱，杀人偿命，这是自然。"话音刚落，宋青莯自己都愣住了。他怎么会脱口而出飞染的口头禅？

宋青莯按下思绪，又对鲍氏说："仵作只是说，你的儿子是被掐死的，又没说掐的是脖子，你如何知道，掐的不是口鼻呢？"

鲍氏没有回答，只是一味哭泣，嘴里不断自责，反反复复要求鲍祥休了她。

宋青莯追问："你家附近住着仵作吗？不然，谁会无缘无故向你提起，被活活掐死的人，脖颈上都有瘀痕？"

赵维明听到这些话，隐约觉得不对劲，如果说鲍氏是凶手，他断然不相信。她是受害人的亲娘，她与丈夫就这么一个儿子。不孝有三无后为大，世上绝没有亲娘杀死独生子的事儿。

宋青莯没有继续追问鲍氏，转而吩咐衙差把发现尸体的更夫带上堂问话。

更夫战战兢兢跨入公堂，还来不及开口，山槐疾步跑上公堂。他气喘吁吁地回禀："大人，找到目击者了。他说，看到一个女人半夜抱着什么东西……"

"不可能！"赵维明猛地站起身。

早前，当他发现鲍氏正是拦截魏铭马车的妇人，他立即命京兆府的捕快全体出动，四处查问是否有目击者看到凶手。他的手下找了几个时辰都没有收获，宋青莯怎么可能找到！

他转头看向宋青莯，却见他胸有成竹地命手下把目击者带上公堂问话。

赵维明惊疑不定，失神地跌坐回椅子上。

目击者被带上公堂，鲍祥一眼就认出来人。他不顾一切飞扑上去，揪着他的衣领追问："王二强，你看到凶手了？是谁杀死我的儿子，你告诉我，是谁杀了大宝！"

“把他拉开！”宋青莯看到鲍祥脖颈间的青筋都暴出来了。

王二强上前向宋青莯行礼，流利地陈述：“大人，昨晚草民睡得迷迷糊糊起床撒尿，透过矮墙看到街上有一个鬼鬼祟祟的人影，不知道背了什么东西，急匆匆朝集市方向走。草民因为尿急，看得并不真切，所以京兆府派人问话的时候，草民没有细说。”

鲍祥在捕快手中奋力挣扎，声嘶力竭地叫嚷：“你看到的人是谁？都是街坊，你不可能认不出来……”

“住嘴！”宋青莯呵斥鲍祥，又问王二强，“你仔细想想，有没有看到她穿什么衣裳，或者走路有什么特征？”

“这个……”王二强侧头思量，不甚确定地说，“她好像穿一件碎花褂子，蓝底白花，下面是藏青色的裙子……”

赵维明皱起眉头。大半夜的，王二强隔着围墙怎么可能看到女人身上的衣服是什么花色？

他正觉得奇怪，鲍大嫂猛地站起身，指着王二强的鼻子厉声控诉：“你胡说八道……”

宋青莯重重一拍惊堂木，冷声说：“他有没有胡说，本官自会分辨，轮不到你开口。”

鲍氏被那一声惊堂木吓得嘴唇发白，“扑通”一声跌坐在地上。她看看宋青莯，又瞧瞧赵维明，最后把目光落在鲍祥身上。

鲍祥已经止了挣扎，愣愣地盯着王二强。哪怕宋青莯示意捕快放开他，他依旧站在原地动也不动。

鲍氏见状，跪着挪向丈夫，扯着他的衣袖说：“我的确有那样一身衣裳，但昨晚乌云密布，王二强隔着矮墙，根本看不到街上的人！”

听到这话，赵维明呆住了。鲍氏知道，昨晚乌云密布，又提及矮墙。她这句话基本等于不打自招，可她为什么杀害唯一的儿子？

另一厢，鲍祥听到妻子的话，慢慢抽回自己的衣袖。

鲍氏顿时急了，高声控诉：“相公，是王二强冤枉我！他趁你不在家，经常对我动手动脚……”

“你这臭婆娘，我什么时候对你动手动脚了？”王二强怒目圆睁。

事实上，王二强不过是来看热闹的，之前捕快在大门外询问，谁是鲍家的邻居。他一时好奇便跟了进来，随后就有人教他说了刚才那番话。

鲍氏眼见丈夫用怀疑的目光审视自己，忙不迭向宋青莯磕头，哀声恳求：“大人，大宝是我的命根子，求您一定要找出真凶。王二强所言全是胡说八道……”

“大胆刁妇，还在这里狡辩！”宋青莯沉下了脸，指着仵作说，“仵作证实，是你掐死自己的儿子。他根本不认识你，难不成也是故意诬陷你？”

“我不知道他为什么诬陷我，我要求找别的仵作再次验尸！”鲍氏说得铿锵有力。

宋青莯冷声说："是你亲口承认，王二强瞧见的衣裳的确是你的。"

鲍氏直起身子，伸手捋了捋凌乱的头发，又回头看了看鲍祥。"我知道了。"她对着赵维明磕头，"赵大人，求您救救民妇，民妇是冤枉的。"这一次她磕得极重，不过四五下鲜血已经顺着她的眉心往下流淌。

赵维明将信将疑审视鲍氏。

"赵大人，民妇死不足惜，只求您还我一个清白。"鲍氏手指宋青莯，"仵作和王二强都是受他指使。他找不到真凶，就教唆别人诬陷民妇……"

"你，值得我诬陷吗？"宋青莯神情清冷，嘴角的浅笑写满鄙夷，仿佛鲍氏不过是他脚下的尘埃。

鲍氏泪眼婆娑，尖声控诉："赵大人，他只想向你证明，你找不到的凶手，他在一刻钟之内就找到了。他诬陷我，只为让您难堪……"

"够了！"鲍祥突然大喝一声，"大妞和二妞是怎么死的？"

"你——"鲍氏脸白如纸，"你是我的相公，你竟然怀疑我！"

"她们到底是怎么死的！"鲍祥怒喝。如果不是捕快拉住鲍祥，他几乎扑过去撕咬鲍氏。

"是他——"鲍氏手指宋青莯，"是他诬陷我，想让我当替罪羊……"

"你竟然杀死自己的孩子！"鲍祥表情扭曲。

"没有！"鲍氏用力摇头。

"你还狡辩！"

"没有！"

在夫妻俩声嘶力竭的争吵声中，宋青莯突然插嘴："我不知道你昨晚穿的什么衣服，怎么诬陷你？"

鲍氏想也没想，高声反驳："我昨晚穿的根本不是那一身衣裳，王二强不可能看到我……"鲍氏的声音消失了，公堂上瞬间静得一丝声音都没有。

半晌儿，宋青莯不紧不慢地说："你的意思，你弃尸的时候，穿的不是蓝底白花的碎花褂子、藏青色的马面裙？"

鲍氏瘫坐在地上，任由眼泪不断滚落。鲍祥瞪着她，哑声质问："为什么？到底为什么？！"

赵维明被这突来的变故吓到了，惊疑不定地朝宋青莯看去。他记得很清楚，宋青莯一开始就说，受害人并不止鲍大宝一人。

宋青莯陈述："只有凶手才知道，鲍大宝不是被掐死的，也只有凶手才能肯定，王二强并没有看到蓝底白花的碎花褂子、藏青色马面裙，因为凶手并没有穿那身衣裳。"

赵维明很想问一问宋青莯，他一直坐在公堂上，何时指使王二强说出那样一番话？

转念间，他突然想到，宋青莯逼他写下凶手名字的时候，他自己也写了一张纸条。他以为他想显摆，故意提前写下凶手的名字，其实他根本就是趁机吩咐手下办事。

短暂的沉默中，宋青莯扬声询问："仵作，鲍大宝的死因是什么？"

仵作上前一步，拱手答道："回大人，尸体表面并没有致命伤痕，从眼睛的充血情况推断，应该是窒息身亡，但他的脖颈没有淤青，口鼻气管皆没有异物或者伤痕。"

赵维明微微扬起下巴。他手下的仵作也是同样的结论。他一向不觉得提点刑狱司的仵作有多高明。

宋青莯看他一眼，示意仵作继续往下说。

仵作陈述："卑职用油布包裹冰块之后，对可能引起死者窒息的身体各部位进行冷敷，发现尸体的肩胛处有清晰的十指印。依卑职推断，受害人应该是被凶手用双手抓住肩膀，使劲摇晃他的身体，导致他呼吸不畅死亡的。"他模拟凶手行凶时的动作。

鲍氏见状，哭着扑向丈夫，哀声解释："相公，大宝的死是意外，我也不想的。"

鲍祥狠狠一脚踹在她的肩窝，喘着粗气说不出话，脸色阴沉得可怕。

鲍氏忍着嘴里的血腥味，抱着他的小腿哀哭："相公，真的是意外……他一直哭，一直哭，我让他别哭了，他总是不听……我只是轻轻晃了他两下……真的只有两下……我怕你怪我……"

"他是我们的儿子，唯一的儿子！"鲍祥恨不得立马掐死鲍氏。两个捕快一左一右拽住他的手臂，几乎拉不住他。他低头冲鲍氏叫嚷，"我起早贪黑在外面干活，全都是为了他，为了你们……"

"我知道，我全都知道，所以我才不敢告诉你，"鲍氏哭得快昏厥过去了，"大宝也是我的儿子，我也很难过，你杀了我吧，杀了我吧！"

"滚开！"鲍祥奋力踹蹬鲍氏。

鲍氏忍着痛，再次抱住他的小腿，不停地哭叫。

赵维明看着这一场闹剧，犹如活生生吞了一只苍蝇那般恶心，老脸更是挂不住。

一直以来，宋青莯很少亲自审案，但提点刑狱司的仵作、捕快却不少。每一年，宋青莯都会向全国的府衙发放审案纪要，验尸实录等等。

赵维明对此颇为不屑，所以当手下向他请示，是否需要遵循提点刑狱司的公文，用冰块将尸体进行冷敷，他断然拒绝了。

眼下，他看到鲍氏夫妻闹得不成样子，尴尬地说："都是家务事，宋大人，不如让他们自己解决吧！"

"真的只是家务事吗？"宋青莯示意捕快抓住鲍氏，一字一顿喝问，"鲍氏，你真的是伤心欲绝的母亲吗？你还做过什么，是你自己说，还是本官替你说？"

鲍祥呆住了，绝望地喃喃："难道大妞和二妞也是她害死的？"

"你心里很清楚，不是吗？"宋青莯反问，转而又道，"据我推断，鲍大宝死后没多久，她一边使人通知你，儿子不见了，一边拦住乌衣子爵府的马车，一口咬定她的儿子就在马车上，因为她知道，权贵人家不可能允许普通百姓搜查马车……”

鲍氏摇头：“不是这样的……”

“难道你想说，那个时候，你的儿子真的走失了？”宋青莯冷声质问，又问一旁的王二强，“你就住在她家附近，你看到她四处寻找她的儿子了吗？”

“没有。”王二强把头摇得像拨浪鼓，“我听到她大叫两声大宝，才想问她发生了什么事，就看到她急匆匆朝大街上去了。看她的样子，不像是寻人，倒像是赶着办什么事儿。”

宋青莯接口：“昨日，如果不是陶捕快突然出现，坏了你的大计，你一定会被魏家的家丁打得鼻青脸肿。等到你的丈夫从镇上回来，你抱着儿子的尸体向他哭诉，你千辛万苦找回了儿子，儿子已经变成了一具尸体。街上那么多人都看到，你如何苦苦哀求魏家，你的丈夫怎么可能不信你！”

他看着鲍大嫂，继续逼问：“如果你是伤心欲绝的母亲，你能够如此冷静，想到这样的计谋？”

“你这个贱人！”鲍祥几乎快要崩溃了，“大宝也是你的儿子，你竟然把他像扔垃圾一样扔在路边！”

鲍氏停止了哭泣，也不再哀求鲍祥，怨恨的目光射向宋青莯。

宋青莯看在眼里，心中一阵冰凉。他一点都不喜欢审案，因为经常会遇到鲍氏这样的人，看到那些不堪的事情。

他平静地说：“其实也是你运气不好。那天如果不是陶捕快心地善良，一心替你做主，此时你们就是被权贵欺凌的善良百姓。如果不是鲁氏来刑狱衙门报案，而你拦下的马车恰巧属于乌衣子爵府，赵大人更不会找我并案追查。是不是，赵大人？”

赵维明干笑两声。

鲍氏拭去额头的血迹，哑声说：“大宝是我生的，他的死只是意外。”她从地上站起身，再次重申，“那是意外，我没有错！”

“意外？”鲍祥痛心疾首，“那大妞和二妞呢？”

“我生了大妞之后，你以为我没有看到你的失望吗？你想要儿子，一心只想要儿子！”

“你——”鲍祥简直不敢相信自己的耳朵，“你怎么能那么狠心？！”

“其实不是儿子还是女儿的问题吧？”宋青莯的心愈加冰冷。

当日在大街上，他的注意力完全在飞染身上，没有特别注意鲍氏。回过头想想，鲍氏拦截魏铭马车的时候，一直在向围观的百姓哭诉。她需要别人对她的关注与同情。

想到这，宋青莯忍着怒意陈述：“你生下长女之后，你的相公有些失望，可是你们的女儿死后，你的丈夫关心你，安慰你，重视你，你很高兴。你想要的不是啼哭不止的孩子，你想要别人的安慰关怀，不仅仅是你丈夫的注目，还有你的亲戚朋友。在你心中，哪怕是邻居，甚至是陌生人的一句安慰，也比你的孩子重要，于是你们的二女儿也死了。”

众人听得目瞪口呆，只觉得匪夷所思，鲍氏却一味盯着宋青莯，并不反驳。

宋青莯又道：“其实你也知道，你们的二女儿死后，你的丈夫有些怀疑你，再加上大宝是男孩，他才能长到四五岁。可是你的丈夫为了多赚些工钱，竟然一个月才回家一次，你怨恨你的儿子，把他当成你的出气筒。那天，你看到他咽气，你一点都不伤心，才能马上想到脱身之计……”

鲍氏高声说：“大人，大宝的死是意外。他是我生的，他的命是我的……”

“那大妞和二妞呢？也是意外？”鲍祥在这一刻才发现，他从来没有认识过自己的妻子。

鲍氏反问：“那重要吗？在你心中，她们不过是不值钱的丫头片子……”

“你再说一次！”宋青莯猛地站起身。

众捕快皆震惊。在他们眼中，宋青莯审案的时候永远把自己置于旁观者的位置，从来不会携带私人情绪。就算在生活中，他也没有强烈的喜怒哀乐。

宋青莯回过神，慢慢坐回椅子上。鲍氏夫妻于他而言什么都不是，可他深切地感受到心中的愤怒，甚至是恐惧。

他不由自主想要寻找飞染的身影。

这个世界有太多的女婴，没能睁开眼睛就被自己的亲人扼杀在襁褓中。

如果飞染的亲生父母不是选择遗弃她，而是……

如果息嗔师太没有及时发现她……

如果飞染落入人贩子，妓院老鸨手中……

他不敢往下想，抬头朝鲍氏看去，鲍氏的眼中毫无悔改之意。她这样的人，根本不可能悔改。

他丢下令牌，沉声说：“把犯妇鲍氏收监，明日起游街示众三天，秋后处斩。”

鲍氏号啕大哭，大叫不服。众捕快也是面面相觑。这种父母害死亲生子女的案子，千百年来官府很少严判。

赵维明皱着眉头说：“宋大人，这判决委实重了些。”

“赵大人，稚子的性命也是人命。杀人偿命，严惩凶手，这是她亲口说的。”宋青莯态度坚决。

很快，鲍氏被捕快押了下去，赵维明干笑一声，说道：“宋大人果真目光如炬。”

宋青莯同样笑道：“这还需要赵大人配合得宜，否则又怎么能让鲍氏忙中生乱，不小心说出真相呢？”他皮笑肉不笑，“刚才您不会真的认为，我目中无人，对您这样的‘老’前辈心怀不敬吧？”

赵维明暗骂一句：你的眼中有过别人吗？他回道：“这是当然，我知道你是为了查明真相。”

“赵大人果真深明大义。”宋青莯对他比了一个“请”的手势，“您公务繁忙，我就不耽搁您了。”

赵维明表情一窒，眼角的余光不由自主朝内衙瞥去。他此次前来，最主要的目的是飞染。他作势走了两步，回头询问宋青莯：“宋大人，你何时发现，鲍祥怀疑妻子杀害了两个女儿？”

“赵大人说笑了。”宋青莯看一眼赵维明，“在赵大人面前，我岂敢班门弄斧。”

赵维明回头一想，当时宋青莯说的是，鲁氏因为儿子失踪，故而埋怨丈夫，导致两人和离。他并不是赞叹鲍氏夫妻感情好，而是暗示鲍祥，他妻子的反应与别人不同。

赵维明说不清楚原因，但在他自己家中，儿孙出事，老妻第一个埋怨的人就是他，反之也是一样。宋青莯从一开始就察觉，鲍氏依偎丈夫啼哭，注意力全都在丈夫身上，这是不正常的。

他反思宋青莯的审案过程，不由得心生惊恐。宋青莯根本就是有计划，有条不紊地引鲍氏入局。

宋青莯先是让鲍氏看到他们不和，又在鲍祥心中种下怀疑。紧接着他又故意令鲍氏误会，他想让她成为替罪羔羊。

鲍氏有口难辩，唯有利用宋青莯与他的不和自救。鲍祥看到妻子的举动，心中的怀疑更甚，自然会责问她。鲍氏面对官府的诬陷与丈夫的质问，终于慌了神，不小心说漏了嘴。

想到这，赵维明一阵心惊。宋青莯心机深沉，他突然把息嗔师太的养女带回京城，不知道又在盘算什么！

他压下各种思绪，状似不经意般闲聊：“如果不是宋大人新招的女捕正直不阿，只怕魏贤侄已经遭犯妇诬陷，只不过……”

“赵大人果然大人有大量。”宋青莯笑了笑，“那魏六公子的事……咱们就此抹过？”

俞毅向二人走来，恰巧听到这两句对话，心道：赵维明的重点明显是“只不过”后面那一句。

他上前向宋青莯行礼，垂首回禀：“大人，属下们找到其他受害人了。”他若有似无地看一眼赵维明，意思很明显，他有重要案情回禀。

宋青莯配合着俞毅向赵维明致歉：“赵大人，不好意思，今日事多，我就不送你了。”

“你忙，我也要回京兆府了。”赵维明僵着嘴角勉强笑了笑。宋青莯的年纪和他的孙子差不多，可瞧瞧他的态度！他气呼呼地走了。

宋青莯目送他远去，回头询问俞毅：“那几名妇人，这么快就找到了？”

“呃……差不多快找到了……”俞毅笑了笑，“大人，赵大人年纪大了，如果在咱们这气晕过去，与大人的名声不好。”

“你倒是越来越良善了。”宋青莯讥讽。

“那是当然。”俞毅脸不红气不喘，“属下是习武之人，忠厚实诚，说的都是大实话。再说了，也是大人吩咐属下，不着痕迹地告诉赵大人，鲁氏的案子尚有其他受害人。我这不是一举两得吗？”

“算了。”宋青莯瞥他一眼，回屋换下官服，径直走向卷宗室。

第 11 章　受害人研究

提点刑狱司的卷宗室内存放着宋青莯看过的所有案卷，一排六大间青砖瓦房，大书架林立其间。书吏们整整花了三四年的时间才誊写完毕所有旧案，按照宋青莯的要求分门别类装订，整齐地摆放在架子上，供他查阅。

平日里，卷宗室都是大门紧闭，这会儿门窗皆已敞开。宋青莯走过一个又一个窗口，寻找熟悉的身影。突然，他驻足窗口。

书架旁边，飞染仰头望着架子的最上方。她伸出右手，试图取下最上面的卷宗，奈何书架太高，她根本够不着。她想了想，后退一步，随即脚尖点地，轻盈地跃起。

“小心——”宋青莯的声音卡在了喉咙里。

飞染在跃起的瞬间，手指抓住了她想要的卷宗。她得意地轻笑。可惜，她的脚尖还没着地，架子上的灰尘劈头盖脸撒了她一身。她愣了一下，挥舞双手想要掸去头顶的灰尘，却忘了自己手中正拿着厚厚的卷宗。卷宗像砖头一样，“嘭”的一声敲在她的头顶。

宋青莯看到她狼狈的模样，笑了起来。鲍氏带给他的坏心情消散不少。他轻咳一声走入屋子，明知故问：“飞染，你在哪里？”

“大人，我在这里。”飞染快步走出书架。

“怎么弄得脏兮兮的？”宋青莯伸手拨弄她的刘海，仿佛正为她掸落发间的灰尘。

“哦，呵呵。”飞染尴尬地笑了笑，偏头避开他的动作，双手胡乱拍打自己的头顶。

宋青莯很不喜欢她的躲避。“别动！”他抓开她的手掌，手指轻轻擦拭乌黑的秀发。原来她的头发这么柔软丝滑，隐约散发淡淡的花香。

飞染看到他一脸正色，不敢推开他，嘴里嘟嘟囔囔说：“那个……我还是回去洗一洗吧。”他靠得这么近，她都不知道自己的手脚应该放在哪里。

“行了。”宋青莯若无其事地拿起一旁的卷宗，看了一眼编号，问道：“不是让你寻找最近三个月的类似案件吗？这一份应该是三年前的案卷。”

“大人要的卷宗我已经找出来了，都在这里！”飞染快步走到桌子前面，把案卷推向宋青莯，“在这些案卷中，只有一具尸体很可疑，其他失踪的稚子，不是还没找到，就是饿死了。”

宋青莯点头说道：“如果是这样，鲁豆花的儿子存活率又高了一些。”

“真的吗？”飞染的眼中闪耀期待的光芒。

宋青莯不想她希望越大，失望越大，向她解释：“也有可能只是尸体暂时没有被发现。你继续往下说。”

飞染一脸失望，一板一眼地汇报：“尸格上说，那人是从桥墩上跳下去，失足摔死的……”

宋青莯在临窗的椅子上坐下，静静聆听飞染的汇报。这里的每一份案卷都深深印刻在他脑海中。他让飞染把案卷找出来，只是不想让赵维明见到她。他要她陈述案情，只为听一听她的声音。

宋青莯无法理解鲍氏，却知道鲍氏这样的人是真实存在的，甚至还有更多比鲍氏更可怕，更令人匪夷所思的人。

放眼鳞次栉比的书架，密密麻麻的卷宗内记录了多少变态，只有他知道。而这仅仅是被官府抓到的那一部分。那些逍遥法外的罪犯，可能此刻就在作恶。

“大人，您怎么了？”飞染隐约觉得宋青莯的神情有些不对劲，“您很累吗？”

“是有些累了，不过你可以继续说，我听着。”

“师父很累的时候，我会替她捶肩膀。”飞染陈述。

“我不是你师父！”宋青莯嘴上这么说，心中却生起小小的期盼。

“我知道你不是师父。”飞染一脸无辜，“我没有要替你捶肩膀哦，我的意思，你可以让山柏或者其他人给你捶捶。”

宋青莯抿着嘴唇瞪她。她生来就是为了气他的吗？他深吸一口气，说道：“你还没有告诉我，为什么去找三年前的旧档案。”

飞染回答：“我就是想看看，以前有没有这样的事情。”

“为什么？”宋青莯侧目，在脑海中搜索旧案。

飞染疑惑地说：“大人，你让我找三个月内的案子，可是我们暂时不能肯定，三个月前一定没有类似的案子。就算三个月前没有，一年前，两年前，三年前呢？”

宋青莯微微一愣。京城内的稚子失踪案件时有发生，大多是人贩子所为。一直以来，失踪稚子的数量维持在稳定的数字，直到最近三个月才发生异常。

他看了无数的案卷总结得出，对稚子有特殊癖好的人，一辈子都只会喜欢固定的类型，特定年龄段的孩子。一旦他们年纪大了，凶手就会弃之如敝屣。

他从稚子失踪的年龄与失踪过程推断，可能因为鲁氏的儿子年纪大了，凶手正在物色新人替代他。

如果事实并非如此呢？

“大人，我想得不对吗？”飞染轻蹙眉头。

宋青莯抬头注视飞染黑白分明的眼眸。

“大人，我的脸又脏了吗？”飞染用手掌擦拭脸颊。

“没有。”宋青莯慌忙别开视线，随手指着一把椅子说：“你在这里坐着，别说话，我要认真研究这些旧案。”

“那我能不能……”飞染瞄一眼房门。

“不能！”宋青莯断然拒绝，“你坐在这里，如果我需要取阅案卷，你得马上替我取过来。”

“噢。”飞染依言坐在椅子上。

宋青莯只想飞染陪他坐一会儿。下午他需要处理很多事情，他得根据受害人的口供，初步推断出凶手是怎么样的人，安排捕快逐户排查。明日大朝，今晚他还得写一份奏章。

皇上一直想整顿京城的奢淫之风，又怕水清则无鱼。这次他接了鲁氏的案子，或许可以建议皇上从“娈童”恶习开始，但奏章上如何把握这个“度”？他又该怎么利用这件事，进一步试探长公主及甄彦行？

宋青莯思量间，手指无意识按压太阳穴，靠着椅背闭上眼睛。昨晚他没有睡好，一上午又耗费了太多精神，他的确有些累了。如果飞染愿意给他捏捏肩膀，他不会反对的，就算只是倒一杯热水，他也会很感动。可她为什么一开口就惹他生气，偏偏他宁愿一个人生闷气，也要和她待一块儿。

飞染坐在一旁不敢打扰宋青莯，脑子里反反复复只有一句话：好饿，我好饿，好想吃午饭。

她可怜兮兮地摸摸肚子，悄悄观察宋青莯的神色，试图转移自己的注意力。

他穿着藏青色的便服，头发很随意地束起。衣服的质地极好，但款式极为简单。可能正是因为式样简单，再加上纯净无杂质的藏青，衬得他面如冠玉。他双目紧闭，睫毛又长又翘。他的鼻子，嘴巴都像是画出来的，可他皱着眉头，很煞风景耶！

飞染滑下椅子，轻手轻脚走到桌子前面，双手撑住下巴，眼睛紧盯他微微隆起的眉头。

宋青莯敏锐地察觉气流的变化。他刚想睁开眼睛，却闻到了飞染身上的淡淡花香。他不动声色，手指依旧缓缓揉压太阳穴。

突然间，他感觉到温热纤细的指尖抵住了自己的眉心。他猛地睁开眼睛，飞染的脸庞近在咫尺。

飞染被他吓了一大跳，一连后退三步。她像做错事被当场逮住的小孩，脸颊涨得通红。

“我……那个……”她结巴得厉害，低头盯着自己的脚尖，结结巴巴解释，“你，为什么，反正不要皱着眉头！”她跺脚，转身往外跑。

“站住！”宋青莯的指腹滑过自己的眉心。

飞染回头，孩子气地推卸责任，“我不是故意用手指戳你，是你皱着眉头，很难看！”

“很难看？”宋青莯不知作何反应。从小到大，没有人不夸他长得漂亮。

他掩下心中的异样，指着身旁的椅子说，“我还没有看完，你继续等着。”

飞染想说，你根本没在看卷宗，而且我肚子很饿。她嘟着嘴，小媳妇一般委委屈屈坐回椅子上。所有人都告诉她，大人是上官，是很厉害的大人物，她只能无条件地服从命令。

她低头端坐，心中默默吐槽：哼，长得好看有什么用，又不能当饭吃。师父说了，等我长大了，必定是大美人，一定比你好看。

宋青莯见她面若红霞，偏又嘟着嘴，只觉得好笑，眉头渐渐舒展开了。不是他恶劣，实在是她的模样太可爱，他不欺负她一下，总觉得对不起自己。

他轻咳一声，装模作样说：“帮我找五年前李建新被杀的案子。”

“五年前的案子，是京城的，还是外地的？”飞染追问，想想又觉得不对，惊讶地询问，“大人，您真的把这里的卷宗全都看过，而且全都记住了？”

“为什么这么问？”宋青莯反问。

飞染回答：“如果你不是全都记住了，怎么知道五年前有一桩案子的受害人名叫李建新？”

宋青莯默然。飞染或许单纯不记仇，但她绝不愚笨。他不可能把她一辈子“囚禁”在刑狱衙门。

飞染转眼间已经忘了，刚才她对宋青莯诸多怨言。她崇拜又好奇地问：“大人，你为什么要把所有的旧案都看完？你花了多少时间才看完的？”

宋青莯不知道自己总共花了多少时间，当时他的心里憋着一股劲，只想兑现自己对她的承诺，如今她就在他眼前，他却觉得恍若隔世。

“飞染，你真的不记得我？一点都不记得了？”他有些恼怒。

“什么？”飞染莫名其妙。

“以前母亲经常带我去净心庵，你总是唤我‘三哥哥’。那时候，我答应带你来京城玩……”

“大人，你是不是记错了？”飞染摇头，“即便我们真的见过，我也不可能答应跟你来京城。”

“为什么？”宋青莯侧目。

“因为我要一辈子陪着师父，只有师父不会骗我，让我一直等她，一直等她……”飞染愣住了。她怎么会说出这样的话？她和师父从来没有分开过，她根本不需要等她。

飞染摇头甩开脑海中的疑问，大声宣布：“总之等我报答了大人的恩情，我就回山上……”

宋青莯断然拒绝：“不可能！”

“三爷？”山柏提着食盒站在门外。他看得出，自家主子很生气。他怯怯地解释，“小的看饭菜凉了，又去热了一下，这才迟了些。”

宋青莯烦躁又愤怒，他迫切需要冷静，对着飞染说：“你回去吃饭吧。”

山柏惊愕地看看食盒。主子特意吩咐厨房做的酿鸡腿等等，难道不是为飞染准备的？

飞染觉得宋青莯的脾气阴晴不定，也有些不高兴了。她一路小跑回到自己的小院，突然没了胃口。

她单独把陶氏叫入卧室，问道：“陶妈妈，以前大人和白姨一起去过庵堂，我一直称呼大人‘三哥哥’？”

陶氏微微一愣，比手画脚表示，宋青莯的确随白珺若去过净心庵，至于其他的事，她就不知道了。

飞染不解地问：“为什么我一点都不记得了？”

陶氏笑了笑，用手势告诉飞染，那时她只有四五岁，不记得很正常。说到这，她左右瞧瞧两个丫鬟都不在，对飞染旧事重提，想要说服她离开刑狱司。

飞染摇头回答：“我既然答应了大人，怎么都要待上一段日子。陶妈妈，大人对我们这么好，为什么你好像很不喜欢大人？”

陶氏语塞。

事实上，正因为宋青莯对飞染太好了，她才想早早脱身。不是她以小人之心度君子之腹，而是宋青莯的种种表现实在太可疑了。她家小姐怎么都不能为人外室。

陶氏转身关上房门，突然间跪在飞染脚边，双手不断重复手势，请求她离开京城，返回净心庵再做打算。

飞染莫名其妙，半跪在陶氏面前问她：“陶妈妈，你到底怎么了？大人对我们很好，我也喜欢大人，更喜欢当捕快。”

陶氏顿时哭了起来，右手抓着胸口使劲捶打。她捶了几下，又用双手掐自己的脖子，嘴里“哦哦哦”地叫唤。

飞染试图拉起她，陶氏一味摇头。飞染转念想想，虽然她的衣食起居都是陶妈妈照顾，可师父经常提醒她，她是主，陶妈妈是仆，尊卑之别不可忘。

想到这，她站起身正色问：“陶妈妈，师父走了，从今往后就只有我们两个人了，你到底有什么事不能对我说？如果你能说出为什么我不能留在刑狱衙门的理由，我立马向大人辞行。”

陶氏忘了哭泣，抬起头怔怔地望着飞染。

许久，陶氏低着头比画，她只是觉得衙门里面都是男人，她们不适合留下。

飞染想到以往她们去八角镇采买，陶氏总是对她说，她是大小姐，不应该接触贩夫走卒，她只当陶氏嫌弃捕快们粗鄙，并没有深思。

陶氏回到自己的房间，关上门狠狠哭了一场，仿佛有天大的冤屈无处申诉，又似乎在为飞染鸣不平。

午后，飞染拿着水火棍，正要去前堂候命，就看到山柏提着一个篮子在小院门前徘徊。

“山柏，你找我有事？”飞染主动上前打招呼。

山柏讪笑着上前，觍着脸请求：“陶捕快，我让厨房做了两碟子点心，能不能麻烦你拿给大人？”

“才吃过午饭，大人就要用点心吗？”飞染瞥见篮子里面是豌豆黄和凉果。豌豆黄色泽金黄细腻，凉果晶莹剔透，看着就很好吃。她好奇地问，“咦，大人也喜欢漂亮的小点心？”

是你喜欢，大人才吩咐厨房做的。山柏默默在心中吐槽。这几天，他自认看得很明白，自家三爷就喜欢和别人抢着吃，可是除了眼前的姑奶奶，谁敢和他抢食？

想到这，山柏笑得愈加谄媚，避重就轻地回答：“这两样点心最适合就着茶水吃。陶捕快，不如你替我送去卷宗室，小的去给三爷泡茶？”

飞染虽然觉得奇怪，但是山柏不过让她跑个腿，她爽快地接过篮子。

卷宗室内，宋青莯正在翻阅案卷。

“大人，我可以进来吗？”飞染站在门口。

宋青莯吓了一跳，手中的案卷差点掉在地上。他循声看去，她笑盈盈地抱着一个篮子。一时间，他不知道做何反应。刚才是他莫名其妙，可道歉的话卡在喉咙内，他说不出口。

“大人，刚才我问过陶妈妈了，她说，的确是我不记得大人了。”飞染自顾自跨入屋子，把竹篮放在桌子上，“山柏让我把点心送过来，虽然我只是借花献佛，但您吃过糕点就不要生气了。那时候我只有四五岁，不是故意忘记你的。”

宋青莯看一眼碟子中的糕点。自从她来了刑狱司，厨房每天做什么菜色，准备什么糕点，都是他亲自吩咐下去的。

“大人，你不会还在生我的气吧？”飞染满脸讨好的笑容。

“我没有生气。”宋青莯避开她的目光，“你洗过手了吗？”没等飞染回答，他赶忙重申，“不要再说我像你的师父了。”

“不像，不像，大人不像师父！”飞染连连摆手，兴高采烈地问，“我洗过手就可以吃糕点，对吧？”

“对！”宋青莯无奈地点头。

须臾，当山柏端着热茶来到卷宗室，宋青莯正与飞染煞有其事地讨论，最后一块翡翠凉果应该由谁吃。

他低头奉上热茶，飞染趁宋青莯分神，夹起凉果一口塞入嘴里，得意地翘起嘴角。

山柏看得分明，宋青莯看似用谴责的目光瞪她，但他眼底的笑意出卖了他的情绪。山柏不敢多话，躬身退出屋子，在走廊遇上了田大成。

田大成探头张望，问道："大人在卷宗室吗？"

"嘘！"山柏比了一个噤声的手势，压低声音说，"大人和陶捕快正忙着翻查旧案呢，你不要进去打扰大人。"

"飞染也在吗？那正好。"田大成不顾山柏的阻拦，快步走到门口，对着宋青莯说，"大人，永安侯世子派管事过来道谢，带了礼物送给飞染。管事说，林世子十分感激飞染，务必请她收下。"

"给我的礼物？"飞染心情很好，她很喜欢豌豆黄和凉果。

田大成点头回答："是两匹杭绸，管事说，是世子夫人亲自挑选的。世子特别交代，两匹布都不是贡品。"

宋青莯听他一声又一声"飞染"早就觉得刺耳，他沉声说："这里是衙门，飞染是'陶捕快'。"

"什么？"田大成不知道宋青莯正在纠正他的称呼，傻乎乎地回答："那位管事不知道飞染姓陶啊。"

宋青莯气结，扬声说："行了，你去告诉那位管事，两匹布我们收下了。当日飞染借出马匹不过是举手之劳，林世子不必记挂在心上。"他的言下之意，此事到此为止，以后永安侯世子与飞染再无瓜葛。

田大成应声而去，宋青莯又叫住他，一本正经地吩咐："这里是衙门，你得称呼飞染'陶捕快'。"

田大成下意识点点头，又疑惑地抓了抓头发，飞快地跑了。

飞染在屋子里高兴地说："除了师父和白姨，第一次有人给我送礼物呢！也不知道那位世子夫人生的是男孩还是女孩。对了，大人，我要不要还礼呢？"

"不用。"宋青莯摇头。他没有告诉飞染，孩子没能保住，只是意味深长地暗示，"当日你借给永安侯世子的马匹是刑狱衙门的。"

"对哦！"飞染点头。单纯如她哪里想到，宋青莯根本就是讨厌别的男人送她礼物。她慷慨地说，"马匹是衙门的，谢礼当然也是衙门的。不过那位永安侯世子也太老实了，他不过是借用一下马匹，就送回来两匹杭绸。"她皱着眉头说，"大人，我们收下礼物，好像占了他的便宜。"

"不会的。"宋青莯若无其事接过话题，"虽然你抢了我的点心吃，但是念在你替我送点心过来，晚上我让厨子给你做油焖虾子吧。"

"真的吗？"飞染一脸惊喜。鱼虾不易保存，她在山上吃到的机会并不多。

宋青莯故意逗她，摇着头说："还是不要了，晚上吃得太油腻，等过段日子你得暗中埋怨我，让你长胖了。"

"不会的，不会的！"飞染忙不迭摇头，在宋青莯面前转了一个圈，"大人，你看我这么瘦，应该多吃点的。"

宋青莯眼神微暗。飞染比同龄女子略为高挑，再加上捕快的制服极为合身，特别是宽边腰带束着她的纤腰，让她整个人看起来更加修长。

“行了，给你做就是。”他慌忙移开视线。

“大人，中午的时候我闻到酿鸡腿的香味了。”飞染陈述。

“在食盒中你也能闻到香味？你是狗鼻子吗？”宋青莯调侃。

飞染并不在意他的语气，反而笑得更甜了。她并没有特别想吃鸡腿，只是喜欢他笑眯眯地与她说话，不喜欢他皱着眉头。

宋青莯对着她的笑脸，不自然地垂下眼帘。他轻咳一声，严肃地说：“一只鸡只有两条腿，这会儿集市早散了，明日再给你做酿鸡腿。”

“集市散了，所以大人早上就让厨子买了活虾吗？”飞染马上抓住了话中的漏洞。

宋青莯脸上挂不住，嘴硬道：“谁说虾子一定是活的？”

“难道不是吗？”飞染疑惑，“师父虽然不吃荤腥，但她说了，鱼、虾、蟹等等只能吃活的，其他的不新鲜。”

“当然不是。集市上有活虾，自然也有死虾。”宋青莯说得铿锵有力。事实上，别说是市集，他就连自家厨房在哪里都不知道，哪会注意到厨房的菜是否新鲜。

两人说话间，门外一阵喧哗。俞毅匆匆来报，张大宏夫妻在公堂外哭闹，不许衙门挖出他们儿子的尸体。

宋青莯和飞染都知道张大宏。案卷记载，两个多月前，他儿子的尸体在石桥下被发现，京兆府衙门推断他失足摔落石桥身亡，草草结案。

如今，刑狱衙门接受了鲁氏的状纸，宋青莯又觉得张大宏儿子的死因有可疑，于是派衙差通知他们，刑狱司决定开棺验尸。

飞染听到俞毅的话，自告奋勇：“大人，我去劝劝他们。”

俞毅想说，捕快们不知道劝了多少回，但张大宏夫妻压根听不进去。他想要拦住飞染。

宋青莯吩咐他：“让她去吧。”

俞毅目送飞染走远，愁眉苦脸地问：“大人，现在怎么办？没有尸体，就连真正的死因都不知道。如果咱们强行开棺，一定会被人诟病……”

“会有尸体的。”宋青莯打断了他，“鲁氏等人的口供，问得如何了？”

“回大人，属下们按照张半仙所言，又确认了两户受害人家。”俞毅说到这，愤愤地谴责：“那些父母也不知道怎么想的，竟然相信一个骗子。”

“关心则乱，还有人相信，生不入官门死不入地狱呢。”宋青莯并不像俞毅那般激愤，只是平淡地吩咐他，“你传话下去，务必弄清楚受害人确切的失踪日期，尽量找出他们的共同点。除此之外，仔细询问他们的父母，特别是他们的母亲，在他们失踪之前，有没有遇到令她们印象深刻的人，或者发生特别的事。”

俞毅不明白，为什么宋青莯不让他们上街找凶手，反而找受害人，但经验告诉他，宋青莯一定是对的。

不多会儿，山槐满头大汗跑回来，大声回禀：“大人，卑职已经找到发现尸体的人，把他带回了衙门。”

“行了，我知道了。”宋青莯打断了他，“你回家一趟，抓两只鸡交给厨子。”

“鸡？”山槐莫名其妙，“和案子有关吗？”

“没关系。”宋青莯脸不红气不喘，“晚上我想吃酿鸡腿。”他不想让飞染失望。

山槐躬身告退，心中暗忖：大人一向嫌弃鸡肉有怪味，什么时候开始喜欢酿鸡腿了？他得找山柏好好问一问。

俞毅在一旁听着，嘿嘿一笑，又急忙掩饰过去。他口口声声自己是“老实人”，但他可不是田大成那个一条筋。他一早看出，飞染是顶头上司的心尖尖。

之前他一直觉得奇怪，一个活生生的男人，二十一岁的青年才俊，他怎么可能无欲无求。如今他总算明白了，原来宋青莯的心早就被飞染占了。

俞毅离开卷宗室的时候，嘴角几乎咧到耳根。世上没人比宋青莯更聪明，看着这样一个聪明人栽在傻乎乎的小女娃手上，怎能不让人期待！

飞染不知道俞大侠的小心思。她这会儿正苦口婆心劝说张大宏和他的老婆胡氏。不过张氏夫妻压根不听她说话，只是一味坐在刑狱司的大门口嚎哭。飞染又生气又无可奈何，秀气的眉头拧成一个“川”字。

围观的百姓们虽然同情张大宏夫妻，可俗话说得好，刀子不是割在自己身上，哪里知道有多疼。大伙儿多半只是看个热闹。

突然，飞染在人群中看到一个长相极为普通的男人。她隐约觉得，他的神情与其他人不同，却又说不上来哪里不一样。

在八角镇的时候，宋青莯一眼就看出陈五等人心怀不轨。她没有她家大人的火眼金睛，但是那个男人真的很不对劲。

“你！”飞染用水火棍指着人群中的男人。

男人愣了一下，试图不着痕迹地混入人群。

“就是你！”飞染上前一步。她愈加觉得这人形迹可疑，高声呵斥，“就是你，穿褐色衣服那个。”她动作敏捷，声音清脆，水火棍直指男人的面门。

一夕间，所有的目光齐刷刷注视那个男人。

“我？”男人手指自己的鼻子，脸上写满疑惑。

飞染记得俞毅说过，当捕快首先要有气势，才能威慑罪犯。她提起丹田之气，大喝一声：“你叫什么名字，家住哪里？”

飞染自小习武，她这一声呵斥，别说是心虚的男人，就是啼哭不止的胡氏也吓呆了。

男人下意识辩驳：“我是冤枉的，我什么都不知道！”

飞染质问：“我只是问你叫什么名字，你冤枉什么？”

男人微微一愣，讪笑着说：“差大姐……”

“我不是你的大姐。”飞染一本正经地纠正他。

人群一阵哄笑。他们倒不是嘲笑飞染，只是觉得好端端一桩“无良官差欺压善良百姓事件”，突然间就朝着诡异的方向发展了。

捕快们这才注意到，眼前的男人的确很可疑。其中一人大步踏入人群，一把抓住男人的衣领，把他拎了出来。

男人奋力挣扎，趁着捕快不注意，一屁股坐在地上大声叫嚷：“捕快打人了，我只是瞧热闹的，你们凭什么打我？！”

“我们没有打你。”飞染陈述，“上一次，魏六少也像你这样诬陷我。”

男人的叫嚷声戛然而止。昨晚他与一众兄弟嘲笑魏铭细皮嫩肉，被一个小娘们打得口吐鲜血，这会儿如果他落得魏铭一样的下场，以后还有什么脸面在街上混？

飞染一心想着俞毅那句：当一名合格的捕快一定要在气势上压倒罪犯。她左右瞧了瞧。门口的石狮子、廊柱、匾额什么的全都是刑狱衙门的财产。师父教过，自己的东西要爱护，不能随便损毁，这和银子没有关系，是原则。

她的眼珠子转了一圈，想起上次吓唬魏铭的手段，决定如法炮制。她随手拿出一小块碎银子，走到一名樵夫模样的男人面前，客气地询问：“大叔，我能不能买你的扁担？”

话音未落，她把碎银子塞给樵夫，把扁担丢给地上的男人，大声命令：“拿着！”

男人本能地接住扁担，不明其意。

飞染一个纵身飞跃，她手中的水火棍直直朝男人的鼻子横扫过去。

男人吓得屁滚尿流，扔下扁担往后闪躲。

眨眼间，飞染手中的水火棍轻轻拨起扁担。笨重的扁担在空中轻盈地转了几个圈，一道疾风“忽”地飞向扁担。

众人只听到“嘭”的一声巨响，纤细的水火棍在飞染手中来回震动了几下，安然无恙，半空中的扁担断成两截，“咚咚”两声掉在地上。

所有人目瞪口呆，现场鸦雀无声。

飞染脆生生地问：“你还要我打你吗？”

男人张口结舌，只觉得后背凉飕飕的。

飞染高声说：“既然你不要我打你了，那你就好好回答我，你叫什么名字？”

男人哪敢不答，可他的喉咙发不出声音！他叫张青，本来是一名混混，在京兆府的捕头手下讨生活。

今日，他奉命挑唆胡氏和她的丈夫，阻挠宋青莯审案，结果他们已经先一步来到刑狱司。他只能跟了过来。

此时此刻，面对断成两截的扁担，他除了害怕，心中只剩下一个感觉：后悔！

飞染看到他一脸苦相，就是不开口，又见胡氏已经止了眼泪，正站在大门口看她，她把手中的棍子“嘭”的一声戳在地砖上，不耐烦地嘟囔：“不说算了！待会儿让大人审问你。”

她走向胡氏，好声好气地问她：“既然你不哭了，那你能不能告诉我，为什么不让我们家大人开棺验尸？”

张大宏和胡氏早就吓呆了，说不出一个字。

飞染接着又道：“杀人偿命欠债还钱，这是天经地义的事。有人杀了你们的儿子，难道你们不想让凶手偿命吗？”

“三郎……三郎只是不小心……摔下去……”张大宏终于找到了自己的声音。

“胡说！”飞染大声反驳，“大人说，他是被人害死的。”她想到宋青莯在八角镇说过，人类和动物一样，都有直觉。她似是而非地模仿宋青莯，对着胡氏说，“你是三郎的母亲，一定有感觉……人和动物一样，都有感觉……”

大门口，俞毅恰巧看到飞染一棍子劈断一根扁担。他也呆住了，慌忙拉住一名捕快，询问他发生了什么事。

此刻，他听到飞染说得乱七八糟，赶忙走了过去。

胡氏怕极了飞染，咬住嘴唇默默地抹眼泪。张大宏见状，冲飞染嚷嚷：“三郎已经入土为安，谁都不能扰他清静。总之，除非我们死了，否则衙门休想开棺验尸。”

“你们竟然为了一具臭皮囊，任由害死儿子的凶手逍遥法外！”飞染难以理解。

胡氏双手捂着嘴唇，哭得更厉害了。

飞染愈加愤怒，瞪着张大宏夫妻说：“害死你们儿子的凶手可能还在害人，让大人看一眼你们的儿子就能救人。救人一命胜造七级浮屠，难道你们不懂吗？”

胡氏心软了，低声说：“相公，不如……”

“不行，万一让女方知道……”张大宏戛然而止。他们正在给儿子配阴婚。

飞染不知道他们在说什么，但俞毅听明白了。他命令捕快驱散围观的百姓，拉着张大宏夫妻步入大门，低声说：“你们坚决不同意验尸，是怕办冥婚的时候，女方知道你们儿子的死另有隐情？”

“隐情，什么隐情？”鲁豆花夫妻刚被捕快带过来，只听到最后两个字。

张大宏脸色铁青，闭口不言。

鲁氏见状，跪倒在胡氏面前，哀声恳求：“我求求你们了，我的儿子失踪快三个月了，不管是生是死，我只想把他找回来。”

胡氏半跪在地上试图拉起鲁氏，却因为哭得脱了力，跌坐在地上跟着哭了起来。

张大宏的脸色愈加难看，表情却渐渐松动了。

飞染站在一旁怔怔地看着鲁豆花和胡氏。她们是两位伤心欲绝的母亲，为了儿子可以做任何事。她不再生气，但她的心特别难受。

宋青莯说得没错，她很在乎自己是弃婴这件事；她很羡慕鲁豆花和胡氏的儿子。以前，她总是对自己说，她有师父就够了，可现在，就连师父都不在了。

她的父母为什么把她遗弃在净心庵外面？

第 12 章　心慌慌

胡氏同样身为母亲，鲁豆花的眼泪成了压垮她的最后一根稻草。胡氏哭着与张大宏嘀咕几句。张大宏考虑良久，终于向俞毅承认，他们的儿子在死前曾遭遇性侵。

俞毅赶忙把他们带进去面见宋青莯。

在宋青莯承诺，保证他们全家无虞之后，张大宏不只同意了开棺验尸的要求，同时说出，京兆府的捕快威胁他们，深究此事不仅抓不到凶手，只会给他们全家惹上麻烦。

俗话说，民不与官斗。他们一家考虑再三，为了另外两个儿子，这才决定打落牙齿和血吞。

不消一个时辰，捕快们把张大宏儿子的尸体运回了刑狱衙门。

仵作初步检验之后，为难地告诉俞毅，尸体入殓的时候换过衣裳，衣服上没有任何线索。另外，尸体腐烂得厉害，没有办法确认尸体上的伤痕。

俞毅如实向宋青莯禀告。

宋青莯对这样的结果并不惊讶。他吩咐俞毅："你让仵作从骨头的伤痕形态推断，死者是从桥上摔下去的，还是死后被人扔下去的。如果他一时没办法得出结论，让他带上和死者体重差不多的活猪与死猪分别去桥上实验，再比对骨头折断的情况。"

他想了想，又道，"如果因为猪的体态与人不同，无法做出判断，就做几个布偶，把骨头缝在布偶里面，分别尝试头朝下和脚朝下的方式从桥上摔下去。这事让陆仵作牵头，他精通骨伤。"

"对了。"他接着补充，"让田大成在石桥附近转几圈，顺便问一问附近的住户，发现尸体前后几天有没有特别的事发生。"

俞毅领命而去，飞染站在一旁听得云里雾里。不过她喜欢宋青莯说话时的样子，就好像他什么都懂，什么都难不倒他。

宋青莯看到飞染睁着圆溜溜的大眼睛注视自己，很想逗她几句。不过明天就是大朝会，他得准备奏章，到时与赵维明好好"讨论"一下，为什么京兆府的捕快会恐吓受害人家属，命令他们隐瞒案情。

当然，既然他答应张大宏，保他全家周全，他必须兑现承诺。这样一来，奏章的遣词酌句务必慎之再慎。他在朝会上说得轻了，皇上未必重视，说得太重，说不定赵维明恼羞成怒，影响整个案情的推进。

他遣走了飞染，独自一人待在书房草拟奏折。

时间在淡淡的墨香中流逝，宋青莯甚至没有留意到，山柏什么时候进屋点亮了烛台。

翩翩的烛火下，他晾干奏章上的墨迹，又把短短几百字重读了两遍。他正要合上奏章，就看到廊下的灯笼映照出两个人影。他不由自主勾起嘴角。

“大人，我可以进来吗？”飞染双手端着汤盅，示意雪雁替她敲门。

“进来吧。”宋青莯收起奏章，把案卷挪至桌前，仿佛他正在研究案情。

飞染进屋看到一大摞卷宗，关切地说：“大人，师父说，烛火伤眼睛。”她放下汤盅，雪雁已经把餐具拿了出去。

宋青莯心虚地移开案卷。

“咦，我已经吃过晚饭了，山柏为什么准备了两副碗筷？”飞染示意雪雁只留一副碗筷。

宋青莯瞥一眼雪雁。

雪雁心知肚明，山柏特意找飞染送餐，就是为了让她陪伴宋青莯用宵夜。她“啊哟”一声，捂着肚子向飞染告退，慌慌张张走了出去。

飞染对雪雁的行为莫名其妙。不过她一向大大咧咧，也就没有深究，转头向宋青莯道谢：“大人，谢谢你让厨房准备的酿鸡腿。”

“晚上有酿鸡腿吗？”宋青莯假装不知，心中一阵尴尬。他装出不甚在意的模样，随口解释，“大概厨房正好有食材吧。”他绝不会承认，是他特意命令山槐回国公府抓了两只鸡过来。

“原来不是大人吩咐的啊。”飞染信以为真。她侧头想了想，嘟着嘴说，“下午的时候，我看到宋捕快抓了两只鸡去厨房，山槐大哥真是大好人。”

宋青莯一阵胸闷，可他又不能现在改口，闷闷地问她：“山柏让你拿了什么过来？”

“是人参鸡汤。山柏说，他让厨房炖了一晚上。这会儿他有其他的事，一时走不开，就让我拿过来。”飞染一边说，一边揭开汤盅的盖子。

顷刻间，鸡汤的清香夹杂人参特有的香味在房间中弥散开来，隐约中还能闻到淡淡的药材香味。

宋青莯微微皱眉。他不记得自己有没有吃过晚膳，但山柏明明知道，他不喜欢鸡汤，更不喜欢加了药材的鸡汤。

“好香！”飞染舀了一碗鸡汤放在宋青莯面前，“这汤看上去就很好喝，里面不只有人参，还有枸杞、大枣。大人，您快喝。”

“给你喝吧。”宋青莯意兴阑珊。

“我刚刚吃过晚饭。不过……”飞染被鸡汤的香味勾出了食欲，谄笑着说，“如果大人不介意，我也喝小半碗吧。”她笑得眉眼弯弯，伸出手指对宋青莯比了一个“1”。

宋青莯莞尔，把自己面前的汤碗推给她。“这碗给你吧，我不饿。”

“不用，不用。”飞染忙不迭摇头，“我喝小半碗就够了。”她替自己重新倒了一碗，迫不及待地喝了一口。“啊，好烫！”她被汤水烫得直跺脚。

宋青莯无奈地摇头，又觉得好笑。她已经换上了七八成新的褙子，头发编成又粗又黑的发辫，垂落在胸前，看起来像是快要就寝了。

飞染的注意力完全被鸡汤吸引了。她捧着小碗慢慢吹气，一小口一小口抿着汤水，眉宇间满是笑意，嘴角微微上翘，专注地沉浸在美食中。

“真的这么好喝吗？”宋青莯觉得不可思议。

“是啊！”飞染用力点头，心无旁骛地继续喝汤。

宋青莯将信将疑地端起自己面前的汤碗，试探着喝了一口。这碗鸡汤好像确实没有记忆中的怪味，是他心理作用吗？他再饮一口，抬头看到飞染压根不搭理他，他只能低头继续喝汤。

半碗热汤下肚，宋青莯的胃终于有了知觉，精神也放松下来。他状似不经意地询问：“陶妈妈一直跟着你师父，她是你师父的丫鬟吗？”

“应该是吧。”飞染点点头，“不过陶妈妈一向都是照顾我比较多。她什么都会，我比较像师父，除了练武、看书、习字，其他的都不会。”

宋青莯隐约觉得，陶氏对飞染有一种特别的关心，对息嗔师太反倒没有那么上心。他追问：“陶妈妈和你师父亲近吗？”

“怎么样才算亲近？”飞染反问。

“就是陶妈妈更喜欢你，还是喜欢你的师父？”

“当然更喜欢我呀。”飞染顽皮地挤了挤眼睛，“师父除了教我功课，其他时候都是一个人念经，陶妈妈跟着我的时间比较长，自然更喜欢我。”说话间，她从汤盅内夹出一只鸡翅放在宋青莯的汤碗中。

“你自己吃吧。”宋青莯想要把鸡翅还给她。

“大人，虽然我只是借花献佛，但我是真心的。”飞染的语气无比真诚，“其实就算山柏不来找我，我也想找大人说话呢。”

“你想对我说什么？”宋青莯表面上镇定自若，心头却生出莫名的躁动。他紧张地看着飞染，期待她的下文。

“我……”飞染的脸颊慢慢染上一层红晕。她准备了很多话。早前，她在自己房里已经演练过好多回，把想说的话背得滚瓜烂熟。此时此刻，被他这样盯着猛瞧，她的脑子一片空白，舌头就像打结了一般。

宋青莯看到她吞吞吐吐，不由得更紧张了。

炙人的静默中，他们四目相接，又不约而同移开视线。空气中弥散着鸡汤的香味，窗外则是繁星点点的夜空，隐约可以听到有节奏的更鼓声，仿佛正在敲击他们的心。

“时辰不早了，我应该回家了，明天一早还得上早朝。”宋青莯说完这话立马就后悔了。

“那个，其实我只是想告诉大人，您是大好人。”飞染说得又急又快。

“你只是想说这个？”宋青莯很失望。他知道，因为他帮过飞染，飞染认定他是大好人。他更加知道，所有人都认为他冷酷无情，办案不择手段，在背后称呼他“鬼面判官”，骂他黑心肠。

这个世上，大概只有飞染和他的母亲才会相信，他是好人吧？

“走吧，桌上的东西会有人收拾的。”宋青莯站起身，打开房门往外走。

飞染急忙跟了上去，站在门口左右瞧了瞧，院子内并不见雪雁，也没有其他人。

她快走几步拦住宋青莯，仰着头重申：“大人，我说的是真心话！不管别人怎么想，怎么说，在我心里，大人都是世上最好的好人。”

“是，我是大好人。”宋青莯叹息，“我帮你找到了害死你师父的凶手，所以我是好人。”

“不是的，不是这样的！”飞染有些急了。

宋青莯低头审视她。月光倾泻而下，在她的脸颊镀上了一层洁白的光晕。她的眼中满满都是信任，他却欺骗了她。将来的某一天，当她发现，害死她师父的凶手并不是赵奎，她还会觉得，他是大好人吗？

宋青莯目光灼灼，飞染像受惊的小白兔，一连后退三步。她低声抗议：“你不要这样看着我！”他的注视让她心慌意乱，她恨不得蒙上他的眼睛。

宋青莯了解罪犯，却不了解女人。飞染的闪躲让他很受伤。他一本正经地说：“明日，我午时左右才能回衙门，上午你就在卷宗室，把每个受害人的资料整理一遍。不要乱跑，也不要找俞毅比武，知道吗？”

飞染点点头。

“那……我走了。”宋青莯举步往外走。

飞染看着他的背影，忽然觉得心疼。明明她家大人做的都是好事，可是别人却在背后说他心肠硬，为了破案往别人的伤口上撒盐，还做出开棺验尸的缺德事。

事实明明不是这样的！

她脱口而出：“大人，我知道，你让鲁大嫂去求张大宏他们，因为你想抓住凶手。你不是像别人说的那样，故意揭开他们的伤疤。张大宏一家的确很伤心，很可怜，可是一时的伤心总好过找不到凶手，又有其他人遇害。张大宏的儿子已经死了，活人比死人重要，所以大人没有做错！”

宋青莯停下脚步，惊讶地转过身。

飞染双手揪扯自己的发辫，低头盯着脚尖，就像做错事的小孩。

“为什么突然对我说这些？”宋青莯心绪翻腾。

“那个……”飞染结结巴巴，“我听到别人在背后议论……虽然师父说，不用在乎无关紧要的人……可是我怕大人听到那些话，心里难受……”

“你怕我心里难受？”宋青莯走回飞染身前。

飞染点点头，懊恼地说：“本来，我想说的不是这些。我想了一晚上，我想告诉大人，大多数人都明白，您做的事仅仅是‘两害取其轻’，以后，大家就会明白您的苦心。”

“为什么怕我心里难受？”宋青莯追问。

“这个，有什么吗？”飞染茫然地抬起头。宋青莯背对月光，她看不清他的表情。他太高了，几乎把她笼罩在他的影子下。她一阵心慌，悄悄后退一小步。

宋青莯想也没想，双手抓住她的肩膀。他上前一大步，急切地逼问她：“除了刚才那些话，你还想对我说什么？”

“我还想说什么？”飞染下意识重复他的问题，茫然地看着他。她家大人长得真漂亮，简直闭月羞花。

宋青莯紧紧抓住飞染的肩膀，拇指慢慢摩挲她的衣服。他以为她的心里只有息嗔师太，她早就忘记她的“三哥哥”。他以为，她再也不会像小尾巴一样跟着他，更不会关心他。

即便她不记得，他是她的“三哥哥”，她依旧关心他。他恨不得像小时候那样，抱着她在原地转圈。

转念再想想，他的飞染从小就傻乎乎的，只知道吃和玩，动不动就哭鼻子。因为这样，他才决定保护她，她怎么会说出那样的话？

他试探着问：“飞染，那些话是不是别人教你的？”

“不是啊！”飞染摇头，“都是我自己想的。”

宋青莯一言不发，默默地注视她。

多少年了，所有人都只看到他的冷酷无情。可是如果他不够狠心，又怎么能够抓住凶手，阻止他们继续作案呢？

飞染试着安慰他：“大人，你不要难过了……”

“我没有难过，我什么时候难过了！”宋青莯心虚了。每当他面对那些丧心病狂的罪案，他总是对自己说，不管是凶手还是受害人，对他而言都是无关紧要的人。可他终究只是一个普通人，他也有喜怒哀乐。

飞染疑惑地眨眨眼睛，顺着他的话说：“你不难过，那就是我看错了。反正，大人在我心里永远都是大好人。好了，我说完了。”她如释重负，催促宋青莯，“大人，你快回家吧。”她扭了扭肩膀，示意他放手。

宋青莯不愿意松手。他说不清楚充盈在胸口的东西是什么，他也不知道自己想怎么样。但有一件事他很清楚，这一刻他不想走，不想就这样回家。

他陈述：“你应该听说了，我把鲍氏判了秋后处斩。”他的眼睛眨也不眨盯着飞染。他在期待，却又不知道自己在期待什么。

飞染早已知道宋青莯对鲍氏一案的判决。她反问：“所以呢？”

宋青莯试探飞染：“京兆府尹觉得，我的判决太重了。确切地说，世人大多认为，子女的性命是父母赐予的，父母有权力收回去。”

飞染摸不着头脑，愣愣地反问：“杀人偿命欠债还钱，难道不是这样吗？”

“是，杀人偿命欠债还钱。”宋青莯轻笑，“飞染，谢谢你刚才对我说的那些话。”

“不客气。”飞染再次扭了扭肩膀，“大人，你说话就说话，不要抓着我的肩膀。”

宋青莯没有松手，因为舍不得，他甚至想碰一碰她，或者像小时候那样，故意捏她的脸蛋。

他问飞染：“你想不想知道，我如何得知鲁氏被张半仙骗了很多银子？”

飞染立马被他转移了注意力。她好奇地问：“大人，你不说我都忘了问，你到底是怎么发现的？”

宋青莯低头注视她。

夏末的深夜，凉风习习，月光似透明的薄纱笼罩万物，温柔地亲吻大地。

寂静的小院，两个人的影子在青石地砖上交叠纠缠。树叶的沙沙声，伴随昆虫的鸣叫，仿佛抑扬顿挫的小夜曲，往空气中泼洒欢愉的气息。

宋青莯的目光落在飞染圆润的耳垂上。她的耳朵小巧精致，耳垂却有他的拇指那么大。她的皮肤白皙细腻，无论是珍珠、翡翠，还是红宝石，戴在她的耳朵上，一定能烘托她纤细的脖颈吧？

他的目光移向她的脖子，只看到纯白的中衣外面，湖绿色的交领褙子严严实实遮住了她的肌肤。

宋青莯有些失望，视线顺着褙子的绲边移向她的领口，慢慢往下。她的衣服很合身，他可以清楚地看到微微隆起的胸部……

“大人，你怎么了？”飞染伸手擦了擦脸颊，低头检视自己的衣服，“我刚洗过澡，换了衣服，我的脸又弄脏了吗？”

“别动！”宋青莯心虚地别开视线。可飞染的话触动了他的嗅觉，他闻到了皂角混合羊奶的香味。这是只属于她的独特气息。他想要靠近她，想要呼吸属于她的味道，可是飞染是他的妹妹啊！

“大人，你先放手啦！”飞染试图挣脱他的钳制。

宋青莯差点就松手了，可他的心底又生起小小的不甘。如果只是像小时候那样，轻轻地捏一下她的脸蛋，应该无伤大雅吧？

飞染在尼姑庵长大，别说是男女之情，就是对男女之别也懵懵懂懂。可是在宋青莯灼热的目光下，她的女性自我保护意识渐渐占了上风。她仰起小脸威胁宋青莯："大人，如果你再不放开我，我……我一拳将你打飞哦！"

宋青莯只当没有听到她的威胁，他一本正经地扯谎："我发现鲁氏被骗，因为她的耳垂。"

说话间，他用指腹捏住飞染的耳垂，指关节紧贴她的耳根。顷刻间，温热滑腻的感觉从她的肌肤沁入他的指间。她的耳垂略带凉意，那丝丝缕缕的微凉触感从他的手指间蔓延开来，萦绕在他的心头。

飞染双颊酡红，慌忙垂下眼眸。她心慌意乱，甚至忘了自己会武功。

宋青莯注视她娇羞的模样，想要紧紧拥抱她。他几乎快要付诸行动了，理智最终还是占了上风。他的右手从她的耳根滑向她的下颚，慢慢抬起她的脸颊。

"是她的耳垂。"他的声音低沉醇厚，似醉人的美酒。

"什么？"飞染呆呆地反问，脱口而出，"大人的眼睛真漂亮。"

宋青莯眼中的笑意更浓，一本正经地解释："鲁氏的耳垂微微耷拉，耳洞很明显，她应该自小佩戴耳环，而且她家请了伙计，条件应该不差。可是她跪在公堂上的时候，全身上下不只没有半件首饰，衣裳也很旧，很不合身，想来她为了找回儿子，已经倾尽所有……"

"你，你只是推测罢了！"飞染不知所措，心口跳得厉害，都不知道双手应该放在哪里。

宋青莯的左手从她的肩膀滑至后背。隔着薄薄的衣裳，他的手掌感受到她的体温。他的脑海中突然冒出一个念头：如果他亲了她，她会有什么反应？

不知不觉中，他悄然上前半步，地上的影子几乎重叠在一起。

飞染突然跳开一大步，高声说："大人，你不要靠我这么近，很热耶！"她的脸颊快烧起来了。

宋青莯回过神，脸上也一阵火辣辣的。

飞染恨不得夺路而逃，可是她又没有做错任何事。她冲宋青莯比拳头，再次重申："大人，我不喜欢别人靠我那么近，更不喜欢别人动手动脚。以后不可以像刚才那样了，否则，不要以为你是大人，我就不敢打你，我的武功很厉害哦！"

"你觉得你能打赢我？"宋青莯突然很想让她知道，俞毅根本不值得她崇拜。就算她不会武功，他也有能力保护她。他会兑现承诺，一辈子保护她。

他急切地上前一步，"飞染……"

"你不要过来！"飞染慌慌张张后退，"俞捕头说，你是上官，我们都应该尊敬你，听你的话，但是你不能欺负我，不然我也会生气的。"

"小的时候，你不是这样说的。"宋青莯的心头一阵激荡，"那时候你对我说，因为你喜欢我，才会故意被我欺负……"

“你胡说！”飞染摇头，“师父教过我，我不能欺负别人，也不能被别人欺负！”

“飞染，你仔细回想一下。”宋青莯一步一步逼近她。撇开理智，他依旧希望她能够记起，只属于他们的幼年时光。

“你不要再过来了，我真的要生气了。”飞染的背“咚”的一声磕在了院中的大树上。她戒备地瞪着宋青莯。

宋青莯苦笑。他竟然沦落为调戏良家妇女的纨绔。他后退两步不疾不徐地说：“你不是说，你的武功很厉害吗？如果你真的生气，不是应该揍我一顿吗？”

“对哦！”飞染抬头挺胸站直身体，又不屑地说，“你不会武功，揍你，我胜之不武！”

宋青莯决心向她坦白，故意说道：“谁胜谁负比过才知道。”

“我，我才不会以大欺小呢！”飞染故意高高抬起下巴。她不是不敢揍他，是她不敢靠近他，她害怕心慌意乱的感觉。

沉默的僵持中，远远传来山柏的声音：“两位姐姐在院子门口干什么？”

飞染仿佛发现了救星，大声叫嚷：“雪雁、芷兰，我在这里，我们快回去睡觉了，我好困！”她使出轻功，三两下蹦出院子，落荒而逃。

山柏与飞染擦肩而过。他奇怪地问：“三爷，陶捕快怎么了？”

“多事！”宋青莯心虚地斥责一声。

山柏摸摸鼻子，低头腹诽：我又没说什么，主子的脾气真是越来越奇怪了。

宋青莯遥望飞染消失的方向，突然打了一个激灵。他这是怎么了？她是他的飞染妹妹啊，是他最重视的人，他不能。不能什么？为什么不能？

第一次，宋青莯迷茫了，他想不出答案，甚至不知道自己的问题是什么。他烦躁地吩咐：“今晚不坐马车，我想骑马回去。”他迫切需要冷静一下。

回廊的尽头，飞染逃命一般飞奔回到小院，“嗖”的一声窜入自己的卧房，背靠着门直喘气。她闭上眼睛，脑海中挥之不去宋青莯注视自己的眼神。她用双手捂住发烫的脸颊，却无法抑制纷乱的心跳。

“下次他再敢这样看我，我就揍他。”她重重点头，握紧拳头发誓，“对，他再敢动手动脚，我一定狠狠地揍他！”

另一厢，宋青莯策马离开刑狱司，一路疾驰回到国公府。可惜，冷风无法令他冷静，反而让他一身臭汗，心中更是烦躁郁闷。

他随手把马鞭扔给下人，大步走回自己的院子，看到正屋灯火通明。

不需要下人回禀，宋青莯马上知道，母亲正在等他。他对守门的婆子比一个噤声的手势，想要偷偷避出去换一身干净衣裳，房门“嘭”的一声打开了。

“你去哪里？”白珺若怒气冲冲朝儿子走去。下人们立时吓得作鸟兽散去，偌大的院子只剩下母子二人。

宋青菻一阵头痛。他的脑子乱糟糟的，实在没有心情陪母亲耍花腔。

“不要摆这副脸孔给我看！你是我生的，我还不知道嘛，你就是典型的外强中干。”

宋青菻知道，母亲深夜等他，一定又想逼婚。他没有心情与母亲周旋，他迫切需要冷静地想一想，他和飞染之间的种种。他恭敬地说：“母亲，父亲呢？不如我陪您……”

“别想用你的父亲支开我！”白珺若抓住儿子的衣袖，拖着他往屋子里走，嘴里碎碎叨叨，“我就不信，那么多好姑娘，你一个都看不顺眼？我告诉你，除非你明明白白说清楚，你喜欢男人，一辈子不娶妻……”

宋青菻装可怜：“母亲，我很累，明天还要上早朝……”

白珺若抢白：“我比你更累！你当官才几天，我当你母亲可有二十一年了！”她拽着宋青菻走到桌前，抓起一大摞少女画像，旧事重提，“选一个，我明天遣媒人去提亲！”

宋青菻找借口拖延：“母亲，成亲是大事，不能儿戏……”

“别跟我说儿戏不儿戏的，我操心你婚事四五年了，军队出征也该凯旋了。告诉你，你再挑，再挑也挑不出三个眼睛两个鼻子的女人！”

“母亲，不如你把画像留下，我慢慢看。”

白珺若横他一眼，脸上明明白白写着：你别想忽悠我，今晚你就给老娘选一个看得顺眼的！

她随手翻出一幅画像，“啪”的一声拍在桌上，不容置疑地说：“如果你选不出来，就这个了，我和飞染都觉得她不错，看起来温顺又乖巧，一看就是有福气的。”

宋青菻轻抿嘴唇，转头打量画像上的少女。

客观地说，少女长得端庄秀气，五官称不上明艳，却也美丽秀雅。不过她这般直挺挺坐着，未免太呆板了。

“母亲，飞染说，让我娶这个女人？”宋青菻一字一顿。

白珺若点头，苦口婆心地劝说：“三郎，你都二十一岁了，老大不小了，就连飞染都替你着急。”她决定动之以情，晓之以理，“母亲年纪大了，等办完你的婚事，还得仔细替飞染挑一个好夫婿。你是无所谓，晚两年成亲，总还有小姑娘愿意跟你，可女人的花样年纪就那么几年，你也不想因为你的婚事，耽误了飞染的终身大事吧？”

“我和她，从来都不是兄妹！”宋青菻几乎咬牙切齿。

“怎么不是兄妹！”白珺若并没有发现，宋青菻已经恼恨到极点。她絮絮叨叨说，“小时候你一口一个妹妹，难道你都忘了？一旦证实她不是甄彦行的女儿，我马上认她当女儿。我已经对你大哥说了，让他打听清楚今年秋闱那班学子的身世。你爹也答应我，替飞染的未来夫婿在京里谋一个差事，以后我们也好照应她。”

白珺若说得有鼻子有眼，全然不顾宋青菻的脸都黑了。她笑眯眯地表示：“你们男人不懂，娶媳妇和嫁女儿不同。媳妇总归是娶进门，可女儿是嫁入别人家，得有娘家给她撑腰，不然会被夫家看轻的。她的嫁妆自不必说，将来她生了孩子，外孙百日、周岁，外婆应该预备的东西可多了，这可关系着他们母子在婆家的地位……”

宋青莯气急，不得不提醒白珺若：“母亲，飞染才十五岁！”

“什么‘才’十五岁，是十五岁正好！等秋闱过后，我们替她把亲事定下，明年就可以成亲了。再过一年飞染就十七岁了，差不多准备怀第一胎。”白珺若说得有鼻子有眼。突然，她又表情一凛，指着画像说，“总之，你得在秋闱之前定亲，绝不能耽误了飞染！”

“母亲，我才是你的亲生儿子吧？”宋青莯快气疯了。

白珺若瞥他一眼，忽然觉得自己的相公真是太聪明了。她按他教的，理直气壮地说：“你是我们的亲生儿子，但你大哥、二哥也是，他们还给我们生了孙子孙女呢，你矫情什么！”

宋青莯被白珺若噎得说不出话，心道：母亲一向说风就是雨，不会明天就把飞染嫁了吧？

不行，他决不能让这样的事情发生！

宋青莯心绪烦乱，低声恳求：“母亲，我一路骑马回家，你看，额头都是汗。”他作势擦了擦额头，“母亲，能不能容我换一身衣裳？”

“我知道，你又想支开我。”白珺若又是生气，又是无奈。这会儿她若是走了，今日的话题恐怕又要不了了之。可是儿子满头大汗，这一冷一热，不洗个热水澡，万一受了风寒，她会心疼的。

白珺若走了，宋青莯拿起桌上的画像，咬着牙自言自语：“你要我娶她，是吗？”他仿佛看到飞染对着他猛点头，黑白分明的眼眸满是期待，他的脸色顿时难看了几分。

不多会儿，小厮回报，热水已经准备妥当，宋青莯把整摞画像扔进抽屉里面，泄愤一般用书册压住，这才走入内间。

氤氲的雾气中，他仿佛看到飞染手足无措低着头，满脸红霞。那一刻，他真心想要拥抱她，想要亲吻她。他几乎付诸行动了。这是他第一次想要亲吻一个女人，因为她长得漂亮？还是因为她说的那些话让他很感动？

宋青莯闭上眼睛，眼前挥不去她拒他于千里之外的举动。他很生气。小时候的他们亲密无间，为什么现在的她那么排斥他？

转念间，他又想到她说的那些话。所有人都觉得，他的心犹如被浓黑的墨汁染过，只有她一再坚称，他是好人。

所有人，包括他的父母，大家全都认定，他是天之骄子，他的人生顺遂无忧。只有飞染想要安慰他，告诉他不要难过了。

据说，唯有真心喜欢一个人，才会盲目地只看到对方的优点，才会在意对方的喜怒哀乐。怎么样才算真心喜欢？

宋青莯在热水中胡思乱想之际，飞染正在床上辗转反侧。她的手捂着胸口，一会儿躺下，一会儿坐起。

为什么她总是想到他看她的眼神？为什么她的心“怦怦”乱跳？她不会是生病了吧？

芷兰自小习武，耳聪目明。她睡在外间，被床板的“咯吱”声折磨得不行，隔着门板询问：“小姐，您没事吧？”

“没事，你们不用理我。”飞染索性站起身，气呼呼地走到门外，一屁股坐在台阶上。

芷兰和雪雁慌忙跟了出来，守在她身后。

“你们有没有觉得，大人很奇怪？”飞染嘟着嘴问。

两个丫鬟面面相觑，不敢回答。

“算了，你们让我一个人待会儿。”飞染双手抱膝，下巴搁在膝盖上，眼巴巴盯着晦暗不明的花影。

夜越来越深，草叶尖儿上的露水开始凝结，雾气也在不知不觉中模糊了飞染的视线。

“我好想师父。”她喃喃自语，“现在，我真的变成孤儿了。”

许久，她猛地站起身，用力擦去眼角的泪光，又颓然地耷拉下肩膀。她转身回房，躺在床上自言自语：“如果他再敢那样对我，我就揍他！”

她折腾到四更天才迷迷糊糊睡过去，第二天早上自然起不来。

衙门那边没人敢催促飞染上工，田大成倒是想叫她起床，被俞毅一句话拍熄了。

小院内，陶氏在飞染的卧房外徘徊，满腹愁绪。芷兰面无表情地告诉她，宋青莯和白珺若都吩咐过，飞染喜欢怎么样就怎么样，没人可以拘束她，特别是她们做下人的。

时近巳时，飞染揉着眼睛打开房门，看到白珺若在院子里指挥下人搬运盆栽。

“白姨！”她急忙上前行礼，红着脸道歉，“对不起，我起晚了……”

“傻孩子！”白珺若亲昵地握住她的手背，“你又不是男子，不需要悬梁刺股、建功立业。这女孩子啊，就该娇养着，多睡一会儿是应该的。”

她说得理所当然，又扬声吩咐下人好好摆放花草，回头对飞染解释，“三郎不懂，这女孩子的院子，就该多些花花草草。之前他硬是不让我插手，不然我早就让他们摆上了。对了，明日我再命人送些小玩意过来，给你装扮屋子。”

“白姨，不用了。”飞染连连摇头，“我很快就要回山上……”

“胡说！”白珺若立马不乐意了，“就算你不想当捕快了，也是随我回家里住。”她完全不给飞染反驳的机会，转头吩咐两个丫鬟，“你们傻站着干吗，快去打水服侍飞染洗脸，再把我刚拿来的衣裳给飞染换上。”

她拉着飞染往屋里走，笑着说，“那身衣裳绣娘昨夜才赶制出来，你看了一定喜欢。”

不多会儿，飞染看到雪雁手中的新衣，惊呆了。

白珺若穿着绛红色立领上襦。这上襦不同于平常市面上所见，加入了不少胡衣的风味，袖口被两块雕着暗花的皮革包裹，腰间也是同色的皮质腰带。她的裙子看起来像是普通的马面裙，却比一般的裙子短了一截，露出棕色的马靴。

飞染不得不承认，白珺若这身打扮距离“端庄”一词相去甚远，不过这身衣裳确实让人眼前一亮。

白珺若为她准备的那套衣裳，款式几乎与她的一模一样，但衣料的颜色是更为鲜嫩的妃色，在腰带、衣襟等处多了一些活泼的小饰物。

“快去穿上给我瞧瞧！”白珺若轻轻推了飞染一下，“待会儿我们一起出门饮早茶。”

“白姨，大人吩咐……”

“他上朝去了，不用理会他。”话毕，白珺若再次催促飞染快去换衣裳，嘴里嘀嘀咕咕抱怨，“以前，我和你师父在北边的时候，经常穿着一模一样的衣裳去骑马。那时候我们一口气能跑几十里，哪像现在这样，去哪里都只能坐马车。”

第13章　男女有别

天蒙蒙亮，宋青莯就去上早朝了。他先是在大殿上与赵维明明争暗辩，之后又被皇上叫去了御书房。

他知道，皇上对他的奏折很满意，于是觍着脸向皇上讨了一盒御用糕点。

午后，他兴冲冲折返刑狱司，一路上幻想着飞染看到点心的高兴模样，结果飞染竟然一早就随他的母亲出门了，玩得乐不思蜀。

顷刻间，新仇旧恨涌上宋青莯的心头。昨晚，他的母亲明明白白告诉他，飞染同样觉得，那名闺秀很适合当他的妻子。

她们不会替他相亲去了吧？

想到这，宋青莯脸色微沉。以他母亲的不靠谱，此事确有可能！

“她们有没有交代去哪儿了？”他问俞毅。

俞毅“呵呵”一笑，答道：“大人，卑职哪敢过问夫人的去处，只看到夫人和陶捕快穿着一模一样的衣裳上了马车，想来应该不是回国公府。”他顿了顿，意味深长地说，“没想到陶捕快打扮起来，和夫人竟有几分神似。那两身衣裳，真是让人过目难忘。”

宋青莯右手握拳，恼恨到了极点。他了解自己的母亲，她们定然穿得非常招人眼。飞染本就长得漂亮，这会儿被他母亲带着招摇过市，说不定明日就有人上门提亲。

他想着母亲昨晚那些话，恨不得立马把飞染拎回衙门，可京城这么大，他去哪儿找人？

宋青莯回到书房，拿出盒子中的点心，心道：既然你出门玩了，就不必替你留点心了！

他愤愤地咬一口，又嫌弃地扔下，气呼呼地抱怨："什么宫廷御点，甜得腻人，只有没长大的孩子才喜欢甜点。"

远在糖水铺的飞染自然不知道宋青莯正在恼恨自己。她舀一勺杨枝甘露放入嘴里，笑得眼睛眯成一条缝。杨枝甘露太好吃了，冰凉沁心，带着淡淡的香气，简直是极品。

白珺若看她吃得津津有味，眼中的笑意更深了几分。半晌儿，她悠悠感叹："要是三郎有你一半的胃口就好了。以前啊，我真担心他把自己饿死，只能叮嘱山柏盯着他的三餐。"

飞染想说，大人胃口挺好的，经常抢她的东西吃。她笑了笑，再舀一勺糖水放入嘴里，令人愉悦的甜味让她整个人充满了幸福感。

飞染由衷地赞叹："白姨，你带我吃的这些东西，真好吃，都是我以前没有吃过的。"

白珺若一阵感伤，恨恨地说："如果不是甄彦行那个白眼狼，你们师徒怎会在山上过清苦的日子。"话音未落，她自知失言，急忙改口，"你师父在山上住了十几年，心里一定不痛快。"

飞染想了想，摇着头说："师父没有不高兴。她说过，怨恨只会让日子过得更艰难，苦了自己。不管什么事，不管什么时候，都要学会'放下'。"

白珺若叹一口气，忽然听到门外传来一阵脚步声。国公府的下人回禀，甄彦行恰巧来了糖水铺子。

一听这话，白珺若讪讪地说，朝会肯定已经散了，她们也该回去了。

两人往铺子外面走。白珺若自认行得正坐得直，没有刻意避开甄彦行。飞染跟在她身后，一时好奇忍不住偷瞄甄彦行。

与她想象中的白面书生不同，甄彦行比宋青莯稍矮，长得也算高大。远远看过去，他五官端正，保养得宜，年轻时必定也是翩翩佳公子。

甄彦行同样看到了白珺若，神色略显尴尬，并没有主动打招呼。

"彦行兄！"店铺外面，有人与甄彦行打招呼。

飞染循声看去，就见林瑾明正步下马车。她心中犹豫，不知道是否应该当面谢谢他的杭绸，林瑾明的目光已经掠过飞染，落在甄彦行身上，仿佛压根没有看到她。

白珺若注意到飞染的小动作，低声询问："飞染，你认识永安侯世子？"

飞染点点头，把前因后果说了一遍。

白珺若坐上马车，低声叹息："我与林家不熟，不过他的夫人我倒是见过几次。她虽然是庶出，毕竟是陆家的女儿，容貌举止无可挑剔不说，更是一个玲珑剔透的人儿。可惜……"

她惋惜地摇头，"她的命不好，这么多年竟然没一个孩子能够养大，这一次又……"

她再叹一口气。虽然她时常遗憾，唯一的女儿夭折了，可相比永安侯世子夫人陆萱，她觉得自己太幸运了。

飞染透过车帘的缝隙朝糖水铺子看去，林瑾明正与甄彦行说话。她觉得林瑾明正在看自己，又觉得没有，侧头仔细看了看。

“怎么了？”白珺若侧目。

“没有。”飞染摇头，“孩子没了，林世子好像不怎么伤心，也可能他在心里伤心难过。那天在树林里，他看起来挺着急的。”

“伤心是肯定的，但孩子毕竟不是他怀胎十月生下的。”白珺若又是一阵唏嘘，“再说他早就有了庶子……算了，不说这些。”她拍了拍飞染的手背，信誓旦旦地说，“你放心，我和你伯伯替你挑选夫婿，首先一定挑品性好的……”

飞染赶忙回绝：“白姨，我才不要嫁人，以后我要回山上……”

“又胡说！”白珺若不容置疑地打断了飞染，“这几年，阿瑶不让我上山探望你们，但是在我心里，你一直是我的女儿。我怎么都不会让你和阿瑶一样，在庵堂过清苦的日子。”

飞染侧着头说：“可是我不觉得清苦啊！师父经常对陶妈妈说，子非鱼焉知鱼之乐，做人要知足常乐，既然选了，就不能后悔什么的。”

白珺若“扑哧”轻笑，低声说：“你还小，不懂什么是喜欢。等你喜欢上一个人，就知道什么是心心念念，什么是恨不得与他日日厮守在一起。到时候，恐怕你连白姨都不认得了。”

“怎么会！”飞染断然摇头，脆生生地说，“我知道什么是喜欢，我有喜欢的人，有很多个！”她掰着指头细数，“我喜欢师父，我喜欢白姨，喜欢俞捕头，也喜欢宋捕快……”

“咦，你不喜欢三郎？”白珺若注意到她故意跳过了宋青莯，“他是不是欺负你了？你告诉白姨，白姨替你出气……”

“那倒没有。”飞染低下头，手指拨弄衣襟。昨晚她是挺气恼的，可她总觉得，昨晚的事不应该对其他人提起。

“臭小子是不是对你冷言冷语，终日绷着一张臭脸？”白珺若一脸同仇敌忾的表情。可宋青莯毕竟是她的亲生儿子，她又忍不住替他解释，“其实他就是面冷心热，说话难听，心肠可好了，为人又细心。”

“是的。”飞染重重点头，“大人是大好人，他不只帮着鲁大嫂找儿子，还想办法帮他们夫妻和好呢！”

“鲁大嫂？是衙门的案子吗？”白珺若兴致盎然。世上的母亲都喜欢听别人夸奖自己的儿子。

飞染叽叽喳喳把事情的经过说了一遍，愈加觉得宋青莯是大好人，她应该大人有大量，原谅他昨晚的行为，最多他下次再敢动手动脚，她一拳把他打飞。

这般想着，飞染不再纠结昨晚的事，反而迫不及待想要马上见到宋青莯。

马车大约走了小半个时辰，在刑狱司外面停下。飞染跳下马车，目送车子返回国公府，急巴巴地询问守门的衙差："大人回来了吗？"

她看到衙差点头，一路小跑来到宋青莯的书房，用力敲了两下房门，大声询问："大人，我可以进来吗？"

宋青莯好不容易静下心，突然听她的声音，隐隐的不满又从心底升起。他看一眼时间，已经过申时了，她居然这会儿才回来！

"进来！"他低下头，作势翻阅卷宗。

飞染推门而入，身上的环佩随着她的脚步"叮咚"作响。她讨好地笑了笑，歉意地说："大人，对不起，我没有把你交代的事情做好。我马上就去卷宗室，保证在晚饭前完成任务。"以前她惹师父生气了，也是这般认错，恳求师父原谅她。

宋青莯抬头看她，微微眯眼。她穿着妃色的衣裙，整个人看起来鲜嫩又活泼，皮带与皮靴又让她多了几分野性美。她的脸颊红扑扑的，腰间的佩玉随着她的动作轻轻摇曳。她或许稚嫩，却是灵动又耀眼的，简直光彩夺目。

他沉声说："先去把衣服换了。"

飞染点点头，转身往外跑。

"等一下！"宋青莯想到一件更重要的事，"你今天都见了哪些人？"如果母亲真的带她去相亲，他必须把一切扼杀在摇篮中。

飞染想了想，疑惑地问："我见到了很多人，需要一一向大人汇报吗？"

宋青莯点点头，满脸正色。

飞染掰着手指历数："我先是见到了点心铺的老板，然后是绸缎庄子的女管事，胭脂铺的掌柜，后来还有酒楼的小二……"

宋青莯默默听着，表情略缓。半晌儿，他正要吩咐她赶快回去换衣服，飞染话锋一转，说道："对了，我还看到了驸马和林世子，不过我没有和他们说话。"

"你见到甄彦行和林瑾明了？"宋青莯错愕，急忙让她讲述事情的始末。他不喜欢飞染与林瑾明再有接触，不过他更担心母亲会当众给甄彦行难堪。

回过头想想，他突然发现甄彦行也挺"妙"的。这十多年来，甄彦行默认莫须有的罪名，对他的母亲能避就避，不能避的时候也都客客气气的，仿佛真是他做了亏心事。

果然，人心是最难懂的！

宋青莯听完飞染的叙述，一本正经地吩咐她："你先去换衣裳，然后再来找我。以后不是沐休的日子，只能在衙门待命，知道了吗？"

飞染烦恼地询问："如果白姨来了呢？"

宋青莯抿嘴。他不喜欢自己回到衙门的时候看不到她，可她看起来很快乐，两只眼睛亮晶晶的。他问：“你很喜欢和母亲出门吗？”

“白姨带我吃的东西很好吃，都是我没吃过的。”

“你去换衣裳吧。”宋青莯无力吐槽。他深刻怀疑，是不是只要有好吃的食物就能把她拐走。

须臾，飞染匆匆换了衣裳折返，发现宋青莯已经整理完被害人的资料。她心生愧疚，连声说，她可以帮忙整理受害人家属的口供。

她的话音未落，宋青莯扔下一叠卷宗，吩咐她坐到一旁誊写。

飞染赶忙端端正正地坐在窗口，目不斜视握笔疾书。

宋青莯时不时转头偷瞄她，反倒无法集中精神。其实，他只想让她待在自己身边，他一抬头就能看到她的地方。

飞染抄写了一个多时辰，再也忍不住倦意，一连打了好几个哈欠。一整个白天，她又是吃又是逛，这会儿静下心来，怎么能不犯困？

当宋青莯再一次抬头，就看到她的小脑袋已经磕在书桌上。他无奈地叹息，拿起自己的外衫轻手轻脚走过去，想为她披上。

突然，飞染一跃而起，大喝一声：“谁？”

电光石火间，两人同时愣住了。桌上的砚台“咚”的一声倒扣在宣纸上，浓黑的墨汁溅得满桌子都是。

“我刚刚才写的！”飞染惨叫一声，急忙收起桌上的宣纸，却发现宋青莯近在咫尺，她几乎可以感觉到他的呼吸。她心中发慌，正色说：“大人，你是好人。不过如果你像昨晚那样动手动脚，我一定不会客气的！”她比了比拳头。

宋青莯微微眯眼。

飞染犹嫌不够，高声解释：“师父教过，如果有人想拉我的手，碰我的衣裳，我一定要把那人往死里揍。因为大人是好人，昨晚我才没有揍你，但是不可以有下次了哦！”

“山柏！”宋青莯扬声吩咐，“进来收拾干净！”他转身坐回自己的座位。既然飞染把他当成登徒子一样提防，他也不想搭理她。

飞染隐约知道，她家大人又生气了，可是为什么呢？她看看宋青莯，又瞧瞧山柏。

山柏看到满桌子的狼藉，用嘴型询问飞染，发生了什么事。

飞染比了比砚台，歉意地笑了笑，表示是自己不小心。

山柏偷瞄宋青莯，又用眼神询问飞染，主子为什么生气。

飞染无辜地耸耸肩，表示她也不知道。

宋青莯看到他们“眉来眼去”，心中更是不乐意。他吩咐飞染：“过来，站这里。”他示意飞染站在他身旁。

飞染误以为宋青莯要她罚站。以前，如果她惹师父生气，师父也会让她罚站，不过一向都是站一会儿就没事了。虽然她不知道自己做错了什么，但俞捕头说过，大人是上官，他们必须无条件服从命令。

她走到宋青莯的书桌前，站直身体。百无聊赖中，她低头注视桌上的文稿，试图分散注意力。

不多会儿，她“咦”了一声，目光落在被害人的资料上。

“怎么了？”宋青莯侧目。

飞染挑出受害人的画像，把画纸一张接一张并列在桌子上，不解地说：“大人，您不觉得奇怪吗？这几个人失踪的时间全都相隔九天，这两个人相隔了十八天，九天的两倍……”

宋青莯万分惊讶。

一整个下午，他都在分析失踪孩童的信息。根据他的经验，的确有凶手每隔一段时间作案，但他们选择的日期多数对凶手有特殊意义，又或者是凶手不用上工的日子。

“你觉得九天有特别的含义？”宋青莯询问飞染。

“我不知道啊。”飞染一脸茫然。

宋青莯追问：“那你怎么会发现，他们失踪的时间间隔是九天？”

“我……”飞染不好意思地笑笑，“我就是站在这里太无聊了，看到数字随便加加减减……或许只是巧合吧？”

“不会是巧合，世上没有这样的巧合！”宋青莯失神地摇头，拿出最后一名受害人的资料。那人失踪至今已经十一天。

“大人，既然不是巧合，凶手为什么每隔九天抓一个人？总不会是每到第九天就喜新厌旧吧？”飞染自问自答，“也不对啊！喜欢一个人，不可能突然间就不喜欢了。再说，活生生的人，不喜欢了，总不能随便扔掉吧？”

宋青莯仔细思量飞染的话。她或许是无心的，但她说到了重点。

仵作已经证实，从骨头断裂的痕迹推断，张大宏的儿子的确是摔死的，并非死后被凶手扔下桥墩，而张大宏夫妻告诉捕快，他们发现儿子尸体的时候，他的裤子及下身沾满血迹，像是死前不久刚刚被人强奸过。

宋青莯拿出田大成交给他的地形图，上面是石桥附近的街道、房商铺。渐渐地，整件事的轮廓在他的脑海中浮现。虽然还有很多细节不太明确，但至少不再毫无头绪。

他仔细观察桥墩附近的街区分布图，手指滑过一条又一条街道。

飞染静静地站在一旁，不敢打扰他。上次在八角镇，他也是这般，认真地审阅每个人的供词。她隐约觉得，这时候的他是不同的，她喜欢这样的他，喜欢他的专注。

“山柏，把俞毅和田大成叫来！”宋青莯突然出声。

飞染吓了一跳，脱口而出：“找到凶手了吗？”

“你说得很对！”宋青莯握住飞染的肩膀，眼中难掩兴奋。

飞染早就忘了，她在不久前信誓旦旦，宋青莯如果再敢动手动脚，她就一掌把他打飞。她怔怔地看着他，恍惚觉得他的眼睛正在发光。“我说对了什么？”

宋青莯解释：“凶手每隔九天抓一个人。一个正常人不可能喜欢上一个人，到了第九天突然就不喜欢了。”

“那是什么？”飞染愣愣地追问。

“你还记不记得，之前在案卷室，你对我说，案子从三个月前开始，不等于更早之前没有案件发生？”宋青莯笑了。他这辈子都不可能忘记，她被旧档案砸了头，灰头土脸的模样。

飞染侧头想了想。她有说过吗？她的视线被他的笑容吸引，由衷地赞叹：“师父说，我长大了一定是美人，不过大人比我漂亮多了，就连眼睫毛都比我的长。”

“扑哧！”田大成定力稍差，忍不住笑出声。俞毅倒是绷着脸站在门口，不过眼角的皱纹难掩笑意。

宋青莯脸上一热，慌忙放开飞染的肩膀，低声呵斥她：“别胡说！”

飞染看到门上的人影，脸上火辣辣的。她双手绞着衣襟，小声解释：“我不是夸自己，是大人笑起来真的很好看……”

“你还说！”宋青莯故意板起脸，命令俞毅和田大成进屋，指着地形图上的几条街道吩咐他们，“俞捕头，你挑几个捕快，做普通百姓打扮，就在这几条街上四处走走，打听一下三个月前有没有特别的事发生，或者有没有生面孔出现。”

俞毅领命而去，宋青莯又吩咐田大成：“你去石桥附近——”他手指地图上的街道，突然间停下了动作。他刚刚想到，除了上次在八角镇抓捕赵奎，他很久没有亲自去现场查案了。

“没事了。”宋青莯站直身体，示意田大成可以离开了。

田大成莫名其妙，行礼退了出去。

飞染眼观鼻鼻观心，低头不敢动。

宋青莯转头看她。息嗔师太说得没错，飞染很漂亮，眼中带着不沾世俗的纯真。再过两年，等她的五官完全长开了，定然是大美人。至于身材……

他干咳一声，端着“大人”的架子问她：“晚上想不想随我出门查案？”

“是不是就像在八角镇那样，我可以亲手把凶手抓起来？”飞染忘了尴尬，满脸期待，“我去，我和大人一起去。除了把凶手抓起来，我会好好保护大人的。”

“这次是查案，不是抓人。”宋青莯解释，又装模作样地说，“我本来打算带田大成去的。”

“大人，带我去吧！”飞染一脸讨好，“我的武功比田大成高。”

“所以呢？”宋青莯喜欢她用软软糯糯的声音恳求她。

飞染理所当然地回答：“我武功高强才可以更好地保护大人。如果时间太晚，我还可以护送大人回国公府！”

宋青莯嘴角抽了抽。当初在八角镇，他为什么对她说，他需要她的保护？在她眼中，他就那么弱不禁风！

他想要澄清："飞染，其实……"

"大人，你就带我去吧！"飞染扯住宋青莯的衣袖，"大人，我保证，我一定会听你的话，用心抓坏人。"她举起右手发誓。

这一刻宋青莯终于明白，父亲为什么对母亲唯命是从。原来，有些时候，对有些人，真的是身不由己。

他矜持地点点头，说道："既然你这么想去，我只能勉为其难答应你。这样吧，你去厨房把晚膳拿来，我们吃完晚饭就可以出发了。"

"好！"飞染三步并作两步跑出屋子，大声呼唤，"山柏，你在哪里？山柏，大人的晚膳呢？"

"姑奶奶，您轻一点！"山柏赶忙从隔间跑了出来。

飞染一想到自己又可以去抓坏人了，笑得眼睛眯成一条缝。她兴奋地显摆："山柏，吃完晚饭，大人就要带我去街上查案呢！"

"三爷要去街上查案？"山柏掏了掏耳朵。他怀疑自己听错了。

这三年来，主子就连开堂审案都嫌麻烦，怎么可能亲自上街查案？他不是经常说，用人不疑疑人不用，各司其职什么的吗？

飞染用力点点头，信誓旦旦地保证："山柏大哥，你放心，我一定会好好保护大人的！"她一边保证，一边催促山柏，和她一起去拿宋青莯的晚膳，又叽叽喳喳地问他，出门查案需要注意些什么。

一个时辰后，马车在暮色中离开刑狱衙门，车上除了车夫，只剩下飞染和宋青莯。

飞染揭开车帘遥望晚归的百姓，有牵着孩童的妇女，有怀抱幼子的男人。夜晚是人们一家团聚的时光。

渐渐地，飞染的眼神黯淡了。

"怎么了？"宋青莯顺着她的目光看去。

"没什么！"飞染扬起笑脸。

宋青莯马上明白，她又想起了自己的父母。在她的内心深处，她渴望家人。他心生怜惜，却又无可奈何。他可以为她做任何事，但他无法改变她一出生就遭父母遗弃的事实。有时候他甚至怀疑，她把息嗔师太看得那么重，因为她害怕再次被抛弃。

某种意义上，息嗔师太突然死了，对飞染而言是另一种形式的抛弃。想到这，他的心隐隐作痛。

"想下去走走吗？"宋青莯指了指街道。街上行人并不多，能与她漫步街头也不错，就好像小的时候，他们手牵手走在山林间，无忧无虑。

飞染放下车帘，问道："大人，咱们已经离目的地很近了吗？"

“应该还有一段距离。”宋青莯对地形并不熟悉。

“大人这么说，是不是您已经知道，我们应该去哪里抓人？”飞染笑得像偷腥的小猫。

宋青莯失笑。她居然在套他的话？他有心分散她的注意力，含糊其辞地回答：“也不能这么说。”话毕，他只是一味看着她，并不解释。

“大人，横竖你总要告诉我的。”飞染鼓起腮帮子表达自己的不满。

宋青莯看了看自己身边的空位，又看了看坐在自己对角线的飞染，意思很明白，你坐得那么远，我们说话不方便，让我怎么告诉你？

飞染一脸为难。她一点都不讨厌自家大人，可是每当她靠近他，她就觉得心慌意乱，手脚都不知道应该放在哪里。

“既然你不想知道，那算了。”宋青莯转头朝车窗外看去。

飞染内心挣扎了好半晌儿，猛地站起身，视死如归一般一屁股坐在宋青莯身旁。

宋青莯微微勾起嘴角。她的发香似清晨的薄雾，丝丝缕缕沁入他的呼吸，勾起陌生的渴望。他的笑容顷刻间僵住了。

“大人，你休想反悔哦！”飞染转头看他，顺手拿起他膝盖上的纸张，“我们是不是像上次那样，把这些被害人的家连成一个圈，中间就是凶手……”

“不是的。”宋青莯轻咳一声，耐心地解释，“上次是入室作案，我们才可以根据受害人的住址，大致判断凶手住在什么区域。这一次，凶手选择受害人只是凭他对受害人的‘喜爱’，与受害人住在哪里没有关系。”

“这样啊。”飞染似懂非懂，轻轻皱起眉头。

宋青莯强迫自己专注于案情。他挑出田大成画的地形图，指着桥墩下的陈尸地点说：“尸体在这里被发现，仵作说，他是自己跳下去的……”

“我知道了，一定有人追赶他，他慌不择路，想要跳水逃跑，结果摔在了岸边。”

“那天晚上是初一，没有月亮，的确有这种可能。”宋青莯点头，“更重要的一件事，他年纪太小，又受了伤，定然跑不远。关押他的地方也许就在这附近。”

说话间，他在地形图上比了比，“当然，也有可能他是从马车上逃出来的。不过，晚上有宵禁，除非官府的马车，否则一旦遇上巡夜的士兵，一定会被官兵搜查。”

飞染认真思量宋青莯的话，担忧地说：“可是他的尸体被京兆府发现了，凶手会不会因为害怕搬走了？”

宋青莯想要揉一揉她的头发，像小时候那般称赞她一句“真聪明”。他抬起右手，手掌却在半空中僵住了。

“大人，你怎么了？”飞染奇怪地看着他。

“没，没事。”宋青莯讪讪地放下右手，心中一阵尴尬。

“大人？”飞染隐约觉得，车厢内的气氛突然变了。她一阵局促不安，想要坐回原来的位置。

她来不及起身，宋青莯按住她的手腕，又慌忙松手。他目不斜视，指着手中的纸稿说："你说的不是没有道理，但是你看，这一片密密麻麻都是住宅，再不然就是店铺。京城不比其他地方，想要找一个无人的院落，租金又不贵的，很难。"

他顿了顿，又道，"而且你也看到了，即便张大宏的儿子被京兆府发现，下一名受害人还是如期失踪了，凶手并没有收手的迹象。很多时候，欲望可以战胜恐惧。"

飞染好奇地询问："大人，什么是欲望可以战胜恐惧？"

"这句话的意思，当你很想要一样东西，太想要了，便无所畏惧了。"宋青莯喟叹。

十年前，他想要飞染就在自己身边，他想要兑现自己的承诺。为了这个"欲望"，他三更睡，五更起，丝毫不觉得辛苦。现在她就坐在他身边，为什么他却觉得，这样还是不够呢？

他掩下情绪，笑问，"飞染，你最想要什么？或者最想做的事情是什么？"他无力改变过去，但他至少可以满足她的愿望。

飞染想也没想，大声回答："回山上陪着师父！"

"算了，我不该问你这个的。"宋青莯摇摇头。这辈子他都不会满足她这个愿望！

"噢。"飞染随口应一声，低头翻阅资料，不知不觉中慢慢靠近宋青莯，几乎与他肩膀挨着肩膀。

宋青莯知道她是无心的，可是她身上的香味挑战着他的自制力，偏偏他不能突兀地推开她，而他紧挨着车厢的边缘，已经避无可避。

"飞染，你有没有想过，找回自己的亲生父母？"宋青莯试图转移自己的注意力，可是话一出口，他恨不得咬掉自己的舌头。他简直哪壶不开提哪壶！

飞染愣了一下，摇摇头，低声回答："师父说过，父母与子女之间也是讲缘分的，有些事无法强求，不如随缘，所以我不会去找他们。"

"你师父对你说过这个？"宋青莯微微蹙眉。

"不能说吗？"飞染反问。

宋青莯忽然有一种感觉，息嗔师太知道飞染的亲生父母是谁，可惜她死得太突然，来不及交代后事。他转而与飞染说起了案情。

当月亮爬上柳梢的时候，刑狱司的马车在石桥边停下。飞染率先跳下马车，宋青莯则慢步走下车厢。

"大人，我们去哪里找人？"飞染迫不及待。

"别着急。"宋青莯举头望明月，吩咐车夫驾车随便找个角落等候他们，随即又转身对飞染说，"我们先去石桥上看看。"

"噢！"飞染大步跑上石桥，突然间停下脚步，对着河面惊叹，"哇，真漂亮！"

宋青莯嘴角的笑意更深了几分。他就知道，她一定会喜欢。她依旧孩子心性，喜欢亮晶晶的东西。

他顺着飞染的目光遥望河面。月光洒在水面上，此起彼伏的水波泛起银色的光芒，仿佛天际的银河。微风吹过，河面银光荡漾，恍若无数的萤火虫翩翩起舞。

宋青莯站在飞染身旁低声控诉：“小时候，每次看到萤火虫，你都缠着我去抓它们，然后你再把它们放了。”

“是吗？”飞染眨眨眼睛。她不喜欢萤火虫……也不是不喜欢，就是每次看到萤火虫，总觉得心里难过。

她侧头朝宋青莯看去。洁白的月光打在他的侧脸，把他的五官衬托得温润无瑕。她忽然觉得脸颊一阵燥热，慌忙移开视线，悄悄往边上挪动一小步，拉开两人之间的距离。

“怎么了？”宋青莯不满肩膀与肩膀之间的距离突然增大。

“没有呀！”飞染心虚地低下头，心中腹诽：大人的确长得好看，可花儿、树儿什么的，都好看，她干吗独独不敢看他？

她心里这般想着，到底不敢抬头，双手使劲绞弄衣襟。

宋青莯想要挨近她，犹豫半晌，并没有付诸行动。他从怀中掏出一个小盒子，故作镇定地说：“喏，送给你。”

“给我的？抓犯人用的暗器吗？”飞染接过小盒子打开一看，是一对粉红钻耳环。她不解地问：“为什么给我一对耳环？”

他想送她礼物，哪有为什么。宋青莯不想解释。

前年，首饰铺子的老板上门给他母亲挑选首饰，他一眼就看中这副耳环，脑海中只有一个念头：飞染妹妹一定喜欢。第二天一早，他偷偷去铺子买下了耳环。

下午的时候，他看到那身妃色衣裙，立马想到这副耳环，特意命人回府取来。她没有让他帮忙戴上就算了，居然问他是不是抓犯人用的暗器。

飞染等了许久都没有听到宋青莯的回答。她低头想了想，把盒子递还给他，摇着头说：“师父教过，不可以随便收别人的礼物。”

宋青莯更加不高兴了。他问：“你觉得我是随便什么人吗？”

飞染没有听出其中的反诘之意，不甚确定地回答：“好像不算很随便，你是大人，又是白姨的儿子，不随便呢！”她重重点头，也不知道是想说服宋青莯，还是说服她自己。

宋青莯气愤至极反而不生气了。他无奈地说：“既然我是大人，你就收下吧！”

飞染确认：“大人，你命令我收下？”

“对，我命令你收下！”宋青莯无比郁闷。

飞染欢快地笑了起来，笑声如银铃一般。她家大人好像又生气了。她倾身依偎石桥的护栏，转过身子看他的表情，故意在他面前晃了晃耳环。

“这么高兴？！”宋青莯几乎咬牙切齿挤出这几个字。

“对呀，很高兴。谢谢大人！”她的确很高兴，但是她也说不清楚，自己为什么这么高兴。她打开存放碎银子的香囊，把耳环扔了进去。

“你，不戴吗？”宋青莯眼睁睁看着珍贵的粉红钻落入一堆碎银子中间。他不缺银子，也不是心疼区区一对耳环。不过这对耳环是他亲手挑选的，特意跑去金铺买的，很诚心地送给她，他很想亲手帮她戴起来。

飞染哪里知道宋青莯的心思。她收起香囊，摇着头说：“待会儿还要抓犯人，戴着耳环晃来晃去，多不方便啊。再说我还要保护大人呢，身上戴着首饰很麻烦的。”

宋青莯明明看到，每次父亲送母亲礼物，母亲都要父亲立马帮她戴起来。他推测：“你不喜欢粉钻？”

“没有不喜欢呀，我很喜欢。”飞染认真地解释，“师父给过我很多石头，粉红的、大红的、明黄的，都很漂亮。小时候我最喜欢拿它们打弹珠玩，虽然它们太小，又不够圆，可是它们在太阳底下亮晶晶的，比黑乎乎的猫眼石漂亮多了！”

宋青莯已经无法用语言描述此刻的心情。他早就知道飞染对银子没什么概念，可她竟然把裸钻当弹珠玩！能够当弹珠玩的钻石，肯定比他送的耳环大吧？息嗔师太不是被贬谪出家的吗？蒋家不是被满门抄斩了吗？

“你师父到底给你留了多少东西？！”宋青莯不是疑问，而是感慨。

飞染想了想，皱着眉头回答：“具体有多少，我也不知道，都留在山上了。那些东西虽然好看，可是它们不能吃，也不能买东西。如今我大了，早就不玩打弹珠了……”

“行了，我们查案吧。”宋青莯实在听不下去了。有她师父在前，往后无论送她什么，她都不会感动欣喜吧？在她心中，他大概永远比不上她的师父。

第 14 章　气喘吁吁

在马车抵达石桥之前，宋青莯告诉飞染，张大宏的儿子很可能曾经关押在距离石桥不远的地方。

他本想通过实地观察，缩小搜查范围，却发现石桥是交通枢纽，四周居民楼鳞次栉比，巷子交错纵横，一时间很难判断死者的逃跑路线，从而缩小侦查范围。

宋青莯站在石桥上，环顾周围的地形。

飞染守在他身旁，认真地说：“大人，现在怎么办？你说，我做，我都听你的。”

“你都听我的？”宋青莯抚摸下巴，眼中闪过恶作剧的光芒。既然是她惹他生气，那就让她陪他一块郁闷吧。他知道，这样的行为幼稚又恶劣，但是大家都说他黑心黑肺，他本来就是恶人。

飞染担忧地问："大人，你刚才说，挨家挨户搜查可能逼得凶手杀人灭口。既然不能打草惊蛇，那我还可以做什么？"

"知道我们为什么故意等天黑才出门吗？"宋青莯不答反问。

"不知道。"飞染摇头。

宋青莯亲自出门查案，主要是为了假公济私，与飞染一起在河边赏月，偏偏她不解风情。他镇定自若地说谎："我们深夜前来，因为张大宏的儿子就是在这个时间坠桥的。同样的时间，同样的地点，才可以更好地查案。"

"那要怎么查？"飞染跃跃欲试。

宋青莯举目眺望住宅楼，指着远处的飞檐说："看到那里了吗？你走过去，再跑回来。回来的时候，一定要用跑的，不能用轻功。"

"我明白了。"飞染重重点头，"大人想让我假扮张大宏的儿子，看一看那天晚上，他是如何逃跑的，是不是这样？"

宋青莯强忍笑意，一副孺子可教的表情。

飞染环顾四周，殷殷叮嘱："大人，我这就去了。万一您遇上坏人，一定要大声叫我，我会马上回来保护您的。"她学着俞毅训导捕快的动作，重重拍了一下宋青莯的肩膀，"大人，您放心，我轻功很好，一旦发生意外，一定赶得及跑回来救你。"

宋青莯嘴角的笑意隐去了，闷闷地催促飞染快去快回。

飞染提气飞奔，眨眼间只留下一个黑乎乎的背影。

宋青莯倚靠石栏注视她，心绪起伏不定。他没必要让她跑来跑去，可是她为什么忘记他是她的"三哥哥"。为什么她总是让他觉得，过去十多年，他做的每一件事都是毫无意义的！

宋青莯眯起眼睛，看到远处的黑影果真在飞檐处停下，转身朝他这边跑过来。这次她没有用轻功，速度明显慢了许多。

他目不转睛注视她。当他看到，她距离自己越来越近，他莫名紧张，仿佛他等了很久很久，她终于回到他身边了。

情不自禁地，宋青莯迎上飞染。

飞染跑得上气不接下气，双颊嫣红。

"你不用跑这么急。"宋青莯心疼了。

飞染喘着粗气说："逃命……不是应该……能跑多快就跑多快吗？"

"来，过来歇一会儿。"宋青莯伸手搀扶她。

"不，不用了！"飞染仿佛受了很大的惊吓，快速弹开，连连摆手，"大人，我没事，我可以再跑几圈！"

宋青莯抿了抿嘴唇。她就这么迫不及待与他划清界限？他点头说道："既然你不累，这次就从这个方向跑吧。"他随手指了指小巷深处的灯笼。

“好！”飞染干脆地点头，转身就跑。

宋青莯追赶几步，慢慢停下了脚步。

飞染还是与第一次一样，去的时候用了轻功，回来就像普通人一样，拼尽全力奔跑。跑着跑着，她忽然觉得，自己感受到了受害人的惊慌。她知道宋青莯就在桥头等她，可是受害人呢？

月黑风高的夜晚，被害人身处陌生的环境，后面是穷凶极恶的凶手，前面是一片未知。是怎么样的恐惧，让张大宏的儿子选择从桥上跳下去？

“大人，我知道了！”飞染一时忘了宋青莯让她别用轻功。她脚尖点地，轻快地跃上桥头。

宋青莯被她突来的动作吓了一跳，急忙迎了上去。

“大人，我想到了！”飞染抓住宋青莯的衣袖，气喘吁吁地说，“张大宏的儿子一定大叫救命了，天那么黑，他一定很害怕。”她用力拍着胸口，汗水从她的额头淌下。

“你慢慢说！”宋青莯任由她抓着自己，另一只手轻拍她的背。

“那天晚上，肯定有人听到了动静。”飞染仰着小脸陈述。

大概被她那几声“大人”吵到了，街边有人推开窗户，探头大骂：“大晚上的，吵什么吵！”

宋青莯反手握住她的手掌，拉着她往石桥另一头奔跑，嘴里催促：“快跑，人家骂我们了。”

飞染傻愣愣地跟着他，又忍不住回头看去。那些人只是在窗口骂几声，难道还会追出来打他们吗？

宋青莯自然知道，不会有人追赶他们，他只是想任性一回。这一刻，他不是旁人眼中的“宋大人”，不是成国公府的三公子，他只是他，飞染的“三哥哥”。

直至叫骂声渐渐远去，宋青莯这才放开飞染的手掌。

飞染喘得更厉害了，但她还是尽责地说：“大人，您都看到了，我们不过说了几句话，就有人骂我们。我想，一定有人听到那天晚上发生了什么事。”

宋青莯点头又摇头，向她解释：“你想得没错。不过，我已经让俞毅他们暗访了一遍，临街的百姓们或许听到了什么，但他们并不觉得那是特别的事，没有向俞毅他们提及。其实如果那晚真有什么异常的事，就算京兆衙门没有记录，百姓们也会议论纷纷。”

飞染似懂非懂。

宋青莯指着街角的马车说：“我有些渴了，我去马车上把水壶拿来，你在这里等我。”

飞染点点头，目送宋青莯走向马车。等到他走远了，她抬起手腕盯着自己的手掌。他牵了她的手，只有师父和陶妈妈牵过她的手。可他好像没有注意到，应该是无心的吧？她的心口跳得好快，脸颊直冒热气，是她跑得太快了吗？

不多会儿，宋青莯从马车折返。他远远看到飞染站在路边等他，早前的郁闷一扫而空，心中说不出的愉悦。他快步走近她，突然间为难了。他问飞染：“要坐在石阶上吗？”

飞染摇头控诉：“我的衣裳是新的，是大人命令我，特意换上新衣服！”她依旧耿耿于怀，为什么查案也要穿得漂漂亮亮？“以前我和师父下山采买，师父都要我换上旧的棉布衣裳。师父说……”

“喝吧！”宋青莯递上茶杯，把茶壶放在桥墩上。

飞染接过茶杯，一饮而尽。她跑了这么久，确实口渴了。

“还要吗？”宋青莯询问。

“要！”飞染点头。

宋青莯又替她倒了一杯温水。

茶杯精致小巧，飞染一连喝了三杯，这才发现不对劲。她问宋青莯：“大人，您不是口渴了吗？自己怎么不喝？”

我怕你口渴，特意拿了茶壶过来，这不是很明显的事吗？宋青莯默默吐槽，嘴里却说：“我喝过了。”

“既然大人喝过茶水了，那我们继续查案吧。”飞染一脸急切，“大人，附近的居民没有听到张大宏的儿子求救，是不是他的嘴巴被人堵上了？”

宋青莯转头望着波光粼粼的河水。月色多美啊，凉风习习，街上又没有闲杂人等，她就不想和他月下漫步吗？

“大人，我说得不对吗？”飞染侧头想了想，失落地说，“我想不到其他原因了。”

“也不能说不对。”宋青莯心生不忍，低声解释，“人在危急的时候，本能地会选择求救。当然，也有例外的情况，不过张大宏的儿子懂得逃跑，必定会求救。这附近这么多居民，就算他口不能言，也一定会想办法弄出声响。”

“所以呢？”飞染越听越糊涂。

宋青莯转头看她。她脸上的红潮尚未完全褪去，额头残留的汗水在月光下亮晶晶的。他情不自禁伸手……

“大人，你干什么！”飞染敏捷地弹开一大步，“我说过的，你再敢动手动脚，我一掌把你打飞哦！”

宋青莯表情微僵，拳头握得“咯吱”作响。

“大人，我知道你是好人，可是你真的得改改凡事喜欢动手动脚的毛病。师父说过，对人要守礼守节，说话行事要有分寸。”

宋青莯深吸两口气，才能勉强控制情绪。这个世界真是风水轮流转！满京城都知道，他最是冷漠孤傲，经常拒人于千里之外。这会儿他竟然被他的飞染妹妹义正词严地教训，做人要守礼守节！

“你的额头都是汗，我只是担心，你吹了冷风会着凉的。”宋青莯的声音平淡如水，又隐含委屈。

飞染拿出手绢，胡乱把小脸抹了一遍。“好了！”她收起帕子，不自然地别开视线，催促宋青莯，“大人，你还没说，事情到底是怎么样的！”

宋青莯很想与她月下漫步。他脸不红气不喘撒谎：“我也想不明白其中的关键，或许我们四处走走，我就能想明白了。”

“往哪里走？”飞染环顾四周，“您再指一个方向，我跑给您看。”

“我们一起走走吧。”宋青莯眼中闪过一抹不自然，生怕她拒绝自己。

果不其然，飞染大声说：“大人，我比你跑得快，你在这里等着，我去就行了。”

宋青莯不理她，转身朝河边的树荫下走去。飞染只得跟上他的脚步。

蜿蜒的河岸边，月光透过树叶的缝隙洒在他们身上，河水在他们身旁缓缓流淌，空气中弥散着青草的香味。这么美好的夜晚，他应该说点什么？

宋青莯绞尽脑汁寻找话题，突然发现不对劲。飞染一直在他身后半步远的地方。即便他放慢脚步，她也总是与他保持大半步的距离。

“为什么走在我身后？”宋青莯停下脚步询问。

飞染想也没想，回道：“俞捕头教过我，您是上官，大家都得走在您身后。”

宋青莯闷声问她：“所以，你觉得我们正在巡逻？”

飞染反问：“我们不是在查案吗？”

宋青莯气结，偏偏是他告诉她，他们大半夜出门是为了查案！他气恼地疾走两步，突然又停下脚步，沉声命令：“过来，走在我边上。”

飞染听话地走在他边上，左顾右盼。

宋青莯已经懒得问她，她又在干什么。这么美丽的夜晚，气氛都被她破坏了！他不知不觉加快了脚步。

许久，飞染终于忍不住了。她不解地问：“大人，河边连个人影都没有，更没有藏身的地方，你到底在找什么？”

“是啊，我在找什么！”宋青莯苦笑。他一定是读书读傻了，才会大半夜找气受。“走吧，回去了。”他叹一口气。

“就这样回去？”飞染睁大眼睛，一脸不情愿，“我们什么都没有查到。”

宋青莯问她：“你不冷吗？”

被宋青莯这么一问，飞染这才发现，她跑了两圈，现在被冷风一吹，果然有点冷。可是当她想到，受害人可能还活着，她不甘心地说：“大人，我不冷，我们不能就这样回去……”

宋青莯追问：“查案在你心里就这么重要？”

“不是查案重要，是救人重要！”飞染紧握拳头，“师父说，救人一命胜造七级浮屠。”

宋青莯叹息：“你知道京城每天要死多少人吗？就是这一刻，你知道有多少人正在做犯法的事吗？”

“我不知道。”飞染摇头，“可是能救一个是一个。即便救不回来，至少我们尽力了。只要尽力了，不管结果如何，总比什么都不做强。”

宋青莯没有接话。他尽心查案，只是为了抓一个娈童犯的典型，让他在朝堂上借题发挥。她口中的“救人”，对他而言不过是顺带罢了。他从来不是她口中的“好人”。

“大人，我也想和你一样，做一个好人！”飞染是真心的。

“走吧！”宋青莯五味杂陈，“我不是说回衙门，是回马车上等着。”

“大人，您果然已经想明白了。”飞染满眼崇拜。

宋青莯喜欢她此刻的眼神。他笑而不语，催促她赶快随他回马车上。

不多会儿，两人回到马车上，宋青莯命令车夫把车子停在可以看到河岸的街角。

飞染跃跃欲试，不停地追问他案情，宋青莯却像变戏法一样，拿出一个食盒问她是不是肚子饿了。

飞染本来不觉得饿，可是当她看到晶莹剔透的糕点，忍不住点点头。

宋青莯把食盒递给她，低声嘀咕：“中午的时候还是热的，这会儿都已经凉了。”

飞染压根不知道宋青莯正在控诉她，在外面玩得乐不思蜀。她笑眯眯地接过点心，故意学着俞毅的语气，豪迈地说：“没关系，只要好吃就行了，我不挑食的。”

宋青莯抿了抿嘴唇，转过头朝外面望去。

按照他的推测，张大宏的儿子深夜跳下桥墩却没有惊动任何人，多半与这条河有关。据他所知，载货的小船很难藏人。再说搬货卸货人多口杂，即便贵族豢养男童已经传为“风雅”，但民间的娈童犯一定会遭百姓唾弃谴责。这其中的细节，他需要进一步查证。

飞染吃完两块糕点，凑到宋青莯身旁问他：“大人，您不吃吗？”

下午的时候，宋青莯嫌弃糕点太甜，这会儿听到飞染甜软的嗓音，立马拿了一块点心送入嘴里。

飞染谄笑着说：“大人，俗话说，拿人的手短，吃人的嘴软……”

“我怎么记得，这盒糕点是我带来的呢？”宋青莯无情地打断了她。

飞染撇撇嘴，坐到一旁默默啃糕点。

宋青莯失笑，无奈地说：“放心，等有了确切的结果，我一定第一个告诉你。”

飞染惊讶地问他：“大人，为什么你总是知道我在想什么？”

“因为你把什么都写在脸上。”

“师父也经常这么说。”翩翩的烛火下，飞染笑得灿烂，仿佛宋青莯那句话是最动听的赞美。

“我不是你师父！”宋青莯郁闷地转过头，挑开车帘继续注视河面。

时间在不知不觉中流逝，河面静悄悄一片，每当微风拂过，才会泛起点点波痕。

宋青莯相信自己的推测没有错，他耐心地等待。渐渐地，他发现身后没了动静。他回头看去，飞染已经靠着车壁睡着了。

他失笑，转念间又心生懊恼。傍晚的时候她就在打瞌睡，他不应该拉着她出门。

他悄悄坐到飞染身旁，轻唤：“飞染？”

“嗯？”飞染没有睁开眼睛。

宋青莯稍一犹豫，轻轻伸手揽住她的肩膀，手掌托着她的脑袋，以防她磕到壁板。“飞染，来，坐过来一点。”他低声诱哄。

“哦。”飞染睡得迷迷糊糊，任由他扶着调整坐姿。

他低声说：“把头靠着我。再过一会儿我们就能回去了。”

飞染真的累坏了。她知道身旁的人是谁，懒得睁开眼睛。她在他的肩头找了一个舒服的位置，像小猫一般用脸颊磨蹭他的衣服，又皱了皱鼻子。

宋青莯任由飞染依偎着自己。情不自禁地，他用指尖轻触她的脸颊，仿佛她是易碎的瓷娃娃。

飞染已经是大姑娘了，他不应该这么做。他想要叫醒她，又舍不得这一刻的温馨宁静。

夜越来越深，月亮时不时躲在云朵后面。宋青莯一边留心飞染的动静，一边监视河面。

迷离的夜色中，一条小船悄无声息地驶来，打破了河面的宁静。小船停泊在石桥下，船夫模样的男人扛了一袋东西下船。大约过了一盏茶工夫，那人又折了回来，调转船头，沿原路返回。

宋青莯抬头看一眼月亮的位置。此时距离早市还有很长一段时间，而且船只卸载货物必须在衙门规定的码头，由官府统一管理。

大约又过了半个时辰，一支船队停泊在相同的地方。与早前的小船不同，这次的乌篷船吃水很深，一看就是载满货物的货船。

不知不觉中，岸边人影浮动，那些人好像是凭空冒出来的，一点声音都没有。他们悄无声息地卸载货物，井然有序。很快，船队离开了，那些人影也随之消失了，如鬼魅一般。

因为离得远，宋青莯看得并不真切，但他知道，那些“人影”是苦力，而且不是一般的苦力。他仿佛可以看到，瘦骨嶙峋的身躯背负沉重的麻包，一步一步走在黑夜中的背影。他们的脚步，唯一的终点就是死亡。

宋青莯生在贵胄之家，家中仆役成群，他并不觉得使唤下人是错的。不过父亲从小教育他们，不管是主人，还是仆人，首先，大家同样都是“人”。人，应该有仁爱之心。

他一直记着父亲的话，他一直觉得，任何人遇到乞丐，如果没有能力救助，或者不愿意救助，至少不会踹上一脚，直到他看到卷宗室的那些案卷。

他在那时才知道，人类的残忍远胜于森林中的豺狼虎豹。有些人为了利益和欲望，可以做出禽兽不如的事。

宋青莯不愿意深思，河边的那些苦力经历过什么，但他的脑海中自动浮现出案卷中描述的画面。他心头发冷，用力搅住飞染的肩膀。

飞染被他扰了清梦，不悦地嘀咕："别吵，我要睡觉！"

宋青莯看到她的小脸皱成一团，睫毛动了动，似乎快要醒来了。他低头注视她。

车厢内光线昏暗，只在角落点了一小盏油灯，灯芯微小如绿豆，在黑暗中跳跃。宋青莯的心情犹如这盏忽明忽暗的油灯。

他不敢说，如今的皇上是千古难遇的圣君，但是先皇在位的时候就已经颁布律法，禁止主人虐打、杀害家中仆役，更不允许惨无人道的奴役。

律法固然是为了提高生产力，维护皇权的稳固，但它保障了穷苦百姓最基本的生存权利也是事实。可惜，律法终究敌不过利益的驱使。人们对同类的奴役自古以来没有停止过。

宋青莯早就明白，有阳光的地方就有阴影；律法再严酷也不可能完全遏制犯罪。可他没有料到，就在刚才，在天子脚下，在繁华的京城，他竟然亲眼看到了生存在黑暗中的苦力。

如果人性本恶，那么提点刑狱司的存在，有意义吗？

一时间，他有些迷茫。他盯着微弱的烛火自言自语："本来只是为了寻找整顿奢淫之风的引子……眼下，如果继续深究下去……"

"别吵，我要睡觉。"飞染不高兴地抗议。

宋青莯愣了一下。他们的姿势实在不雅，他应该唤醒她，可是她整个人依偎着他，就像一个小火炉，温暖了他的心。

他悄悄熄灭了油灯。他不想深究自己为什么这么做，也不愿意考虑后果，他只想任性一回，就这样永远搂着她。

"飞染，坐过来一些。"宋青莯在她耳边呢喃，手掌从她的肩膀往下滑，搂住了她的纤腰。

飞染动了动身体。她梦到自己枕着陶妈妈给她做的大抱枕。抱枕胖乎乎软绵绵的，配有不同花色的套子，她可喜欢了，经常抱着它睡觉。她伸手环抱大抱枕，脸颊在上面蹭啊蹭。

宋青莯全身僵硬，手足无措。他想要抱紧她，不是哥哥搂着妹妹，而是男人抱着女人。

这个念头把他吓了一跳。他想要推开她，可是她的手臂紧紧环抱他的腰，她的脸颊贴着他的胸口，他们就像亲密无间的情人。

宋青莯吓得不敢动弹，可她显然不想放过他。她像虫子一样在他身上蠕动，额头抵着他的下巴，发香一丝一缕侵占他的呼吸。他瞬间忘了刚才的悲春伤秋，在黑暗中如坐针毡。

睡梦中的飞染只觉得好冷，只有身边的抱枕暖融融的，带着阳光的馨甜香气息。她猜想一定又是自己睡觉不老实，踢掉了被子。她恨不得抱着抱枕翻一个身，蜷缩身子躲在抱枕下面。可惜抱枕纹丝不动，她只能将就一下，用力抱紧它，压住它。

宋青莯任由她动作，半点不敢动弹。曾经他嘲笑别人，脑子太“小”，所以控制不了下半身。如今看来，他与他们不过是一丘之貉。

事已至此，如果他现在叫醒飞染，只会让他们尴尬难堪。

不如就这样吧！

这个念头才晃过他的脑海，他立马放松了心情。鬼使神差地，他低头亲吻她的发丝，搂着她闭上了眼睛。

宋青莯不知道自己是何时睡过去的。当他听到外面传来隐隐约约的人声，他猛地睁开眼睛。

微弱的白光透过车帘的缝隙射入车厢，他的身体斜靠壁板，而飞染整个人趴在他身上，小脸紧贴他的胸口。她双目紧闭，双手环抱他的背，似乎深陷美梦。

他的眼神瞬间柔和了，指尖轻捋她的发丝，掌心轻抚她的脸颊。

突然，他停下了动作。

哥哥对妹妹不应该是这样的！

他口口声声“飞染妹妹”，其实他一直把她当成女人。

如果他对她只是兄妹之情，他不会反对母亲收养她，更不会不择手段从中阻挠。

宋青莯呆住了。小时候，她的确是他的飞染妹妹。从什么时候开始，他对她的感情变质了？

他的脑子嗡嗡直响。是什么时候变质的？是他整日整夜想着，她正等着他？是他不断告诉自己，他必须努力，才有能力保护她？还是他每隔三个月就迫不及待跑去八角镇，哪怕只能远远看她一眼？

他不是天生冷漠无情，而是他把所有感情都给了她，所以他不愿意娶妻，想尽办法拒绝母亲的逼婚。

他的手掌抚摸她的脸颊，她的体温沁入他的掌心。

他喜欢她，甚至比喜欢更多。

“大人，天亮了，是不是现在回衙门？”车夫在车厢外询问。

宋青莯慌忙松手，想也没想就闭上了眼睛。他自小就知道，所有的事情不过是“取”与“舍”。现在他的脑子很乱，无法做出最恰当的选择。

“大人？”车夫催促。

“别吵！”飞染咕哝一声，不高兴地皱起眉头。

她的抱枕软软的、香香的，什么时候变得硬邦邦的？她又落枕了吗？不然为什么睡得浑身不舒服？

“咦，我在做梦吗？”飞染的小手沿着“抱枕”滑向自己的小脸，揉了揉眼睛。

宋青莯立马黑了脸。她柔软的手掌从他的侧腰攀爬至他的胸口，虽然隔着衣裳，但她的动作缓慢又轻柔，他的肌肉一下绷紧了，大脑不断地提醒他，她是女人，美丽的女人，他喜欢了很久的女人。

飞染不想睁开眼睛。“抱枕”虽然不够柔软，可她喜欢“它”的温度，恍惚中甚至有一种熟悉的感觉。

宋青莯原本已经松开的手掌再次搂住她的腰。他想要抱紧她，他想要亲吻她。不是任何人，只是她。他的理智在做最后的挣扎。

“大人？”车夫再次呼唤。

飞染迷迷糊糊睁开了眼睛。“这是哪里？”飞染震惊地眨了眨眼睛。她竟然抱着她家大人，手掌还在他的胸口乱摸。

“啊！”她尖叫一声往后退，后脑勺“嘭”的一声撞在了壁板上。

“怎么了？”宋青莯睁开眼睛看她。她的头发乱了，眼中写满惊愕。他急切地问她：“有没有撞疼？”

“我……我……我……你……你……你……”飞染说不出完整的话，右手用力揉搓后脑勺。

昨晚发生了什么事？她只记得自己吃了糕点，然后发现她家大人很专心地看着外面。她提醒自己，不要打扰他办案。慢慢地，她觉得很困。她决定坐在角落打个盹，然后呢？她好像在睡着前特意提醒过自己，不可以靠他太近。

宋青莯知道她记起来了，可是他不敢确定，她是否记得，是他诱哄她坐在他身边。

“昨晚我们监视河面上的动静。后来你睡着了，紧接着我也睡着了。”宋青莯说得很慢，字字清晰。他这话是说给车厢外面的车夫听的。

随即他吩咐车夫：“你先送我去大街上雇马车，再送飞染回衙门。”车夫是他从国公府带去刑狱衙门的家生子，不会乱说话，但他不能和飞染一起回衙门。

直至马车缓缓启动，飞染依旧不愿意相信，她居然抱着宋青莯睡了一个晚上。她看得很清楚，是她抱着他，他只是靠着壁板睡着了。难道因为他长得太好看，所以她在睡梦中抱着他不放？

飞染小心翼翼地坐在距离宋青莯最远的角落，偷偷用眼角的余光偷瞄他。他的胸口有一摊可疑的水渍，难道是她的口水？

她懊恼至极点，恨不得从窗口一跃而出，逃回山上再也不回来了。

“飞染。”宋青莯声音干涩，心虚地不敢看她。

“呵呵。”飞染干笑一声，“那个……”她恨不得咬掉自己的舌头。

“你想说什么？”宋青莯暗下决心，只要她说一句，他们不应该孤男寡女在外面过夜，他马上告诉她，他会负责，他愿意娶她。刚才他有些犹豫，毕竟他生在成国公府，娶妻必须门当户对。不过做人首先必须负责任，不是吗？

莫名地，他因为这个决定如释重负，甚至心怀喜悦。

飞染父母不详又如何，只要他承认，是他情不自禁喜欢上她，他的父母看在息嗔师太的分上，应该不会激烈地反对。

至于其他的，他是幼子，不需要继承爵位，没有太多的家族责任。将来如果飞染不喜欢别人说她高攀，他大可以借着点查刑狱的名义，带着她远走高飞。

小时候她对他说，她想看一看庵堂外面是什么样子；现在，他可以带着她看遍整个大周朝。

宋青莯坐到飞染身边，轻轻执起她的手，“飞染，昨晚我不小心睡着了……”

“呵呵。”飞染再次干笑两声，惊恐地抽回自己的手掌。

宋青莯错愕地看着她的戒备，不敢贸然唐突她，满腹的话语不知道从何说起。他还没有说服父母，他可以主动说出成亲的许诺吗？

飞染心跳如雷，急巴巴地说：“大人，昨晚我也睡着了，我们能不能就当什么都没有发生？不然……不然……”

“不然怎么样？”宋青莯眼中的期待不见了，连带，嘴角的笑意也消失无痕。他终于意识到，他一直想要亲近她，但她一直在躲避他。

飞染后背紧贴马车的壁板，尽量拉开两人之间的距离，赌气一般威胁：“不然我待会儿就回山上，以后再也不来京城了。”

宋青莯注视飞染的眼眸，她的眼睛清澈明亮，并不见半点伪装。她全身戒备，仿佛他是她的敌人。

他终于明白，他想要亲近她，碰触她，甚至想要亲吻她，因为他喜欢上了她。她总是一次次从他身边逃开，拒他于千里之外，因为在她心里，他只是一个“好人”，是她的恩人，仅此而已。

顷刻间，宋青莯犹如置身冰窖。生平第一次，他喜欢上一个女人，他想要娶她，还没来得及开口，就被她无情地拒绝了。

他喜欢上了她，但她依旧是他的飞染妹妹。他承诺过保护她，怎么能因为他喜欢她，就勉强她嫁给自己呢？

“好吧，就当什么都没有发生过。”他的声音异常平静，后退一步坐回原来的位置。

飞染暗暗吁一口气，低头扭扯衣脚。

“不会有人知道的。”宋青莯撩开车帘朝外看去，“回到衙门，如果有人问起，你就说，我让你留在河边监视往来的船只。其他的事，我会处理的。”

“噢。”飞染点点头。

炙人的沉默中，宋青莯看到早起的百姓已经开始一天的生活。洗衣买菜，打理孩子，伺候老人，每一扇大门后面都是一个家庭。

无论是平民百姓还是贵胄世族，生活的本质是一样的。以前他不知道自己为什么把婚事一拖再拖，现在是时候走回应该走的路。

“飞染，不要再说回山上去的话。”宋青莯叮嘱她。

“大人，你生气了吗？”

“没有。”宋青莯轻笑着摇头，“母亲很喜欢你，你总是想着回山上去，她会伤心的。”

“可是……”

“我知道，你放不下你的师父，可是她已经死了。你自己也说，你师父早就看淡了生死，你也应该放下才是。净心庵距离京城并不远，如果你实在很思念你的师父，你可以对母亲说，让她带你回去祭拜你师父。母亲会答应的。”

飞染抬头看着宋青莯。她总觉得他的话哪里怪怪的，又说不上原因。她急巴巴地解释：“大人，我的睡相不好，从小睡觉就不老实，所以昨晚我真的不是故意的……”

“我知道。”宋青莯点头。

马车适时停下。

“我走了，你回衙门吧。”宋青莯走出车厢，回头深深看她一眼，又向前走了两步。突然，他转身对她说，“以后无论你喜欢上什么，都可以对母亲直言，不要委屈了自己。”

飞染听得莫名其妙，心道：难道他还在怪我睡觉不老实？可是我真的不是故意的！她想要解释，马车已经缓缓前行。

她揭开车帘朝他看去，他站在大街上朝她挥手。她慌忙坐回座位，双手用力按住胸口，喃喃自语：“大人站得那么远，为什么我的心口还是跳得这么厉害？”

第 15 章　逃避

小半个时辰后，马车驶入刑狱司的侧门。车子还没有停稳，飞染飞一般地跑回小院，直嚷着她要洗热水澡。

氤氲的雾气中，她努力回忆昨晚到底发生了什么事。她隐约记得，好像有人对她说了什么，可她实在太困了，压根没办法睁开眼睛。

突然，她看到宋青莯的脸庞近在咫尺。他专注地看着她，而她的手掌撑着他的胸膛。她一直觉得他弱不禁风，没想到他的胸膛……

“啊！”飞染尖叫一声，双手捂住脸颊，“扑通”一声钻入浴桶，只留下几片花瓣孤零零地在水面荡漾。

“小姐，您怎么了？”雪雁慌忙走到浴桶旁边询问。

飞染憋着一口气缩在水底。怎么办？以后她要怎么面对大人？她怎么能因为睡着了，就对他又搂又抱呢！该不会，她武功太好，所以他只能任由她上下其手吧？

“小姐！”雪雁朝水底张望，不敢伸手拽她。

直至飞染憋得快昏厥过去，她才从水中冒出小脑袋。她吞吞吐吐地说：“雪雁，你有没有……看到一枝很漂亮的花，对，就是一枝花，特别漂亮。你知道不能摘，还是忍不住上去闻一闻……”

“小姐，为什么不能摘？”雪雁不明其意。

飞染心虚地低下头，小声说：“反正就是不能摘。”

飞染满头满脸都是水珠，黑发湿漉漉的，犹如瀑布一般。雪雁由衷地赞叹：“小姐真美，比花儿更漂亮。”

飞染脱口而出：“大人才最漂亮。”

雪雁微微一怔，又见飞染说得认真，她笑着说：“三爷是男子，小姐的美丽和三爷不同。不过满京城的确找不出第二个三爷，不知道多少名门淑女为三爷倾心……”

“所以，大家都喜欢大人？”飞染双手抓着浴桶边沿，眼巴巴地看着雪雁。

雪雁自知失言，赶忙解释：“三爷自小刻苦好学，之后又忙于公务……”

“我不是问你这个。”飞染鼓起腮帮子，“据你所知，京城里面有多少人喜欢大人？”

“大家……都喜欢吧？”雪雁含糊其辞。她不敢告诉飞染，宋青莯为人冷淡，说话不留情面，除了那些未婚的小姑娘偷偷倾慕他，他的人缘并不好。

飞染听到雪雁的话，顿时安心了不少。既然她和大家一样，那就没什么可担心的。不过满京城的人都喜欢他，他是不是太过招蜂引蝶了？

她洗完澡，得知俞毅派人通知她，今天她不必上工，索性睡了一上午。

午饭过后，她单独留下陶氏，一本正经地说：“陶妈妈，大人又对我说，让我以后都留在京城。”

陶妈妈一听就急了，嘴里“哦哦哦”叫嚷，不断地摇头。

飞染皱着眉头说：“陶妈妈，你听我说完。我没有答应大人一定会留下，我只是觉得，以前有师父在，庵堂就是我们的家。现在师父不在了，净心庵还是我们的家吗？”

陶氏的声音卡在了喉咙内，肩膀耷拉。

飞染又道：“大人真的是好人，可衙门终究不是我们的家。”她顿了顿，低着头小声询问，“他们把我扔在庵堂外面，这些年都没有回来找过我吗？”

陶氏瞬间白了脸。

飞染急忙解释：“我不是想要找回他们，可是大人说得对，我终究还是放不下他们，特别是当我看到，鲁大嫂为了找回她的儿子，几乎倾家荡产；胡大嫂因为儿子的死伤心欲绝。可是也有人像鲍氏那样……我只是想知道，他们是怎么样的人……其实他们不要我，也没有关系的，我已经长大了……我只是想知道……”她的眼泪掉在了手背上。

陶氏脸白如纸，死死咬住嘴唇，拼命忍着眼泪。

院子内传来白珺若的笑声。她一脸喜气洋洋，直嚷着要带飞染出门买衣裳。

雪雁迎上前笑问，是不是有什么喜事。

白珺若只笑不语。早上的时候，她看到儿子一脸疲累，整个人有气无力，自然要去关切几句。没想到他竟然告诉她，飞染多半不是甄彦行的女儿。

如果不是丈夫说，此事关系重大，需要慎重查证，她真想马上把飞染认作女儿。

不消一盏茶的工夫，飞染被白珺若拉着出门，直至傍晚时分才回到衙门。她刚一进门就问田大成，宋青莯在不在。田大成告诉她，宋青莯下午来了衙门，但很快带着俞毅出门办事去了。

飞染有些失望，打算第二天一定要问一问他，他到底在河岸边发现了什么，顺便再打听一下，京城有多少名门淑女喜欢他。

第二天，她一大早就在大门口等着宋青莯。俞毅看到她，吩咐她和田大成一起去巡街。

飞染怀疑，那根本不是巡街，而是俞毅故意支开她，不然田大成为什么让她换上普通百姓的衣裳，一路上喋喋不休地告诉她，这条街上住着谁，那条街上住着哪个，京城有哪些风俗习惯，哪里有好吃的好玩的。

午时，她迫不及待回到刑狱司，远远看到山柏守在院子门口。

她想要和往常一样，径直走进去，可隐约中她又觉得，自从那天晚上之后，有些事情不一样了。

她在院子外面徘徊，一个人想了很久。如果大人还在为那天晚上的事生气，那她向他道歉就是了。她急匆匆跑去厨房，泡了一壶热茶又折了回来。

山柏在院子门口拦住她，硬着头皮说：“陶捕快，三爷有很紧要的公事，任何人都不能进去打扰。”

飞染笑盈盈地解释：“山柏大哥，我就是给大人送一壶热茶，不会打扰他的。”

山柏很想让飞染进去，奈何宋青莯的吩咐他不敢不从。他摇头拒绝，压着声音说：“今天肯定不行，要不，你明天再试试？”

“可是……”飞染伸长脖子朝院子里面张望，“我就是进去看一眼，也不行吗？”

山柏再次摇头。这两天他家三爷吃得少，睡得少，整个人都憔悴了。他低声暗示：“陶捕快，你的武功那么好，从小就练武吗？”如果飞染硬闯，他当然拦不住她。

飞染压根没有听明白他的暗示。她胡乱点点头，把茶壶塞给他，嘟着嘴说：“那我走了。如果大人生气了，你帮我告诉他，我不是故意的。”

她转身跑回自己的小院，到底还是意难平，又跑出院子，坐在回廊的角落盯着大门口，心里想着，等宋青莯办完公事回家的时候，她就拦住他。

飞染等了很久，就在她几乎快要睡着的时候，宋青莯牵着马儿走出侧门。她赶忙追上去，他已经翻身上马，疾驰而去。

飞染急得直跺脚。她一定要找她家大人说清楚！她使出轻功，追着马儿飞奔。

宋青莯很少在闹市骑马，特别是人潮涌动的傍晚，但今天是例外。他循着记忆，按照那天晚上马车的行进路线飞驰。他在石桥边翻身下马，怔怔地望着石桥上川流不息的人群，仿佛看到自己牵着飞染的手在石桥上奔跑。

飞染远远跟着宋青莯，跑得气喘吁吁。“原来大人是来查案的。”她微微扬起下巴，骄傲地自言自语，“我就说，大人是大好人。”

宋青莯随手把大白马拴在路边，信步走上石桥。

石桥上，小贩挑着担子，时不时吆喝两声，笑着招呼往来的熟客。石桥下，小船儿不时掠过河面，留下此起彼伏的水波。河岸边，老者在垂钓，小童抓着柳条拍打水面，妇人们有的在淘米洗菜，有的在大声说笑。

宋青莯走下石桥。那天晚上，黑影就是在这里出现，消失在小巷的尽头。他循着记忆走入小巷。

小巷幽深狭窄，两边的店铺把夕阳阻隔在了巷子外面，巷子里面充斥着夏日的暑气、浑浊的烟尘。

巷子两旁的店铺大多只有一丈见方，卖的都是一些日用杂货。妇女们三五成群聚在一起做手工，还有洗衣女赤着脚站在水盆中，一边吆喝孩子，一边与邻居搭话。男人们有的在下棋，有的在赌钱，还有的坐在门槛上抽烟。

宋青莯特意换上了藏青色的旧褂子，脚上的棉鞋脏兮兮的，几乎看不出花色。可是如此，他走在巷子里，仍旧引来了路人的侧目。

“这位大娘。”宋青莯找上落单的妇女，“我刚刚来到京城，想请人帮忙搬东西，不知道应该去哪里找人？”

“你想找人搬货，你怎么找来这里的？”妇人满脸戒备。

宋青莯说的是“搬东西”，妇人的回答却是“搬货”。他不好意思地笑笑，反问：“那我应该去哪里找人，求大娘指一条明路。”他补充，“要便宜些的，可以长期干活那种。”

“我哪里知道。”妇人转身走了。

宋青莯继续往前走。

突然，一名衣衫褴褛的少年不知道从哪里窜了出来。他全身脏兮兮的，瘦得只剩下皮包骨头。

“救命！”他一边跑，一边呼救，“有人把我关起来了，求求你们，帮我去报官。”

“报官？”人群嗤笑，没有人伸出援手，反而把他围了起来

少年不断地哀求他们，口口声声说他不是孤儿，是被别人拐卖的。

飞染听到那边的动静，顾不得尾随宋青莯，急着想要挤过去帮忙。她走了几步，手

腕突然被人抓住了。她挥手想要甩开对方，看到了熟悉的脸庞。

“大人！”飞染笑了，急促地说，“你先在这里等一下，我把那人带过来，咱们一起回衙门。”

“不用。”宋青莯急忙放开她的手腕。他在石桥上就发现，她跟来了。他示意她跟着自己，转身往外走，却发现飞染没有跟上他的脚步，他只得回头再去拉她。

两人走到巷子的角落。飞染奇怪地看看宋青莯，又担忧地瞧了瞧人群中的少年。

宋青莯面无表情，思绪却一阵阵翻腾。他故意不看她，却无法忽略她手腕的温度。他故作镇定，一本正经地解释：“那名少年是俞毅找来的。”

“我就知道，大人是大好人，如果那人真的求救，你不会坐视不理的！”飞染笑靥如花。

人群中，少年虚弱地摔坐在地上，苦苦哀求路人送他去衙门，没有人理会他。

半晌，一名四十多岁的妇女拿了小半碗稀粥放在少年面前，嘴里劝说：“吃吧，吃完就回去。你自己回去，可以少挨一顿揍。”

宋青莯听到这话，沉下了脸。飞染说，张大宏的儿子逃跑的时候，不可能没有求救。他派捕快调查，却什么都查不出来。原来，整条巷子的人都是从犯！他们全都知道苦力的存在，也知道他们在夜里搬运私货。甚至于，他们偶尔也会雇佣苦力干活吧？

他们有恃无恐，大概因为他们很清楚，即便是皇上也不可能将整条巷子的人治罪。

他吩咐飞染：“你先回衙门。”

“可是……”飞染不想走。

“没有可是。”宋青莯打断了她，暗示性地朝四周看了看，“我们在办案，你不应该跟踪我的。”

“大人，对不起。”飞染低下头。她这才发现，四周有不少乔装打扮的捕快。她默默转身，朝巷子的入口处走去。

宋青莯看着她孤寂的背影，心脏狠狠一抽。飞染耷拉着脑袋，时不时被行人撞一下，在人群中随波逐流，整个人有气无力。

“飞染！”他追上她的脚步，“虽然你不记得了，但是你永远是我的飞染妹妹，所以你不需要做端茶递水的活，更不需要……”

飞染打断了他，可怜兮兮地问：“大人，你是不是还在为那天晚上的事生气？”

“当然不是。”宋青莯心虚地别开视线，“等衙门找到适合的女捕快，母亲就会接你回家。到时候，我们虽然不能经常见面，但是你要记住……”

“我不稀罕了！”飞染努力压下眼中的泪光，“虽然我不聪明，但是我也不傻。从今往后，我不会打扰大人办公的。”她使出轻功，眨眼间跑出了小巷。

她很生气，从来没有这么生气。她正在认真考虑，是否永远留在京城，他却说出这样的话。她不就是抱着他睡了一晚上吗？她又不是故意的。再说，他还摸过她的脸，揪过她的耳朵，拉过她的手呢！她都没有和他计较！

飞染气呼呼地跑回刑狱衙门，恨不得拿起包裹一走了之。不过，她要做一个信守承诺的人，等衙门招收到女捕快再离开。

她一晚上都在院子里练功，把木桩子想象成宋青莯的脸，恨不得把他揍得鼻青脸肿。

第二天一早，她用过早饭去前院当差，暗暗发誓，她再也不理会宋青莯了。可是当她听到田大成提起“大人”什么的，她又忍不住凑了过去。

“你们没有看到，赵大人当时的脸色啊，跟开了染坊似的。”田大成眉飞色舞，“京兆府这两天可有的忙了。那帮苦力都是半大的孩子，无家可归，京兆府必须想办法安置他们，还要想办法帮他们寻找家人或者遣回原籍。”

“既然都是半大的孩子，怎么会沦为苦力呢？”飞染好奇地询问。

田大成扬扬得意地解释：“是大人发现，居然有人借着善堂的名义，做着天理不容的事！俞捕头说，那些关押在地牢做苦力的孩子，多半都是相貌丑陋，长时间卖不掉的。那些长得好看的，早就被他们卖去其他地方了。”

飞染的眼珠子转了一圈。她猜想，一定是巷子里的少年带着官差找到了贼人的老巢，然后宋青莯把他们送去京兆府了。她兴致勃勃地继续聆听田大成描绘昨晚的情景。

又过了一天，飞染刚从外面办事回来，听到捕快们议论，衙门来了很多大官，有京兆府尹，工部尚书，河道司主事，以及五城兵马司的叶魁。

原来，那个苦力窝竟然牵扯一桩利用河道走私货物的巨案。走私团伙盘踞京城多年，贿赂朝廷官员，收买地痞流氓。京兆府的捕快因此才会威逼张大宏，把他儿子的死定性为意外，草草结案。

飞染依旧对宋青莯很生气，不过她终于知道，那天晚上他们守在河边，就是为了等待走私的船只出现。她不得不承认，她家大人小气归小气，但他确实很聪明。

这天一大早，飞染如同往常一样，吃完早饭就去前院，等候俞毅分派任务。她刚刚走出院门，发现院子里的气氛很紧张，隐约可以听到外面的喧哗声。

她拉住一个捕快询问：“发生了什么事？”

捕快焦急地回答：“天蒙蒙亮，咱们的大门就被百姓团团围住了。偏偏大人上朝去了，俞捕头还没有回衙门，大家都不知道怎么办。”

飞染天真地问：“大家为什么把大门围住？是不是他们都想谢谢大人？”

“当然不是！”捕快急匆匆走了。

飞染满心疑惑，走到大门口透过门缝往外瞧。大门外聚集了一大群人，他们七嘴八舌地叫嚷，是刑狱司断了他们的生路，他们吃不上饭，只能饿死在刑狱司门前。

他们之中，有的搀扶老人，有的怀抱婴儿。飞染记得，其中一人就是在巷子内给摔倒的少年施粥的中年妇女。

“她的心地应该不坏，为什么也会误会大人？为什么大家全都怪责大人，而不是那么做坏事的人？”飞染对着门板喃喃自语。

捕快们在院子内议论纷纷。其中一人喟叹：“走私固然触犯了律法，但大伙儿也是没办法，才会用见不得光的方式讨生活。至于那些苦力，没人带着他们搬货，说不定早就饿死在哪个犄角旮旯了。”

对于这话，有的人点头，有的人摇头。

那人又道：“大人含着金钥匙出生，体会不到百姓的疾苦。他这样上纲上线，不知道断了多少人的生计。俗话说，断人生计犹如杀人父母，他们当然要找刑狱司的晦气。”

飞染听到这些话，气得火冒三丈。她大喝一声：“是谁说大人断了百姓的生计？”

人群中，一个瘦高个捕快站了出来，仰着下巴说：“是我说的，怎么样？”

“陈琪，你再不改改口无遮拦的毛病，迟早惹出祸事。”田大成急忙拦住说话的男人。

被唤作陈琪的捕快远远看着飞染，眼中闪过一抹算计。他一把推开田大成，冷笑着说：“陶捕快，我说错了吗？”

“你当然说错了！”飞染握着拳头指正他，“他们本来就不应该做犯法的事，你怎么能怪大人……”

“如果不是生活所迫，哪个人愿意铤而走险？”陈琪咄咄逼人。

飞染不甘示弱，大声反驳：“如果一句‘生活所迫’，大家都去打家劫舍，百姓的日子只会更艰难。走私也是一样的道理。他们私贩货物，会让正经做买卖的百姓日子过不下去。”

她义正词严地指出，“师父跟我说过，边寨那些人贩卖私货的故事。一开始我也觉得没什么大不了，可是师父说，长此以往，买卖市场只会更混乱，大家的日子都不会好过，说不定还会引发战事。”

捕快之中不乏出身社会底层的人，他们听了陈琪的话，同样觉得宋青莯太无情了，可飞染的话也不无道理。

陈琪没料到飞染看起来天真烂漫，居然说得出这样的话。他红着脸驳斥她：“那些人不过是利用河道贩卖些日常用品，养家活口罢了，从来没有伤害过任何人，你不要在这里危言耸听了。还有门外那些百姓，他们都是些做小买卖的老实人……”

“他们可以找其他的营生养家活口，做犯法的事就是不对！”飞染态度坚定。

“吵什么！”俞毅大喝一声。

飞染看到俞毅，立马跑过去告状：“俞捕头，他说大人坏话。大人是好人，谁都不能说大人坏话！”她可以生宋青莯的气，别人不可以说他的坏话。

陈琪向俞毅解释：“俞捕头，我和陶捕快只是就事论事……”

俞毅不耐烦地打断了他，粗声粗气说：“什么就事论事，你们是捕快，又不是文绉绉的书生。有什么分歧，用拳头说话。”

不只是陈琪与飞染两位当事人，其他人同样惊愕万分。虽然捕快之间切磋武艺是家常便饭，可是哪有不分青红皂白就怂恿手下打架的上司啊！

众人不知道，宋青菻和俞毅早就发现，陈琪是赵维明派来的眼线。宋青菻决定留下他“物尽其用”，俞毅这才没有揭破。不过俞毅最恨这样的小人，奈何他是总捕头，不能以大欺小揍他，今天可算让他逮到机会了。

俞毅不动声色地激将飞染：“怎么，你刚才不是说，他说大人的坏话吗？”

陈琪解释：“俞捕头，我们只是……”

“没错，谁敢说大人的坏话，我就揍谁，压根用不着讲道理。”飞染一脸恍然大悟，目光灼灼逼视陈琪，“如果你不收回刚才的话，我就揍你，我绝不会手软的！”

陈琪虽然见过飞染和俞毅比武，不过飞染也说了，俞毅只用了五分力。他觉得飞染年纪小，又是女的，自己不见得输给她。

想到这，他朗声说：“我说的都是事实，我不会收回刚才那些话。陶捕快，请指教！”话音未落，他一个掌刀劈向飞染。

飞染不屑地撇撇嘴，轻盈地闪身。陈琪扑了一个空，反手就是一拳。

俞毅顿时急了，大叫：“陶捕快，不要轻敌！”

飞染眨眨眼睛。转眼间，她一连后退三步。

陈琪勾起嘴角，心道：原来她的武功不过如此。这个念头才刚刚闪过他的脑海，飞染突然跃上墙边的石凳，整个人如同轻盈的蝴蝶，在半空中旋转。

陈琪心生轻视，也不闪躲，挥手就去抓飞染的脚踝。

可惜，他的手掌没能碰到飞染的鞋子，只觉得左脸一阵剧痛，整个人“嘭”的一声摔在地上，嘴里一股咸腥味扑鼻而出。

俞毅冷声说：“陈捕快，男人大丈夫，这样就认输了？”众人一阵哄笑。

陈琪哪里受得住这样的刺激。他用衣袖抹去嘴角的鲜血，一个扫堂腿直攻飞染的下盘。

飞染后退两步，微微皱眉。宋青菻总是干干净净的，身上有很好闻的味道。陈琪却不是这样，她不喜欢他靠近自己，更不愿意与他近身搏斗。

转瞬间，飞染已经退至墙角。

俞毅又急又气。他相信飞染有能力把陈琪揍得满地找牙，飞染却节节败退。他怒道：“陶捕快，你在干什么！”

电光石火间，飞染学着陈琪的动作，一个扫堂腿攻他的脚踝，趁他重心不稳之际，她三百六十度前空翻，一脚踹在他的后心窝。

她生怕陈琪继续纠缠不休，赶忙踩住他的后背，高声宣布：“你输了，以后再也不许说大人坏话！”

宋青菻刚下早朝，飞染的一言一行立马巨细靡遗传入他的耳朵。一时间，一股说不清道不明的情绪在他的五脏六腑间翻涌。

他喜欢飞染，飞染却不愿意嫁给他，于是他决定放下她。说他无情也好，说他无义也罢，他相信这是最理智的选择。

小巷一别，他很忙，而她果真不再“稀罕”他，再也没有找过他。他听俞毅说，她每天在衙门里忙前忙后，游刃有余。原来，她并不需要他的保护。

宋青莯闭上眼睛轻揉太阳穴，强迫自己专心于公事。他必须尽快结案，让所有人看到，贵族豢养小童对整个社会风气造成多么严重的不良影响。最重要的一点，抓捕黑市苦力一事闹得沸沸扬扬，他已经打草惊蛇，令娈童案的凶手心生戒备。

俞毅站在桌前，他觉得自己快要窒息了。这些日子，宋青莯整个人笼罩在低气压中，让所有人都喘不过气。

他“呵呵”一笑，故作轻松地闲聊：“大人，您没有亲眼看到陶捕快怎么维护您，真是可惜了……”

“无关紧要的事，不用回禀。”宋青莯冷声打断了他，“在大门外闹事的那些百姓，都处置妥当了吗？”

“是。”俞毅点头，“我按照大人的吩咐，一早在外面监视，抓了几个带头煽动闹事的，那些人立马散了。不过……”

他担忧地看一眼宋青莯，“大人，外面的百姓都在议论，你面冷心黑，做事不择手段，不计后果……甚至还有人诅咒你……”

“无妨。”宋青莯浑不在意。

俞毅替宋青莯不平，心中更是不解。他嘀咕：“苦力案，走私案，大人把这么大两桩功劳‘送’给赵维明，他不仅不感激，反而把所有的恶名都推给您……”

“你不是经常抱怨，大伙儿累得像条狗吗？那两桩案子的后续纷繁复杂，牵涉面甚广，至少得花一两年时间才能彻底理清楚。再说，赵大人经验丰富，也比我圆滑，更适合善后工作。”

俞毅干笑两声，心中腹诽：大人，分明是你只喜欢研究怎么破案，不喜欢开堂断案。

两人说着话，山槐回禀，户籍官员已经把宋青莯要的资料送了过来，识字的捕快也全部集中到院子里。

院子内，飞染按指示坐到矮凳上。她的头顶上是刚刚搭建的遮阳棚，一幅巨大的堪舆图悬挂在距离她三丈远的地方。

不多会儿，满满两车子书册分放在每一个捕快的案桌上。

她奇怪地询问身旁的捕快：“这是要干什么？”

捕快神秘兮兮地回答：“大人又要变戏法了。咱们只要按大人说的做，保准没错。”

飞染随口应一句。她瞥见熟悉的身影朝这边走来，赶忙低下头，又情不自禁偷瞄他。他们已经很多天没说过话了。闲暇的时候，她总是在山柏面前晃悠，可是山柏再也没有要她送吃的给他。

宋青莯走到堪舆图前面，一眼就看到了飞染。他心虚地移开视线，高声说：“这次要找的人，住在这一片区域。”

他用毛笔在堪舆图上画出一个界线，回过头说，“这人世代居住在京城，大约三十岁到四十岁之间，近几年家道中落，三个月前经历了一场大的变故。在邻居眼中，他是大好人——”

他顿了顿，情不自禁瞥一眼飞染，“他的妻子性格懦弱，或者已经过世了。数字‘九’对他来说有特别的意义，或者，他的生活中有一件事与‘九’有关……”

宋青莯一一描述凶手的特征。

按照他的推测，张大宏的儿子逃出凶手的魔爪之后，混在那些苦力当中。因为他不熟悉苦力们的情况，在小巷内呼救未果，跳下石桥摔死了。

苦力头子发现他并非他们中的一员，所以没有处理他的尸体。京兆府的仵作尸检后发现异常，苦力头子生怕事情闹大，买通官差威逼张大宏夫妻掩盖事实。

宋青莯根据苦力的活动范围，推测张大宏的儿子可能的逃跑路线，从而确认调查范围。但是调查范围内的住户太多，他只能利用居民的户籍资料进行筛选。

直到宋青莯说完，捕快们训练有素地低头翻阅案桌上的册子。飞染学着旁边的捕快，一行一行阅读资料。事关能不能破案，她不敢看得太快，一边看，一边回忆宋青莯说过的话。

半个时辰后，时不时有捕快站起身，把手中的册子呈献给宋青莯。不过他们都被宋青莯一一否决了。

又过了一个时辰，飞染盯着手中的户籍资料发呆。她眼前这位王员外，他们家虽然没落了，但他们祖辈都是远近驰名的大善人，人品有口皆碑。他今年三十四岁，妻儿在三个月前先后病故，他的父母也已经不在了。他看起来不像坏人。

飞染犹豫半晌，站起身朝宋青莯走去。

宋青莯接过资料，一目十行。飞染心生失落，又满腹委屈。他们虽然吵架了，她也说了很过分的气话，可是这都已经过去那么多天了，他竟然看都不看她一眼。

突然，宋青莯站起身。

飞染吓了一跳，不由自主后退一步。

宋青莯心中一阵苦涩。她依旧像防贼似的防着他，不允许他靠近半步。他若无其事地走到堪舆图前面，确认王家的住址，又问俞毅：“这位王乾，在京兆府审理苦力案子的时候，他是不是上堂作证了？”

俞毅的记忆力不如宋青莯，他翻开一旁的案卷副本，焦急地寻找王乾的名字。

飞染站在一旁，死死咬住嘴唇。宋青莯从始至终都把她当成空气。师父教过她，乞讨来的东西，永远不可能真正属于自己。不属于自己的东西，委曲求全只会让自己变得卑贱。她才不要做卑贱的可怜虫，乞求他的垂怜。

“找到了。”俞毅惊呼一声，朗声说，“王乾在京兆府说，张大宏的儿子逃跑那天，他生病了，一直在家睡觉，什么都不知道。”

“咦。”俞毅皱眉，“按照京兆府的记录，捕快还没有找上他，他已经主动前往衙门说明情况。”

“他想知道，衙门查到了什么，会不会牵涉他，所以去京兆府打探情况。”宋青菻低声解释，把手中的户籍册递给俞毅，“去抓人吧。”

他顿了顿，突兀地说：“你也一起去。”

飞染不敢确信，宋青菻最后那句话是不是对她说的。她脱口而出：“大人，走私的人并不是九天运一次货，苦力们也不是九天出一次工。这个王员外和‘九’没有任何关系。”

“或许只是巧合？”俞毅试探着回答。

“不是巧合。”宋青菻摇头，意味深长地说，“喜欢一个人，不可能到了第九天，突然就不喜欢了。”

“什么？”俞毅丈二和尚摸不着头脑。

宋青菻苦笑。他多么希望，他突然间就不喜欢飞染了，可他压根做不到。他甚至会在人群中下意识寻找与她相似的身影。凶手的心情恐怕与他一样吧？

他再次吩咐俞毅：“去抓人吧。至于为什么是九天，抓到人，自然就知道了。”

大半个时辰后，飞染跟着俞毅站在王家的院子内，捕快们正在四处搜查。

俞毅瞥一眼王乾，扬声命令捕快：“大人说了，仔细搜查地窖、暗室的入口。”

王乾身形瘦小，胡子斑白。他哆哆嗦嗦叫屈：“捕头大人，我家没有地窖，更没有暗室。”

俞毅吩咐飞染：“陶捕快，把他绑了！待会儿人证物证齐全了，一并带回衙门！”

“噢！”飞染拿出绳索，把王乾结结实实绑住，活像一只大粽子。

俞毅斜睨王乾，一颗心重重往下沉。

宋青菻一早叮嘱他，搜查的重点不是搜查，而是观察王乾的反应。如果他的目光不自觉朝某个方向偷瞄，或者刻意回避某个方位，很可能那里就是囚禁稚子的地方。

可惜，王乾从始至终保持眼观鼻鼻观心的姿态，看似心怀恐惧，却又显得胸有成竹。

至于眼前的院落，在王家没落之后，其他两进院子已经变卖，只剩下眼前的三间正房，两间耳房。屋子内外一目了然，压根藏不了人。

一个时辰后，捕快们几乎把王家的每一堵墙，每一寸地都检查了一遍，压根没有暗门，更别说地窖了。

众人绝望之际，飞染信誓旦旦地说：“大人说他是真凶，他就一定是真凶！”她不理其他人，独自在院子内东摸摸，西看看。

俞毅轻轻摇头，正想命人把王员外带回衙门，就听到飞染扬声询问王乾：“这是通往哪里的？”

俞毅上前查看，发现只是墙角的狗洞，压根过不了人。他心生失望，却看到王乾突然别开视线，脸色惨白如纸。

他大声命令：“来人，把这堵墙砸开！”

随着石墙轰然倒地，一对三十多岁的夫妻跑了过来，急促地叫嚷：“发生了什么事？你们怎么能砸开我家的院子？！”

俞毅环顾院落，高声说：“你们这院子，原本是王家的？”

夫妻俩疑惑地点点头。

飞染在院中巡视一遍，驻足在水井旁。突然，她纵身跃下水井。

俞毅吓坏了，飞奔过去，发现是一口枯井。

飞染站在井底，打开井壁的木门，一条幽深漆黑的地道出现在她眼前。

俞毅紧跟着飞染步入地道。地道又窄又小，他很勉强才能通过。他急促地说：“飞染，大人吩咐过……”

“我是捕快！”飞染大步往前走，走过一个拐角，又看到另一扇木门。她握住门把，猛地拉开房门，绿豆一般的油盏绿光莹莹，光线异常刺眼。

“求求你，放了我！”

“不要过来！”

“救命啊！”

此起彼伏的哀鸣充斥着狭窄的空间，笼子与笼子的撞击声仿佛一声声闷雷，震得人心惊胆战。

整个地牢不过一丈见方，却固定着十数只笼子，关押着六名男童。笼子的对面是一张平板床，铺着锦褥，一旁的柜子上摆放着皮鞭铁索。从物件的磨损程度推断，这间地牢至少建了三十年。

饶是俞毅见多了血腥场面，他也被眼前的景象震惊了。他急着想要支开飞染：“陶捕快，你去把其他人叫下来。”

飞染失神地点点头。她至今都不明白，什么是娈童。她只看到八九岁的小童像绝望的小兽，蜷缩在笼子的角落，惊恐地看着她和俞毅。顷刻间，眼泪模糊了她的视线。

她转身飞奔而去，愤怒地冲出枯井。她跑到王乾面前，照着他的右脸就是一拳，打得他像冬瓜一样在地上滚了几个圈。

“你为什么把他们关在笼子里？他们也是人生父母养的！”飞染眼眶通红，努力忍着眼泪。

王乾梗着脖子叫屈，蜷缩在地上叫嚷：“我不知道你在说什么，你们冤枉好人。”

“大人绝不会冤枉好人！”她对着王乾的肚子就是一脚，“他们是人，你为什么把他们关在笼子里？！”

“陶捕快，够了！”俞毅拉住飞染。他也很想杀了眼前的人渣，但他知道，宋青莯是做大事的人。王乾会成为他手中的匕首，营救更多无辜的男童，所以他暂时不能死。

王乾像即将溺毙的动物，把俞毅当成最后的浮木。他哀求：“我不知道什么地牢，我什么都不知道，你们不能冤枉好人！”

“冤枉？”俞毅一脚甩开他，“要不要现在就把你儿子的尸骨挖出来？”这是宋青莯交代他，务必第一时间质问王乾的话。

顷刻间，王乾就像斗败的公鸡，一下子瘫软在地上。

“什么儿子？”飞染询问俞毅，眼中只有纯然的疑惑。

飞染没有得到答案。王乾及一众小童被捕快送去了刑狱衙门。受害人家属早就在大门外等候。

几家欢喜几家愁，有的孩子受不了折磨死了，被王乾扔在乱葬岗。剩下的人虽然活着，但他们心灵所受的创伤，恐怕一辈子都无法抚平。

人群中，鲁豆花夫妻抱着一个小男孩痛哭。是他们的坚持，让他们找回了儿子，这大概是整件案子唯一值得欣慰的地方。

飞染站在张大宏夫妻身旁，坚定地说：“是你们救了他们，让他们有机会一家团聚。你们的儿子在天之灵会很高兴的。”

胡氏默默抹眼泪，张大宏低着头不说话。刑狱司替他们的儿子换了一副上好的棺木，可是有什么用呢？他们的儿子死了，死后都不得安宁。

一旁，鲁豆花夫妻与儿子说了几句话，小男孩突然拨开人群走了过来。他跪倒在张大宏夫妻面前，一连磕了三个头，哭着说：“哥哥说，他逃出去了，就会回来救我们。我知道，哥哥一定会回来救我们的。”

顷刻间，胡氏泣不成声。张大宏弯腰去拉鲁豆花的儿子，眼泪再也忍不住了。

直至夜幕降临，人群才渐渐散去。

第二天，案子的审理十分顺利，事实与宋青莯的推断差不多。

地牢是王乾的父亲挖建的。三十年前，王家十分富裕，他们表面做善事，背地里偷偷购买漂亮的小童，囚禁在地牢中亵玩。

这几年王家家道中落，不得不卖地、卖房，就连地牢的入口也被迫售卖了。王乾再也没有能力购买小童。

三个多月前，王乾难忍心中的兽欲，竟然把魔爪伸向自己的亲生儿子。他的儿子死后，他觉得自己“爱上”了儿子，开始在街上寻找与儿子相像的男童。

他把男童关在家里，重温他与儿子独处的九天，然后把他们囚禁在地牢里，转而又去街上寻找下一名受害人，如此周而复始。

张大宏的儿子趁王乾不备逃了出去，混在苦力中间企图逃跑，被工头鞭打后不慎摔下桥墩。

公堂上，宋青莯冷眼看着王乾跪在地上像魔怔了一般大声重复："那个贱人整日哭丧着脸，口口声声我祖上不积德，才会败光了家财。她回娘家去的九天，是我和瑜儿最快活的九天。哈哈哈！"他仰天大笑，"她活该被气死，死不瞑目，只可惜我的瑜儿，竟然就那样死了。"

宋青莯挥手命令捕快把他带下去，疲惫地闭上眼睛。他不是身体累，是心累。

明日早朝，他只需添油加醋说几句，王乾被抓后，当众叫嚷：王亲贵胄引为风雅的事，他为什么做不得？那些有权有势的人家，哪一家没有一两个地牢？他相信，皇帝一定十分震怒。

案子结束了，凶手顺利抓捕归案，他也达到了预期的目的，为什么他一点都不高兴呢？

他低语："不要说整个大周朝，就是在这京城之中，还有多少的罪恶藏匿在暗处？"他的声音低沉压抑，也不知道在问自己，还是在问俞毅。

俞毅这会儿才有说话的机会。他自责地回禀："大人，卑职一时不察，陶捕快不只看到了地牢，也听到了王乾那些话……"

宋青莯猛地睁开眼睛，急问："她人呢？"

第 16 章　请婚

在宋青莯眼中，息嗔师太为飞染构建了美好而单纯的世界。他担心飞染无法面对王乾的罪恶嘴脸。

不过既然他已经决定，彻底放下对飞染的男女之情，哪怕他再想安慰她，也不应该在这时候拖泥带水。

宋青莯强迫自己不去想她，可他越是强迫自己，飞染的一颦一笑在他的脑海中越是鲜活。

他清楚地知道，他喜欢飞染。这种喜欢很陌生，苦涩中带着甜蜜，他不停地想她，迫切地想要见到她。他唯有把自己关在书房内，像困兽一般来回踱步，才能勉强抑制马上见到她的冲动。

"山柏！"宋青莯突然大叫一声。

"是！"山柏急匆匆走进屋子。

"去准备一份宵夜。"宋青莯说得又急又快。

山柏愣了一下。宋青莯一整天只喝了两碗菜粥，早就该饿了，不过他一向没有用宵夜的习惯。

“还不快去！”宋青莯催促。

一盏茶之后，山柏端着一碗热腾腾的馄饨面折返书房，宋青莯却走了出去。山柏只得跟上主子的脚步。

不多会儿，两人一前一后走到飞染居住的小院外面。宋青莯一本正经地吩咐山柏：“你把东西送进去，就说厨房做多了。天气太热，不能留到明日。”

山柏一脸为难。此时差不多快要子时了，这大半夜的，他无端端送一碗馄饨面进去，算什么事啊！他小心翼翼地提醒：“三爷，陶捕快可能已经睡了……”

“我又没说，面是给她吃的。”宋青莯挥挥手，示意山柏赶快上前敲门，自己则隐身在树影下。他只想确认，飞染是否无恙。

山柏一步三回头，象征性地敲了两下院门。他以为守门的婆子会把他打发走，院门却“吱呀”一声打开了。

“哦哦哦！”陶氏满脸泪痕。她看到来人是山柏，一脸失望，眼泪掉得更凶了。转念间，她冲山柏嚷嚷，喉咙里发出嘶哑的叫声。

山柏莫名其妙。他正要开口询问，雪雁疾步走了过来。

“山柏大哥，你怎么会在这个时辰过来？”雪雁询问。

陶氏退到一旁，对着雪雁点点头。

雪雁这才询问山柏，“你是不是见过小姐？”

“飞染不见了？”宋青莯又急又怒，三两步就走到院子门口。他问雪雁，“飞染什么时候不见的？怎么不见的？”

雪雁被宋青莯的表情吓到，结结巴巴说不出一句完整的话。陶氏瘫坐在地上泣不成声。守门的婆子更是吓得跪下了，连声表示，飞染下午回来之后，再没有走出院门。

宋青莯面无表情，心底却仿佛有一团烈火正在炙烤着他。他迎上芷兰，从牙缝中挤出两个字：“你说。”

芷兰一直在院子里寻找飞染，听到大门口的声响才走了过来。她言简意骇地汇报：“大人，小姐从外面回来之后就一直坐在窗口发呆。亥时左右，小姐吩咐奴婢去厨房拿吃的。奴婢端了吃食回来，以为小姐睡下了，一直在外间守着。大约小半个时辰前，奴婢发现小姐并不在床上。”

宋青莯冷冷地扫一眼芷兰。

芷兰单膝跪地，低下头认错：“属下该死，属下应该立即禀告大人。”

宋青莯没有说话，站在院中央环顾四周。理智告诉他，飞染不可能被掳走，可他的脑子不由自主想到，息嗔师太武功高强，最后却无声无息地死在了客栈，至今都没有抓到真凶。

“别哭了。”他呵斥陶氏，朝飞染的房间走去。

陶氏抹了一把眼泪，死死咬住嘴唇，跟了上去。

宋青莯强迫自己冷静，脑子却嗡嗡直响。他深吸两口气朝床铺看去，枕头撑起薄被，绣花鞋整齐地摆放在脚踏上。他回头看去，窗户虚掩着，窗边的桌椅前摆着一本书。

他问芷兰：“你们四处找过了吗？”

芷兰回答：“奴婢们把每间屋子，每个柜子都找过了。”

宋青莯转头询问陶氏：“飞染不高兴的时候，还是喜欢躲在柜子里？”

陶氏比手画脚，宋青莯看不明白，命令她只许点头或者摇头。她点点头，又摇摇头。

宋青莯转身往外走。他相信飞染不是不知轻重的人，她只是伤心了，所以偷偷躲起来疗伤。

他环顾四周的围墙，心中又气又恼。飞染的功夫不错，但围墙足有一丈高，如果她不小心摔下来，够她受的！待会儿找到她，非得好好教训她不可。

他深吸一口气平复情绪，拿着烛台走出院门，在院子的围墙外面观察灌木杂草。

当他看到围墙边折断的小树枝，站起身回忆刑狱司的布局。随即，他把烛台交给山柏，说道：“你们在这里等着，我知道飞染在哪里。”说罢，他朝卷宗室飞奔。

夜深人静，卷宗室的大门挂着锁。宋青莯沿着回廊依次轻推窗户。他尝试了十余次，某一扇窗户终于“吱呀”一声打开了。

卷宗室内黑漆漆一片，书架林立，并不见半个人影，但宋青莯相信，飞染就躲在某个角落。他苦笑着跃入窗户，拍了拍身上的灰尘，径直走向最后一排书架，果然看到一小团影子蜷缩在角落。

“飞染？”宋青莯轻唤一声。微弱的月光下，他隐约看到她呈“五头聚首”之姿，坐在地上动也不动，显然是睡着了。

他又气又恼又无奈，半跪在地上轻拍她的肩膀，轻声说，“飞染，你不能在这里睡觉。”

“大人？”飞染迷迷糊糊抬起头，“我又在做梦吗？”

“大家都在找你。”宋青莯陈述。大概是黑夜给了他保护色，也可能是他的心情乍然放松，理智尚不及回笼，他捏住她的下巴，轻轻抬起她的头，指腹滑过她的脸颊。“你哭了？”他错愕。

“我没有！”飞染的声音已经哽咽。

宋青莯脑中的那根弦“嘭”的一声断了。他倾身向前，双手抱住她，生气地斥责：“我不是说过，不许一个人偷偷躲起来哭吗？！”

“你没有说过，我也没有哭！”飞染用力摇头，眼眶中早已蓄满泪水，“我才不会哭呢！”话音未落，两颗豆大的泪珠顺着她的脸颊滑落。

宋青莯的心口隐隐作痛。他不知道应该怎么办，甚至说不出一个字，只能用力抱紧她，仿佛一旦他稍稍松手，她就会消失不见。

飞染以为自己在做梦。她顺势跪在地上，怯怯地伸手环抱他的背，低声恳求："大人，你不要不理我，不要故意避开我，好不好？"

宋青莯的心都快碎了。他不是不理她，不是故意避开她，是他需要冷静一下。他从来没有忘记，他承诺照顾她一辈子，不让她掉一滴眼泪。

飞染哽咽着解释："那天晚上，是我睡相不好，才会抱着你睡了一晚上，我真的不是故意的。我也不喜欢别人胡乱碰我，所以我明白你为什么生气，我向你道歉……"

"和你没有关系。"宋青莯鄙视自己，甚至憎恨自己。如果他没有喜欢上她，他可以一辈子当她的兄长，照顾她，保护她，可他逾越了那条线，他们再也不可能回到小的时候。

他不该对她有男女之情，可是他喜欢她。他想要抱她，亲她，他喜欢看着她的笑脸，他恨不得她时时刻刻都在他身边。他努力想要遏制自己的感情，可感情就像洪水，早已将他吞噬。

"大人……"

"不要叫我大人！"宋青莯的声音异常低沉。黑夜吞噬了他的理智，他想要任性一回，不考虑后果，只做他想做的事。

他抱着她站起身，一手压着她的背，一手搂住她的腰，努力让她贴近自己，低头嗅闻她的发香。如果可以，他真想永远抱着她。

飞染坐得久了，双腿又酸又麻，只能顺势环抱他。

宋青莯恨不得她再抱紧些。原来他们是这么契合，原来不是他冷情，只是他没有遇到能让他付出热情的人。

飞染吸吸鼻子，小声说："大人，你是不是原谅我了？不生气了？不会故意躲开我了？"

宋青莯叹息："笨蛋，我从来没有生你的气。"

听到这话，飞染反而大声哭了起来。

"怎么了？怎么了？"宋青莯慌了手脚，急忙放开她。他来不及去找汗巾，只能用手指替她擦拭眼泪，可她的眼泪源源不断。他焦急地解释，"我真的没有生你的气，我只是气我自己。再说，那天晚上……"

飞染抓住他的手掌，把他的衣袖当成自己的手绢，胡乱擦拭自己的脸颊。她断断续续说："今天，我又难过又高兴。傍晚的时候，我很想去找你，可是我只能拼命忍着，因为我害怕山柏又会拦住我……"

宋青莯脱口而出："以后他再也不会拦你了，我保证。再说，你又不是打不过他。"

飞染吸了吸鼻子，抬起头问他："那，万一要是别人拦我，我也可以揍他吗？"

这话把宋青莯难住了。

传说，他的父亲曾对母亲做出过类似的承诺。某一日，先皇微服来到国公府，他的母亲不只把阻拦她的御前侍卫打了，还指着先皇的鼻子说：她在自己家里，找自己的相公，他凭什么拦她！

子不言父母之过。宋青莯听闻此事的时候，曾经暗下决心，他决不能胡乱许下诺言。

一旁，飞染没有听到他的回答，可怜兮兮地追问："不可以吗？"

"可以。"宋青莯忙不迭点头。他用指腹擦干她的眼泪，问道，"你刚才说，你想找我，有事吗？"

"现在已经没事了。"飞染摇头。

宋青莯想了想，问道："是不是为了下午抓回来的犯人？"

"大人，你怎么知道？"飞染诧异又惊喜。

宋青莯自责地说："我不应该让俞毅带你一起去。我以为你想亲手抓住凶徒……"

"我想去的，我喜欢抓犯人！俞捕头让我把他绑起来，我故意把绳子绕了很多圈，把他绑得像大冬瓜。来，大人，你坐在这里，我仔细说给你听。"飞染拽拉宋青莯的衣袖，要他坐下听她说话。

宋青莯犹豫了一下，还是坐下了。

飞染坐在他旁边，在黑暗中四下寻找，嘴里嘟囔："咦，我的油灯呢？我明明放在这里的。"

"你带火折子了吗？"

"当然带了！我睡不着，就想来这里看卷宗，当然带了火折子。"飞染拿出火折子轻轻一吹，璀璨的火星似流星滑过夜空。

虽然只是短短的一瞬，但宋青莯清楚地看到，她头发凌乱，眼眶红肿。他又是愧疚，又是自责，就着火折子抓住她的手指，看着黑暗中的她低语："以后，再也不要一个人躲起来哭……"

飞染摇着头说："其实我哭一会儿就没事了。师父经常说，我就像小狗，一会儿哭，一会儿笑……"

宋青莯轻笑，低声纠正她："哪有人说自己像小狗的！"

飞染"咯咯咯"笑了起来。她找不到油灯，只得收起火折子，背靠着壁，仰着头说："大人，你说得没错，我真的放不下他们。以前有师父在，我不觉得什么，现在师父不在了，我总是忍不住会去想，他们像鲁大嫂呢，还是像鲍氏？我知道，他们一定不像鲁大嫂，不然不会把我扔在庵堂外面。"

"世上的事很复杂，或许他们有不得已的苦衷……"

"大人，你听我说！"飞染打断了他，"他们把我扔在庵堂外面，我的确很生气，生气完了，我很害怕。如果师父没有收养我，说不定我会像那些孤儿一样，被人抓起来……"

"不会的。"

"也有可能变成小乞丐，或者被恶心的人关在又黑又小的地牢。"

"不会的——"宋青莯的反驳哽在了喉咙内。他也曾害怕，她可能遭遇的不幸。他心知肚明，京城有多少乞丐，有多少流浪儿。有些问题皇帝都解决不了，更何况他区区一个四品官。

他一直很清楚，自己只是一个普通人，只能做力所能及的事。但是每当他想到，他抓住一个罪犯，可能还有一百个，一千个罪犯逍遥法外，心底就有一种深深的无力感。

己所不欲，勿施于人。他不应该因为自己的自私，把飞染带入泥潭。他低声说，"飞染，以后你不用再去抓犯人……"

"不，我想去。"飞染紧张地抓住宋青莯的手腕，撒娇一般恳求，"大人，你不要不让我去，我喜欢亲手把坏人抓起来。"

听着她软软甜甜的声音，宋青莯的心都快化了。他提醒她："到时你又会伤心难过，一个人偷偷躲起来哭。"

"才不是呢！"飞染摇头，"我难过，因为已经死掉的人再也救不回来了。可是我也很高兴，我们把坏人抓起来，又救了很多人。大人，我告诉你哦……"

她笑着说，"张大宏本来很不高兴，我们把他儿子的尸骨挖出来，可是当他看到那些被我们救出来的人，他说，他觉得很值得，他的儿子在天之灵也会欣慰。"

宋青莯不知道如何接话。飞染太过善良纯真，她本该在父母膝下无忧无虑地生活，却被困在庵堂十多年，又遭遇师父被谋杀。

他心生怜惜，悄然揽住她的肩膀，低声喟叹："你嘴上说得好听，以后等你再看到王乾、鲍氏那样的人，你还是会生气难过。看得多了，你会绝望……"

"才不会呢！"飞染用力摇头，"大人，你知道我为什么来卷宗室吗？因为来了这里，我就能高兴起来。"

"你这是什么话？"宋青莯很讨厌这几间屋子，这里记录着太多的罪恶，仿佛装满了人性的阴暗、自私、丑陋，甚至是变态、残忍。

飞染理所当然地回答："看到坏人被抓起来，当然应该高兴啊。大人，你看，我们抓住了王乾，他就再也不能害人了。这里这么多坏人，就证明像大人这样的好人，救了很多人。这难道不值得高兴吗？"

宋青莯呆住了。半晌，他摇着头说："抓住了一个王乾，不知道还有多少个王乾。只要世上还有人，就一定会有王乾那样的恶徒……"

"大人，你一定没有种过菜，对不对？"飞染轻声笑着。

宋青莯有些恍惚，不明白她这话是从哪里冒出来的。

飞染掰着指头历数："在庵堂的时候，我帮着陶妈妈种过豆角、甜瓜、白菜等等。那些菜可招虫子了，也容易长坏。我觉得当捕快和种菜是一样的。"

“你倒是说说，哪里一样。”宋青莯跟着笑了起来。他犹记得，她满脸泥巴的模样，就像脏兮兮的小花脸。

飞染不知道他在笑什么，一本正经地说：“就拿种甜瓜来说吧，如果果子长坏了，或者被虫子啃了，我们就要把坏的挑出来，摘掉。如果虫子啃得不严重，就把虫子除掉。我们不能因为有的果子长坏了，藤上又有虫子，就把整垄地都不要了，对吧？”

宋青莯仔细想了想她的话，摇着头说：“你不要偷换概念。我的意思，就算我们挑出了一个坏的果子，可是田里说不定还有更多的坏果子，说不定因为这些坏果子，好的果子也会腐烂……”

“那就继续找呀！”飞染理所当然地回答。

宋青莯反问：“如果田地很大，根本不可能全部找出来呢？”

“那就只能这样啊！”飞染拍了一下宋青莯的肩膀，“大人，你那么聪明，怎么也有犯傻的时候？我们又不是仙人，施个仙法就能心想事成。师父说过，凡事不可强求，问心无愧即可。”

“是，是我傻。”宋青莯失笑。

飞染笑眯眯地点头，兴奋地说：“大人，我喜欢抓坏人。将来，说不定我能像俞捕头那样，当上总捕头……不，是一定……总有一天，我一定会像俞捕头一样厉害……”

宋青莯听她絮絮叨叨规划人生，忍不住反问自己，他是不是太悲观，太消极了？

月亮升至半空，柔和的白光透过窗纱，朦朦胧胧洒在他们身上。光线很暗，暧昧在空气中流转，若有似无。

不知过了多久，宋青莯察觉她的小脑袋靠在了他的肩膀上。他犹豫是否应该提醒她，他们得回去了。他轻唤：“飞染……”

飞染迷迷糊糊说：“大人，那天在巷子里，我说自己不稀罕了，只是气话。后来，我一直很后悔。好多次，我想找你解释清楚，可是你都不理我。”

宋青莯呆住了。他忽然觉得，有些话他不得不说，不是因为他刚刚拥抱过她，他必须负责，而是他想告诉她，他喜欢她，他想娶她，哪怕现在的她对他没有半点男女之情，他愿意等她同样喜欢上他。

“飞染，你上次告诉我，你师父对你说过……成亲……的事。”他说得磕磕巴巴。如果不是因为夜太黑，飞染一定会发现，他的耳根子红了。

半晌儿，宋青莯发现飞染毫无反应，他试探着叫了一声：“飞染？”

“别吵，我好饿。”飞染不悦地咕哝。

居然睡着了？！宋青莯错愕，不死心地说：“既然饿了，你醒醒，我带你去吃宵夜。”

“好啊，大人最好了。”飞染半梦半醒，双手抱着宋青莯的手臂，脸颊在他的肩头蹭了蹭。

“不是说吃宵夜吗？来，起来了。”宋青莯故意引诱她。

“嗯，吃宵夜，我饿。”飞染嘴上这么说，却始终没有睁开眼睛。

宋青莯没再出声，任由她靠着自己的肩膀，脑海中满是她说过的那些话。

直到巡逻的侍卫发现，卷宗室窗户大敞，打开房门查看，宋青莯才回过神。他不忍心叫醒飞染，弯腰抱起她。

飞染“嘤嘤”一声表示抗议，眼睑都没有抬一下。

宋青莯把她送回小院之后，浑浑噩噩回到国公府。

接下去他应该怎么办？成亲是一辈子的事，不是刹那的冲动，可是他又眷恋着拥抱她的甜蜜，她的体温仿佛可以填补他心中的空白。

站在飞染的角度，她太过单纯，嫁给他未必是最适合她的路，毕竟现实不是从成亲那天结束，而是在那一天才开始。最重要的一点，飞染或许依恋他，喜欢他，但她不喜欢他亲近她，她对他并没有男女之情。

“三爷，热水已经备下，请让奴家伺候您沐浴。”

突来的女声把宋青莯吓了一跳。他循声看去，只见十六七岁的丫鬟穿着雪白的中衣，隐约透出玲珑有致的身材，乌黑的长发披散在肩头，随着她弯腰的动作，慢慢垂落胸前。

宋青莯立刻冷下了脸，不悦地问她：“夫人让你过来的？”

丫鬟垂首而立，吓得快跪下了。她哆哆嗦嗦回答：“国公爷说，三爷快成亲了，有些事迟早要做的……”

“父亲？”宋青莯惊讶万分。

丫鬟大着胆子抬起头，艰难地陈述：“奴家还是清白之身，已经沐浴洗漱。”

宋青莯仿佛没有听到这话，他只看到一双酷似飞染的眼睛。可她不是飞染，因为飞染的眼睛总是闪耀着光芒。她总是傻傻的，冲动又爱哭，但她总是能看到世间的美好。

“我明白了。”宋青莯转身往外跑。

国公府的另一端，白珺若哈欠连连，不悦地抱怨：“老爷，您到底有什么紧要的事儿，我们到底在这等谁？”

“再等等。”宋航胸有成竹。

“老爷，三爷来了。”小厮回禀。

“三郎？”白珺若诧异，“这么晚了，他有什么急事？”

话音未落，宋青莯推门而入，突然就跪下了。

“三郎，你这是干什么？”白珺若吓到了。除了祭祖、上朝，她的小儿子从来不跪的。

宋青莯一字一顿，郑重地说：“父亲、母亲，我喜欢飞染，我要娶她为妻。”

一听这话，白珺若手中的茶杯“嘭”的一声摔在了地上。她呆愣了好一会儿，憋出一句：“飞染是我的女儿！”

宋航微微皱眉。妻子言下之意，仿佛飞染是她的私生女似的。他赶忙纠正她：“夫人，飞染还不是我们的女儿。”

“马上就是了！”白珺若狠狠瞪一眼丈夫，转头对宋青莯说，“飞染是我的女儿，就是你的妹妹。”

宋青莯的心情起伏不定，脑子嗡嗡直响，压根没法思考。他脱口而出：“母亲，飞染从来就不是我的妹妹，以前不是，以后也不会是。”

他朝宋航看去，“一直以来，我嘴上说娶妻是为了生儿育女，只求门当户对，事实上，我心里早就认定了飞染。是我太迟钝，之前没有察觉。”

“你——”白珺若真的生气了。她喜欢飞染，她愿意把她过继在自己名下，照顾她一辈子，但是儿子想把她娶进门，又是另外一回事。

宋青莯再次恳求：“父亲、母亲，我喜欢飞染，从小就喜欢，求你们成全。”他说得铿锵有力。

“老爷！”白珺若察觉儿子心意已决，转而对宋航说，“我们早就商量好的，让飞染在旁支落个籍，然后过继给我们。大朗也答应，在秋闱的士子中找找……”

宋航反问：“阿若，难道你觉得三郎比不上秋闱那班士子？”

“当然不是！”白珺若一向觉得，宋青莯是她的骄傲。

“那不就行了！”宋航抿一口茶水。

白珺若摇着头说：“女儿和媳妇怎么一样！再说，是他亲口告诉我，他想要娶门当户对的妻子。我不是嫌弃飞染的出身，但是两个人过日子，单凭一句‘喜欢’是不够的。”

“你先不要着急，听三郎怎么说。”宋航好声好气地安抚妻子，转头斜睨儿子，“说说，你有什么打算。”

“回父亲，我，我暂时还没有打算。”宋青莯喉咙发涩。一直以来，他做每一件事都是有计划的，今天他居然这么冲动，甚至没有准备好说服父母的理由，慌慌张张跑来请婚。

白珺若不可思议地瞪着宋青莯。她的儿子一向都是嘴上说一句，心里已经想好十句等着对方，他会没有打算？

她这才注意到，儿子头发凌乱，衣服沾着灰尘，整个人看起来憔悴又狼狈，神色中却又透出不明意味的坚毅。

“儿子，你真的喜欢飞染？”白珺若心软了，又不死心地追问，“很喜欢那种？”

“是。”宋青莯毫不犹豫地点头，“儿子刚刚才明白，喜欢一个人就是‘非她不可’。”

白珺若再次朝丈夫看去。

宋航慢条斯理地饮一口茶水，不疾不徐地说：“你母亲说得没错，成亲不是一句‘喜欢’就够的。”他顿了顿，“最重要的一点，你有没有想过，她的身世可能给全家招来杀身之祸。”

“不会的。”白珺若吓得，“阿瑶不是不知轻重的人。”

“阿若，你和师太素来亲近，她向你透露过飞染的来历吗？”宋航陈述事实。

“老爷，你开玩笑的吧？不然你怎么会答应过继的事……”白珺若猛然想到，其实丈夫并没有明确答应过继飞染。她真的被吓到了。

一旁，宋青菘直挺挺地跪在地上，沉声说：“父亲，最近这二十年，除了蒋家，并没有人全家被诛，只这样就够了。至于其他的，您说过，有了足够的能力，才有资格说出‘保护’二字。我因为这句话走上仕途，只为有能力保护飞染。”他的言下之意，除非飞染的父母是反贼，会连累整个宋家，否则他是不会放弃的。

白珺若听得目瞪口呆，宋航的脸上却没有半点诧异之色。

宋青菘又道：“母亲说得很对，成亲是一辈子的事，一句‘喜欢’是不够的。我也知道，飞染性子单纯，我们对彼此而言都不是最好的选择，但是我放不下她，我只想娶她，唯有她……”

“不要净说废话！”宋航哼哼。

“父亲，我会明媒正娶飞染，不会让任何人对她的身世说三道四，请您给我半年时间。”宋青菘说得斩钉截铁。

白珺若看看丈夫，又看看儿子，不解地问：“这话什么意思？”

宋青菘又对白珺若说：“母亲，我知道您担心飞染无法适应京城的生活，不能胜任我夫人的角色。您怕我们因为琐事频繁起摩擦，感情也会慢慢淡了。这些我都考虑过，我也想过放弃，但是我仍旧想娶她。我想，只要我做得够好，您担心的事不会发生。”

白珺若别过头。她喜欢飞染，他们家也不需要靠儿子的婚事巩固地位。如果飞染是小家碧玉，哪怕是贩夫走卒的女儿，她也不会反对，偏偏她是父母不详的孤儿。任何一个做母亲的都不可能同意这桩婚事，可儿子的话又让她动容。

白珺若气呼呼地说，“我暂时不反对，但也不同意这桩婚事，待我明日问过飞染……”

“那个，母亲……”宋青菘犯难了，“您能不能过些日子再找飞染？”

“为什么？”白珺若侧目。

宋青菘低下头，小声解释：“飞染……不喜欢我，我想等她喜欢上我……”

“噗！”宋航一口茶水喷了出来。

白珺若不可置信地盯着儿子，脸上明明白白写着：飞染都不喜欢你，你对老娘说个屁，难不成要我们帮你去逼婚？

宋青菘被父母赶走了，临走的时候，他从母亲眼中看到一闪而过的狡黠。他怀疑，以母亲的不靠谱，说不定会挖他的墙脚。

他几乎一夜无眠，一会儿想起她软软的身体依偎着他，一会儿又担心她真的成了他的妹妹。他辗转反侧，好不容易睡着了，又梦见有人自称飞染的亲生父母，不同意他们的婚事。

第二天，宋青菘下了早朝，迫不及待赶回刑狱司，一路上想着，说不定飞染正等他一起用午膳。

当他跨下马车，手下却告诉他，飞染一早“缠着”俞毅，像小尾巴一样跟着他，后来用一盘酱肉包贿赂了他，高高兴兴跟着他出门办差去了。

宋青莯顿时没了吃午饭的胃口，偏偏没人知道俞毅带着飞染去了哪里。据他所知，俞毅手上并没有案子，难道他也觉得他的飞染娇俏可爱，不惜得罪上峰也要挖他的墙脚？

宋青莯草草用过午膳，在书房坐立难安。他在父母面前信誓旦旦说，飞染一定会喜欢上他，可是他应该怎么让她喜欢上他呢？

据他所知，讨女人欢心多半都是送礼物，可是飞染把裸钻当弹珠玩，除非他把天上的星星摘下来，否则很难博她一笑吧？

“山柏！”宋青莯大叫一声，吩咐道，“你替我去书局买几本书。”

“三爷想买什么书？”山柏询问。

宋青莯眼中掠过一抹不自然。他轻咳一声，一本正经地说：“你悄悄去书局，塞几两银子给掌柜的，然后告诉他，你想买教男人如何讨好女人的书。”

“啥？”山柏惊呆了。他家公子要他去买小黄书？他家公子不是一向不食人间烟火的吗？

宋青莯的耳根子一阵发烫，板着脸命令：“你不许偷看！”

“那个。”山柏抓了抓头发，“三爷，如果不是熟客，店家不会卖的。”

“你怎么知道？”宋青莯反问。

山柏干笑两声，回道：“公子，您若是不嫌弃，小的倒是有一本，就怕那书……污了您的眼睛。”

“拿来我看看。”宋青莯一心想着，为免夜长梦多，他得快刀斩乱麻，尽快娶飞染进门，并没有深究山柏的古怪表情。

半个多时辰后，山柏特意从国公府取来书册，书封上写着《九州列国志》。宋青莯才看了一眼，立马合上书页，不可置信地斥责山柏：“你竟然看这样的书？！”

山柏糊涂了，脱口而出：“三爷，这不是您想要的吗？”

宋青莯气结，脑海中不期然浮现惊鸿一瞥的画面。他深吸一口气，压下脸颊的淡淡红潮，呵斥山柏：“我让你去买教授男女相处之道的书。”

“这本就是啊！”山柏疑惑不解。

“这本分明就是——”宋青莯的声音卡在了喉咙内，低头瞪视桌上的小黄书。其实该懂的他都懂，可书上画的那姿势……

他突然想到他紧紧抱住她的甜蜜与悸动，还有她的小手滑过他的衣裳，在他的胸口留下的麻痒触感。一时间，他竟然口干舌燥。

“三爷？”山柏快石化了。他家公子脸红了，他不是泰山崩于眼前仍旧面不改色的吗？他再瞧瞧桌上的小黄书，脸也红了。这本书可是他的珍藏，画得惟妙惟肖，引人遐思却又不太露骨。

“山柏，大人回来了吗？”飞染的声音由远及近。“山柏大哥，你在哪里？”

宋青莯慌了神，仿佛做坏事的小孩，被父母当场抓了现行。他慌慌张张地把书册藏进抽屉，压低声音命令山柏：“今日的事，不许对任何人提及半句，听到了吗？”

“是。”山柏赶忙点头。

“大人，您在屋子里面吗？”飞染敲了敲房门。

“在，进来吧。”宋青莯重重咳嗽一声，深吸一口气掩饰尴尬。

山柏打开房门，低头退了出去。

飞染一脚跨入门槛，回头看一眼山柏离开的方向，嘴里咕哝：“大人，山柏大哥怎么了，一副做贼心虚的模样。”

宋青莯不由自主地朝抽屉看去，又急忙移开视线。

“大人，你在抽屉里面藏了什么？”飞染笑嘻嘻地走向书桌。

第 17 章　假公济私

飞染面上笑嘻嘻的，眼睛却不敢朝宋青莯看去。昨晚的种种似梦似真。

她清楚地记得，她睡不着，偷偷跑去卷宗室看案卷。结果早上醒来的时候，她发现自己竟然在卧室的床上。

她隐约记得，自己和大人坐在卷宗室的地上，说了很多很多话。大人很凶地警告她，不许她一个人偷偷躲起来哭。那时候她不只不生气，反而觉得很高兴。

她问雪雁和芷兰，昨晚发生了什么事。芷兰一声不吭，雪雁含含糊糊地回答，她在卷宗室睡着了，是大人把她送回来的。然后雪雁又郑重地告诉她，大人说，案子忙完了，她可以随时随地去找他了。

昨晚到底发生了什么？飞染不敢向宋青莯求证，生怕那些只是她的梦境。反正只要她和大人能够回到从前那样，其他的她全都可以不在乎。

当下，飞染仰着头说：“大人，俞捕头告诉我，你教过大家，一个人在心虚的时候，情不自禁看向什么地方，或者索性朝反方向看，就说明那里一定有猫腻。”

她愉快地笑了起来，“大人，你刚刚就是那样，你在抽屉里面藏了什么？”

宋青莯又羞又恼又心虚，手指用力压住抽屉，全身的血液直往脑门冲。

“大人，给我看看，您藏了什么。”飞染笑靥如花，眼中满是好奇。

"没有，没什么。"宋青莯干笑。

飞染原本只想验证俞毅的说法，这会儿她看到宋青莯的反应，真的起了疑心。她比了比拳头，高声说：大人，你再不松手，我可要上来抢了哦。

"你和俞毅去了哪里？"宋青莯试图转移她的注意力。

飞染摇头回答："你打开抽屉让我看一眼，我就告诉你。"

宋青莯轻咳一声，故作镇定地说："没什么，就是一本书。"他拉开抽屉，把小黄书捏在手上，高高举起，又义正词严地拒绝她，"你还太小，这本书不适合你看。"

飞染瞄一眼书封，失望地说："原来是《九州列国志》，师父也有一本。师父也说，我还太小，长大了才能看。"

宋青莯相信，息嗔师太那本应该是真的《九州列国志》。他脱口而出："你师父说，这本书你长大了才可以看？"

飞染点点头，突然纵身飞跃。"既然大人说，这本书很普通，那就让我看一眼！"她伸手抢夺。

宋青莯吓了一跳，本能地挥手劈开她的攻势，转念间他又怕伤到她，只能转而搂抱她。一来一回间，飞染抓住宋青莯的左手腕，指尖眼见就要触及书封了。

"大人，我就看一眼，就一眼！"飞染笑得眉眼弯弯，费力地踮起脚尖。

宋青莯可以不着痕迹地推开她，可是软玉温香抱满怀，盈盈笑脸近在咫尺，他怎么可能轻易松手。

"大人，你不给我看，我生气了哦！"飞染浑然未觉两人之间的暧昧姿势。

"你师父也说了，等你长大了才可以看。"宋青莯故意把左手伸得更远，引她更努力地贴近自己。

"我真的生气了，我会武功哦！"飞染假装生气，轻轻推了宋青莯一下。

宋青莯作势摔坐在椅子上，右手却没有松开她。毫无意外，飞染摔在他身上，额头撞上了他的下巴。

"疼！"宋青莯呼痛，嘴角难掩笑意。他终于明白，什么是牡丹花下死，做鬼也风流。

"大人，你没事吧，我不是故意的。"飞染停下抢夺的动作，审视他的下巴。

"有人来了。"宋青莯低声提醒。

大门口，俞毅一脸震惊。他的身后，山柏也是两眼发直。

飞染这才发现，自己整个人趴在宋青莯身上。她一下子涨红了脸，猛地弹开，后腰撞上了桌子。

"小心！"宋青莯急切地想要稳住她的身体。

"啊！"飞染尖叫一声，奋力推开他。她使出轻功跳过桌子，不小心撞翻了笔架，又慌慌张张地弯腰去捡。

宋青莯站直身体，旁若无人地把小黄书放入抽屉，镇定自若地解释："陶捕快正在教我武功。”

大人，您这是睁眼说瞎话吗？俞毅和山柏无声地吐槽。

飞染把毛笔一股脑儿放回桌子上，用力点头，大声附和：“对，就是教武功。”话音未落，她一溜烟跑出屋子，逃命似的飞奔而去。

宋青莯目送她的背影远去，整了整衣裳，仿佛什么都没发生过，一本正经地询问：“俞捕头，你带飞染出门，衙门有新案子吗？”

“哦，啊！”俞毅一时没有反应过来。

“俞捕头？”宋青莯的声音已然恢复一贯的清冷。

俞毅打了一个激灵。他跟着宋青莯三年多，深刻地懂得一个道理，无论得罪谁，也别得罪他家大人。他赶忙解释：“近日城西经常有人诈骗年轻女子的钱财……陶捕快说，她想看看，捕快是如何抓捕犯人的，所以……”

“嗯。”宋青莯淡淡地点点头，脸不红气不喘地陈述，“以后，我不希望我回到衙门的时候，看不到陶捕快。”说罢，他又一本正经地说起了公事。

另一厢，飞染跑出院子，双手紧紧捂住发烫的脸颊，身体靠着墙壁微微喘息。许久，她深吸两口气朝卷宗室跑去。

上午的时候，俞捕头告诉她，钻石、珍珠、翡翠等等比银子更值钱。师父从来没有告诉她，那些东西可以换很多银子。

她坐在书桌后面，拿出存放碎银子的香囊，从里面挑出宋青莯送给她的那副耳环，小心翼翼地挂在手指上，任由粉钻在眼前晃晃悠悠。

“大人买下你们，花了很多银子吗？”飞染喃喃自语，把耳环戴在耳朵上。她能够感觉到粉钻滑过肌肤的触感，可她看不到自己的模样。

“早知道应该把师父送的小镜子带下山呢。”她左顾右盼，拿起茶杯照了照耳环，抿嘴轻笑，又蓦然想起那天晚上，宋青莯送她耳环时的情景，脸上一阵发烫。

“大人真是大好人，对，就是这样！”她重重点头，仿佛已经说服了自己。

一个时辰后，宋青莯处理完公事走到卷宗室外面，看到飞染正低头翻阅卷宗，手指有一下没一下地撩拨耳环。他清楚地记得，刚才她并没有佩戴耳环。

他莫名地高兴，轻唤一声：“飞染，你刚才去找我，有事吗？”

“我……没事……没事呢！”飞染不敢抬头看他。

“你不是想看《九州列国志》吗？这本送给你。”宋青莯把书册递给她。

飞染不解地说：“这本不是刚才那本呢，你看，厚薄都不一样。”

宋青莯不得不承认，在某些时候，飞染的观察力比一般人敏锐。这大概就是为什么，替张大宏的儿子开棺验尸那天，她一眼就能发现京兆府派来的小混混。

他掩下思绪，尴尬地解释：“刚才那本太旧了，缺页。”

“我还是等以后再看吧。”飞染把书本还给他，“师父说，这本书上讲的故事，等我长大了才看得懂。”

《九州列国志》只是一本游记，讲述各地的风土人情。宋青莯已然明白过来。息嗔师太担心飞染看到了外面的世界，愈加觉得庵堂的生活孤苦寂寞。他满心怜惜，脱口而出：“申时三刻了，你可以下工了，我们出去逛逛吧！”

“真的吗？”飞染两眼放光，“白姨每次带我出门，都会给我买很多好吃的，每次都不一样。”

宋青莯抿了抿嘴，随意点点头。这些年，他根本没有时间出门应酬，哪及得上母亲会吃会玩。飞染不会嫌弃他又闷又无聊吧？

他趁着换衣服的空当使劲琢磨应该带飞染去哪里吃饭，最后还是在山柏的提点下，他们去了江南酒楼。

飞染看到酒楼的招牌，高兴地说：“大人，白姨带我来过这里，这里的点心又漂亮又好吃。”她手指街对面，兴奋地解释，“大人你看，那边还有一家‘江北酒楼’。听说两家铺子是同一个老板，囊括了江南、江北的美食。”

说到这，她小声感慨：“那位老板可厉害了，听说他去过很多地方，没有他不知道的事情。”

宋青莯干笑一声。他知道酒楼的幕后老板是谁，却不知道这两家酒楼还有一位无所不知的幕前老板。他吩咐门口的小二：“带我们去楼上的雅间。”

小二并不认识宋青莯，但他看到他华衣美服，器宇不凡，不敢得罪他，歉意地解释：“客官，对不住，已经没有雅间了。”

“陶姑娘，多日不见。”掌柜的认出宋青莯身后的飞染，笑着与她打招呼，“这次没有和宋夫人一起来吗？”

“白姨没有来呢！”飞染笑眯眯地问，“掌柜的，已经没有雅间了吗？”

“有，有，有，陶姑娘来了，怎么会没有雅间呢！”掌柜满脸堆笑，亲自招呼他们上楼。

宋青莯摸了摸鼻子。为什么他觉得，是飞染带着他出门？

幸好，掌柜的还算心思玲珑，马上想到宋青莯的身份，热情地招呼他：“这位一定是宋大人，伙计眼拙，请勿见怪。”

飞染询问宋青莯：“咦，白姨没有带大人来这里吃过饭吗？”

“没有。”宋青莯的声音闷闷的。

须臾，掌柜领着他们落座，笑着说：“宋大人，陶姑娘，小店从南边进了一批木瓜，厨子试做了一道新菜，不知道能否请两位品鉴一下？”

飞染忙不迭点头，又问宋青莯：“大人，什么是木瓜？”

宋青莯解释：“木瓜是琼州一带的水果，和甜瓜差不多，不过它是长在树上的。”

“是，宋大人说得没错。”掌柜的点头附和，“木瓜产于琼州，是永安侯世子夫人家乡的特产，世子爷每年都会让小店捎带一批。”他一边解释，一边示意小二把凉面端上来。

不多会儿，当飞染看到小二端上的冷面，顿时两眼放光。碧绿的菜丝、橙红的木瓜丝与纤细的面条纠缠在一起，白净的面条浇淋粉红的汤汁，仿佛羞涩的小姑娘。她深吸一口气，独特的酸甜清香迎面扑来，其间夹杂水果特有的异香，沁人心脾。

宋青莯把飞染的表情看在眼里，心中腹诽：真有那么诱人吗？他好心提醒她：“飞染，冷面太凉……”

“我不怕凉。”飞染卷起一筷子面条塞入嘴里，清凉酸甜的味道在口腔中蔓延，紧接着——

“辣！”她惊叫一声，慌忙咽下那坨面条，焦急地叫嚷，“水，水呢？”

宋青莯又气又好笑，抢先一步拿起水杯凑到她的唇边。“你真是……”他无奈地叹息。

飞染就着他的手喝了大半杯温水，侧头仔细回味面条的滋味。

掌柜的迎来送往，练就了一双火眼金睛。他看到宋青莯宠溺的温柔笑意，顿时什么都明白了，忙不迭向飞染道歉，接连表示自己不知道她不能吃辣的。

“其实很好吃呢！”飞染扬起笑脸，眼睛盯着面条，一副很想吃，又很怕辣的纠结表情。

宋青莯觉得好笑，心里却有一股微妙的幸福感，恨不得伸手捏一捏她的脸蛋。他按照飞染的喜好点了几道菜，又吩咐掌柜的：“饭后让厨房做一盅木瓜炖燕窝。”话毕他又补充，“一盅就够了。”

掌柜的略显为难却没有拒绝，亲自去安排了。

飞染好奇地询问：“大人，木瓜炖燕窝好吃吗？”

“待会儿你就知道了。”宋青莯避重就轻，夹起一筷子凉面送入嘴里，果然又酸又甜又辣，木瓜味很浓郁。他猜测，飞染只是喜欢木瓜的特殊香气。

果不其然。饭后，当小二送上冒着热气的甜品，飞染迫不及待舀一勺送入嘴，脸上满是幸福的笑容。

宋青莯看一眼浓稠艳红的甜汤，不客气地舀了一大勺。

飞染不明白，宋青莯为什么只让掌柜的准备一盅燕窝，不过她并不讨厌和他分食。她顺手把炖盅往他那边推了推，笑眯眯地说：“大人，这是我吃过最好吃的燕窝。”

“是吗？”宋青莯故意又舀一大勺，仿佛想要趁她不备把甜品吃完。

飞染顿时急了，嘟着嘴控诉：“大人，刚才我把最后一颗鸽子蛋，最后一只虾子都让给你了！”

“有吗？”宋青莯装傻，把炖盅移至自己面前。

“大人，你不要太过分了！”飞染索性坐到宋青莯身旁，把炖盅移至两人中间。

宋青莯看到自己的目的达到了，抬头询问掌柜的：“这是官燕吧？”

"是！"掌柜的点头，"平日里永安侯世子夫人来小店的时候，都会点上一盅，所以小店备有上好的官燕，一般不对外售卖。"

飞染接过话茬："原来这次又是托林世子的福。"

宋青莯直觉不喜欢飞染与永安侯世子扯上任何关系。他纠正她的话："这次应该谢谢掌柜的。"

掌柜的连称不敢，识趣地退了出去。

直至房门阖上，宋青莯询问飞染："最近这几天，你见过林世子？"

飞染点点头，如实回答："就是上一次，我和田捕快在街上巡逻的时候，我想买酥饼，店家说没有了，后来林世子让了一份给我。林世子真是好人，说话也很和气，长得也好看。"

"之前怎么没有听你提起过？"宋青莯心里直冒酸味。

"大人您忘记了吗？"飞染奇怪地看他一眼，"那几天你都不理我，我怎么对你说呀？而且我们只说了几句话。大人，以后无论我在路上遇到谁，都要向你汇报吗？"

"不用！"宋青莯愈加胸闷。

飞染"噢"一声，埋头继续喝燕窝。直至炖盅内一滴都不剩，她意犹未尽地舔舔勺子。

宋青莯一阵口干舌燥，恨不得自己就是那勺子。他悄悄挨近飞染，又不敢靠她太近，生怕吓到她，只能假装若无其事地伸手，试图拨弄她的刘海。

飞染偏过头躲避他的动作，奇怪地看他。

"别动。"宋青莯一脸正色，"你头发上沾了灰尘。"他作势掸去灰尘，指尖有意无意滑过她的额头。

飞染知道，自己一定又脸红了。她扭头胡乱拨弄头发，又抬头问他："弄掉了吗？"不待宋青莯回答，她起身想要坐回原位。

"飞染！"宋青莯抓住她的手腕，很自然地制止了她的动作。他问，"你刚才说，这是你吃过最好吃的燕窝。你在庵堂的时候，经常吃燕窝吗？"

飞染反问："庵堂不能吃燕窝吗？其实也没有经常吃，陶妈妈隔几天才会炖一盅。"

宋青莯追问："燕窝是在八角镇买的吗？"八角镇不可能买到上好的燕窝。

飞染认真地想了想，皱着眉头回答："我不知道。说起来，我们从来没有在镇上买过绸缎，可陶妈妈给我做的小衣都是绸缎的，师父还拿出不同的绸缎，教我分辨种类。"

她越想越觉得奇怪。如果说燕窝这种小东西或许是她师父买了，她没有留意到，可布匹那么大一卷，她不可能没看到。如果不是买的，那些东西又是哪里来的？

当天夜里，飞染就此事特意询问了陶氏。陶氏比手画脚告诉她，每个月都有人送日用品至庵堂，她和息嗔师太推测，应该是镇北将军的旧部。

飞染相信了陶氏的解释，宋青莯却觉得疑点更大了。据他所知，蒋家的亲信大部分都受牵连，不可能有能力常年往庵堂送燕窝、绸缎之类的奢侈品。

之后的几天，京城因为娈童案、走私案闹得沸沸扬扬，风声鹤唳，不少官员被革职查办，皇亲贵胄亦有被削爵免职的。这些“受害人”之中，知道内幕的人虽然不敢明目张胆得罪成国公，但他们都在心底恨上了宋青莯。

宋青莯知道，自己的绰号从“鬼面判官”升级为“黑面阎罗”，不过他已经不在乎了，而且他也没工夫在意流言蜚语，因为他正忙着听田大成汇报各大酒楼的招牌菜是什么，各家点心铺子的点心都是何时出笼。

这一日，宋青莯正幻想着，蜜汁火腿和甜酱焖鸭一定能博飞染一笑，山柏回禀，江南酒楼的掌柜的送来了半箱木瓜，声称是永安侯世子的吩咐。

顿时，宋青莯明朗的心情蒙上一层雾霾。之前他命人四处采购木瓜，甚至开口向皇上讨要贡品，可是琼州山长水远，再加上木瓜差不多已经过季，市场上没有，皇宫里也没有。

当下，山柏看到主子的表情晦暗不明，小心翼翼地询问：“三爷，这半箱子木瓜，收不收？”

“收，为什么不收！”宋青莯说得斩钉截铁，又吩咐山柏，“你去告诉掌柜的，我收下林世子这份人情。”他的言下之意，是他欠了林瑾明，和飞染无关。

山柏赶忙补充：“三爷，林世子说，他与陶捕快投缘，东西是送给陶捕快的。”

宋青莯虽然不喜欢这句话，到底还是收下了东西，并且把这件事如实告之飞染。

飞染感激林瑾明之余，追着宋青莯问，她应该给林瑾明送什么回礼。

又过了几天，宋青莯再次带着飞染前往江南酒楼。掌柜的亲自招待了他们。

飞染跟在宋青莯身后，奇怪地问：“掌柜的，‘江南’和‘江北’全都张灯挂彩，你们老板有喜事吗？”

掌柜的回答：“陶姑娘不知道吗？过两日永安侯世子夫人要在这边派米。”

“派米？”飞染朝宋青莯看去。眼下尚未正式入秋，离冬天还有很久，并不需要派米救济穷苦百姓。

宋青莯遣退了掌柜，这才对飞染解释：“林夫人派米是为了替夭折的孩子祈福。这事儿由京兆府和五城兵马司负责，和我们无关。”

飞染点点头，旧事重提：“大人，我们天天在街上转悠，明察暗访，为什么一桩案子都没有遇到？”有时候她很怀疑，宋青莯根本就是假公济私，专门带着她吃喝玩乐，可他一脸正色，每次回答都理直气壮，又让她觉得是自己以小人之心度君子之腹。

宋青莯看一眼飞染，脸不红气不喘地反问：“没有命案发生，难道不好吗？”

飞染迟疑地回答：“好是好，可是……”她想问他，为什么每次都是他们一起巡街，而不是她和其他捕快轮班。转念间她又想到，每次巡街都有好吃的，她决定昧着良心不问了，转而感慨，“大人，其实林夫人真的好可怜。”

她想起白珺若对陆萱的形容，低声嘟囔，“不知道林夫人是怎么样的人。白姨说，琼州陆家，女的漂亮，男的俊俏，林夫人应该也是大美人吧？”

宋青莯回答：“那是别人家的事。”

飞染抿嘴轻笑。

“你笑什么？”宋青莯郁闷地看一眼两人中间的八仙桌。这些日子，飞染总是选择坐在桌子对面，任凭他怎么诱惑她，她就是不上当。他压根没有机会亲近她。

飞染低头躲避宋青莯的目光，悄声说：“我可以告诉大人，但是大人不可以告诉白姨哦！”

“母亲又说了什么？”宋青莯没有答应。

飞染笑着回答：“其实也没什么，就是白姨说，和大人吃饭很无聊，这不许，那不准，还不能背后议论别人，不如随她一起好玩。可是我和大人不是玩儿，我们正在办差，所以我没有答应白姨。”

“对，我们在办差。”宋青莯几乎咬牙切齿。他就那么呆板无趣，自己的亲生母亲都忍不住嫌弃他？

飞染知道自己又说错话了，讪笑着问：“大人，你生气了？”

“没有。”宋青莯端起茶杯掩饰情绪。

飞染正要追问，小二开始上菜，她的注意力立马被菜色吸引了。

片刻，小二们鱼贯而出，掌柜的亲自捧着大汤盅进屋，恭敬地说：“宋大人，陶姑娘，林夫人恰巧也在店中。她得知两位来了，特意吩咐厨房做了这碗汤，这是林夫人娘家的特色菜，请两位品尝。”

飞染低头看去，只见鲜亮的木瓜、可口的汤汁，再加上肥而不腻的鸡腿，光卖相就令人食指大动。她一连喝了两碗，恨不得把汤碗舔一遍。

宋青莯本来以为，飞染对木瓜的喜爱不过是图个新鲜，现在看来，她确实喜欢这个口味，似乎永远都不会腻。

出于礼貌，他让掌柜的向陆萱转述，他们想亲自谢谢她。他按照常理推测，陆萱一定会婉拒，结果她却顺水推舟了，传话让飞染过去陪她说话。

陆萱的要求过于唐突，宋青莯不由得皱眉。飞染却依旧天真烂漫，笑着说，她也很想见一见世子夫人。

不多会儿，飞染由掌柜的领着上到三楼的雅间。她还没进屋就闻到一股幽幽兰香，很淡，却沁人心脾。

随着房门缓缓打开，飞染看到一名消瘦的美人独坐窗边。如果说息嗔师太的美丽就像火红的玫瑰，那么眼前的美人恍若河边的水仙。

“林夫人。”飞染进屋行礼，眼角的余光情不自禁偷瞄陆萱。

陆萱的头发随意绾起，仅插了一根玉簪，身上穿着茶白色襦裙，外罩颜色稍深的褙子。褙子没有花色，就是裙子也仅仅在裙摆处绣了几枝缠枝花。她的脸颊苍白如纸，即便化了妆也能看出她的疲惫及隐隐透出的感伤。她的五官极为精致，就像画中的绝色美人，她的孱弱与苍白为她平添了几分柔弱美，惹人怜惜。

陆萱注意到飞染的目光，笑着招呼她坐下，亲热地拉着她的手说话，仿佛她们是许久未见的老友。

飞染不喜欢与别人过分亲密，神色有些局促。她礼貌地道谢："林夫人，谢谢您的汤，汤很好喝，我都喝完了，一滴都不剩。"

陆萱放开她的手，笑着说："京城的人大多不习惯木瓜的味道，我难得遇上志同道合的小友。"

飞染与之闲聊几句之后正要告辞，隐约听到外面的说话声。

陆萱歉意地笑了笑，扬声询问："是不是世子爷来了？"

门外的丫鬟回禀："是的，夫人，世子爷正与宋大人在楼梯口说话。"

楼梯的转角，宋青莯对着林瑾明说："林世子如此盛情，改日我定当带着飞染上门，让她亲口向您道谢。"

林瑾明客气地笑了笑，半开玩笑半认真地说："这样一来，我岂不是也要正式登门谢谢宋大人的名茶？"

"林世子说笑了。"宋青莯嘴角微僵。几天前，他以飞染的名义给林瑾明送了两罐茶叶，当是木瓜的回礼。

林瑾明暗暗打量宋青莯，明知故问："宋大人在这里等人吗？"

"大人！"飞染率先走出房间。她上前向林瑾明行礼，诚挚地道谢："世子爷，谢谢你的木瓜，很好吃呢！"

"不用谢，你喜欢就好。"林瑾明的眼中染上真诚的笑意，又淡淡地瞥一眼宋青莯，意味深长地说，"有时候一句谢谢就够了，不用想得太复杂。"

"世子爷。"陆萱走向林瑾明。

林瑾明赶忙上前搀扶她，低声说："你怎么出来了？"

"妾身没事，世子爷不用这么紧张。"陆萱对着丈夫笑了笑。

一旁，宋青莯本来很满意，飞染向林瑾明道过谢，马上站到了他身后，可转眼间他又发现，她的目光正直勾勾盯着林瑾明。

林瑾明身穿黛螺色道袍，脚上是一双黑色布靴，可是再简单朴素的装扮也难掩其温润的气质。

据宋青莯所知，林瑾明今年三十五岁了，可他看来不足三十岁，乌黑的头发打理得一丝不苟，衣襟及腰带的细节又让他在朴素中透出别样的精致。

宋青莯忽然觉得，与林瑾明相比，自己似乎太过"艳俗"，又过于青涩。他有意无意挡住飞染的视线。

飞染浑然未觉宋青莯的意图。她移开几步再次注视林瑾明和陆萱。在她眼中，林瑾明伸手搀扶陆萱，陆萱的手掌很自然地搭住他的手背。他们一个低头，一个仰头，仿佛眼中只有彼此。

“不可以盯着别人看。”宋青莯酸酸地提醒飞染。

飞染慌忙低下头，小声抵赖：“没有啊，我什么都没有看到。大人，你怎么上来了？”

宋青莯一本正经地吩咐她：“你是捕快，我们该去巡街了，否则对不起皇上的俸禄。”

陆萱与丈夫打过招呼，恰巧听到宋青莯的最后一句话。她歉意地说：“对不起，宋大人，是我找陶姑娘说话，耽误了你们的正事。”

宋青莯率先回应：“林夫人，我们的确应该谢谢你的鸡汤。”

林瑾明看一眼宋青莯，说道：“既然宋大人和陶捕快有公务在身，那我们就不耽搁你们了。”

宋青莯客气地与他们道别，心中暗暗诧异。他自认能够察人于细微，这会儿却半点看不出林瑾明与陆萱的情绪。

飞染跟着宋青莯下楼，忍不住回头看一眼陆萱，却看到林瑾明对着自己微微一笑。她礼貌地冲他微笑。

“快走。”宋青莯催促。

飞染快走一步，对着宋青莯说：“大人，林夫人真漂亮，她身上的香味真好闻……”

“林世子也长得很好看。”宋青莯酸酸地回应。

“是啊，是啊！”飞染忙不迭点头，“而且世子爷脾气好，待人和善又见多识广……”她高兴地历数林瑾明的优点。宋青莯不知不觉黑了脸。

楼梯上，陆萱目送他们的背影消失，向林瑾明解释：“世子爷，我听掌柜的说，陶姑娘的口味与我相似，所以我让他送了鸡汤过去……”

“不过小事罢了。”林瑾明笑了笑，转而询问，“你这边谈得差不多了吧？其实你不需要亲自过来。”

“我的身体已经无碍。”陆萱同样在微笑。

“太医说了，你的身体需要好好调养。”林瑾明提醒她，随即吩咐下人收拾东西准备回府，转而向陆萱建议，“如果你思乡心切，不如派人把你的侄女接过来小住？横竖过几年她也要上京的。”

陆萱摇头拒绝：“不用了，家里事儿多，过几日长公主又要宴客……”

“你身体不好，这些应酬能不去就不去吧。”林瑾明劝说。

“是。”陆萱柔顺地点头。

另一厢，宋青莯生了半天的闷气，可是第二天一早，当他看到飞染的笑脸，他也跟着笑了起来。

时至今日，除了当事人，整个刑狱衙门全都知道，宋青莯对飞染醉翁之意不在酒，日日假公济私。

捕快陈琪因为背后议论宋青莯，被飞染揍过一回之后，一直对她又怕又恼。他不愿意与飞染再有任何交集，偏偏赵维明吩咐他，查一查飞染的来历。

这一日，他看到飞染独自走过回廊，对着她的背影高呼："陶捕快！"

"陈捕快，你找我？"飞染停下脚步。

陈琪明知故问："陶捕快又去卷宗室看案例吗？"

飞染点点头，说道："你没事的话，我走了哦。"

陈琪赶忙向她道歉："陶捕快，上次是我不对，不应该背后议论大人……"

"你知道就好。"飞染严肃地教育他，"大人是大好人，以后你千万不要再误会大人了。"

陈琪讪笑着说："俗话说，读万卷书不如行万里路。为了表达我的歉意，不如我带你去巡街吧。咱们看着街上形形色色的人，总比看卷宗有意思。"

说完这话，他又补充，"我知道很多有趣又好玩的地方。"他以为飞染单纯又孩子心性，一定很乐意借着巡街为名出去玩耍。

飞染想也没想就摇头，高声说："今天我沐休，不当差呢！再说，即便是当差的时候，我们也要听从大人和俞捕头的安排，不能擅自行动。好了，如果没有其他的事，我走了。"说罢，她转身去了卷宗室。

陈琪想要追上去，却发现四周已经有不少人注意他，只能暂时作罢。

飞染拒绝了陈琪的邀请，本打算在卷宗室待上一整天，结果却被白珺若拽着出门了。

马车上，飞染担忧地说："白姨，大人说，他不在的时候，我不能随便离开衙门。"

"不用理他。"白珺若冷哼。自从她知道，小儿子想要迎娶飞染，她一直处于矛盾中。她与蒋瑶情同姐妹，她确实喜欢飞染，可她也是一位普通的母亲。她再喜欢飞染，飞染在她心中的地位也比不上自己的亲生儿子。

白珺若不会那么下作，因此迁怒飞染，不过她也不会坐以待毙。她拉着飞染的手说，"飞染，三郎木讷又无趣，小时候他两个哥哥都是爬树，掏鸟蛋，他只会躲在屋子里看书。什么好吃的、好看的、好玩的，他统统都不懂，从小就像小老头似的。"

"大人不像小老头，大人长得可好看了。"飞染忍不住为宋青莯辩白。

"我说他的脾气像小老头。"白珺若嘴上这么说，心底还是高兴的。她转而叮嘱她，"飞染，白姨告诉你，男人光长得好看是没用的，最重要的还是人品。女人嫁人，那可是一辈子的事，找个长得好看的，除了会招蜂引蝶，还会什么？"

"大人人品好，又长得好看，这样不是更好吗？"飞染挨着白珺若的肩膀撒娇，"白姨，你不要不喜欢大人，大人心地善良，是大好人，他聪明又有学问，又会审案，简直无所不能……"

"飞染，你不会喜欢上三郎了吧？"白珺若的心情更复杂了。

第 18 章　大包大揽

当白珺若询问飞染，她是否喜欢宋青菻，飞染不甚确定地回答：“大多数时候，我应该是喜欢大人的吧？”

“大多数时候？”白珺若侧目。

飞染低下头，十指相互绞缠，吞吞吐吐地回答：“其他时候，也不是不喜欢……就是，我也不知道怎么说，大概因为他是大人吧！”

白珺若看到飞染满脸小女生的忸怩不安，脱口而出：“飞染，不如你做我的女儿吧，搬去国公府与我做伴……”

飞染认真地拒绝：“可是我想待在衙门，我喜欢抓坏人。”

白珺若顿时有些讪讪的。她的三郎那么优秀，飞染怎么可能不喜欢他，可是一旦飞染喜欢上儿子，以她对儿子的了解，他一定会排除万难迎娶她。儿子一向有他的主意，也有能力，她反对与否，根本改变不了什么。

想到这，白珺若再也没有心情逛街，索性带着飞染前往江南酒楼。临到街口她才记起，永安侯世子夫妻今日在酒楼派米。

飞染看到街上人山人海，间或有京兆府和五城兵马司的人马在街上维持秩序，她担心地询问白珺若：“白姨，街上这么多人挤在一起，会不会出事啊？”

“很难说，希望不会吧。”白珺若探头看了看，“不如我们也去看看热闹？”

不多会儿，两人坐在二楼临街的雅间。飞染透过窗户，远远看到林瑾明和陆萱坐在街对面的房间，和一个管事模样的男人说话。

她低头看去，酒楼的一楼大堂堆满了米袋子，街上的百姓更是人潮涌动。

白珺若顺着飞染的目光看去，问道：“你认识林夫人？”

“也不算认识。”飞染把陆萱送鸡汤的经过讲了一遍，好奇地问她，“白姨，夫妻是不是都像世子爷和林夫人那样，相互搀着手，很亲热地说话？”

白珺若“扑哧”轻笑，说道：“夫妻哪有什么特别的样子，不过像林世子、林夫人这般，那是感情特别好的夫妻。”

飞染点点头，忽然又皱着眉头嘀咕：“如果有人无缘无故拉我的手，不管他是谁，我就算不揍人，也会把他推开。”

白珺若忽然有些同情儿子。飞染不是不喜欢他，是压根不懂男女之情吧？她问：“飞

“我喜欢你，怎么是惩罚你呢！”宋青莯哭笑不得。

“其实，大部分时候我也是喜欢大人的。”飞染挣扎两下，她想要抓开腰间的大手，又犹豫不决。

宋青莯把毛笔放在笔架上，转过她的肩膀与她面对面，再次收紧手臂。

飞染抬头看他，他正笑盈盈地盯着她。他好高，他的肩膀比她宽，他的手臂也比她粗。还有他的眼睛，那么漂亮，她很想伸手摸一摸。她心虚地低下头。

“飞染。”宋青莯抬起她的下巴，“我说的‘喜欢’和你说的‘喜欢’是不一样的。”

“哪里不一样？”她的声音细若蚊蝇。

宋青莯郑重地说：“我喜欢你，这辈子就只会喜欢你一个人。”

“你不喜欢白姨，不喜欢宋伯伯吗？”飞染烦恼地皱起眉头。

“我喜欢你，和喜欢他们是不一样的。”宋青莯的拇指轻轻摩挲她的下巴，“我们或许会喜欢很多人，但只有一个人，你想亲近他，想和他一辈子在一起。”

飞染脱口而出：“那我喜欢的人是师父！”

宋青莯气结。“这么说吧。”他的目光落在她嫣红的嘴唇，“我说的喜欢，会这样。”他闭上眼睛，想要轻啄她的嘴唇，却遗憾地亲吻了她的手背。

飞染捂住嘴巴，不可置信地瞪他……不对啊，她为什么没有推开他，反而捂住自己的嘴唇！

宋青莯有些失望，也有些遗憾。他捏住她的手指，凑至唇边，在她的手背落下一吻。他看着她的眼睛说：“我说的喜欢，就像我现在这样，我想要看着你，拥抱你，亲吻你……”

“你……你胡说……”飞染愈加心慌意乱，“你再不放开我，我就要揍你了哦！”

宋青莯只当没有听到，捏住她的下巴，强迫她看着自己。他承诺：“飞染，我知道，你还不明白这种‘喜欢’，我会等你明白的。将来，你也想抱我，想亲我的时候，我们就能永远在一起了。”

飞染赌气一般反驳：“我……我要回山上……一辈子陪着师父！”

“你会喜欢我的！”宋青莯轻抚她的脸颊，“你可以喜欢你的师父，喜欢很多人，但是另一种‘喜欢’，你只能喜欢我。早在十多年前，我就认定了你。”

飞染傻呆呆地看着他。她完全听不到他在说什么，她的脑海中只有一个念头：他的眼睫毛又长又翘，他的眼睛又黑又亮，比猫眼石还漂亮。

四目相接的瞬间，飞染用力屏住呼吸，脑子里“噼里啪啦”好像有很多火星炸开了。

“笨蛋，吸气！”宋青莯失笑。

“噢。”飞染傻傻愣愣，心底却突然涌出一丝甜蜜，仿佛刚刚喝过甜甜的蜜糖水。

“三爷，俞捕头和田捕快来了。”山柏的声音就在门外。

宋青莯赶忙把飞染藏在身后，不想让别人看到她脸红害羞的诱人模样。他示意俞毅和田大成去屋子另一边说话。

飞染趁机想要溜出屋子，走了两步又折回书桌前，把那张写着“我喜欢你”的宣纸仔仔细细折好，藏在衣袖中，一溜烟跑了。

宋青莯把她的动作看在眼里，微微勾起嘴角，就听田大成急促地说：“大人，江北酒楼的杀人案有些不对劲。”

俞毅接口：“大人，陆昌建是死者陆安的养子，就像陶捕快推测的那样，陆昌建的确是傻子，四岁的时候发烧，烧坏了脑子。他的口供并没有可疑，更没有杀人的动机。目击证人供述，陆安倒下之前，身边除了陆昌建，其余都是等候派米的百姓，与死者并不认识。”

“你想说，这是随机杀人？”宋青莯拿起田大成绘制的案发现场布局图，又看了看陆昌建换下来的血衣，问道，“死者的死因是什么？”

俞毅答道：“仵作初步检验过尸体，死者几乎被红木段子戳穿腹部，失血过多而死。”

宋青莯追问：“木段子顶端被削尖了？”

“没有。”俞毅摇头。

宋青莯沉思许久，又问：“你看过尸体，以你的判断，凶手会武功吗？”

俞毅回道：“凶手就算不会武功，也一定天生神力。”

宋青莯轻抚下巴。

田大成在一旁补充：“林家的管事说，林家一向采购泰兴庄的棉布，料子极好，很耐用。陆安穿的就是泰兴庄的棉布。此外，永安侯世子夫人极为信任死者，死者祖辈都是陆家的家生子。”

宋青莯没有说话。他几乎可以肯定，这是仇杀，凶手对陆安怀有深深的恨意。那截红木段子可能是破案的关键。他问俞毅：“疑犯陆昌建会武功吗？”

“不会。”俞毅肯定地摇头，“属下发现凶器是红木段子之后，暗中试探过他，他一点武功都不会，也不是天生神力，应该没有行凶的能力。”

宋青莯不置可否，吩咐俞毅派人调查死者是否与人结怨，平日与陆昌建的关系等等。

等到一切安排妥当，他吩咐田大成：“你随我去大牢。”

“大人，您也怀疑陆昌建？”田大成摇头，“京兆府的人认定他是凶手，因为他浑身都是血，但是从现场环境推测，他身上沾血，是他试图拔出凶器……虽然他贸然去拔凶器，会令死者死得更快，但他是傻子，邻里都能证明，他四五岁的时候烧坏了脑子，他不可能从那时就开始扮傻子，一扮就是十五年。”

“去大牢看一眼再说。”宋青莯率先往外走。

第 19 章　连续谋杀

黑漆漆的大牢把夕阳阻隔在了石墙外，空气中飘荡着潮湿的腐霉味。

宋青莯走入牢房，远远就听到一个熟悉的女声。

“这个给你吃，还有这碗水。”飞染把糕点和清水放在木栅栏后面，嘴里安慰陆昌建，“你放心，我们家大人是大好人，世上最聪明的人，如果你没有杀死你的义父，很快就能回家了。”

陆昌建蜷缩在墙角，惊恐地看着飞染，嘴里喃喃：“义父身上都是血，好多血，我想拔出来……我没有杀死义父……”他揪住自己的头发，额头一下又一下撞击墙壁。

“你不要再撞了，都流血了。”飞染试图阻止他，可是陆昌建就像陷入了另一个世界，压根听不到她的声音。她想叫狱卒打开牢门，不期然看到宋青莯站在不远处的拐角。她一下呆住了，小脸涨得通红，手足无措。

宋青莯对她比了一个噤声的手势，又对她招招手。

飞染犹豫半晌，低着头慢慢走向他。她每走一步，都能听到自己如雷的心跳声。

宋青莯看到她距离自己越来越近，伸手想要牵她的手。飞染敏捷地跳开一大步，头也不回飞奔而去。

宋青莯哑然失笑，示意田大成去牢房阻止陆昌建。

田大成打开牢门，呵斥陆昌建不要再撞了。陆昌建依旧沉浸在自己的世界，田大成只得命令狱卒把他扔在牢房的稻草上。

突然间，陆昌建猛地抱住田大成的小腿不断哀求：“不是我杀死义父，我想回家。”

田大成一脚踹开他，锁上牢门。他按照宋青莯的指示，故意骂骂咧咧地离开牢房，与狱卒吆五喝六走出大牢。

陆昌建试图叫住田大成，朝着他离开的方向引颈张望，嘴里断断续续重复相同的话，额头有规律地撞击木栅栏，发出“嘭、嘭、嘭”的声响。

宋青莯站了一刻钟才转身离开。

傍晚，他本想找飞染一起吃晚饭，可是飞染故意躲着他。

二更时分，他等不到飞染给他送宵夜，失落地走出院门，却看到她在回廊上徘徊。他轻手轻脚走过去，眼中渐渐染上了笑意。

飞染烦恼地来回踱步。她才一转身，突然看到宋青莯就在离她不足三步远的地方。她吓了一大跳，使出轻功往后飞跃，指着他的鼻子大叫：“大人，你别再过来了，不然我揍你哦！”

宋青莯哭笑不得。她一味嘴上威胁他，为什么就是不动手呢？

飞染鼓着腮帮子说："大人，我有公事找你，很重要的公事哦！"

"飞染，以后我们都要这样"他比了比两人之间的距离，"隔着三丈远说话吗？"

"你不要岔开话题！"飞染又脸红了。她忍不住怀疑，自己是不是生病了。她深吸两口气，高声说，"大人，我知道有关案子的线索，说不定很重要哦！"

"你说吧！"宋青莯环顾四周，在一旁的石凳上坐下，又指了指旁边的凳子。夜色多美啊，将黄未黄的树叶，如水的月光，如钻石般闪烁的星星。以前他怎么没有发现，原来就算是石径旁的野花也可以开得这么漂亮。

飞染眼巴巴地看着那只凳子，摇摇头，赌气一般急促地说："大人，我刚刚想起来，死的那个人我见过。我告诉过您，我上京之前，遇上林世子和一个管事在林中借马，那个管事就是陆安。"

宋青莯点点头，一本正经地说："我肚子饿了，不如我们一起去吃个宵夜？"

"大人，你能不能认真办案啊！"飞染不高兴了，"我说的是正经公事。林家的下人都说，陆安是好人，大家都喜欢他，可他明明就很讨厌，一定有仇家的。"

宋青莯意味深长地说："飞染，看人不可以只看表面。"

"大人的意思，是我看错了，陆安是大好人？"飞染皱了皱眉头。

宋青莯不答反问："你为什么觉得陆昌建不是凶手？因为他是傻子？"

"我没有说他不是凶手啊！"飞染反驳。

"那你为了他，差点和京兆府的人打起来？"宋青莯侧目。

飞染想到这事就觉得生气，嘟着嘴抱怨："本来我不想管的，可是京兆府的人太过分了，都还没有查清楚呢，就一口一句'凶手'。大人办案绝不会这么武断，不分是非。"她絮絮叨叨说着，不知不觉走到宋青莯身旁，在石凳上坐下。

宋青莯顺着她的话说："你为什么讨厌陆安？"

"具体的，我也说不清楚。"飞染侧头想了想，"可能因为他对林世子很恭敬，对我，仿佛我是林家的丫鬟。"

"世上有很多这样的人。"宋青莯感叹。

"我知道，师父教过的 。"飞染用力点点头。

宋青莯看着她亮晶晶的眼睛，眼中的笑意更深了几分。原来，只是这样听着她说话，也是一件令人愉悦的事。如果可以，他真希望时间永远静止在这一刻。

第二天清晨，宋青莯正要去刑狱司与飞染一起用早膳，皇上传来口谕，宣他即刻进宫。原来，永安侯世子夫妻一大早进宫请罪去了。

宋青莯不得不换上朝服觐见皇上，国公府的马车则载着满腹愁思的白珺若，往刑狱司驶去。

刑狱司的大院内，飞染一早就在俞毅身边跟前跟后。当国公府的马车在刑狱司门口停下，她看到来人是白珺若，不由得心生失落。

白珺若站在门外招呼飞染上马车。

飞染刚刚踏入车厢，她就忍不住询问："白姨，大人今天不用上朝，他去查案了吗？"

白珺若的心"咯噔"一声往下沉，这是飞染第一次主动问及儿子。一时间，她的心中五味杂陈，仔细端详飞染。

平心而论，飞染长得很漂亮。再过一两年，等她的五官完全张开，她必定是京城数一数二的美人。她脾气好，心思单纯正直，蒋瑶把她教得很好，除了父母不详，她没有哪一点比不上名门闺秀，就连丈夫似乎也赞同儿子迎娶她，可她担心，飞染太过单纯，一旦他们成亲，儿子得时时刻刻照顾她。此外，蒋瑶刻意隐瞒她的身世，只怕她亲生父母的身份始终是一个隐患。

飞染被白珺若看得不好意思，绞尽脑汁想要打破车厢内的尴尬。她脱口而出："大人今天会去衙门吗？我只是担心昨天的案子。"她低下头，脸上一阵火辣辣的。

白珺若也曾年轻过，一眼看穿了飞染的小心思。她暗暗叹一口气，勉强笑了笑，说道："他被皇上叫进宫里去了，好像就是为了昨天的案子。"

"噢。"飞染点点头。

两人一时无话，白珺若没有心情逛街，带着飞染去了茶楼。

飞染吃了两块点心，食不知味。忽然，她听到楼下有人疾呼："杀人了，快报官府！"

"白姨，我是捕快，我去看看。"话音未落，飞染已经跑下楼，逆着人流走入一间杂货铺。

杂货铺的掌柜已经吓傻了，一屁股坐在地上，傻愣愣地看着流血不止的男人。

"让一让，我是刑狱司的捕快。"飞染挤入人群，一眼就看到了伤者。伤者与陆安差不多年纪，双手捂着伤口，大口大口地喘息，肚子上插着一截红木段子。

"有没有大夫？"飞染焦急地询问，找了一块干净的布，半跪在伤者身旁，试图替他止血。

杂货铺的掌柜终于回过神。他抓着伤者的手臂哭喊："大伯，哪个杀千刀的，竟敢在光天化日之下行凶……"

"快去拿一床被子！"飞染大声命令，小脸煞白。师父教过她，遇到重伤的人，止血和保持伤者的体温是至关重要的两件事。幸好，木段子插得不深，没有像陆安死的时候，尽根而入。

人群中，白珺若远远观察飞染。她没有像一般的闺阁千金，看到鲜血吓得晕死过去。曾经她和蒋瑶也是这般，却被京城的贵女们嘲笑。

"让开！"五城兵马司指挥使叶魁策马而来，挥舞皮鞭驱赶百姓，嘴里大声喝问，"发生了什么事？"

飞染察觉地上的男人气息越来越微弱，她俯身问他："你认识刺伤你的人吗？"

男人眼珠子凸起，双目直勾勾盯着飞染，哑声呼唤："小姐……小……小姐……"

他的嘴角慢慢浮现欣慰的笑容，眼睛眨也不眨注视飞染。突然，他头一偏，咽下了最后一口气。

“他死了。”飞染失神地看着手上的鲜血。

“陶捕快？”叶魁大步走向飞染。

飞染冲他点点头，扬声呼唤：“芷兰，你在不在？”

芷兰闻声走到飞染身边。

飞染吩咐她：“你去告诉白姨，发生了命案，我要在这里保护现场，请她不用等我了。”她在今天早上才知道什么是“保护现场”。

一旁，叶魁随手抓起自己的汗巾扔给飞染，示意她擦干净手上的血迹。

飞染把汗巾还给他，认真地解释：“叶大人，我不喜欢用别人的东西。”她环顾四周，又道，“我得在这里保护现场，能不能借叶大人的手下通知俞捕头，请他派捕快勘察现场？”

叶魁“呵呵”一笑，试探着问：“刑狱司昨天才接了一桩案子，今天这案子不如让给京兆府吧，不然你家大人太过劳累，他会不高兴的。”

飞染回答：“这两桩案子是同一个凶手，应该都归我们。”她一有空就去卷宗室看案卷，她对自己的推断十分有信心。

叶魁摸了摸鼻子，挥手叫来一名手下，命令他去刑狱衙门送信。

按杂货铺掌柜的供述，死者与陆安一样，也是永安侯世子夫人的陪房，名叫陆康，杂货铺掌柜是他的亲侄子，铺子是世子夫人的嫁妆。

今日，陆康按照惯例来铺子巡视，恰巧店里刚到一批江南来的新米，客人比较多。当掌柜的听到有人大叫“杀人了”，陆康已经倒在地上。

距离案发现场不远的永安侯府，一辆马车缓缓驶入侧门。

陆萱倚靠软垫，歉意地说：“世子爷，昨天的事，我没料到会有那么多人，是我给您惹麻烦了。”

“没事的。”林瑾明轻拍她的手背，微微一笑，“皇上并没有怪罪我们。”

陆萱垂下眼睑，再次道歉：“是我一意孤行……”

林瑾明打断了她，微笑着安慰她：“我既然同意了，就是支持你的。”

陆萱眼眶泛红，低着头说：“您本来打算回庄子上去的，如今……”

“我是世子，理应留在家里。”林瑾明笑了笑，转念间目光微沉。这些年，林、宋两家素无瓜葛，而宋青洙一向不做无谓的事，他不得不深思，提点刑狱司为什么接下陆安被杀的案子。

“世子爷？”陆萱轻唤一声。

林瑾明回过神，继续安慰陆萱：“事情已经过去了，你不必放在心上。太医说了，你应该好好休息，把身体调养好。”

马车适时停下。林瑾明步下车厢，为妻子撩起车帘，等待丫鬟搀扶她下车。

陆萱低头走下马车，虚弱地咳嗽两声。

林瑾明扬声吩咐："来人，抱夫人回房！"

他的话音刚落，一个孔武有力的婆子走上前，二话不说抱起陆萱。

陆萱低下头，眼泪在眼眶中打转。她唯有紧咬嘴唇，才能不让泪水落下。

一行人默不作声走入二门。林祥从回廊的拐角走出来，悄然叫住林瑾明，递上一个信封。

林瑾明展开信纸，脸色微变。信上只有一行字：林世子，举头三尺有神明，且看苍天饶过谁！

他一字一顿吩咐林祥："把陆安这些年做过的每一件事，仔仔细细查清楚，一字不落报给我听！"他还不知道，陆康也被谋杀了。

另一厢，宋青莯正在返回刑狱司的路上。

今日皇上传他进宫，表面上是因为刑狱司接了陆安被杀一案，实际上皇帝竟然找他和林瑾明商议，如何整顿朝堂风气。

他原本以为，林瑾明鲜少入宫，也不参加朝会，果真只爱风雅，不食人间烟火。原来，那不过是假象。

宋青莯揭开车帘，远远看到一个熟悉的身影蹲在大门外。他莞尔。

飞染看到马车靠近，迫不及待迎上前，高声说："大人，今天又发生命案了……"

"什么命案？"宋青莯跳下马车。

飞染急促地回答："又有人被红木段子捅死了，死者也是永安侯世子夫人的陪房……"

宋青莯微微皱眉。今日在宫里，宋青莯对陆萱虽然只是匆匆一瞥，但他注意到，她的孱弱更胜往昔。

京城人人皆知，皇亲贵胄中有两对被世人津津乐道的恩爱夫妻。其中之一是他的父母，但他父亲一向没节操，面对妻子只有一个原则：老婆永远是对的。至于另一对，就是模范夫妻林瑾明和陆萱，他们男的温柔体贴，女的贤良淑德，人人称羡。

"大人，你到底有没有听我说话！"飞染气呼呼地瞪他。

"我在听。"宋青莯轻笑。

飞染伸出双手，委屈地说："回来之后，我洗了两次手，可是我总觉得手上的血迹洗不干净。我闭上眼睛就看到那人浑身是血的模样。"

"没事了。"宋青莯握住她的双手，"你做得很好，而且你已经尽力了……"

"大人，你快放手！"飞染想要抽回自己的手掌，可他攥得太紧。她威胁，"你再不放手，我生气了！"

宋青莯只当没听到，低声安抚她："飞染，看到有人死了，害怕是很正常的，说出来就没事了。”

“你……”飞染低下头，两颊酡红，瓮声瓮气地解释，“你不要这么认真……其实我没有那么害怕，我就是……就是……”她也说不清楚，为什么向宋青莯夸大自己的害怕。

“你的手，已经洗得很干净了。”宋青莯执起她的右手，低头在她的手背落下一吻。

“你……你！”飞染跳开一大步。他嘴唇的温度依旧残留在她的手背，那么清晰，那么炙热。

“我走了！”她扭头就跑。

宋青莯扬声说：“你不把案发现场发生了什么事告诉我，我怎么破案呢？你可是捕快呢！”

飞染停下脚步。他真的太讨厌了，可是已经死了两个人，她要当尽忠职守的捕快。她气呼呼地说：“我知道的，都已经说了，你还想知道什么？”

宋青莯吩咐她：“这样吧，我去换衣服，你去厨房看看有什么糕点，再让山柏给我泡一杯热茶。”

“噢。”飞染飞快地跑了。

宋青莯目送她的身影消失，这才转身去了内间。当他换了衣服出来，飞染已经拿来点心和热茶。他装模作样地问了几个问题，把糕点推至她面前。

飞染一边吃着糕点，一边询问宋青莯：“大人，那人临死前说的‘小姐’，会不会暗示世子夫人有危险？我们要不要通知林世子？”

“你很关心林世子？”宋青莯的声音泛出淡淡的酸味。

飞染点点点头，又补充：“林世子是好人。”

“你怎么知道，他一定是好人？”宋青莯追问。

飞染眨眨眼睛，反问：“难道他是坏人吗？”

宋青莯语塞。

飞染笑眯眯地再拿一块糕点。她家大人好像很不喜欢她夸奖别人是好人。她故意说道：“我今天遇上叶大人了，他也是好人呢！”

“在你心里，到底有多少好人？”宋青莯脱口而出。

“很多呢！”飞染仰起小脸，伸出手指一根根历数，“白姨是好人，宋伯伯是好人，俞捕头是好人，田捕快也是好人，还有山柏、宋捕快……”

“好！”宋青莯咬牙切齿，“既然他们都是好人，那我就来当恶人算了！”他作势想要亲吻她。

飞染一下从椅子上跳开，高声威胁：“大人，我武功很厉害的，你再靠近我，小心我揍你哦！”

“你可以试试看！”宋青莯装出恶狠狠的模样，仿佛下一刻就会扑上去蹂躏她。

山柏站在门口看得目瞪口呆。“三……三爷……”他的声音在颤抖。他家三爷是谪仙，是清冷无情的贵公子，为什么突然间变成调戏民女的纨绔？

宋青莯轻咳一声，正了正衣襟，沉声说：“什么事？”

“哦。”山柏恍恍惚惚，“永安侯世子派了管事林祥求见大人，说是有很重要的事。这会儿他正在外面候着。”

“我这就过去。”宋青莯举步往外走，突然又回过头对飞染说，“你在这里等着，我马上就回来。”他故意装出恶声恶气的口吻。

“等着就等着！”飞染微微扬起小脸，眼中满是笑意。她很开心，这种感觉是她从来没有体会过的。虽然他动不动就想欺负她，可她想要在书房等他回来。反正，等到她不愿意被他“欺负”的时候，她一拳就能把他打趴下。

飞染打一个哈欠，找了一把舒服的椅子，整个人蜷缩在上面，闭上了眼睛。

刑狱衙门的会客室内，林祥恭恭敬敬递上林瑾明收到的那封威胁信。他按照林瑾明的指示告诉宋青莯，明天他会送上陆安的生平，供宋青莯参考。

宋青莯看一眼信纸，问道：“陆安是哪位林夫人的陪房？”

林祥微微一怔。林瑾明的嫡妻过世十五年了，几乎所有人都忘了，曾经有另一位世子夫人。

“怎么，我的问题很难回答吗？”宋青莯打量林祥。

林祥赶忙回道：“大人，是这样的，前头的夫人过世后，小少爷跟着夭折，按律法，夫人的嫁妆必须全部送返陆家。陆安一家，既是前头夫人的陪房，也是现在夫人的陪房。”

宋青莯听明白了他的意思。陆萱是庶出，不可能像她的嫡长姐陆敏那样有丰厚的嫁妆。陆敏死后，嫁妆并没有运回南方，陆安等人又成了陆萱的嫁妆。

按照俞毅呈上的资料，陆敏在生产时力竭而亡，孩子没能熬过去，当天就死了。按照风俗，林瑾明迎娶陆敏的庶妹必须在百日之内，否则双方必须守过孝期，所以林瑾明和陆萱的婚事办得很匆忙。

转念间，宋青莯又问：“陆安和陆康是一样的情况吗？”

“陆康？”林祥讶异。

宋青莯直言：“一个多时辰前，陆康也死了，死状与陆安一样。”

林祥呆住了，许久才回答：“前头的夫人一共有四房陪嫁，陆福夫妻已经不在了……”

“不在了是什么意思？”宋青莯追问。

林祥回答：“陆福夫妻负责照看夫人的陪嫁庄子，有一年发鸡瘟，他们一家都病死了。”

“他们是什么时候去守庄子的？‘有一年’是哪一年？”宋青莯问得仔细。

林祥如实相告：“他们在前头夫人死后去了庄子上，隔了两年就病死了。”

“陆安、陆康、陆福……”宋青莯历数，“应该还有一位陆泰吧？”

“是。”林祥点头，“陆泰是陆昌建的父亲，与陆安感情最好。前头夫人难产那日，他骑马出门找大夫，不小心被马车撞到，从马鞍上摔下来，被马车碾死了。在那之后不久，陆昌建感染风寒，高烧不退。陆泰的妻子扔下陆昌建改嫁了，陆安便收养了他。”

宋青莯若有所思，指尖轻轻敲击信纸。半晌，他陈述：“这封威胁信的抬头是‘林世子’……”

林祥赶忙解释：“宋大人，世子爷行事光明磊落，对得起天地。他命令在下把威胁信交给您，就代表世子爷问心无愧……”

宋青莯打断了他，摇着头说：“我想问的是，为什么林世子收到威胁信，第一反应是调查陆安的生平，而不是追查，是谁把书信放在他的书房。”

林祥又是一愣。林瑾明的第一反应确实是调查陆安。他至今没有吩咐他，调查书信的来源。

宋青莯叹一口气，轻声说：“其实林世子已经想到了答案，只可惜他是局中人，想得不够透彻。”

“请宋大人明示。”林祥态度十分恭敬。

宋青莯肯定地陈述：“陆昌建的父亲陆泰，恐怕不是意外，而是被一把红木椅子砸死的。”

林祥呆住了。很多人亲眼看到，陆泰死在街上，身上有车轮碾过的痕迹。他急急追问：“宋大人，您的意思，难道陆昌建并不傻，他是装的？”他断然摇头，“不可能！”

“陆昌建这会儿还在大牢里。”宋青莯的言下之意，谋杀陆康的凶手并不是陆昌建。他稍一停顿，接着说道，“红木段子虽然坚硬，但它是钝口，很难戳穿一个人的身体。另外，仵作告诉本官，在拥挤的人群中，如果刀口足够锋利，下手足够果敢，受害人不会马上就有疼痛的感觉。”

说到这，宋青莯告诉林祥，林家不需要把陆安的生平呈给他看。随即他吩咐山柏送客，又让田大成去大牢把陆昌建放了。

他处理完这些事返回书房的时候，飞染正蜷缩在椅子上酣睡。“居然随时随地都能睡着！”他咕哝一声，凑近了看她，就见她粉颊白皙，睫毛微翘，粉红色的嘴唇仿佛沾着露水的樱桃。

情不自禁地，他的指腹滑过她的红唇，手指摩挲她的下巴，轻轻托起她的小脸。

飞染的美梦被打扰，不悦地皱起眉头。她没有睁开眼睛，只是晃了晃脑袋，试图摆脱他的手掌。

宋青莯的心口一阵狂跳。他突然很想知道，亲吻她是什么样的感觉，她的嘴唇是不是像樱桃一样甜美……

他几乎付诸行动，可心底的另一个声音正在警告他：她睡着了，她是他的未来妻子，他不可以乘人之危轻薄她。

宋青莯怔怔地盯着飞染，内心仿佛有两个小人儿正在打架。半晌儿，他的理智战胜了本能的渴望。他低声轻唤：“飞染，你这样睡在椅子上，会着凉的。”

“大人，你回来了。”飞染迷迷糊糊睁开眼睛，冲他嫣然一笑，又闭上了眼睛，嘴里咕哝，“你别吵，我再睡一会儿，然后我们一起吃晚饭。”

宋青莯呆住了，她的笑脸在他的脑海中挥之不去。她不再是胖乎乎的小短腿，她是美丽的少女，她已经到了可以嫁人的年纪。

他想要亲吻她，这个念头如此强烈，完全占据了他的大脑，仿佛这是他不得不做的事情。他闭上眼睛，屏住呼吸，低头贴上她的嘴唇。

或许只有一秒，或许过了很长的时间，宋青莯只听到自己如雷的心跳声，还有一股难以言喻的甜蜜从胸口涌向全身。他握住她的肩膀，想要加深这个吻，渴望与她唇齿纠缠，又不敢妄动，甚至不敢呼吸。

他抬起头，紧张地注视她。他期待她醒来，他甚至希望她质问他，哪怕挥手赏他一个耳光。他想要明明白白告诉她，他不后悔偷亲了她。他想要亲吻她，不只是今天，还有以后的每一天。

短暂的静默中，飞染“嘤嘤”一声，闭着眼睛呵斥：“小白，不要舔我，很脏。”

宋青莯的脸都绿了。小白是她小时候养的土狗，小狗死后，她哭了三天，那时候是他哄着她，安慰她，如今她竟然把他当成小狗，还嫌他脏！

他愤懑地瞪她。许久，他像斗败的公鸡，认命地拿起毯子替她盖上，弯腰抱起她。

飞染的眼睫毛动了动。她轻声抗议，稍稍掀开眼睑瞥他一眼，又闭上了眼睛。

顿时，宋青莯的郁卒烟消云散。他的飞染不是警觉性差，是她一早知道是他，所以放下了戒心。

他轻声解释：“飞染，你睡在这里不舒服，而且会着凉的。我送你回去。”

“嗯。”飞染迷迷糊糊点点头。

宋青莯嘴角微翘，抱着飞染走回小院。

陶氏看到飞染靠在宋青莯怀中，吓得嘴唇发白。

宋青莯径直走入飞染的闺房，轻轻地把她放在床上，又为她脱下鞋子，盖上被子。

陶氏震惊地看着这一幕，一下子跪倒在宋青莯脚边，豆大的眼泪一滴接一滴滚落，又不敢发出声音。

宋青莯指了指外间，绕过她走出房间。

陶氏跟上他的脚步，再一次跪在他面前。

宋青莯冷声说：“如果飞染只是弃婴，我纳她为妾又何妨？”

陶氏脸白如纸，不断地摇头，嘴里发出嘶哑的哭声，拳头一下又一下捶打自己。

“飞染并不是弃婴。”宋青莯说的是肯定句。

陶氏愣了一下，又是磕头，又是比画。突然间，她跌跌撞撞冲向桌子，拿起剪刀对准自己的脖子，神情仿佛在说，如果宋青菻不愿意放过飞染，她就血溅当场。

宋青菻冷眼看着她，心情越发沉重。他上前一步握住陶氏的手腕，夺过剪刀扔在地上，一字一顿说：“我会娶飞染为妻。”

陶氏呆住了，几乎忘了哭泣。宋青菻是成国公府嫡三子，是正四品提点刑狱使，他怎么可能娶一个父母不详的弃婴！就算他愿意，成国公夫妇也不会答应的！

“你没有听错。我已经禀明父亲母亲，会三书六礼迎娶飞染进门，绝不会让她受半点委屈。”宋青菻郑重地承诺，续而逼问陶氏，“现在你可以告诉我，飞染的亲生父母到底是谁了吗？”

陶氏紧抿嘴唇，用力摇头，双手不断地比画，飞染是息嗔师太在净心庵外面捡到的弃婴。

“好！”宋青菻点头，“既然你坚持，那么从这一刻开始，你记住两件事，一，照顾好飞染的饮食起居。二——”

他注视陶氏，压着声音说，“你生来就是哑巴，自小伺候息嗔师太，其他的事，你什么都不知道。”

陶氏再一次呆住了。

宋青菻深深看她一眼，转身走了出去。

第二天一早，宋青菻刚刚用过早膳，林瑾明派林祥送来两具尸体。

林祥没有多言，宋青菻也没有追问，只是请他转告林瑾明，既然林家找到了凶手，而凶手畏罪自杀了，那么陆安、陆康的死可以结案了。

飞染从田大成口中听说这件事，想也没想就冲进宋青菻书房，生气地说：“大人，以前你不是这样办案的！”

宋青菻反问：“那我是怎么办案的？”

飞染大声说：“你一定会弄清楚，凶手是怎么杀人的，又是为什么杀人。最基本的，你一定会让仵作查清楚，所谓的凶手是不是自杀的。”

“尸体是林世子派人送来的。”宋青菻陈述事实。

飞染的眼眶红了。她对宋青菻很失望，对林瑾明也很失望。她一直觉得林瑾明也是好人，可他就这样随随便便杀了两个人，即便他们是林家的下人，那样也是不对的。

她抬起头，生气地说：“师父教过我，哪怕是一棵草、一株花都不能随便糟蹋，更不要说人命了。”

宋青菻心中五味杂陈，酸溜溜地说：“你是生我的气呢，还是生林世子的气？”

飞染气呼呼地谴责他：“都生气，可是我和林世子不熟，所以我更生大人的气！”

宋青菻失笑，伸手就想揽住她的肩膀。

飞染拍开他的手掌，跳开一大步，愤愤地说：“总之，大人不能这样草草结案！”

“我什么时候告诉你，案子了结了？”宋青菻摇头叹息，一脸委屈。

飞染立马笑逐颜开，紧张地问：“所以大人只是将计就计？”

“嘘！”宋青菮夸张地比了一个噤声的手势，神秘兮兮地说，“此事你知我知，不能让第三个人发现，知道了吗？”

飞染用力点头，同时不忘拍马屁：“我就知道，大人不可能放任真凶逍遥法外。”

“用得着这么现实吗？”宋青菮摇头，“刚才不知道是谁，怒气冲冲跑进来兴师问罪。”他伸手掐她的脸蛋。

飞染自觉理亏，不敢闪躲，只是笑眯眯地看着他。

宋青菮的目光落在她的红唇上，忽然想起昨天偷亲她的情景。如果能让他再亲她一下，即便挨一个耳光也是值得的。

“飞染。”他靠近她。

“你别过来！”飞染似乎感应到了什么，一连后退三四步，双颊酡红，心“怦怦”乱跳。

“大人，如果你不好好说话，总是动手动脚，我……我再也不要理你了！”她逃命似的跑了出去，一口气跑到月亮门外，又忍不住停下脚步回头张望。

第 20 章　谈心

第二天一大早，飞染没有心情找俞毅练武，眼巴巴地跑去大门外等着宋青菮。她迫不及待想要看到他。

直至日上三竿，宋青菮的马车一直没有出现。飞染失落地走回前院，看到俞毅带着两名捕快往外走。

“俞捕头！”她大步跑过去，询问是否有案件发生。在她的软磨硬泡下，俞毅答应带她出门办案。

小半个时辰后，飞染发现，他们竟然在跟踪林瑾明。

京城的另一边，宋青菮冲兰台令史甄彦行笑了笑，歉意地说：“驸马爷，我自说自话请您饮茶，是我唐突了。”

“没事，没事。”甄彦行比林瑾明年长几岁，眼角已经有了皱纹。不过岁月也让他多了几分沉稳与儒雅，世人依旧可以看到，当年他初到京城的风华。

宋青菮暗暗打量甄彦行，客气地说，京城人人都知道，他对茶饮很有研究，所以他才冒昧请教他。

甄彦行礼貌地应对，暗自思量宋青莯的真正目的。

时近午时，飞染一边监视目标，一边摸了摸肚子。她闻到隔壁飘出热腾腾的包子香味，又看到俞毅正目不转睛盯着林瑾明，她悄无声息地避了出去。

飞染本想买几个包子就回去，却不期然看到林瑾明穿着半新不旧的粗布棉衫，低着头走上一辆不起眼的马车。

飞染试图通知俞毅，奈何马车已经向巷子深处驶去。她生怕把人跟丢了，扬声呼唤芷兰，命她马上禀告俞毅，自己则使出轻功，快步跟了上去。

她一路小跑跟着马车，不知不觉出了城。

又过了小半个时辰，马车在郊外的湖畔停下。林瑾明独自下车，久久凝视湖面。半晌，他沿着湖岸信步而行，在一株粗大的柳树下独坐。车夫已经在树下的石桌上布置了水酒，林瑾明自斟自饮，时不时遥望湖水。

虽然才是初秋，湖中的荷花早已凋零，柳树的叶子也失去了昔日的青翠，在午后的阳光下显得干枯而憔悴。

飞染远远监视林瑾明，恨恨地咬一口包子。原来，做捕快真的又累又辛苦，不过她依然喜欢做捕快。

“出来吧！”林瑾明突然出声。

飞染左右瞧了瞧，四周压根没有别人。

林瑾明扬声说：“你一路从茶楼跟来这里，也该累了吧？过来歇一会儿。”

飞染尴尬地干笑一声，讪讪地走了过去。直到她走近，她才看到石桌上摆着四道精致的小菜、一个酒壶，还有两个酒杯。

“世子爷，您在等人吗？”飞染有些疑惑。四周荒无人烟，他在等谁？

“坐吧。”林瑾明指了指自己对面的石凳子，“是宋大人让你跟踪我的？”

“呵呵。”飞染傻笑，悄悄瞥一眼桌上的菜肴。她好饿，这几道菜她从来没见过，也不知道好不好吃。

林瑾明看在眼里，转头眺望微波荡漾的湖水，低声说：“如果你不介意菜已经凉了，随便用，我没有动过。”

“这样不太好吧！”飞染继续傻笑。

“随便你。”林瑾明一径盯着湖面，似乎看得出了神。

飞染愈加尴尬，小菜的诱人香味不断钻入她的鼻子，她的肚子饿得“咕咕”直叫。这简直是非人的折磨！

终于，飞染忍不住了。她指着其中一道菜询问林瑾明：“世子爷，这道是什么菜？”

林瑾明回头看一眼，答道：“这是用椰丝爆炒的东山羊，加了少许羊奶。”他顿了顿，接着解释，“东山羊毛色乌黑，肉质肥厚，腻而不膻，南方才能饲养。”

“什么是椰丝？”飞染追问。她好饿，好想吃肉。

林瑾明解释：“椰丝就是椰子去壳，去汁，把白色的果肉切成丝。”

“椰子又是什么？”飞染的眼睛眨也不眨盯着那盘羊肉。

林瑾明轻笑，递上筷子，说道：“我再怎么解释，都不如你亲口尝一尝。没事的，就尝一口，宋大人不会知道。”

“我才不怕大人知道呢！不过，你不是在等人吗？”飞染摇摇头，没有接过筷子。

“她不会来了。”林瑾明垂下眼睑，顺手把筷子搁在盘子上。

“没关系的。”飞染忍不住安慰他，“你们可以下次再约。”

“她，永远不会来了。”林瑾明神情悲戚。

飞染愣了一下，故意高声说：“既然世子爷盛情难却，那我就尝一口。”她拿起筷子，夹了一片羊肉送入嘴里。

羊肉已经凉了，但一点都不膻。她第一次吃椰丝，是她喜欢的甜甜香香的味道，带点奶味，又有水果的香气。

“世子爷，这道又是什么菜？香味好甜。”飞染猜到，林瑾明等的人已经死了。她一心想要引开他的注意力，脸上洋溢着明媚的笑容。

林瑾明果然感染了她的欢愉，他解释：“这叫菠萝鸡，从小用菠萝蜜喂养，所以鸡肉带着果香。”

飞染追问：“菠萝蜜又是什么？”

林瑾明笑着说：“你尝尝看不就知道了。”

“唔。”飞染的目光紧紧盯着油光水亮的鸡肉，用商量的语气问他，“世子爷，不如这样吧，反正您也不吃，不如您把这几道菜卖给我。”她从荷包中挑出几块最大的碎银子，“如果你觉得不够，回城之后我可以把银子送去您府上。”

“谁说我不吃的。”林瑾明夹起一块鸡腿送入嘴里。

飞染劝说：“世子爷，这样吧，您卖我两道菜，我们一人一半……”

“就算是酒楼，也没有卖凉菜的道理，对不对？”林瑾明笑得一派温和，“如果你不介意，我们一块吃吧。”

飞染装出气呼呼的模样，赌气一般说：“吃就吃，师父说过，活着，吃饱，这两件事最重要……只要有饭吃，就该活得高高兴兴……反正差不多就是这个意思。”

她夹起一块鸡肉放入嘴里，顿时笑得眉眼弯弯。她最喜欢酸酸甜甜的味道，她一定要把这道菜名记牢，回去让厨子做了，和她家大人一起吃。她吃下一块鸡肉，又去夹第二块。这会儿如果有米饭，她一定能吃下一大碗。

林瑾明看到飞染的脸上写满幸福，仰头将杯中的米酒一饮而尽。米酒很甜，他却在其中品出了淡淡的苦涩。

很久以前，他经常笑话她“心太大”。此时此刻他终于明白，为什么他第一眼看到飞染就觉得她很亲切，原来飞染和她一样，心很大，只要能吃上一口家乡的特产，她就能高兴上一整天。

“你最喜欢吃什么？”林瑾明突然询问飞染。

“都喜欢。”飞染脱口而出，续而反问林瑾明，“世子爷，你觉得师父说得对吗？”

“对。”林瑾明微笑着点头，笑容却因为飞染的答案染上一抹哀伤。飞染的“都喜欢”，因为她像没长大的孩子，而她的“都喜欢”，因为是他送的，她都喜欢。飞染和她终究是不一样的。

“世子爷，您不吃吗？”飞染夹了一筷子香芒炒茄子，眼中露出惊喜。她咽下美食，迫不及待地说，“大人给我吃过芒果，可好吃了，没想到它还能炒菜，待会儿回去衙门，我一定要马上告诉大人。”

“不是应该告诉厨子吗？难道宋大人还会下厨？”林瑾明依旧不喜欢宋青莯。

“对哦。”飞染没有听出他的言外之意，点头回答，“我应该让厨子做了，然后我和大人一块吃。”

林瑾明抬眼，深深看一眼飞染。她的话语包含太多的信息，难道宋青莯对皇上说的，等“她”长大是指飞染？他马上否认了这个假设。飞染是孤女，成国公府不可能迎娶这样的媳妇。

飞染直到八分饱才放下筷子，不好意思地说：“菜都被我吃光了。”

林瑾明晃了晃酒壶，问她：“想喝一杯吗？”

“我不喝酒的。”飞染摇头。

林瑾明点头，自斟自饮喝了两杯，又问飞染：“你还没有告诉我，你家大人为什么派你跟踪我。”

“没有啊，呵呵。”飞染装傻，急巴巴地转移话题，“世子爷，这里渺无人烟。以前，你们经常约在这里见面吗？”

“这里是她最喜欢的地方。”

“湖水的确很漂亮。”飞染由衷地赞叹，突然话锋一转，“还可以下去抓鱼，烤着吃。”

林瑾明愣住了。他无法想象，他心中的她，下水抓鱼的画面。

飞染站起身，面对湖面舒展身体，闭上眼睛深吸两口气，突然间又转过身，一本正经地说：“世子爷，您是好人，为什么杀了自家的两个下人？”

“因为他们就是凶手。”林瑾明眼中染上阴霾。

“我不明白。不过——”飞染认真地看着他，“他们是不是凶手，应该交给我家大人审问。”

“你还太小，你不会明白，当你真正喜欢一个人，即便别人只是在背后偷偷说她坏话，你同样无法忍受。”

飞染有些懵懂。她家大人不是说，喜欢一个人就是想亲她，想抱她吗？她问：“世子爷，您说的喜欢是哪一种喜欢？大人说，喜欢分很多种。”

林瑾明抬头注视飞染清澈的眼眸。今天的他心情很差，和她东拉西扯大半天，他竟然觉得她很有趣。可能因为她们都很乐观，都能让周围的人感染她们的好心情吧？

“世子爷，您也不知道什么是喜欢吗？”飞染烦恼地皱了皱眉头。林瑾明看她，她也坦坦荡荡地回看他，为什么她不会脸红心跳，一心想要逃开，又舍不得走远呢？

林瑾明摇摇头，含糊其辞地回答：“什么才是喜欢，等你遇到了，自然就懂了。”

“那……”飞染低头扭扯衣襟，“算了！”她和大人之间的事，好像不应该说给他听。

“飞染，我能叫你飞染吗？”

“世子爷还是叫我陶捕快吧。”她无所谓别人叫她什么，可是她家大人不喜欢别人直呼她的名字。

林瑾明意味深长地说：“飞染，当你真正喜欢一个人，一定要第一时间让他知道，否则，说不定第二天就迟了，会成为一辈子的遗憾。”

“是呢！”飞染好似感染到了林瑾明的感伤。她耷拉着脑袋坐回石凳上，喃喃低语，“我都没来得及告诉师父，我好喜欢她，我好高兴，是她把我捡回去，又教我武功，又教我识字，还教我做人的道理。我一直以为，我和师父会永远在一起，可是她突然就死了。”

林瑾明没有说话，只是抬头望着波光粼粼的湖面。

十六年过去了，他犹记得揭开红盖头那一刻的惊艳，仿佛天地间的一切都因她失色。

他们相处不过一年多，而她过世已有十五年，可他一刻都没有忘记她。他一直后悔，为什么他没有告诉她，他爱她，不是林世子喜欢陆家大小姐，是林瑾明爱上了陆敏。可惜，他没来得及见她最后一面。

“世子爷，您喜欢的人也死了吗？”飞染试探着问他。

林瑾明犹豫了一下，轻轻点头。

飞染奇怪地问他：“您喜欢的人不是世子夫人吗？”

林瑾明立马后悔了。他怎么忘了，飞染是刑狱司的捕快，是宋青莯的手下。他是永安侯府的世子，他和陆萱一直是世人眼中的恩爱夫妻。

他轻咳一声，笑着说：“我当然喜欢我的夫人，不然我们怎么会成亲呢。”

飞染愈加糊涂了，不过这是人家的事，她不应该刨根问底。她转而说道：“世子爷，您不回城吗？我们再不出发，待会儿回到城里，天都快黑了，大人会着急的。”

“你在跟踪我，记得吗？我什么时候回去，应该由我说了算。”林瑾明想要为自己斟一杯米酒，却发现酒壶已经空了。

飞染追问：“世子爷，那您什么时候回去呢？”

“看我高兴吧！”林瑾明不咸不淡地回答。

飞染想了想，讪讪地说：“世子爷，我等你，不过你不要太晚哦，我还要回去向俞捕头复命。俞捕头说了，做捕快不只要听从大人的吩咐，还要及时汇报……对了，最重要的是保证自己的安全。他说，每个人的命都是自己的……"

林瑾明听她絮絮叨叨说着无厘头的话。从他的角度看她的侧脸，她的轮廓竟然与他的亡妻颇有几分相似。他慌忙驱散脑海中的念头。他的敏敏是独一无二的，世上再没有第二个她。

不知过了多久，飞染忽然听到远处传来"嘚嘚嘚"的马蹄声。她抬头眺望，惊问："世子爷，您没有厉害的仇家吧？"

林瑾明不答反问："如果是我的仇家来了，你会保护我吗？"

"难道真是你的仇人？"飞染急了。她看到远处尘烟滚滚，好像来了很多人。她急促地说，"好汉不吃眼前亏！世子爷，我带你逃跑吧！"

"世上哪有不战而降的道理！"林瑾明故作摇头叹息状。

飞染理直气壮地反驳："我又不是英雄！"

林瑾明失笑，说道："放心，不是我的仇家，是你的大人找来了。"

"大人又不知道我们来了这里。"飞染伸长脖子遥望远处。直到马队渐渐近了，她才看清楚，原来不过四匹快马。大概因为马儿跑得太急，才会扬起大片尘土。

她眯起眼睛细看，为首的人正是她家大人。"世子爷，您好厉害！"她一边说，一边冲宋青莯挥手，朝他跑了过去。

远远地，宋青莯看到飞染笑得灿烂，脸更黑了。他拉住缰绳，高声吩咐身后的手下："你们在这里等着。"

飞染快走几步跑向宋青莯，高兴地问："大人，您怎么知道我们在这里？好厉害哦！不过世子爷也很厉害，他刚才就猜到，是您来了呢！"

飞染这话根本就是火上浇油。宋青莯跳下马背，一字一顿问她："你跟踪他大半日，结论就是他很厉害？"

飞染反问："世子爷一下子就猜到，是您来了，难道不厉害吗？对了，世子爷准备的小菜也很好吃。"

宋青莯气结，胸口仿佛灌满了粗粝的沙子，又涨又疼，快把他的心磨出血了。他质问飞染："你不知道我会担心吗？"

"担心什么？我会武功呢！"飞染说得理所当然。

"飞染，宋大人正在生你的气。"林瑾明故意提醒飞染。

"飞染？"宋青莯生气地瞪着飞染，表情仿佛在控诉：你竟然让他直呼你的名字！

林瑾明迎风站在石桌旁，微笑着注视宋青莯和飞染。飞染不明白宋青莯的心情，当初他的敏敏也是一样吧？有时候他生她的气，恰恰因为他爱她。

炙人的静默中，飞染觍着脸笑问："大人，你真的在生气吗？"

"没有！"宋青莯朝林瑾明看去。

“那就好。”飞染信以为真，拽着他的衣袖走向林瑾明，“大人，我刚才问过世子爷，他说，那两个仆人真的是杀人凶手。不如趁现在这个机会，大家把话说清楚。您有什么想知道的，直接问世子爷吧，他是好人，一定会如实相告的。”

宋青莯自动忽略飞染的话，抬头审视林瑾明。即便林瑾明身穿粗布衣裳，身上却没有半点市井的粗鄙，反而像是砂砾中的珍珠，光芒夺目。

林瑾明同样也在打量宋青莯。传闻中喜怒不于色的宋大人竟然生气了。

“宋大人。”

“林世子。”

宋青莯和林瑾明相距三尺，客客气气称呼对方。

飞染看看这个，又瞧瞧那个，气氛好像有些不对劲。

“那个……”她侧头想了想，突然冒出一句，“大人，世子爷家的菠萝鸡很好吃。”

宋青莯的目光掠过桌上的残羹，又看到旁边的两个酒杯。他们竟然对酌浅饮！

林瑾明顺着宋青莯的目光看去，故意对飞染说：“菠萝鸡不是每个厨子都会做的，回头我送你一个厨子吧。”

“不劳林世子费心！”宋青莯握住飞染的手。

飞染立马红了脸。她想要挣脱，可宋青莯抓得太紧，她总不能在外人面前揍他吧？

“宋大人能够找来这里，想来已经知道很多事。”林瑾明素来不喜欢宋青莯的行事作风，但他欣赏宋青莯的能力。眼下看来，宋青莯的言行简直幼稚可笑。他是成国公的儿子又如何，他不可能承爵，说到底不过是一个四品官，他竟敢光天化日轻薄自己的女下属！

他意味深长地说，“宋大人与手下的相处方式果然特别，怪不得皇上那么器重你。”

宋青莯微微眯眼，没有放开飞染的手，反唇相讥：“林世子微服出城，是思念故人，还是怀念过去？”

“我与人浅酌，似乎不需要告之宋大人吧？”林瑾明毫不相让。

“原来是我多事了。”宋青莯笑了笑，“林世子独自在此，恐不安全，我留两名手下保护你吧。”他转头呼唤同来的捕快，言下之意他和飞染要走了。

一旁，飞染试图掰开宋青莯的手指。宋青莯瞪她一眼，她立马不敢再动。

林瑾明看在眼里，笑道：“宋大人这么担心我的安危，原来真是以我为饵，想要引出杀人真凶？”

“什么诱饵？”飞染朝宋青莯看去。

宋青莯索性把她拉至身后，反问林瑾明：“林世子交来两具尸体，难道您不是想快刀斩乱麻，尽快捉拿真凶？我不过是配合您。又或者，您希望诱饵是尊夫人？”

林瑾明被宋青莯噎得说不出话。他和宋青莯的确心照不宣，是他自愿为饵。可宋青莯太嚣张了。他这样抓着飞染，是想毁她名节，还是向他宣誓所有权？

他讥诮："我自然不希望夫人有半点危险，看来我还得谢谢宋大人。"

"不客气。"宋青莯脸不红气不喘。

林瑾明深深看他一眼，转而说道："飞染，宋大人是骑马来的，不如你坐我的马车回城吧，我相信回城的路上，宋大人一定会好好保护我们的安全。"

飞染疑惑地眨眨眼睛。为什么她完全听不懂他们在说什么？

她未及开口，宋青莯抢先回绝："刑狱司的捕快一定会保护林世子的安全，其他的事，不劳林世子费心。"

林瑾明只当没听到，笑眯眯地对飞染说："飞染，坐我的马车吧，不然你走路回城，太辛苦了。"

"那个，我会骑马。"飞染隐约觉得，如果她答应了林瑾明，她家大人一定会很生气。

宋青莯满意地微笑。

林瑾明锲而不舍地劝说："飞染，你看，宋大人并没有多余的马匹。"

"此事不劳林世子费心。"宋青莯招呼捕快过来"保护"林瑾明。

飞染向林瑾明道别："世子爷，谢谢你的午餐，咱们就此别过。"

林瑾明有些失望，不过他并不是胡搅蛮缠的人，客气地与飞染道别。

林家的马车不过驶出五六丈，飞染就迫不及待抓住宋青莯的手腕，试图迫使他松手。

宋青莯任由她动作，就是不松手。

"大人，你放手，很难看耶！"飞染抗议。

"不放！"宋青莯断然拒绝。

"你都抓疼我了！"飞染控诉。

宋青莯稍稍松手，飞染趁机用力推开他，气呼呼地说："大人，你真的生气了？我是捕快，我只是奉俞捕头之命跟踪林世子，你干吗生气？"

宋青莯斥责她："当时的情况，你应该通知俞捕头，而不是一个人逞英雄！"

飞染委屈地解释："我让芷兰通知俞捕头了……"

"你还敢说这事！"宋青莯愈加生气，"你竟然故意支开芷兰……"

"才不是！"飞染气鼓鼓地瞪着宋青莯，眼中蒙上了一层雾气，"我让她通知俞捕头，我不是故意支开她！"

宋青莯看到她眼中的泪花，立马好声好气地解释："你能发现林瑾明换了衣服离开茶楼，别人也会发现。你武功再高，双拳难敌四手，明白吗？"

飞染看到他态度软化了，低下头小声说："我知道，大人是好心，怕我遇上危险。我也知道，这次是我鲁莽了。"

"算了。"宋青莯转身朝大白马走去，假装不理她。她鲁莽行事是罪行之一；在他担心害怕的时候，她竟然和林瑾明喝酒吃菜是罪行之二。

飞染赶忙跟了上去，凑在他身边解释："大人，我会保护自己的。从小师父就教我，无论发生什么事，首先一定要保住小命。就好像刚才，我以为大人是林世子的仇人，劝他和我一块逃走。当时我已经想好了，如果他为了面子不愿意逃命，我就把他打晕了扛走。”

这算哪门子的保护自己！宋青莯用眼角的余光瞥她一眼，只见她满脸写着：你快表扬我。

他继续不理她，慢慢解开缰绳。

飞染侧头想了想，恍然明白过来。她用力拍了拍宋青莯的肩膀，豪情万丈地承诺：“大人，您放心，如果您遇上危险，我一定会拼了性命保护您。”

宋青莯气结，咬着牙说：“你刚才不是说，林世子的菠萝鸡很好吃？”

飞染再一次恍然大悟。原来他家大人没有吃到好吃的，所以生气了。她笑眯眯地说：“对，很好吃，所以我刚才就说了，回去让厨子再做，我和大人一块儿吃。”

宋青莯抿了抿嘴唇，转念间又哑然失笑。从什么时候开始，他竟然对飞染生出了这么强烈的独占欲。他一时不知道如何下台。

一旁，飞染觉得自己很委屈。她摸了摸马鼻子，对着马耳朵低语：“大白，你看，你家主人生气了……”

“它叫赤凤。”宋青莯实在听不得“大白”这么俗气的名字。

飞染想也没想就反驳：“大白明明是白的，怎么能叫赤凤呢！”

马儿好似很赞同飞染的话，嘶叫一声，亲昵地舔了舔她的手心，又用鼻子蹭了蹭她的胳膊，惹得飞染“咯咯咯”轻笑，用胜利者的眼神斜睨宋青莯。

宋青莯郁闷极了，只能把话挑明了说。他道：“飞染，芷兰通知俞捕头之后，回到巷子口就发现你不见了，大家都急坏了……”

“对不起……”

“我们从京城疾驰而来，一路上都在担心，不知道你发生了什么事，你却和林瑾明喝酒谈天，还对我说什么菠萝鸡很好吃。如果换作是你，你会生气吗？”宋青莯目光灼灼盯着她。

飞染低头解释：“我知道，是我不对，不过我没有和林世子喝酒谈天，我就是肚子饿了。本来我打算向他买的，可是他不肯收我的银子。”

“算了。”宋青莯心中的酸味淡了不少，“上马吧。”

飞染环顾四周，只剩一匹马了。“大人，还是您骑马，我走路吧。我会轻功，一定跟得上大白，就当是我今天做错事的惩罚。”

“上马！”宋青莯失控地大叫一声，又似笑非笑地威胁她，“你不是会轻功吗？要我抱你上去吗？”

飞染赶忙飞身跃上马背，心里美滋滋地想着，她家大人果然是大好人，即便她做错了事，他都愿意把大白马让给她骑。

她才想到这，就感觉到温热的身体紧贴自己的后背，厚实的手掌抓住了自己的双手。她的身体马上记起，上一次在书房，他也是这样，从她身后抱住她，一遍一遍对她说，他喜欢她。

这几个晚上，每当她睡不着，就会把那张写着“我喜欢你”的纸条拿出来看看。

“那个……”她知道，自己一定又脸红了。

“坐稳，抓紧。”宋青莯夹紧马肚子，赤凤心领神会，像箭一般冲了出去。

“啊！”飞染尖叫一声，身体因为惯性作用落入宋青莯怀中。

宋青莯勾起嘴角，恶作剧一般夹紧马肚子，让赤凤不断地加速。

可惜，赤凤不过跑出百余米，飞染便熟悉了它的步伐与节奏。她坐直身体，兴奋地抓住宋青莯的手腕，嘴里大叫：“快点，再快点！”她太喜欢疾风拂过脸颊的感觉了。

宋青莯又是失望，又是惊喜。她未免太大胆了吧？不过他喜欢的女人，自然不是那种怯弱无用的千金小姐。她这样大胆，其实挺好的！

转眼间，东城门已经近在眼前。宋青莯想了想猛地拉住缰绳，牵引赤凤往北门疾奔。

第 21 章　爱恨嗔痴

飞染与宋青莯在郊外策马驰骋的当口，永安侯府的马车已经驶入东城门。

林瑾明可以想象他们共乘一骑的画面。很多年前，他也曾借口教陆敏骑马，带着她在湖边漫步。她不会骑马，全程紧紧依偎着他，一开始的时候，她甚至不敢睁开眼睛。

他眉头紧蹙，透过车窗凝视街道，眼神慢慢失去了焦距。

“我要见义母，我没有杀死义父！”

隐约中，林瑾明听到男人的哭叫声。他吩咐手下：“去看看，发生了什么事。”

不多会儿，手下回禀，是陆昌建在侧门外哭闹。他被刑狱司释放之后，陆安的家人对他喊打喊杀。

林瑾明想到陆康死的时候，陆昌建身在刑狱衙门的大牢，他命人把陆昌建带去外书房见他。

小半个时辰后，当林瑾明换了衣裳来到书房，看到陆昌建正狼吞虎咽地吃着糕点。

陆昌建发现他进屋，吓得跪倒在地，“嘭嘭嘭”不断地磕头。

林瑾明吩咐小厮拉他起身，问了他几个问题。陆昌建战战兢兢地回答，眼睛的余光不停地偷瞄桌上的点心水果。

林瑾明让小厮拿了几个水果给他，又问他："你还记得你的父亲吗？我是说，你的亲生父亲。"

陆昌建想了好久，茫然地摇摇头。

"那你的母亲呢？"林瑾明追问。他已经查知，陆昌建的生母改嫁之后病死了。

陆昌建摇着头说："义母说，她坏，她嫌我笨，不要我了，所以老天收了她，老天是最公道的。"

林瑾明没有接话。他很后悔，冲动地杖毙了那两名下人。他明知道，他们不过是被真凶利用了，可他们话里话外的意思，竟然指责他的敏敏任性善妒，根本不是合格的主母。

在他心中，世上再没有第二个女人及得上他的敏敏。退一万步，纵然他的敏敏有再多的不是，都轮不到几个下人置喙。

林瑾明出神地盯着窗外，任由陆昌建在他耳边絮絮叨叨。

半晌，下人回禀，陆萱来了。

林瑾明微微一怔。鉴于真凶尚未落网，他怕陆萱遇上危险，借口她需要静养，建议她去别院小住。昨晚她不是亲口答应，今天上午就启程吗？

他命人带走了陆昌建，在屋子门口迎上陆萱，惊讶地问："夫人，你没有去别院吗？"

陆萱摇头低语："世子爷，今日我心神不宁，等不到你回来，我总觉得不安……"

林瑾明回答："我只是去找驸马饮茶了。"

陆萱闻言，眼中染上一层哀伤。中午的时候，甄彦行派人送帖子过来，这就证明，他们压根没有见过。他大概又出城去了吧？

陆萱没有拆穿林瑾明的谎言，也没有提及甄彦行。她低声询问："世子爷，杀害陆安的凶手难道真是……"

林瑾明打断了她，避重就轻地回答："刑狱衙门已经定案了，想来应该没错。"他的语气告诉陆萱，他不想继续这个话题。

陆萱不敢再问，低声说："世子爷，妾身今日问了几个仆役，隐约听到一些话。十多年前，大姐为何……"

"大夫说，你的身体需要好好调理，不能劳神。"林瑾明的表情愈加冷淡。

陆萱的眼中立马蒙上了一层雾气，可是林瑾明一味看着窗外，似乎在等陆萱主动离开。

短暂的静默中，陆萱突然跪下了。

"夫人，你这是干什么？"林瑾明吓了一跳，弯腰想要扶起她。

陆萱推开他，哽咽低语："世子爷，我恳求你同意在城内施米，固然是为我们的孩子祈福，可是在我的内心深处，我知道此事或许会闹出事端。我甚至隐隐希望，中途有什么变故……"

"你，这是为了什么？"林瑾明诧异。他本来不同意在城内施米，奈何陆萱多次恳求，他只能点头答应，毕竟他给不了她爱情，只能在其他地方补偿她。

陆萱跪在地上，任由眼泪顺着眼角滑下。她低声说："我知道，等我出了月子，世子爷就回庄子上去了……我自知没有立场求您留下……我只是隐约觉得，如果家里出了什么事……"

"你这又是何苦呢！"林瑾明把她从地上拉起身，"我早就说过，你有什么要求，尽可以向我提出。如果你想随我去庄子上，或者想让我留下，大可以直接告诉我。"

陆萱想说，你的确会答应我的要求，但是去了庄子上以后呢？你会多看我一眼吗？

她几乎脱口而出，最终还是咽下了已经到嘴边的话。她是永安侯世子夫人，不知道多少人羡慕她，仰视她。一旦别人知道，他们的鹣鲽情深不过是貌合神离，那些仰慕的目光立马会变成同情吧？毕竟她的"情敌"过世十五年了，早就成了一堆白骨。

不同于永安侯府内的压抑气氛，城外的田野上却是笑声不断。飞染看到赤凤累得气喘吁吁，主动向宋青莯提出，她想下马走走。

宋青莯把马儿拴在树干上，故作镇定地拉起飞染的手，迎着夕阳漫步在田埂上。他一脸淡然，仿佛与她手牵手是再平常不过的一件事。

飞染低头看看两人交握的双手。如果说，之前她没有推开他，纯粹因为林瑾明那个"外人"也在现场，那现在呢？

她扭了扭手腕想要挣脱，他却没有松手，也没有回头看她，反而抓得更紧了。她突然想到，小时候师父也是这样牵着她。他是她的大人，他们牵一下手，应该没有关系吧？

想到这，她不再挣扎，快走一步跟上宋青莯，看着他的侧脸说："大人，我们好像走错路了。出城的时候，我没有看到这么多稻田。"

飞染举目望去，满眼都是稻禾的碧绿色，还有谷穗的青黄色，远处的夕阳红彤彤的，好像替碧蓝的天空涂抹了一层胭脂。她从来没有看过这么美丽的景色。

宋青莯转头看她，只见她一会儿眉开眼笑，一会儿又烦恼地皱起眉头。

"怎么了？"他询问。

飞染摇摇头，抬头仰望天空。天好高，好蓝！

"我们没有走错，待会儿就能回城。"宋青莯解释。

飞染笑眯眯地说："我才不怕走错路，反正我回不了城，大人同样回不去。"

宋青莯一阵暗喜，仿佛飞染在说，只要有他在，无论去到哪里，她都不会担心害怕。

转念间，飞染惊呼："大人，我想起来了，俞捕头说，和大人出城办案就算是出公差，有双倍工钱。"

宋青莯闷声反驳："你现在可不是出公差。是你耽搁了大家的时间，害我们不得不出城找你，记得吗？"

"记得。"飞染低下头，小声问，"那要罚工钱吗？"

"不用！"宋青莯几乎咬牙切齿。不知不觉中，他快走几步。飞染赶忙跟上他的步伐，手指悄悄抓住他的手背。

宋青莯察觉她的动作，讶然地停下脚步，回头看她。

“大人，你不要生气了。”飞染双颊嫣红。

“我不生气了。”宋青莯叹息。原来她只是害怕他生气，才会抓住他的手。他解释，“刚才我只是担心你遇上危险，不是真的生气。”

飞染点点头，依旧不敢抬头看他。

“噗噗。”远处的大白马打了两个喷嚏。

“回去吧。”宋青莯转身往回走。

“大人，我们不能再待一会儿吗？”飞染脱口而出，撒娇一般恳求，“就待一会儿。以前我都不知道，田地可以这么广阔，天空可以这么高，还有……”她急巴巴地改口，“还有马儿可以跑得这么快，世上有那么多好吃的，好玩的。”

“你本来想说什么？”宋青莯侧目。

“你怎么知道——”飞染抬起头，又戛然而止。她看到了他的眼睛，他正专注地看着她。她的脸上又是一阵热辣辣的，本能地想要躲避他的目光。

“你本来想说什么？”宋青莯重复，用手指托起她的下巴，“我想听你原本想说的话。”

“我……”飞染闭上眼睛，赌气一般飞快地说，“我只是想告诉大人，我很喜欢待在大人身边，看到很多以前不知道的事。我希望自己可以帮到大人，可是我经常犯错……不过我不会泄气，我会努力改正……”

“我都说了，我没有生你的气，早前我语气不好，只是担心你……”

“我说这些，和大人有没有生气没有关系。”飞染急切地抓住他的手掌，看着他的眼睛说，“我只是想告诉大人，我很高兴可以待在大人身边，我希望可以一直待在大人身边。”

宋青莯简直不敢相信自己的耳朵，她在向他表白吗？他紧张地说：“飞染，一男一女想要‘一直’在一起，只有一个办法，成亲。成亲了才能永远在一起。”

“只能成亲吗？”飞染蹙眉。师父对她说过，成亲就是有一个人会脱她的衣服，而她不能揍他。她用力摇头，坚定地说，“如果只能成亲，那还是不要了。”

飞染的话犹如一桶无情的冰水，从宋青莯头顶浇下。他不死心地问：“你不想和我成亲吗？”

“嗯！”飞染毫不犹豫点头，“我只喜欢抓坏人。”

宋青莯很不甘心，用力捏了捏她的脸颊。她怎么能给了他希望，转眼间又将“希望”狠狠戳破。

“大人，你干什么！”飞染捂住脸颊。

“这是惩罚。”宋青莯恨恨地说，“我虽然不生气了，但今天你让我很担心，这是小惩大戒。”

飞染双手捂住脸颊，气鼓鼓地瞪他。

宋青莯笑了起来。原来喜欢一个人，心情就会因为她起伏不定，哪怕生气的时候，心里也是温暖的。

这一刻，他很感激自己的父亲。如果不是父亲告诉他，只有当一个人有能力的时候，才配说出“保护”二字，他不会努力走上仕途。

时至今日，如果他没有自己的事业，仅仅是依附家族生存的宋三公子，他没有勇气，更没有立场对父母说，他非飞染不娶。

世界很公平，一个人想要得到什么，就必须付出努力。

他想要和飞染白头偕老，所以他必须努力让她喜欢上自己。

宋青莯的眼神变得坚定而温柔。他专注地看着飞染，仿佛她是世间最珍贵的宝石。

飞染瞪着他，脸颊一阵阵发烫，心口更是跳得厉害。在他的注视下，她慢慢低下头，小声说：“大人，我们该回去了，天都快黑了。”

宋青莯点点头，牵着她的手朝赤凤走去。

入夜，他回到国公府，在自己的院子枯坐许久，满脑子都是飞染的一颦一笑。

突然，他好似想到了紧要的事，急匆匆去了正院。

宋航正与白珺若下棋，看到他没好气地说：“这么晚了，有什么事？”

白珺若紧接着问他：“三郎，你不是回来好半晌了吗？怎么还没有换衣服？”她看到儿子头发凌乱，衣服风尘仆仆。平日里，他最爱干净，衣着打扮向来一丝不苟。

“母亲，我有一事恳求父亲。”宋青莯算是回答了白珺若，又对宋航说，“父亲，最近我向皇上讨了不少东西，不好意思再开口，明日您能不能帮我讨几个香芒？”

宋航和白珺若同时放下手中的棋子。宋航率先反应过来，摇着头说：“吃人的嘴短，不去。不要告诉我，都这么多天过去了，你仍然停留在用吃的笼络未来媳妇，真是丢我的脸……”

“什么未来媳妇，八字还没一撇呢！”白珺若反驳。

“母亲，您不是一向很喜欢飞染吗？”宋青莯有些着急。

“你母亲喜欢有什么用，人家又不喜欢你。”宋航无情地刺了宋青莯一刀，到底没有答应他，替他向皇上讨要贡品香芒，哄飞染高兴。

宋青莯讪讪地走了，眉头皱得紧紧的。

宋航远远看着他的背影，笑着摇摇头。

“老爷，三郎没事吧？”白珺若有些担心。

宋航意味深长地说：“你不觉得，他现在这样子比较像正常人吗？”

“呸，什么正常人！”白珺若白了宋航一眼，“你这么说，好像三郎以前多不正常似的……”

宋航提醒他："是你自己说的，三郎自从十岁之后就不会笑了。"

白珺若愣住了，许久才问："老爷，难道三郎从那时候就喜欢飞染？"

"我哪里知道。"宋航起身挨着白珺若坐下，觍着脸说，"三郎忙着讨好未来媳妇呢，夫人，今晚你也讨好讨好我吧。"

白珺若啐了一口，红着脸骂道："都是当祖父的人，说话这么不正经……"

"我说错了，应该是我讨好夫人才对。"宋航抓起她的手，"夫人，时辰晚了，咱们该进去歇息了。"

白珺若轻呼一声，已经被丈夫抱了起来。在烛火熄灭前一刻，她突然在想，夫妻之间的事，冷暖自知。如果飞染能让儿子开怀，她的亲生父母是谁，又有什么关系呢？真的逼儿子娶一个大家闺秀，难道让他们冷冷淡淡过一辈子吗？

又过了两天，就在飞染几乎忘了菠萝鸡这回事的时候，林瑾明差人送来了一个食盒。

飞染手捧食盒，献宝似的请宋青莯品尝，又吞吞吐吐地说："大人，林世子特意送来这些小菜，有一部分原因是想知道案子的进展吧？将心比心，上次师父出事，我恨不得马上抓住凶手。"

她眼巴巴看着宋青莯，眼神仿佛在说，大人，到底谁是真凶？你快告诉我，我马上去抓人。

宋青莯失笑。转念间，他正色说："飞染，以后如果案子涉及别人的家务事，我们不能再接了。"

"可那是人命啊！"飞染轻呼。

宋青莯解释："这次的案子，凶手明显是找陆安报仇，仇恨的对象涉及林世子夫妻。俗话说，家家有本难念的经，换个说法，哪户人家没有一些不想被外人知道的隐私……"

"大人，你的意思……"

"陆安的死很可能与前任世子夫人有关。这其中的内情，林家极力隐瞒，我们查也不是，不查也不是。如果我们不小心知道了林家的隐私……"

"大人，要不我们直接问一问林世子？"飞染一直觉得，宋青莯总是把事情想得太复杂。

宋青莯反问："他不只是永安侯世子，也是国舅爷，如果我们客客气气地问他，他的嫡妻是怎么死的，他的答案只有一个，难产而死。眼下，什么实质的证据都没有，难道我把他押回刑狱司审问吗？"

飞染小声咕哝："已经死了两个人了，说不定林世子愿意如实相告。"

"你呀！"宋青莯叹息，"总以为世上都是好人……"

"本来就是啊！"飞染重重点头。

宋青莯没有反驳她的话，也没有告诉飞染，如果林瑾明愿意如实相告，就不会交来两具尸体，声称他们就是真凶。

时至今日，他几乎可以肯定，林瑾明并不爱陆萱，陆敏也不是死于难产。可是京城人人皆知，他对陆敏极好，与陆萱更是少见的恩爱夫妻。

他不喜欢飞染与林瑾明有太多的接触，最重要的一个原因就是，林瑾明欺骗了整个京城。这样的人太可怕，单纯的飞染绝不是他的对手。

他笑着对飞染说："那我们换个角度。你想啊，这次的案子，凶手杀死了林家的两个下人，我们抓到他，不过是让死者瞑目，可上次的案子，我们救了很多人。两厢比较，你觉得我们应该把时间花在什么地方？"

飞染皱起眉头，为难地说："救人的确很重要，但是师父说，人的品格有高有低，但是人命不分贵贱。所以我觉得，有人死了，即便他们是下人，我们也应该查明真相。可是大人说得也没错，救人刻不容缓。"

她咬着嘴唇想了很久，突然高兴地说："大人，你一个人不可能把所有案子都破了，但是你可以教别人怎么查案。就像师父教我武功那样，师父说，这叫授人以鱼不如授人以渔。"

宋青莯笑了起来。他的飞染果真很聪明。

刑狱司的仵作、书隶比京兆府多一倍，但接手的案子不及京兆府的十分之一，就是因为他们大半的时间都在研究验尸、审案的方法。卷宗室的案卷也是为了归纳凶手的作案手段，分析他们的行为特点，辅助破案。

刑狱司每年两次向地方下发公文，并不是他炫耀自己的成绩，而是教授他们查案的方法。只是地方上的官员是不是和赵维明一样欺他年轻，对他的公文不屑一顾，他就不得而知了。

飞染不知宋青莯所想，奇怪地问："大人，我说得不对吗？"

"你说得很对，我会认真考虑的。"宋青莯装模作样地点点头，指着桌上的菠萝鸡说，"我帮你送一份回礼给林世子吧。"

第二天，林瑾明收到了一个食盒。虽然这份回礼是以飞染的名义送达侯府，不过明眼人一看就知道，东西是成国公府准备的。

像成国公宋家这样的簪缨世家，祖上都有菜谱传下来，和古董、古籍一样，都算是家族资产，一代传一代。

当林瑾明听到林祥说，送礼的人转述，无论他中意哪一道菜，都可以奉上菜谱，他顿时觉得宋青莯太幼稚了，忍不住在心中腹诽：宋青莯根本就是示威，想让他和飞染画清界限。

又过了一天，林瑾明在晨曦中走出书房，坐上马车，身边只带了两名随从。

熙熙攘攘的街道上，他无意间看到一个熟悉的身影。飞染穿着捕快的制服，正侧头与宋青莯说话。她的脸上洋溢着明媚欢愉的笑容。

那笑容仿佛具有不可思议的吸引力，林瑾明情不自禁吩咐车夫跟上他们。

人群中，宋青菻满心郁闷，低声抱怨："如果不是我正巧看到你出门，你是不是打算一个人吃独食？"

飞染马上辩解："大人，你从来不吃大街上的东西，我才没有叫上你。你可不能随便冤枉我！"

宋青菻表情一哽，反问："谁说我不吃的？！"

"是山柏说的啊。"飞染一边说，一边走在宋青菻侧边，替他挡开边上的百姓。

"你在干吗？"宋青菻停下脚步，看着她的护卫之姿。

"我在保护大人啊。俞捕头说，不能让别人撞着您、打扰您，这是捕快的职责之一。"她一脸认真。

宋青菻轻抿嘴唇。和她在一起，他永远无法预料下一刻会发生什么，不过有一点可以肯定，他喜欢牵着她的手。

"走了。"他拉起飞染的手，不容置疑地说，"你走在我身后，不要被别人撞着，知道了吗？"

"可是大人，我现在是捕快……"

"这是命令！"宋青菻没好气地吼她一句。

飞染没有反驳，任由他拉着自己。反正她一向不喜欢别人碰到她，既然这是"命令"，她就勉为其难躲在他身后吧。

一旁，林瑾明已然步下马车。他远远看着他们像小情人一般，旁若无人地走在大街上，猛地停下脚步。十六年前他也曾像宋青菻这般，牵着陆敏走在人群中。那时候他甚至觉得，街上所有人都在嫉妒他。

街边的小巷中，一个人影目不转睛地注视林瑾明，顺着他的目光朝宋青菻和飞染看去。很快，他低下头隐身在人群中，亦步亦趋跟踪林瑾明。

熙熙攘攘的市集中，飞染在豆浆摊子前拉住宋青菻。宋青菻看到拥挤的摊子上食客络绎不绝，压根没有空位。他低声说："你想喝豆浆，大可以告诉雪雁……"

"那不一样！"飞染一脸兴致盎然，"大家都说，这里有正宗的咸豆花，是全京城最好吃的，我就是想尝一尝。"

"好吧，都依你。"宋青菻一脸宠溺，示意山柏去摊子上"买"一桌空位。

林瑾明远远看着他们。鬼使神差地，他举步走向他们，与宋青菻打招呼："宋大人、陶捕快，真巧啊！"

飞染疑惑地眨眨眼睛，问道："世子爷，真巧，您也想尝一尝咸口的豆花？"

宋青菻似笑非笑斜睨林瑾明。他早就发现，林瑾明在跟踪他们。

林瑾明双颊微微发热，避重就轻地回答："我恰巧经过，没想到遇见你们。"

"果然很巧。"宋青菻轻笑。

飞染想了想，赶忙解释：“世子爷，大人没有偷懒，他一直很用心地查案……”

“林世子，我们就不耽搁你了。”宋青莯打断了飞染。

“既然来了，喝一碗豆花再走也不迟。”林瑾明冲飞染笑了笑，半开玩笑半认真地说，“飞染，上次我在湖边请你吃菜，这次你是不是应该换你请我？”

他们说话的当口，山柏已经用一两银子腾出了一张空桌。

飞染点点头，正要应下，宋青莯率先开口：“林世子是长辈，自然由我们付账。”他向林瑾明做出“请”的手势，仿佛林瑾明真的是他和飞染的长辈。

林瑾明脱口而出：“长辈称不上。宋大人公务繁忙，前天你对皇上说，刑狱司有成堆的卷宗，你忙得没有时间看，出来喝一碗豆花，休息一下也是应该的。”

飞染不明白他们为什么针锋相对，早餐在不太和谐的气氛中结束了。

经此一事，宋青莯决定尽快结案，彻底摆脱林瑾明。他主意已定，可苦了俞毅及手下的一班捕快，特别是一心博表现的陈琪，几乎日夜都在外面奔波。

因祸得福，宋青莯没有料到，自己忙得没时间带飞染吃喝玩乐，她反而对他嘘寒问暖。就算他没有工作需要她协助，她也会像乖巧的小猫，安静地待在他身边。他喜欢自己一回头，她就在触手可及的地方。

经过两天三夜的忙碌，宋青莯基本推理出整件事的来龙去脉，也知道谁是主犯，谁是帮凶，不过有一点他怎么都想不明白，凶手隐忍十几年，为什么选择当下这个时间发难？

“大人，你皱眉头了。”飞染跟着皱起眉头。

“没事。”宋青莯笑了笑，“如果你觉得无聊……”他本来想说，你不用陪着我，话到嘴边又临时改口，“你自己找本书看吧。”

飞染点点头，轻手轻脚走到书架前，轻轻地“咦”了一声，顺手拿起一本书，嘴里咕哝：“是《九州列国志》……”

“这本书你不能看！”宋青莯双手撑着桌面，从桌上一跃而过，一把夺过她手中的书册，扔在书架的最顶端，急促地说，“这本书缺页，又脏，不适合你看。”

飞染眨眨眼睛。她家大人为什么脸红了？她转头朝书架的顶端看去。“大人，那本书根本不是《九州列国志》，我说得对不对？”

宋青莯愈加窘迫。他没有偷看小黄书，只是“不小心”翻了几页，随手扔在书架上。他一阵口干舌燥，试图转移话题，说道：“你想不想知道，谁是杀害陆安的真凶？”

“想！”飞染重重点头，两眼放光。

宋青莯轻咳一声，笑眯眯地盯着飞染，就是不说话。

第 22 章　壁咚

宋青莯一味盯着飞染，闭口不言。飞染扯着宋青莯的手臂软声恳求：“大人，你就告诉我嘛。”

宋青莯依旧笑而不语。她甜甜糯糯的嗓音让他无比受用，他忍不住想要卖关子逗她。

飞染求了两句，看到他就是不回答，瞪着圆溜溜的大眼睛威胁他：“大人，你到底说不说？！”

宋青莯害怕她真的生气，赶忙回答：“凶手是陆昌建。”

“不可能！”飞染断然摇头，“先不说他是傻子，单单就是陆康死的时候，他身在大牢，就证明他不是凶手？”

宋青莯不紧不慢地陈述：“我刚才说的是陆安，并没有提及陆康。”

飞染愣了一下，对着宋青莯咕哝：“可是……他们都被红木段子戳进肚子里……这不就说明，杀害他们的凶手是同一个人吗？”

宋青莯很惊讶。杀人手段确实是判断凶手是否为同一人的首要因素，但他并没有教过飞染。他故意问她：“为什么他们都是被红木段子捅死的，凶手就是同一个人？”

“难道不是这样吗？”飞染反问，疑惑地眨了眨眼睛，“卷宗室专门有一个架子，都是这样的案子，我都认真看过了！”

宋青莯再问：“仅仅是一截红木段子而已，第二桩案子有可能是模仿作案，或者纯粹是巧合。”

飞染失望地说：“我又想错了吗？可是那两截红木段子都是椅子的横档，陆安和陆康都是永安侯府的下人。我以为，凶手应该是同一个人呀！”

“你想得不错，不过你漏了一个细节。”宋青莯饶有兴趣地盯着她，“你只注意到红木段子，其他呢？陆安和陆康的死，有什么不同的地方吗？”

飞染皱着眉头认真回忆，竟然不觉得尸体可怕。半晌，她试探着问：“木段子扎入尸体的深浅不一样？”

“孺子可教也！”宋青莯轻轻弹了一下她的脑门。

飞染捂着额头看他，露出恍然大悟的表情。“大人，我想起来了。有一个案子，一个人捅了邻居几十刀，你在案卷旁边批准了‘恨意’两个字。同样，木桩子扎得比较深，是不是代表凶手比较憎恨陆安……”

宋青莯打断了她：“断案要综合考虑所有线索。我来问你，如果你不会武功，你能隔着棉布衣裳，在人群中悄无声息地把钝口的木段子捅进别人的肚子里？”

飞染想了想，摇摇头。

宋青莯又道："如果凶手并非仇恨陆安，只是随便找不认识的人下手，为什么不用刀子，要用木段子呢？"

"大人，你这么说的话……事发的时候。陆安身边除了不认识他的百姓，的确就剩下陆昌建……可是……"

"陆昌建不是傻子。"宋青莯轻轻叹息。仇恨可以让一个人接连捅别人几十刀，也能让陆昌建假扮傻子十五年。

他曾经亲自试验过，用刀子连续不断地捅刺死猪，即便他身怀武功，连捅十几下就已经气喘吁吁。飞染提及的那个案例，凶手连续捅了被害人三十八刀，可见仇恨是怎样一种力量。

飞染认真思考宋青莯的话。宋青莯从一开始就锁定陆昌建是凶手，因此推断他并非傻子。她嘟着嘴辩驳："我问过大牢里的守卫，陆昌建一个人待着的时候同样痴痴呆呆……"

宋青莯笑着解释："你去大牢之前，他并没有用额头磕碰石墙，否则早就头破血流了。"

飞染愣了一下，摇着头说："可是我走了之后，他并没有停止自残的行为……"

"他没有停止，不是因为他傻，而是因为他太聪明了。当他不能肯定，是否有人注意他的时候，他会选择继续扮演傻子。这大概就是他十五年没有露馅的原因，也是山槐日夜跟踪他，却没有发现丝毫破绽的原因。"

飞染还是无法相信，陆昌建只是假扮傻子。在她想来，没有人可以装得那么像！

忽然间，她想到另一件事，愤愤地控诉："大人，你故意误导大家！"

宋青莯喜欢她认真的模样，更喜欢她的坦诚与娇憨。他没想到，她不仅大胆，在断案上亦有天分。他们真是天造地设的一对。

他情不自禁上前一步，故意低下头靠近她，压着声音说："我想骗的人不是你们，而是陆昌建。"

飞染整个人笼罩在他的气息下。她想要推开他却没有付诸行动，只是小声抗议："你说话就说话，不要一直靠过来！"

宋青莯不退反进，逼得飞染不得不后退一步。她虚弱地威胁："你……别以为你是大人……我就不敢揍你！"

宋青莯低头问她："如果我一早告诉你，陆昌建是真凶，你在街上遇到他，你能保证自己不露出马脚吗？"

飞染顿时有些泄气，又有些难过。

"笨蛋！"宋青莯轻轻碰触她的脸颊，"他和陆安一家生活了十五年，从来没有人发现他假扮傻子，你不过是在混乱的现场看了他一眼，没有察觉是很正常的，有什么好难过的。"

“大人，你为什么总是知道我在想什么？”飞染抬头看他，却见他目光灼灼盯着自己。她一阵心慌，不自觉想要逃避他的注视，又舍不得移开视线。

宋青莯的心同样“怦怦”乱跳，她含羞带怯的模样太过诱人，偷亲她的记忆又是那么清晰，心底的渴望正慢慢侵蚀他的理智。

他右手撑住墙壁，倾身靠近她，仿佛下一刻就会把她拥入怀中。

飞染心慌意乱，后脑勺“咚”的一声磕在墙壁上。她猛然醒悟，脸颊更添几分红晕，嘴里嘟囔：“你快让开，不然我真的揍你哦！”她的声音绵软清澈，犹如甜丝丝的花蜜，又似冰凉沁心的糖水。

宋青莯握住她的左手摁在自己的心口，低声命令她：“闭上眼睛。”他声音低沉，心脏一阵狂跳，就连呼吸都变得急促了。

飞染不知道他想干什么，又好似知道，他接下去会做什么。她想要逃开，又有些期待。她的脑子“嗡嗡”直响，就连呼吸里面都是他的气息。

宋青莯在她的眼中看到了自己。她粉颊嫣红，就像春日里的桃花。他从来没有这么紧张，同时又这么期待。那本《九州列国志》上说，亲吻也是分不同层次的。他想要亲吻她，即刻，马上！

“闭上眼睛。”他低声诱哄，嘴唇若有似无地滑过她的脸颊。

飞染用力屏住呼吸，眼睛水汪汪的。她想要低下头，他却抬起她的下巴。她觉得自己全身都不对劲，她是不是快死了？

宋青莯紧张得手心冒汗，却又幸福得晕乎乎的。他的飞染并没有抗拒他，她就像晨光下等待他采撷的鲜花。他闭上眼睛，慢慢低下头。他闻到了属于她的气息，馨香甜蜜。他压抑越来越急促的呼吸，嘴唇几乎感受到了她的体温……

电光石火间，山柏在门外高呼：“三爷！”

飞染幡然醒悟，不可置信地睁大眼睛。她重重推开他，朝房门飞奔，却看到山柏就站在门外。她像受惊的小白兔，“扑通”一声跃出窗户，逃命似的奔出院子。

宋青莯错愕地看着她的身影消失在自己的视线，满心懊恼与不甘。可是即便他没能亲到她，刚才那一刻的悸动与甜蜜萦绕在他心头，久久无法散去。

这就是两情相悦吗？他相信飞染也是喜欢他的，至少不讨厌吧？

房门外，山柏目睹飞染跳出窗户，吓得目瞪口呆。他怯生生地问：“三爷，发生了什么事，陶捕快吓成那样？”

宋青莯深吸几口气，勉强压下纷乱的呼吸，沉声说：“进来吧。”

院门外，飞染双手交握在胸前，用力呼气吸气。她双颊绯红，就连耳根子都红透了。

许久，她伸手轻触脸颊。宋青莯的嘴唇碰到了她的脸颊，虽然很轻微，但她感觉到了。她竟然不觉得讨厌，她竟然没有揍他。

“啊！”飞染大叫一声，使劲拍了拍自己的脸颊，又回去洗了一把脸，直奔衙门的前院。远远地，她看到陈琪刚刚从外面回来。

“陈捕头，你过来，我有话对你说。”飞染笑眯眯地对着陈琪招手。

陈琪的心“咯噔”一声往下沉，心中暗暗叫苦。

他奉赵维明之命打探飞染的身世，可她终日和宋青莯在一起，他压根没有机会套她的话，唯有早上的时候，借口比武与她套近乎。对他的比武邀约，飞染几乎有求必应，只不过她压根不懂得手下留情，也不明白什么是做人留一线，日后好相见。

总之，陈琪与飞染比试过几次之后，每次看到她都有些犯怵。这会儿，飞染主动叫住他，他的心底一阵发毛，战战兢兢地走过去。

回廊的尽头，宋青莯停下脚步，微微眯眼。飞染竟然对着陈琪勾手指，示意他靠过去。陈琪则像被调戏的“良家妇女”，委委屈屈不敢上前。

他们在干什么？

另一厢，飞染一本正经地盯着陈琪，正色说：“你再靠过来一点。”她记得很清楚，每当她家大人靠近她半丈以内，她就会心跳加速。

陈琪满眼慎戒，心惊胆战地跨出右脚，又悄悄地往回缩了小半步，讪笑着说：“陶捕头，有什么事儿，你尽管吩咐……”

“再过来点！”飞染目不转睛地盯着他，疑惑地皱起眉头。虽然她家大人长得很好看，但是陈琪也不难看，而且师父教过，不可以以貌取人，为什么她半点没有脸红心跳的感觉呢？

她不容置疑地说，“我让你再过来一点！”

陈琪不敢动作，僵着嘴角讪笑。

“看着我的眼睛！”飞染命令。

陈琪被飞染打怕了，下意识抬眼看她。他忽然发现，飞染的拳头很硬，根本不像女人，可她的眼睛真漂亮，还有鼻子、眼睛、眉毛，比他见过的所有女人都漂亮。

毫无预警地，他脸上一热，慌忙低下头。

“你为什么脸红？”飞染更糊涂了。

远远地，宋青莯听不到飞染说了什么。他黑着脸沉声喝问：“你们在干什么？”

飞染吓得差点跳起来，几乎夺路而逃。此时此刻，她和她家大人至少隔着六七丈远，她竟然脸发烫了，小心肝又开始“怦怦”乱跳。

“呵呵。”飞染干笑两声，挡在陈琪身前向宋青莯解释，“大人，我们……我们在切磋武功！”

这话也太假了吧？陈琪打一个趔趄，差点摔倒。

宋青莯沉着脸注视飞染，表情仿佛在说，是你过来，还是我过去拎你过来？

飞染慢吞吞地走向宋青莯，仿佛做错事的孩子。她说谎了，师父说，出家人不应该说谎的。她像小媳妇一般委委屈屈地解释：“大人，对不起，我不该说谎。我和陈琪不是在切磋武功……”

“你也过来！”宋青莯高声命令陈琪，打断了飞染的话。

陈琪赶忙解释：“大人，在下刚刚从外面回来……”

“俞捕头让你查的事，查清楚了吗？”宋青莯的声音平板无波，仿佛刚才什么事都没有发生过。

陈琪不敢敷衍，回道：“大人，在下已经查明，林世子经常去小住的庄子是上一位世子夫人的陪嫁。此外，在下查到另一件事，传说上一位世子夫人就死在那个庄子上。”

“捕风捉影，以讹传讹罢了。”宋青莯挥手示意他退下转身对飞染说，“刚才你不是问我，从什么时候知道，陆昌建只是假扮傻子吗？”

陈琪心中一惊，眼观鼻鼻观心，侧耳聆听。

飞染又慌又乱又紧张，胡乱点点头。

宋青莯解释：“是陆昌建衣服上的血迹，还有陆安身上的伤口。”

“血迹和伤口我都看到了呀，没有什么特别。”飞染终于抬起头。

宋青莯接着解释：“我推断，有人先用刀子捅了陆安一刀，木段子才能顺着伤口插进去。”

“我明白了！”飞染重重点头，“这就像陶妈妈裁布一样，只要裁开一点，就能撕开……不对啊，那刀呢？”

宋青莯没有回答，转而陈述：“陆安死的时候，木段子是尽根而入的，你到现场的时候应该看到，陆昌建想要拔出来，但他拔不出来……”

“对，对，对！”飞染忙不迭点头。

宋青莯又道：“他试图拔出木段子的时候，衣服上沾了血，但仔细观察血衣，依旧可以看到喷溅血迹。木段子既然拔不出来，那么喷溅出来的血迹又是哪里来的？”

“我明白了。”飞染高兴极了，“陆昌建先用刀子刺了陆安，然后拔出刀子的时候，衣服上有大人说的喷溅血迹。这就证明拔出刀子的人只能是他，是不是这样？”

“差不多是这样。”宋青莯点头。他瞥见陈琪依旧站在自己身后，惊讶地说，“你怎么还在？”他皱了皱眉头，仿佛很不高兴，陈琪偷听了他和飞染的对话。

陈琪见状，慌忙行礼告退，眼中难掩兴奋。这一次，他终于有好消息通知赵维明了。

飞染沉浸在案情中，拉着宋青莯追问：“那刀子呢？是谁拿走了刀子？”

宋青莯不答，只是一味抿着嘴看她。

“大人，你就不要卖关子了。”飞染撒娇。

宋青莯依旧不答，一字一顿问她：“刚才，你在干什么？”

“没干什么。”飞染傻笑，高声询问，“大人，刀子是不是被陆昌建的同伙拿走了？”

宋青莯压着声音说：“别想转移话题！”

飞染继续傻笑，觍着脸夸奖宋青莯：“大人，您真厉害，世上根本没有你想不明白的事。”

宋青莯心知，飞染不过是再接再厉，试图转移他的注意力，但她的夸奖他很受用。他悄悄握住她的手，凑近她的耳朵低声说：“飞染，只有喜欢一个人，才会因为他脸红……”

“你放开！”飞染抬腿就是一脚。宋青莯敏捷地避开。她跳开几步，瞪着他生气地说，“大人，光天化日，众目睽睽——”

她戛然而止，转身就跑，一口气跑回自己的房间，背靠房门捂住脸颊，片刻又傻乎乎地笑了起来。

此时此刻，飞染满脑子都是宋青莯，却不知道林瑾明满脑子都是她。

自豆浆摊一别，林瑾明意识到，自己不该对一个认识不深的小姑娘表现出太多的关心。虽然他光明磊落，但他的行为落在旁人眼中，会让人产生误会。

“世子爷。”陆萱捧着热茶进了书房。

“夫人。”林瑾明起身相迎，“有什么事吗？”

陆萱眼神微黯。他们成亲十五年，不管人前人后，他都对她极好，可他的态度永远客客气气。这样的“客气”对一个深爱丈夫的女人来说，犹如一把利刃。

她勾起嘴角，说道：“今日府里添了几个丫鬟。我瞧着她们的模样、性情都不错，想请世子爷过过目。如果世子爷也觉得不错，就留两个在您身边伺候。”

林瑾明立马明白过来，陆萱因为自己不能怀孕，决定给他安排通房。

陆萱转身招呼几个丫鬟进屋。

林瑾明看着一字排开的四名丫鬟，表情愈加清冷。四名丫鬟全都十五六岁的模样，与其说她们与十五年前的陆敏各有相似之处，不如说，她们更像飞染，特别是中间这个。

他仔细打量中间的丫鬟。单说身高，陆敏是典型的南方女子，长得娇小玲珑，飞染却比一般的京城女子更高挑。

陆萱顺着林瑾明的目光看去，一颗心重重往下沉。她精挑细选的四个丫鬟，唯有中间这一个更像飞染，而不是陆敏。

这一刻，陆萱后悔了。

当初，她的孩子接连夭折之后，她安排通房生下庶长子。按林瑾明的意思，孩子养在她名下，就是他们的孩子。当时她想着，自己还年轻，总会有自己的儿子，婉转地拒绝了。

一晃眼十多年过去了，她的孩子没一个长大，长子又与他不亲近，她必须为自己的后半辈子打算。

这十五年来，林瑾明大部分时间都住在外院的书房，时常一个人去庄子上缅怀陆敏。早前她想着，挑几个相貌合他心意的，或许能让他有好感，可是当他的目光落在与飞染身形相似的丫鬟身上，她的心痛得无法呼吸。

她爱他。

这些年，她无数次怨恨陆敏。她死了，在林瑾明心中永远是最美好的存在，她永远不可能超越一个死人。

可是即便她再怨恨陆敏，死人不可能夺走属于她的任何东西，而飞染是活生生的人，正是鲜花一般的年纪。一旦林瑾明喜欢上她，正正经经纳她为妾，生下儿子，人老珠黄又无儿无女的她恐怕连站的地方都没有了吧？

转念间，陆萱脸色煞白，勉强笑道：“都是些二等丫鬟，是我多事，打扰世子爷读书了。”

林瑾明转头看她一眼，淡然地说：“既然如此，就让她们下去吧。”

等到丫鬟们依次走了出去，他叫住陆萱，郑重地承诺：“你永远是世轩的母亲，我的妻子。”

陆萱微微一怔，低头走了出去。她明白他的言下之意。她并不感动，甚至很生气。她曾经亲眼看到，他与陆敏如何相处。她是永安侯世子夫人，可林瑾明永远只是陆敏的丈夫。

书房归于宁静，林瑾明拿起书册，不期然想起飞染的笑脸。他走入内间，一块半成品玉雕就放在桌上，隐约可以看到，那是一名大腹便便的娇小妇人。

他拿起玉雕，沉浸在回忆中，不知不觉到了午后。当他抬起头，午膳就摆在外间的桌子上。他勉强吃了两口，看到林祥匆匆赶来。

“世子爷，在下刚刚得知，京兆府把陆昌建抓走了。”林祥跑得气喘吁吁。

林瑾明诧异万分，示意林祥说得仔细些。

林祥摇头表示，详情他也不清楚，只知道上午的时候，京兆府的捕快吆五喝六，到处嚷嚷赵维明英明神武，早已查明真相，是陆昌建长期装疯卖傻云云。

听到这，林瑾明微微蹙眉，问道：“上午的时候，赵维明没有送书信给我？”

林祥这才想起，林瑾明吩咐过，他雕刻玉石的时候，不许任何人打扰，午膳都是悄然放在桌子上的。他急命小厮去外书房找了找，果然找到赵维明派人送来的书函。信上说，他已经先宋青莯一步洞悉真相，定然把整件事的内情查个水落石出，给林瑾明一个交代。

林瑾明看完书信，林祥察觉主子脸色不好，小心翼翼地说：“世子爷，不如在下去京兆府……”

“不用了。”林瑾明放下书函，“等宋青莯派人传话，再做下一步打算。”

“宋大人？”林祥莫名其妙。明明是京兆府把陆昌建抓走了，为什么要等刑狱司的消息？

相比林瑾明的淡定，此时的赵维明可谓气急败坏。

早前，他收到陈琪的消息，就想先一步抓住凶手，让所有人看看，姜还是老的辣。

他一边命手下抓人，一边给林瑾明写信，又迫不及待地向长公主邀功。

直到长公主阴着脸说，他上当了，他才回过味来。既然宋青莯确信陆昌建就是真凶，刑狱司为什么不把凶手抓起来审问，反而按兵不动？

他赶忙从长公主府回去京兆府，他的手下已经把陆昌建抓了。王千源向他汇报，俞毅拿着宋青莯签署的公文，以案子由刑狱司审理为由，不由分说把刚刚受过刑的陆昌建带走了。

自此，赵维明愈加坚信，陆昌建压根不是真凶，是宋青莯故意误导他，想让他在长公主和林瑾明面前出丑。

他坐上马车，怒气腾腾地赶往刑狱司。

刑狱司的大门口，捕快迎上赵维明，拱手行礼，说道："赵大人，我家大人已经在公堂等候多时。"

赵维明听到这话，一口气堵在胸口，脸色阴沉得可怕。

公堂上，宋青莯身穿官服正襟危坐，对着飞染说："你说的'结案'，是不是只要陆昌建承认，他不是傻子，亲口说出他的杀人动机，就算我赢了？"

飞染点点头，小声说："大人，我们用人命案子打赌，会不会不太好？"

公堂上，赵维明脚步略顿。陆昌建真的不是傻子？可是他手下的捕快说，他们对陆昌建用刑的时候，他一味号啕大哭，仿佛六七岁的孩童。

宋青莯的葫芦里究竟卖的什么药？

赵维明想要再听上几句，飞染已经发现他。她向赵维明抱拳施礼，真诚地说："赵大人，陆昌建果然是真凶，那天是我误会你了，我向你道歉。"

赵维明的老脸顿时涨成了猪肝色。直到这一刻，他依旧无法确定，陆昌建到底是真傻还是装傻。

宋青莯与赵维明打过招呼，借故支开了飞染。

赵维明越想越生气。他看到公堂上并无旁人，冷声说："宋大人，你到底什么意思？"

"赵大人是说，俞捕头把陆昌建从京兆府带走的事吗？"宋青莯一脸为难，"此事确是我授意，不过我此举实属无奈，毕竟案子原本就由刑狱司负责。如果陆昌建不堪重刑死在京兆府的公堂上，却至死都没有承认，他就是真凶，皇上怪罪起来……"

"宋青莯，你在暗指本官屈打成招吗？"赵维明怒不可遏。

"赵大人，我当然不是这个意思。"宋青莯笑了笑，"我只是担心陆昌建太过孱弱，受不了京兆府的杀威棍。对了，赵大人本来打算用什么方法审问他？"

赵维明噎住了。他本来觉得，严刑之下陆昌建必然露出破绽。可是按照手下早前的描述，陆昌建恐怕至死都不会交代真相。

宋青莯又道："我还没有请教赵大人，您是如何发现陆昌建一直在装疯卖傻？他与陆安一家人吃住都在一起，从来没有人怀疑他一直在装疯卖傻。"

赵维明无法说出，陈琪是他安插在刑狱司的细作，敷衍了宋青莯几句。

不多会儿，刑狱司的捕快回禀，林瑾明派人传话，他会准时抵达。

宋青莯挥手示意捕快退下，笑着说："赵大人，不知道您是否愿意陪着林世子旁听我审问陆昌建？"

赵维明用狐疑的目光审视宋青莯，不敢答应。不过长公主一直想要拉拢林家，这次是他接触林瑾明的好机会。

宋青莯触及赵维明怀疑的目光，客气地说："如果赵大人公务繁忙，我就不耽搁您了。"

一听这话，赵维明的疑虑顿消，以为宋青莯根本不想让他听审，所以欲擒故纵。他冠冕堂皇地说："陆安死于众目睽睽之下，死状惨烈，本官很想见识一下，宋大人如何证明，尽人皆知的傻子并不痴傻。"

宋青莯愣了一下，似乎很不情愿，敷衍着说："那，赵大人请随我来。"

赵维明看到他的态度，更加不疑有他，跟着宋青莯上了马车。

小半个时辰后，当林瑾明步下马车，面对自家名下的客栈，表情更凝重了。

赵维明在客栈门口迎上林瑾明。两人打过招呼，他像长辈一般摇头叹息："宋大人到底太过年轻，审案不去公堂，竟然把大伙儿领来客栈。"

林瑾明客气地笑了笑，转头吩咐林祥："我不想遇到闲杂人等，你去里面安排一下。"

听到这话，赵维明愣住了。他靠着长公主才能当上京兆府尹，但他到底不是傻的，立马意识到，自己被宋青莯拖入了泥潭。一时间，他后悔万分。

客栈内，飞染抬头挺胸站在宋青莯身后。她很怨念，她家大人竟然不想让她跟来客栈。她可是捕快呢，更何况这桩案子还是她接下的。

"还在不高兴？"宋青莯放下手中的茶杯，"我对你说过，有些事不知道比知道强。"

"大人，您后脑勺也长眼睛了吗？"飞染小声咕哝一句，"其实林世子很可怜，他好像一直很不开心……"

"我也很不开心，怎么不见你可怜我？"宋青莯心中泛酸。

"大人，你哪有不开心，不要骗我！"飞染哼哼一声，好奇地四下张望，"林世子和赵大人什么时候上来？"

她的话音未落，隔壁屋子传来轻微的声响。宋青莯扬声吩咐："把陆昌建带过来，另外告诉林世子，我包下了这一层的客房，这笔银子无法从刑狱司支取，请他看着办。"

一墙之隔，林瑾明清楚地听到了宋青莯的话。他一言不发地坐下，心知宋青莯正在暗示他，待会儿发生的一切都是林家的家务事。

须臾，陆昌建被山槐带入屋子。他已经换上干净衣裳，但走路一瘸一拐，眼睛又红又肿。

陆昌建看到宋青莯，不顾一切地推开山槐，"扑通"一声就跪下了。他一把眼泪一把鼻涕，大声叫嚷不是他杀死陆安，不要再打他了。

飞染睁大眼睛观察他。她相信自家大人的判断，可陆昌建无论神态还是说话的语调，分明就是傻子啊。

隔壁房间，林瑾明和赵维明也是同样的想法。林瑾明曾面对面接触过陆昌建，他甚至吩咐林祥，多多照顾他一二。

宋青莯轻咳一声， 吩咐山槐：“你们全都去楼下候着，没有我的吩咐任何人不许上楼。”说罢，他又朝身后看去。

飞染双手抓住椅背，用力摇头，大声说：“我和大人在一起，我不下楼！”

宋青莯没有说话。直到他估计山槐已经下楼了，他低头对陆昌建说：“求生是人类的本能，如果你真是傻子，一定很怕疼，怎么熬得过京兆府的杀威棍？”

陆昌建的哭叫声未停，其他人皆恍然大悟。如果陆昌建真是傻子，他早就在京兆府认罪了。

宋青莯站起身，叹息道：“你根深蒂固地认为，这十五年来，你们做的一切都是为了过世的世子夫人。不对，确切地说，你们都是为了陆家大小姐……”

林瑾明猛地站起身，几乎冲出屋子。

宋青莯看一眼隔壁屋子，接着又道：“你压根不记得陆大小姐，甚至从来没有见过她，你只记得陆安杀死了你的父亲。你日夜对着杀父仇人，没有一刻忘记，他如何用一把红木椅子，从你父亲的身后偷袭他，把他活活砸死，又把他扔去大街上，做成意外死亡的假象。”

林瑾明双手紧握椅背，手指几乎嵌入木档子。

飞染仔细思量宋青莯的话，脱口而出：“难道杀死陆安和陆康的木段子，就是十五年前砸死他父亲那把椅子上遗留下来的？”

宋青莯点头又摇头，转头向飞染解释：“杀死陆安的是刀子，木段子只是代表复仇。如果我估计得没错，这会儿捕快已经从他或者从陆康等人的住处找到了余下的木段子。我猜想，其中一根木段子是为林世子准备的吧？”

飞染摇着头说：“陆康？他是受害人，我亲眼看到的。”

宋青莯解释：“你上次不是已经发现，陆安和陆康的死，最大的不同是木桩子插入的深浅不一样吗？”他叹一口气，“陆康是自杀的。他为了证明陆昌建不是凶手，以便他在林世子面前装可怜，借故接近他。”他低头朝陆昌建看去，“他在临死前叫嚷‘小姐’，是提醒你为她报仇吧？”

飞染侧头想了想。如果陆康是自杀的，他在刀伤之后，确实不可能把木桩子插得太深，可是现场并没有凶刀。

她睁大眼睛，脱口而出：“难道陆康的侄子也是帮凶？那时候，是他藏起了凶刀？你们之间到底有什么冤仇？”她用力摇头，“林世子说，他这辈子只喜欢过世的世子夫人……”她慌忙捂住嘴巴。

陆昌建在宋青莯说话的时候已经停止了哭嚎。他木呆呆地坐在地上，一言不发。

宋青莯看着陆昌建说：“现在你一定在想，即便你死了，还会有其他人替陆大小姐报仇。事实上，陆安之死早就结案了。今日你不是在公堂受审，而是在林家经营的客栈。”

陆昌建抬起头，眼神不复先前的呆滞畏缩，充斥着吃人一般的仇恨。

飞染吓了一跳，一步上前挡在宋青莯面前。

宋青莯示意飞染让开，低头对陆昌建说：“陆安死的那天，如果不是飞染想救你，你本该去京兆府受刑，上演一出苦肉计，再由陆康证明你不是凶手……或许你们还有其他的后续行动，一切的一切都是为了让你装可怜，伺机接近林世子。”

“事实上，你们的计划根本不可能成功。”宋青莯摇头，“早前你也看到了，如果不是俞毅赶到京兆府，你已经死在京兆府的公堂上，何来苦肉计？”

“你想怎么样？”陆昌建的声音阴沉嘶哑，他就像受伤的野狼，眼中闪耀绝望的光芒。

宋青莯用怜悯的眼神看着他，平静地陈述：“眼下你只剩两条路，要么等林瑾明来了，悄无声息地死在他手里，要么在你死之前告诉我，你们为何如此憎恨他。如果你说的都是事实，或许将来的哪一天，等我心情不错的时候，我会帮你们把十五年前的真相公之于众。”

“好，我告诉你。”陆昌建挣扎着站起身，大声控诉，“林瑾明是杀人凶手！他计划杀死大小姐，去母留子，大小姐才会连夜逃去庄子，结果在出城途中早产，一尸两命。”

第 23 章　落幕

林瑾明听到陆昌建的控诉，再也无法控制情绪。他推开隔间的暗门，几乎用尽全身的力气反驳：“我怎么可能谋害敏敏……”

陆昌建怒视林瑾明，歇斯底里地叫嚷：“你谋害大小姐，是康叔亲耳听到的，还有大小姐的贴身丫鬟也听到了！”

“不可能！”林瑾明快疯了。他相信陆昌建说的是事实，毕竟都这个时候了，他没必要说谎，但他绝不可能伤害陆敏，一根头发都不可能。

这些年，他一直对敏敏突然离家，导致半途动了胎气一事心存疑虑，但他无法接受，敏敏竟然怀疑他意图伤害她。

陆昌建双手撑着桌子才能勉强站直身体。他怒视林瑾明，哑声控诉：“你收买了陆安，又想收买我的父亲。父亲不从，被陆安用一把红木椅子砸死，像垃圾一样扔在街上。这是我亲眼看到的，看得清清楚楚！”此刻，如果陆昌建的手中有一把刀，他一定会把利刃狠狠刺入林瑾明的心脏。

林瑾明满脑子只有一个念头：他的妻子，他深爱一辈子的妻子竟然误会他想谋害她。突然，他像疯了似的抓住陆昌建的手臂，一声声重复：“敏敏不会相信的，她不可能相信！”

陆昌建推开林瑾明，咬着牙说：“我们亲眼所见，亲耳所闻，难道还会有假？如果你没有一早收买陆安，大小姐死后，你会那么重用他？”

林瑾明百口莫辩，嘴里满是咸腥味。他的确重用了陆安，可那是因为，他经常听他叙说敏敏在琼州的生活。后来陆萱与他成亲，当时她只有十四五岁，陆安很快得到她的信任，在管事中脱颖而出。

难道一切都是陆安捣鬼？

“不是陆安。”宋青莯摇头，“他只是一个下人。很明显，陆大小姐相信你想要害她，必定是她极为信任的人告诉她……”

“敏敏相信了，她竟然相信了。”林瑾明失神地跌坐在椅子上。

“你不用再演戏了。”陆昌建狞笑，“你一辈子都在做戏，你和三小姐，什么恩爱夫妻，都是假的。”他抓起桌上的茶壶朝林瑾明砸去。

宋青莯抓住他的手腕，沉声喝问：“目的呢？如果林世子想要谋害你家大小姐，总有目的吧？”

陆昌建不说话。

宋青莯吩咐飞染，“让他们上来吧。”话毕，他又解释，“今日之事，只有屋里的几个人知道。待会儿上来的人只是表演口技而已。”

须臾，一名三十多岁的男人站在门外。男人在走廊说了一段戏文。他才出声，所有人都震惊了，因为乍听之下，仿佛是林瑾明在说戏，声音太像了。

宋青莯对陆昌建说：“这就是你说的亲耳听到吧？至于你口中的‘亲眼所见’，四五岁的你看到陆安用椅子砸死你的父亲，只能证明他是杀死你父亲的凶手罢了。”

陆昌建软倒在地，不住地摇头。

宋青莯转身对着林瑾明拱拱手，疏离地说：“林世子，陆安之死早已结案。至于其他的事，你自己问陆昌建吧。凡事不外乎动机与最后的获益，我相信陆昌建也很想弄清楚，是谁指使陆安杀死他的父亲。”

他顿了顿，眉头微蹙，又道：“恕我多嘴说一句，世子夫人多次没能保住孩子……如果是我，我不相信巧合……”

“你这话什么意思？”林瑾明捂住胸口，嘴唇发青。

宋青莯看向陆昌建，只见他的脸上全无惊讶之色。他摇头轻叹：“原来这样。早前我一直想不明白，为什么不是前年，不是去年，偏偏是今年的这个时候。”他问陆昌建，“你们在这个时候行动，因为世子夫人不可能再怀孕，无法让林世子继续体会丧子之痛。”

陆昌建呆坐在地上，形如槁木。

十五年了，他仇恨了整整十五年，日日对着仇人装疯卖傻，夜夜梦到父亲被杀的画面，一遍一遍听陆康诉说大小姐如何温柔善良，最后又是如何被害死。还有以前从琼州来的那些人，除了陆安飞黄腾达，其他人死的死，走的走，剩下的人只能像他们这样忍辱偷生。

仇恨是他们活下来的唯一信念。

短暂的沉默中，林瑾明的眼神失去了焦距，胸口血气翻涌。他本来以为，他的敏敏只是不知道他深爱着她。他从来没想过，她是带着对他的恨离开人世的。

“飞染，走吧。”宋青荥也不避嫌，直接拉起飞染的手。

飞染担忧地看一眼林瑾明。“大人，世子爷……”

“赵大人，麻烦您照顾林世子。”宋青荥看向赵维明，“其实我一直很认同您说的，作为京兆府尹，您才是京城百姓的父母官，这才把您请过来。”

一听这话，赵维明差点跳起来大骂宋青荥。任谁都听得出，十五年前的事就是一笔烂账，而且牵涉甚广。他就这样被宋青荥推入泥潭，他却溜之大吉，简直岂有此理！

“走了！”宋青荥催促飞染。

“噗！”林瑾明一口鲜血吐在桌子上。

飞染甩开宋青荥的手跑向林瑾明，搭住他的脉搏，转头对宋青荥说：“大人，林世子怒急攻心，赶快请大夫。”

宋青荥紧抿嘴唇，下楼吩咐手下，通知林家的下人请大夫。

当他折返楼上的房间，赵维明已经搀扶林瑾明坐在椅子上，而林瑾明双手紧抓飞染的右手，眼睛直勾勾盯着她，仿佛正凝视自己的情人。

他拉开林瑾明的手，转头吩咐飞染：“你去把陆昌建绑了，交给林家的下人。相信林世子还有很多话问他。”

飞染置若罔闻，怔怔地盯着林瑾明。她知道，他把她当成了陆敏，她仿佛可以感受到他的绝望与悲伤。她突然很想哭，可她又很生气。

“敏敏。”林瑾明的瞳孔没有焦距，他看到妻子又回到自己身边。她的眼睛、她的眉毛、她的鼻子、她的一颦一笑，他没有一刻忘记。

他虚弱地说，“敏敏，我心悦你，不是因为你是陆家的女儿。你怎么可以怀疑我……”

宋青荥一掌打晕了林瑾明。

飞染转头看他。

宋青荥一本正经地解释：“这个时候，林世子不宜伤神。大夫马上就到了，他不会有性命之虞。”

飞染听到了他的声音，却没有听明白他的话。她只看到他的样子慢慢变得模糊。她为什么要哭呢？师父说过，每个人都有自己要走的路，那是因果。林瑾明与陆敏的悲剧，他们自己也有责任，她干吗伤心难过？

她站直身体，用力闭了闭眼睛，伸手擦去眼角的泪花，对着宋青莯说：“大人，我们走吧。”她率先步出房间。

“宋青莯，你不能扔下这个烂摊子就这样走了！”赵维明叫嚷。

宋青莯头也没回，疾步跟上飞染。

两人默不作声走下楼。宋青莯示意俞毅等人先回衙门，自己则快走两步抓住飞染的手腕，拉着她走向马车。

他摸不清飞染的情绪，揭开车帘示意她上车。

飞染站在马车旁没有动作。

半晌，宋青莯憋出一句：“我带你去吃好吃的吧。”

飞染转头看他，眼中蓄满眼泪。

宋青莯慌了神，急巴巴地保证：“别哭，林瑾明不会有事的。”

飞染摇摇头，突然展开双臂抱住他。

宋青莯又是震惊，又是惊喜。他自认洞悉人性，察人于微，这会儿却完全摸不着头脑。他低头抱紧她，在她耳边低语：“怎么了？为了过世的世子夫人难过？”

“大人，我喜欢你，很喜欢，很喜欢。”飞染的声音闷闷的，却清晰无比。

“你再说一次。”宋青莯简直不敢相信自己的耳朵。

“我喜欢大人。”飞染重复。

“再说一次。”宋青莯恳求。

飞染抬起头，看着他的眼睛说：“我喜欢大人，很喜欢，非常喜欢。”

“我也喜欢你。”宋青莯紧紧拥抱飞染。他想要马上娶她进门，求婚的话几乎脱口而出，理智却渐渐回笼。他问，“飞染，为什么突然告诉我，你喜欢我？”

飞染吸了吸鼻子，小声嘟囔：“上次，林世子对我说，喜欢一个人一定要马上告诉他，否则第二天可能就来不及了。所以我一定要告诉大人，大多数时候，我都是喜欢大人的。”

“大多数时候？”宋青莯侧目。

“嗯。”飞染重重点头，“我喜欢俞捕头、田捕快他们，可是我不会像喜欢大人一样，经常想着他们。我讨厌陈琪，可是我不会像讨厌大人那样，看到他就会脸红心跳……反正以后我不回山上去了，虽然这样对不起师父，但我想一直待在衙门当捕快，大人审案子，我去抓坏人。”

宋青莯哭笑不得。他要的不是捕快，是妻子！他抬起她的下巴，低声问她：“你说的讨厌，是这样吗？”他的手掌紧贴她发烫的脸颊。

飞染轻咬下唇，垂下眼睑。

“笨蛋。”他抓起她的手掌，把它按在自己的胸口，“你看，我也会紧张心跳，这不是讨厌，是喜欢。”

此时尚未到中秋，薄薄的衣裳无法阻隔肌肤的热度。飞染不只可以感觉到沉稳有力的心跳，还有他的体温以及肌肉线条。她试图抽回手掌，可他抓得太紧。她低声反驳：“我喜欢师父……不会这样……”

宋青菾耐心地解释：“我跟你说过的，喜欢分很多种，我们之间的喜欢是不一样的。”

“是这样吗？”飞染糊涂了。她的脑子嗡嗡直响，压根无法思考。她忍着羞怯，抬头看着他的眼睛说，“总之，我喜欢大人，也会一直相信大人，只要你说的，我都相信。你也要相信我，我们不能像林世子和他的夫人那样，因为一个误会天人永隔。”

宋青菾何尝不知，飞染几乎无条件信任他，这种信任弥足珍贵。他轻拍她的脸颊，笑着说：“我们一定不会像他们那样，因为你压根不会说谎，怎么可能骗到我。”

“大人，你不要这么过分！”飞染愤愤地推开他，一个飞跃跳上马车，高声宣布，“大人，你不要小瞧我，我会努力成为很厉害的捕快！”

宋青菾失笑。

“大人，你笑什么？”飞染透过马车的窗户看他，“你不上车吗？不是说，带我去吃好吃的吗？”

小半个时辰后，马车在暮色中驶入一条小巷。小巷的人不多，但不远处挂着“酒”字招牌的小店门面人来人往。

“大人，我不喝酒的。”飞染澄清。

宋青菾故意逗她：“这是酒楼，不是酒肆，不过他们的招牌菜是用各种米酒、果酒做的。如果你不吃，我可以一个人吃……”

“我吃，我吃！”飞染忙不迭点头，用崇拜的眼神看着宋青菾，“大人，你怎么会知道这么多好吃的地方？”

宋青菾干笑一声。他不会告诉她，为了哄她高兴，他建议皇上在京城搞了一次人口普查，把京城的街道、商铺、民宅及人口分布绘制成地图。于公，这么做有利于京城的人口控制及治安管理；于私嘛，他已经用自己超强的记忆力，把京城每一家酒楼的位置及它们的招牌菜记得一清二楚。

父亲因此事嘲笑他公私不分，不过他不在乎。他的父亲又不是没干过类似的事情，他这也算子承父业。

须臾，两人落座，小二陆续上菜，酒糟鲈鱼、黄酒焖鸭、酒渍萝卜、清炒蔬菜，再加一碟蜜酒松糕。

宋青菾一向不敢点太多，生怕飞染借着“不能浪费”为名，把自己吃撑了，可今日的她胃口并不好。他猜想，她还在为林瑾明和陆敏的事感伤。

宋青莯把玩手上的杯盏，故作酸溜溜地说："你就没有一丝怀疑，林瑾明真的打算去母留子？"

"没有耶！"飞染想也没想就摇头，"林世子是好人，不可能做那样的事。"

"可是他的夫人起了疑心。"宋青莯陈述。

飞染侧着头说："大人，你是在告诉我，其实他们都有错？道理我都明白，你不用拐着弯劝慰我，我就是有点难过，我也不知道为什么，或许睡一觉明天就没事了。师父经常夸我没记性，挺好的。"

"这是夸奖吗？"宋青莯失笑。

"当然是啊！"飞染用力点头，又担心地问，"大人，林世子不会有事吧？他都吐血了。刚才我有些生气，所以拉着您离开了。其实我们应该等大夫来了，确认他没事以后再走。"

"他只是怒急攻心，不会有事的。"宋青莯敷衍一句，正色说，"飞染，案子结束了，我们和林家已经没有关系。至于十五年前的旧案，林家如果需要官府协助，京兆府会处理……"

"大人，您为什么不喜欢林世子？"飞染插嘴。

宋青莯顿时觉得尴尬，起身推开窗户。

飞染跟着他走到窗边，"哇"的一声惊叹，倚着窗框向外张望。黑漆漆的夜空下，无数的灯笼汇聚成橘红色的巨龙，横卧在乌黑的瓦片下。巨龙的旁边，零星的灯火就像掉落人间的星星，把巨龙映衬得更加壮丽耀眼。

"大人，那是什么地方，好漂亮！"飞染一脸兴致盎然。

宋青莯低头注视她的侧脸。她太容易满足了，只要一小点开心的事，哪怕只是一朵盛开的鲜花，或者天空偶尔飘过形状奇特的云朵，都能让她笑靥如花，让周围的人跟着高兴起来。

"大人，您也不知道那是什么地方吗？"飞染目不转睛地望着夜空下的璀璨灯火。

宋青莯避重就轻地回答："一条普通的街道而已。"

"大人，不如我们一起去逛逛吧！"飞染一脸迫不及待。

宋青莯表情一窒。那条街道名叫"芳华街"，是京城最热闹的花街，风流才子们的最爱。他怎么可能带飞染去那样的地方！

他轻咳一声，装模作样地说："你应该学过'不识庐山真面目，只缘身在此山中'这首诗。"

"道理我都懂，可是……"飞染讨好地笑着，"那里看起来很热闹，说不定有好吃的。"

"那边没有好吃的。"宋青莯快无语了。他们刚刚才吃过晚饭，她的胃到底怎么长的？

"没有好吃的吗？那算了。"飞染不再执着，双手撑着窗框，欣赏灯火辉煌的夜景。

宋青莯看到她眼巴巴望着街景，心中不舍，偏偏那个地方实在不适合她。他学着她的样子依靠窗台，说道："如果你喜欢热闹，过几天就是八月十五，我带你去赏月。"

"真的吗？"飞染转过头，突然发现他的脸颊近在咫尺。

四目相接的瞬间，谁也没有说话。飞染的脸颊一阵发烫，可这一次她不想逃开。

"咚，咚，咚！"三声巨响打破宁静，绚烂的烟花划过天际，像天女散花一般散落人间。虽然只是短短的一瞬，但它的美丽深深印入飞染的脑海。

"那就是烟火吗？"她疑惑地自言自语，"这是我第一次看到烟火，为什么好像很熟悉似的。"

"你觉得很熟悉吗？"宋青莯紧张又期待。

"以前我肯定没有见过，不然烟火这么漂亮，我一定会记得。"飞染嘟囔。

宋青莯追问："你怎么知道，那就是烟火？"

"对哦，我都没有见过，怎么知道那就是烟火呢？"飞染眼中只有纯粹的茫然。

一时间，宋青莯心中五味杂陈。她记得烟火，却独独忘了是谁告诉她，什么是烟火。小时候，他答应带她来京城看烟火。她天真无邪地说，那一定是世上最好看的花朵。

宋青莯悄悄地靠近飞染，肩膀挨着她，心跳越来越快。他若无其事地伸手，轻轻搂住她的肩膀，胸口紧贴她的手臂。

飞染扭了扭肩膀，低声咕哝："大人，我不冷。"

宋青莯轻抿嘴唇，从牙缝中挤出两个字："我冷。"

"哦。"飞染不再挣扎，"以前师父也会搂着我的肩膀和我说话，特别是晚上的时候。小时候，她还会抱着我说，幸好有我陪着她之类的话。"

宋青莯无言以对。很明显，飞染是息嗔师太寂寥生活中的慰藉。

"大人，其实我有话对你说。"飞染转头看着宋青莯。

"什么话儿？"宋青莯侧目。他看得出，她很认真，却猜不出她想说什么。

飞染想了想，眼中露出几分犹豫，许久才道："我知道芷兰是大人找来的，有时候大人会问她有关我的一些事。"她急促地解释，"我不是说这样不好，其实我也会问山柏有关大人的事，就像师父会问陶妈妈，我在干什么，有没有好好练功，好好读书写字之类的。"

宋青莯有些尴尬，又有些惊讶。他急忙解释："我不是让她监视你……"

"我知道。"飞染忙不迭点头，"我只是想对大人说，有些无关紧要的事，大人可以问她，可其他的事，你能不能亲口问我？当然，我也只会问山柏一些无关紧要的事……"

"为什么突然说这些？"宋青莯有些不明白。

"大人，如果林世子和他的夫人有什么话都当面说清楚，而不是听信下人的道听途说，或许悲剧就不会发生。还有——”飞染扬起笑脸，“我喜欢和大人面对面说话，就像现在这样。无论大人问我什么，我都会告诉你的。”

这一刻，宋青莯的脑海中只有一句话：有些事是当下不得不做的。他抬起她的下巴，低头吻上她的嘴唇。

他终于如愿品尝到她的甜蜜。她的唇又软又香，带着淡淡甜味，这感觉比偷亲她那会儿更美好。他闭着眼睛紧贴她的红唇，不敢有进一步动作，又不舍得放开她。

他的右手从她的肩膀慢慢滑落，紧紧搂抱她的纤腰；他的左手细细摩挲她的脸颊；他的身体可以清晰地感觉到她的玲珑曲线。原来，她并不是小女孩了；原来亲吻是如此美妙。他心跳如雷，就连耳根都冒着热气，可他全不在乎。他大着胆子轻轻吸吮她的嘴角。

飞染吓得双目圆睁。她害怕，却又不害怕，异样的感觉从胸口蔓延至全身，令她双腿发软。如果不是他抱着她，她大概会摔倒吧？

时间似乎已经定格在这一刻，空气中只余甜腻的暧昧气流，在翩翩的烛火下流转。

“吸气！”宋青莯呼吸浓重。如果不是飞染快把自己憋得昏厥过去，他真想永远都不放开她。

飞染重重喘一口气，垂眸不敢看他。她甚至想要夺窗而逃，可他抱着她不松手。

“这辈子，下辈子，下下辈子，只有我可以亲你，记住了吗？”宋青莯低头在她耳边呢喃。

“可是……师父……”飞染的声音细若蚊蝇。

“那不一样的。”宋青莯抬起她的下巴，“如果你分不清楚，闭上眼睛，我会让你明白，在你心里，我和你师父是不同的。”

在他炙热的目光下，飞染觉得自己快融化了。她好想捂住他的眼睛，又希望他的眼中永远只有她。“我知道……你不是师父……”她口干舌燥，不自觉舔了舔嘴唇。

无心的勾引永远比刻意的卖弄更具诱惑力。

宋青莯再次低头。他渴望相濡以沫的激情又不敢放肆，温柔地在她的唇上辗转。这是他们的初吻，他只想给她最美好的回忆。

“闭上眼睛。”宋青莯命令。

飞染依言闭上眼睛，感觉变得分外清晰。她的呼吸中满是他的气息，她脑海中全都是他的影子。他说得没错，他和师父是不一样的。师父是她最亲的人，那么他呢？

她无法思考。她的脸颊快要烧起来了，她的心快要跳出嗓子眼了。她不知道自己应该怎么做，只能伸手环抱他的腰，踮起脚尖靠近他……

飞染不知道自己是怎么回到刑狱司的。她只记得他对她说，他喜欢她，她只属于他一个人。她便对他说，她也喜欢他，那么他是不是也属于她一个人？他笑得很开心，她像是受他的笑容蛊惑，竟然伸手摸了他的脸。

她回到自己的房间，扑倒在床上，双手捂住脸颊，不敢睁开眼睛。她觉得自己很糗，可是她又觉得好高兴。她在床上翻来覆去想着他们之间的点点滴滴，笑着睡过去。

第二天一早，她迫不及待跑去大门口等候宋青莯，却突然想起他今天要去上早朝。顷刻间，她像霜打的茄子，一下子蔫了。

早饭过后，飞染听到别人议论，昨天夜里，太医连夜去了永安侯府。她很担心林瑾明，想去侯府探望他。思量再三，她打消了这个念头，坐在门槛上等着宋青莯回来。

宋青莯在昨天夜里得知，林瑾明回家之后又吐血了。早朝过后，他被皇后叫了过去，质问他到底对林瑾明说了什么。按太医所言，林瑾明病情凶险，不是因为他两次吐血，而是他了无生存意志，仿佛一心求死。

午后，飞染看到刑狱司的马车远远驶来，迎上前急问："大人，林世子会不会死？"

宋青莯跳下马车，勉强笑了笑，摇摇头。

"是不会，还是不知道？"飞染追问。

宋青莯艰难地回答："不知道……"

"我可以去探望他吗？"

宋青莯停下脚步，不答反问："你也觉得，我不该翻出十五年前的事？"

飞染愣住了。她没有想过这个问题。

"算了。"宋青莯举步往前走，"皇后派了太医和内侍守在侯府，谁也见不到林世子。"

"大人。"飞染急忙跟上他的脚步，"案子是我让你接的，你只是告诉林世子事实罢了。"

飞染的话给了宋青莯些许安慰，不过他们确实不能探望林瑾明，特别是全京城的人都盯着永安侯府的时候，不能让别人联想到，林瑾明突然病重与陆安的死有关。

过了两日，就在京城盛传，永安侯府恐怕要准备办丧事的时候，一辆朴实无华的马车悄然停在了刑狱司的侧门。

谁都没想到，陆萱会亲自前来，请求飞染去侯府探望林瑾明。她明言，他们夫妻都觉得飞染在眉宇间与陆敏颇有几分神似。

宋青莯这才意识到，林瑾明对飞染异乎寻常的关心全因移情作用。这种感情十分危险。

殊不知很多五六十岁的男人，无论是续娶还是纳妾，都会下意识在新人身上寻找初恋情人的影子。这并不代表他们挚爱年轻时的情人。他们之中，不排除有念旧的人，但除此之外，有的人是为了满足征服欲，有的人仅仅是补偿遗憾，还有的人甚至是为了"复仇"。

不只是宋青莯，陶氏同样反对飞染前往永安侯府探望林瑾明，甚至搬出了息嗔师太。

飞染正觉为难之际，皇后传来口谕，命飞染去侯府见她。

大周朝虽然民风开放，女子也可以抛头露面出门工作，但后妃微服回家探亲也是史无前例的。宋青莯无奈，只能坚持与她一同前往。

马车抵达永安侯府后，宋青莯被拦在了二门外。飞染由陆萱领着，去了林瑾明养病的院子。

寂静的室内，飞染跟着丫鬟缓步上前。等到丫鬟退至一旁，飞染学着俞毅的动作对皇后抱拳施礼，不亢不卑地说："卑职提点刑狱司捕快陶氏，见过皇后娘娘。"

众人皆愣。陆萱小声提醒她："飞染，不是这样向皇后娘娘行礼。"

飞染反问："皇后娘娘不是问我林世子受伤那天的事吗？那天我是捕快，应该像捕快一样行礼。"

"就这样吧。"皇后林琪瑶示意陆萱站到一旁，转而审视飞染。

飞染穿着九成新的水绿色罗裙，头上插了一支碧绿的玉簪，耳朵上的一对玉坠子通透纯净。她没有穿戴其他首饰，但光是玉簪与耳环就已经价值不菲。至于她身上的裙子，林琪瑶记得，那是皇上赏给成国公府的绿烟萝。

她示意飞染上前几步。

飞染依言上前两步，抬头看去，就见二十多岁的妇人身穿宝蓝色裙褂，绾着堕马髻。她的容貌与林瑾明有四五分相似，但神色中少了几分温润，多了几分端庄明丽。

林琪瑶端起茶杯抿一口。

飞染忍不住开口："娘娘，陆安死的时候，我就在现场，是我恳求大人接下那桩案子。大人是大好人，他只是调查真相，这是他的职责。"

林琪瑶放下茶杯，白瓷与桌面碰撞，发出轻微的碰撞声。她道："我只问你一句，如果你家大人被治罪，你愿意和他共同进退吗？"

"那当然！"飞染用力点头。

"杀头也不怕？"林琪瑶追问。

"杀头也不怕！"飞染再次点头，"师父说过，做人要知恩图报，但求一辈子问心无愧，特别是我们习武之人，凡事都要讲义气。大人是大好人，我怎么能不讲义气呢？！"她声音清脆却努力模仿男人的语气，想要说得铿锵有力，结果变得不伦不类。

林琪瑶莞尔，转而又问："你及笄了吗？"

飞染脆生生地回答："回娘娘，今年三月我就已经满十五岁，是大人了。"说罢，她一脸讨好地问："皇后娘娘，您不会真的把我和大人一起杀头吧？"

"怎么，你不是不怕死吗？"林琪瑶不答反问。

飞染脆生生地回答："虽然我不怕和大人一块杀头，但是我怕死，死了就不能吃到好吃的东西，也看不到美丽的东西。师父说过，死不可惧，但活着的时候应该珍惜生命，不只为了自己，更为了喜欢我们的人。"

"你师父说得很对。"林琪瑶点头，又问了她什么时候认识林瑾明，一共见过几次等等。飞染一五一十照实回答，只是隐去了湖边吃饭那一天发生的事。

林琪瑶与她闲聊了一盏茶的工夫，悄声交代陆萱几句就回宫去了。

陆萱带着飞染探望林瑾明。不过短短数日，林瑾明瘦了一大圈，飞染的眼眶一下就红了。她也不知道自己为什么这么难过，明明她和林瑾明不过萍水相逢罢了。

鉴于陆萱及一众丫鬟都在边上陪着，飞染不敢多说，不过她乘人不备悄悄搭住林瑾明的脉搏，发现他脉息平稳，这才安心离开。

二门外，宋青莯心急如焚。皇后竟然派人暗示他，有人希望由她做主，安排林瑾明纳飞染为妾，一来为了冲喜，二来可以令她保守秘密。“有人”是谁，宋青莯一想便知道是赵维明身后的顺昌长公主。更令他不解的是，皇后为什么派人暗示他？

等待的时间总是特别漫长。正当宋青莯恨不得闯入二门，就看到飞染远远向他走来。他迎上前急问：“皇后有没有——”他戛然而止，双手紧紧抓住飞染的肩膀。

“大人！”飞染扭了扭肩膀，小声抗议，“你不要抓着我啦。”

宋青莯急忙松开手，就听到飞染高高兴兴地说：“大人，皇后娘娘对我很好呢，我告诉她，我喜欢白姨送的这身衣裳，她就说，再送我两匹相同的布。大人，到时候我想做两身一模一样的衣裳，我和白姨一人一件。对了，这几天白姨都没有去衙门找我玩……”

“这不是重点！”宋青莯心里火急火燎的，偏偏飞染还与他东拉西扯，一副天真烂漫的模样。他心知林家不是说话的地方，急急告辞，拉着飞染坐上回程的马车，没好气地说，“你见到林世子了？他没事吧？”

飞染重重点头，压低声音说：“大人，他们都说林世子病得很重，可是我偷偷替他把了脉，他没事呢。”

宋青莯愣了一下，默默思量皇后的意图。他推测，林瑾明从始至终根本就是装病，目的当然是引出一众牛鬼蛇神。

果不其然，林瑾明第二天就醒了。第三天，皇后赏赐了飞染两匹绿烟萝，外加一对玉镯。内侍的传话中，皇后公开以长辈自居，这就等于林瑾明也成了飞染的长辈。宋青莯心中的大石头终于落下。他一时高兴，将飞染口中的“大白”送给了她。

林瑾明清醒后，永安侯以年迈体弱为由，将爵位传给了他，侯府以迅雷不及掩耳之势分了家。一时间，京城流言四起。

就在好事者揣测，侯府突然分家是否与林瑾明病重有关，一向以贤良淑德闻名京城的陆萱公然搬至陆家在京城的别院居住，声称她要与林瑾明和离。

顷刻间，京城沸腾了。几乎所有人的目光都被这桩桃色八卦吸引，极少有人关心林家分出去那几支，就连早前整治“奢淫”之风与河道走私的公案，也从舆论的风口浪尖退了下来，只有朝臣知道，皇帝狠狠处置了一部分官员，吓得余下的人不敢再借“魏晋遗风”之名，行放浪形骸之事，更不敢走私或者非法蓄奴。

飞染全然不知朝堂上的事，也不关心林瑾明与陆萱会不会和离，她只知道，自家大人决定调查两桩旧案，刑狱司又忙开了。

飞染除了协助宋青莯整理资料，大半时间都和宋青莯送给她的大白在一起。

原名“赤凤”的大白马已经正式改名“大白”。按律法，除非飞染与宋青莯出门办公，否则她不能在京城的街道上策马，不过这并不妨碍她牵着大白遛弯，帮它洗澡，与它说悄悄话。

这一日，宋青莯刚刚结束两桩旧案的调查，上书建议皇上规范悬案的调查机制，又以搜查资料，研究可行性为名，请求在京城近郊展开调研。

下了早朝，他一路盘算着带飞染去哪里郊游，径直去马厩找她，远远就看到她站在梧桐树下，一边替大白梳毛，一边嘀嘀咕咕，不知道与它说着什么。

中午的艳阳照耀将黄未黄的梧桐树叶，斑驳的光影落在修长的身影上，仿佛为她打上了一层金色的光晕。她的身旁，大白马高大健硕，线条优美，远处的蓝天白云纯净清澈，把她映衬得愈加鲜亮灵动。

宋青莯久久凝视飞染，舍不得移开视线。

“大人！”飞染发现宋青莯，扔下梳子快步跑向他。

宋青莯不自觉勾起嘴角。

“大人，您用过午膳了吗？”飞染笑眯眯地询问。

宋青莯在宫里用过午膳，不过他还是摇了摇头。

飞染见状，高兴地说：“大人，那我陪您用膳吧，我已经吩咐厨房，给您留了一份午膳。”

宋青莯问她：“你已经吃过了？”

“当然啊！”飞染点头，“这会儿早过了午膳时间，我当然吃过了。您不是说，我吃过午膳才能牵着大白出门遛弯吗？”

宋青莯闷闷地回答：“那，我也吃过了。”

“不行！”飞染双手叉腰瞪着宋青莯，“大人不可以又不吃饭。白姨说，以后大人的一日三餐我都要盯着，每一顿你至少得吃一碗饭。”

她拉着宋青莯往外走，“白姨告诉我，大人每次在宫里吃饭，就是装装样子的。对了，白姨还说，大人经常忘记吃饭，有好几次差点把自己饿死……”

“没有的事！”宋青莯断然否认。

“大人，你脸红了。”飞染仰头看着宋青莯，笑得眉眼弯弯。

在飞染严格的监督下，宋青莯吃了一小碗米饭，又喝了一碗汤。

饭后，飞染殷勤地送上热茶，笑眯眯地问他：“大人，后天我可不可以骑着大白回庵堂祭拜师父？”

宋青莯用谴责的目光瞪她。她说的是“我”，而不是“我们”。

飞染试图说服她：“大人，您就答应我吧。我一早出发，晚上就能回来。再说，我武功高，不会有危险的。”

宋青莯委屈地说：“飞染，你就没有想过，我们应该一起回去祭拜你的师父吗？”

“大人，您可以离开衙门吗？”飞染满眼惊喜，她的表情明明白白告诉宋青莯，她很想和他一块回净心庵。

这一刻，宋青莯纵有万般委屈也说不出口了。他点头告诉她，他已经把行程安排妥当，明天一早就出发。

当天晚上，宋青莯回家告知父母，他有公务在身，需要离京几天。

白珺若一听这话，点头说道：“刚好，我正想与你父亲商量，后天带飞染回庵堂祭拜阿瑶……”

宋航一声闷笑。

“老爷，你笑什么？”白珺若莫名其妙。

宋航轻咳一声，似笑非笑斜睨宋青莯，说道：“三郎马上会告诉我们，他这次因公务离京，会带着飞染同行，而且恰巧会经过八角镇，是不是，三郎？”

宋青莯满心尴尬，表情微微扭曲，却还是一本正经地回答：“是，后天就是息嗔师太的生祭，我和飞染顺道去祭拜师太。”

“不错！”宋航点头，“脸皮与为父一样厚，虽然手脚慢了些，但照这样子，应该不会孤独终老……”

“老爷！”白珺若终于回过神，盯着宋青莯问，“你父亲的意思，你假借公事，特意带飞染回去祭拜阿瑶？”她看着儿子，一时间心情复杂。

她叹一口气，不悦地嘟囔，“早知今日，十年前我就应该替你们定下亲事，省得我把京城的闺秀都看了一遍，还要听你叨叨，这不好，那不好，不知道得罪了多少人……”

“母亲！”宋青莯听不下去了，“时辰不早了，我回去还得准备明日出门的行李。”

“等一下！”白珺若叫住他却又不说话，憋了半天才吐出一句，“你们出门在外，虽说是公事，你可别一时糊涂做错事。”

宋青莯瞬间耳根发热。

宋航在一旁感慨：“想当年，你我都已经定亲了，我只想拉一下你的手，差点被岳父折断手指……”

“老爷，当着孩子的面，胡说什么！”白珺若白他一眼。

宋航叹息：“怎么是胡说。我们从定亲到成亲，足足一年啊，那时候我认真想过，不如索性生米煮成熟饭……”

“宋航，你这样胡说八道，会教坏孩子的！”白珺若急忙打断了他。

宋青莯逃难一般离开正院，在廊下缓下脚步，任由秋夜的冷风拂过脸颊，吹散脸上的热潮。

房间内，白珺若重重捶了宋航一下，嘴里抱怨："你怎么能对三郎说那样的话，飞染到底是我们的未来媳妇，又没了父母……"

"我这不是替儿子着急嘛。"宋航笑嘻嘻地拽住白珺若的手，"你想啊，上次皇后娘娘特意赏赐飞染……"

"对了，这事我怎么想，怎么古怪。"白珺若蹙眉，"皇后娘娘说什么，飞染是我朝的第一名女捕快，这才给了赏赐……她不会想让飞染当一辈子捕快吧？"

"所以啊，这名分还得尽快定下来，省得夜长梦多。"宋航叹一口气。

第二天一早，宋青莯兴冲冲赶去衙门。飞染抱着大白的脖子，正在大门外等他。她一脸讨好地问："大人，我可不可以不坐马车，我想骑着大白回庵堂，让师父也见一见大白有多漂亮。"

宋青莯很想摇头，可是当他看着她恳切的笑脸，他不由自主地点了点头。

鉴于宋青莯此行的确是为了调研京城及附近的悬案跟踪率及侦破率，他带了几名师爷及不少捕快。

一行人浩浩荡荡出了城门，飞染坐在马背上引颈张望，拍了拍大白的脖子，欲言又止。

宋青莯一眼看穿她的心思，问道："你确定自己会骑马，不会被大白摔下来？"

飞染回头朝宋青莯挑衅一笑，高声说："大人，不如我们比赛吧，看谁先到八角镇。"话音未落，她用力夹紧马肚子。大白嘶叫一声，箭一般冲了出去。

宋青莯轻笑，策马追了上去。

番外　眉间心上，情切情怯

第一章　竹马负青梅

永历二年五月初三，晴。

合欢树梢，繁花娆娆。

一夜暴雨，宋青莯孑然独立微弱的晨曦下。他仰头凝望巨伞一般的合欢树，绯红的绒球花恍若天际的朝霞。

七年前，他无力兑现承诺，只能在此间栽下一棵树苗；七年后，绿树成荫，他终于有能力保护她，可是他的小短腿愿意再唤他一声“三哥哥”吗？

宋青莯举目向东望去，青石大街一眼看不到头，街道的尽头就是净心庵。自她来到人世，尼姑庵的四面白墙就是她全部的世界。

一道无情的圣旨，他们七年未见，但他没有一刻忘记，曾经的岁月，她如同他的小尾巴，亦步亦趋追随他。

不知过了多久，旭日自东方升起，街市人影浮动。

“芸娘，这么早就出来摆摊啊！”

“是啊，王家婶婶。”

宋青莯循声看去，一名二十出头的年轻女子推着平板车站在合欢树下。她虽然身着布衣，头戴荆簪，看着却也清爽明丽。只不过她这样的年纪，竟然依旧是未婚姑娘的打扮。

宋青莯一向不爱多事，正要移开视线，就见芸娘走向树后的围墙，捡起地上的小石子，在石墙上刻下一道划痕。

宋青莯微微眯眼。墙上的划痕由深至浅，或三十画，或二十九画一方块，五十五个方块整整齐齐排列。他粗略算了算，加上她刚刚刻下那一道，一共一千六百二十六画。

他心中微动，再次朝芸娘看去。

芸娘浅笑盈盈，麻利地搬下平板车上的桌椅板凳，揭开两个大木桶。早有熟客围了过来。她忙不迭招呼众人，一手执碗，一手拿勺，舀一大勺浓稠的红豆沙，再添两小勺蜜糖水，把七分满的小碗递给等候的客人。

“芸娘，你的手艺越来越好了。”顾客由衷地赞美。

“是啊。”另一名客人附和，“芸娘的红豆沙糖水，冰镇过的清凉沁心，加热过的甘甜温润。”

话音未落，众人皆点头。

芸娘双颊微红，腼腆笑道：“是大家有心照顾我的生意。”

“阿力走了这么些年，难为你了。”

“说起来，有四年了吧？”

“四年半了。”芸娘用衣袖擦去额头的汗水，抬头远眺南方，喃喃低语：“力哥也是为了多赚些银子，才会出洋讨生活。”

宋青菻暗暗叹一口气。芸娘用一千六百二十六道划痕刻录分离的时光，他的飞染是否也在数着日子等待他？

他收回目光，忽见一辆驴车慢悠悠驶来。他的视线落在车头熟悉又陌生的身影，一时间忘了呼吸。

人群中，飞染坐在车头，掌心撑着驴车的车板，半仰身子遥望碧空。“师父，天空真蓝，真漂亮。”她的小脑袋亲昵地枕着息嗔师太的肩膀。

息嗔师太宠溺轻笑，点头赞叹：“是，很漂亮——”她戛然而止，怔怔地注视远处的人影，笑容凝固在了嘴角。不由自主地，她急急拉住缰绳，压着声音说，“飞染，咱们先去吃早点。”

“可是我想先去看一看合欢花开了没有。”飞染说话间，息嗔师太已经匆匆拉着她步下驴车。

茶楼的雅间，小二才上了茶点，飞染犹如秋风扫落叶，几碟点心眨眼间见了底。

息嗔师太抿一口茶水，状似闲聊般说：“飞染，以前师父给你讲过小花和游鱼的故事。”

“什么故事？我不记得了，师父能再讲一遍吗？”飞染睁着大眼睛看她。

“依旧不记得吗？算了，不记得，也好。”息嗔师太勉强笑了笑。

这个世界，小花坠入湖中会淹死，游鱼跃上河岸会渴死，它们注定无法相伴彼此。有的时候，两个人从相遇那刻就注定了结局。飞染和宋青菻，她是尼姑庵的罪臣之女收养的孤女，而他是成国公嫡三子，曾经两小无猜又如何，他终有一天会负她，所以她忘记了他，更像是冥冥中早有安排。

静默的瞬间，隔壁屋子传来男人的怒斥：“你一走就是四年半，芸娘等了你四年半，她在你娘病榻前尽孝，就连你娘的丧事也是她一手操办的。阿力，做人不能这么没良心！”

“我与阿芸青梅竹马，我不否认，是我辜负了她，但我已经在琼州娶妻生子。这里是五十两银子，麻烦里长告诉她，从今往后我和她再无瓜葛。”

“这人简直就是陈世美！”飞染猛地站起身，“师父，我去教训他……”

“坐下！”息嗔师太按住飞染的手背，“我说过很多次，每个人都有他们自己应该走的路，旁人不该横加干涉。”

“可是他……”飞染鼓起腮帮子，“那个阿芸等了他四年半。”

“就算你揍了他，又能改变什么？”

飞染失神地坐回椅子上，隔壁房间传来更加激愤的斥责：“既然你心意已决，你自己去找芸娘说清楚，我不干这么缺德的事！”

话音刚落，隔壁传来“嘭”的一声关门声，震得窗户颤了颤，随即是一连串咳嗽。

飞染被那声巨响吓了一跳，她喃喃重复：“芸娘一直在等他，他不应该辜负她的。”

恍惚间，她隐约记起，有人对她说：“小短腿，你要等我回来。下次我给你带弹弓，还有泥人，对了，我还会替你栽一棵合欢树，所以你一定要等我回来。”

不知不觉中，眼泪从她的眼角滑落。

第二章　咫尺若天涯

永历二年八月初二，阴。

绒花枝头，嫩荚弯弯。

绵绵秋雨一连下了数日，飞染坐着驴车直奔街边的合欢树。她目送息嗔师太走入不远处的店铺，伸出右手托举在眼前。一滴雨水顺着豆荚滴落在她的掌心，溅起细小的水花。

她眨眨眼睛，一闪而过的记忆犹如这微小的水珠，转瞬间消失无痕。她自言自语：“好奇怪，自从上次听说了芸娘的事，我总觉得有人叫我‘小短腿’，还要我等他回来。可师父说，是我记错了。想来也是，我比很多人都长得高，怎么会是短腿呢！”

“芸娘，来一碗红豆沙。”

飞染听到这个称呼急急转头。离她三四步远的地方，一名年轻女子勉强笑了笑，揭开木桶的盖子，舀起一勺红豆沙。她情不自禁走过去，低声问：“你就是芸娘？”

芸娘微微一愣。

飞染词穷，干巴巴地劝慰：“你，你不要难过。师父说，无论发生什么事，只要活着，都要过得高高兴兴。”

芸娘的眼睫毛动了动，一滴眼泪落在她手中的红豆沙上。她慌忙擦去泪花，忙不迭向等候的客人道歉。客人摇头叹息，扔下一文钱，转身走了。

“对不起，我是不是做错了？”飞染有些急了，“我……我买你的红豆沙吧，我有银子。”

“不用了，姑娘。”芸娘努力压下眼中的泪光，“镇上的人全都知道我的事，知道他给了我五十两银子。这两个月，很多人给我做媒，还有人劝我盘一间铺子，就不用日晒雨淋……”她的声音渐渐弱了。

“我帮你揍他出气吧！我会武功的。”飞染比了比拳头。

芸娘轻笑，慢慢摇头，转身望着硕大的合欢树。

飞染没话找话："你也喜欢这棵树吗？我听别人说，你每天都在树下摆摊。"

芸娘的眼神慢慢失去了焦距，絮絮叨叨诉说："力哥在临走那天告诉我，合欢树代表忠贞不渝的爱情。力哥说，等他赚了银子回来，马上就娶我。以前力哥总是夸我，说我做的红豆沙是世上最好吃的……有人说，红豆代表思念，所以我日日在这里做红豆沙，等他回家……力哥说过，五年之内他一定会回来……"

不知不觉中，飞染已经泪流满面。她隐约记得，在她很小的时候，净心庵也有一棵合欢树。那棵树死了，她哭了很久，直至有一个人答应她，一定替她种一棵一模一样的大树。

那人信誓旦旦承诺，他很快就会回来找她。

那个人是谁？是她记错了吗？

不远处的茶楼上，宋青莯只看到飞染与芸娘并排站在合欢树下。他举起右手，手上是一对胖乎乎的泥人和一把弹弓。七年前他答应过她的事，她对他说过的话，每一句他都记得清清楚楚。

她曾经告诉他，她想看一看庵堂外面是什么样的。三年前，他将功请愿，替她们争取到了每隔三个月来镇上采买的机会。

她不止一次问他，为什么只有她和她的师父住在庵堂。三个月前，皇上亲授他提点刑狱使，命他点查天下刑狱，他终于有机会替她的师父平反，带着她离开净心庵那座囚笼。

他愿意为她做任何事，他正一步步兑现承诺，可是上一次，当他风尘仆仆赶来，蓦然发现记忆中的小短腿已经出落成大姑娘了。

那一刻，他呆住了。就是那一刹那的情怯，她消失了。

宋青莯紧紧握着手中的泥人，遥望合欢树下的人影，童年的记忆一幕幕浮现在他眼前。他们可以越过时间的鸿沟，找回昔日的时光吗？

"咳，咳，咳。"一连串的咳嗽吸引了宋青莯的注意力。他循声看去，街对面的客栈内，一个身形消瘦的男人临窗而站，同样望着合欢树下的人影。

宋青莯心中一紧，转念间又恍然大悟。那个男人应该就是芸娘苦苦等候的情人力哥。刚才他无意间听到旁人议论，这位力哥出洋赚了大钱，就想用五十两银子打发芸娘。街坊都骂他负心汉，他转脚又找媒人替芸娘说亲。

他深深看一眼街对面的男人，叹一口气，又轻轻勾起嘴角。

合欢树距离他们不过十数步，可他手心冒汗，心口一阵阵发慌，没有勇气走过去唤她一声。对面的男人，心情也与他一样吧？

可叹，她们一味注视树枝上的弯弯豆荚，却忘了回头看一眼，或许她们等候的人儿就在灯火阑珊处。

“客官。”小二站在雅间外面递上一张纸条，“这是一位师太让小的转交给您的。”

“师太？”宋青莯疑惑地接过纸条，纸条上只写了一句话：

咫尺若天涯，相见不如不见。

第三章 情切又情怯

永历二年腊月初八，雪。

福榕叶落，枯枝萧萧。

过去的几个月，宋青莯一直在想息嗔师太那句：相见不如不见。是飞染恼他整整失约七年？可父亲说过，唯有自己足够强大，才配说出“保护”二字。

这些年，他没有一刻懈怠，只为有能力保护她，难道他做错了吗？

宋青莯坐在马背上，任由雪花飘落肩头，无言地注视街边的合欢树。合欢树的叶子已经落尽，只余干枯的树枝在寒风中微颤，显得萧索又凄冷。

“芸娘，来一碗红豆沙。这么冷的天，难为你仍旧出来摆摊。”

芸娘赶忙起身迎客，低声回道：“最后一天了，卖完就该结束了。”

宋青莯低头看去。

芸娘依旧是未婚姑娘的打扮，她熟练地舀了两勺红豆沙，又添三小勺蜜糖水，把小碗装得满满堂堂，双手递给客人，郑重地说：“多谢关照。”

宋青莯轻蹙眉头，转而朝合欢树后面的石墙看去。他数了数，墙上方方正正六十一个方块，一共一千八百零五道划痕。

他跃下马背朝芸娘走去，没头没尾地说：“今天是你们约定的日子？”

芸娘微微一愣，笑问：“客官，吃红豆沙吗？”

宋青莯没有回答。待摊子上唯一的客人走了，他指着墙壁说：“五年前的今天，你在这面墙上刻下第一画；今天，你刻下最后一画……”

芸娘打断了他，不疾不徐地问：“客官不像是镇上的人，也听说了我和力哥的事？”

宋青莯不答反问：“刚才，你多给了客人一勺红豆沙，一勺蜜糖水；你的‘多谢’是谢谢街坊这些年的照顾。你所谓的‘结束’是回家自杀吗？”

芸娘呆住了。许久，她失神地喃喃：“那一天也在下雪。力哥说，若是他五年不回来，我就找一户好人家嫁了；我告诉他，无论他去到哪里，我都会跟着他。如今他对我说，就当他死了，那么我就当他死在了海上，我应该兑现承诺的。”

宋青莯怒了，冷声诘问：“你想用自己的命，换他一辈子歉疚？”

芸娘低声说：“我的力哥早就死了。”

“你有没有想过，如果他早已娶妻生子，又何必千里迢迢赶回来，只为告诉你，他已经变心？如果他的心中没有你，又怎么会故意让所有人都知道，是他负了你。五十两，恐怕是他这些年全部的收入……”

芸娘辩驳：“我本来也不信的，可他亲口说……”

“你在这里等他的时候，他同样也在为你们的将来努力。你可以怨他，可是你怎么能说不见就不见，根本不给他解释的机会。”宋青莯说完这话，自己也呆住了。

原来他在怨飞染没有给他解释的机会，可事实上，是他没有解释。三个月前，当他看到那张纸条，他应该追出去说清楚的。

想到这，他只觉得自己一刻都等不了。反正无论她有没有长大，她都是他的飞染，他记挂了七年的小短腿。

他转身上马，沉声说：“你的力哥没有变心。他就住在那边的客栈，因为他可以日日看到你；他想与你一刀两断，因为他得了肺痨。”话毕，他策马往东，往净心庵的方向疾驰而去。

飞染听到急促的马蹄声，从干货铺子探出小脑袋，嘀嘀咕咕说：“师父，有人在街上骑马，为什么我们不能坐驴车赶集？”

宋青莯仿佛感受到她的目光，突然拉住缰绳，回头寻找。可惜，飞染已然折回柜台前。

干货铺子内，息嗔师太笑道：“早上你不是说，很高兴和师父一起走路，正好可以练轻功吗？”

“也是。”飞染扬起笑脸，接过小二递上的纸包。

她们才走出铺子，就看到芸娘站在斜对面的客栈门口苦苦哀求：“掌柜的，您让我进去见一见力哥，我给您跪下了……”

掌柜的连连摇头，为难地说：“芸娘，你就不要为难我了。”

飞染抬头看去，负心汉明明就站在窗边。“师父，你先拿着。”她把纸包塞给息嗔师太，一个箭步冲入客栈，径直跑上二楼。

阿力站在虚掩的窗户后面，悄悄朝楼下张望。突然间，房门被撞开了。他没能回过神，后襟被一个小姑娘抓住，不由分说拽着他往楼下飞奔。

“芸姐姐等了你五年，你们至少应该面对面说清楚！”飞染扯着阿力下楼，把他推向芸娘。

“我们没什么可说的……咳，咳，咳。”一连串的咳嗽，阿力慌忙捂住嘴巴。

芸娘边哭边说：“力哥，我只问你一句，你是不是病了？”

“怎么可能！”阿力断然摇头，“这两天我就要启程回琼州了，他们娘俩正等着我回去过年。芸娘，五十两不是一个小数目，你收了银子，我们已经两不相欠。”

芸娘泪如雨下，疾声追问：“既然有人等你，你为什么回来？”

阿力背过身，冷声说：“我自然有我的原因，总之你不要再缠着我了！”

芸娘哭得更伤心了。客栈门口聚集了不少人，纷纷对阿力指指点点，骂他负心薄幸。

阿力仿佛浑然不觉，高声说："我特意赶回来给你送银子，也算对你仁至义尽……"

"今天是我们五年之约的最后一天。"芸娘止了眼泪，从腰间拿出一个小纸包，"这是我昨天买的砒霜……"

"你别以为这样就能威胁我！"阿力一脸冷然。

"你，你太坏了！"飞染气得涨红了脸。

"他有没有病，请大夫把脉便知。"一道清亮的男声自人群中传来。

"对哦！"飞染循声看去。

一瞬间，宋青莯只觉得呼吸困难。他待要上前，飞染的目光已经从他身上移开。

飞染一把扣住阿力的手腕，大声说："我会把脉！"

阿力猛地挣脱飞染的钳制，不顾一切夺过芸娘手中的毒药。

芸娘没有阻止，只是看着他说："五年前的今天我就说过，你若死了，我会随你而去。"

阿力呆住了，再也无法假装。他哽咽低语："芸娘，你这又是何苦呢！我说过非你不娶，可肺痨是治不好的，只会连累别人……"

芸娘哭着说："若不是我恰巧遇上一位好心的公子，我已经先你一步而去……"

"咳，咳，咳。"阿力剧烈地咳嗽。芸娘赶忙上前搀扶他。

飞染没料到事情的真相竟然是这样，她吸了吸鼻子，掏出身上所有的银子放在他们手边，举步往外走。

"小短腿。"宋青莯轻唤一声，声音淹没在了人群中。他急切地上前一步，却眼睁睁地看着飞染与自己擦肩而过。

"师父。"飞染冲息嗔师太讨好地笑了笑，"师父虽然说过，不可以随便同情别人，可痨病需要很多银子调养身体，所以我才把银子送给他们。"

"师父没有怪你。"息嗔师太的目光掠过宋青莯，上前拉住飞染的手，"我们应该回庵堂了。"

"是，师父。"飞染点点头，恋恋不舍地朝枯枝萧萧的合欢树看去，"我们下次回来的时候，那棵合欢树应该长出新芽了吧？不知道那棵树是谁种下的。"

两人渐行渐远，宋青莯怅然目送她们离去。他没有追上她，或许因为眉间心上，情切情怯。